Nordengland 1665: Als in einem kleinen Dorf die Pest ausbricht, übernehmen Angst, Hysterie und Hexenwahn die Herrschaft. Die junge Witwe Anna Frith beweist in dieser schlimmen Zeit Mut, sie schenkt Leben und findet Liebe und privates Glück. Eines Tages hat das Grauen ein Ende. Aber Anna Frith steht die schwerste Prüfung noch bevor …

»Ein großartiger historischer Roman. Eine junge Frau kämpft gegen den Schwarzen Tod und findet in finsteren Zeiten ihre Bestimmung.« *Neue Zürcher Zeitung*

GERALDINE BROOKS, mehrfach ausgezeichnete amerikanische Journalistin und Autorin, verfasste ihren ersten Roman »Das Pesttuch« nach den wahren Ereignissen, die sich im 17. Jahrhundert in einem englischen »Pestdorf« abgespielt haben. »Das Pesttuch« wurde ein internationaler Bestseller. 2006 wurde Geraldine Brooks mit dem Pulitzer-Preis ausgezeichnet. Ihre Roman sind internationale Bestseller.

GERALDINE BROOKS BEI BTB
Das Pesttuch. Roman
Die Hochzeitsgabe. Roman
Insel zweier Welten. Roman
Das Gemälde. Roman

Geraldine Brooks

Das Pesttuch

Roman

Aus dem Englischen
von Eva L. Wahser

btb

Die Originalausgabe erschien 2001 unter dem Titel
»Years of Wonders. A Novel of the Plague« bei Viking, New York.

Penguin Random House Verlagsgruppe FSC® N001967

1. Auflage
Genehmigte Taschenbuchausgabe Oktober 2023,
btb Verlag in der Penguin Random House Verlagsgruppe GmbH,
Neumarkter Straße 28, 81673 München
Copyright © 2001 by Geraldine Brooks
Copyright © der deutschsprachigen Ausgabe 2002 by
C. Bertelsmann Verlag in der
Penguin Random House Verlagsgruppe GmbH, München
Umschlaggestaltung: semper smile, München
Umschlagmotiv: © Bridgeman Images/Christie's Images;
© Shutterstock/aga7ta
Druck und Einband: GGP Media GmbH, Pößneck
SL · Herstellung: sc
Printed in Germany
ISBN 978-3-442-77364-0

www.btb-verlag.de
www.facebook.com/penguinbuecher

Für Tony.
Ohne dich wäre ich nie so weit gekommen.

Genug, o Herr, halt ein in Deinem Zorn,
Der wilde Reiter durch die Straßen treibt.
Zu rasch der Pfeil, aus gift'gem Quell geborn.
Der Tapfre fällt, die Tugend sinkt entleibt.

So wenig Leben ward noch nie, noch Tod
So viel. Von Gott verlassen, ohne Rat,
Beschwört ein Häuflein Elend seine Not:
Genad uns, Herr, verzeih die Missetat.

John Dryden, *Annus Mirabilis,*
Das Jahr der Wunder, 1667

HERBSTZEIT

———

Anno 1666

Apfelernte

Früher habe ich diese Jahreszeit geliebt. Holzstapel neben der Türe. Frischer Harzgeruch, der die Erinnerung an den Wald birgt. Goldglänzende Heuhaufen im tief stehenden Nachmittagslicht. Im Keller rollen Äpfel polternd in die Kisten. Gerüche und Bilder und Geräusche. Alles werde gut dieses Jahr, versprachen sie. Und wenn der Schnee fiele, hätten die Kleinsten zu essen und lägen warm. Früher bin ich um diese Zeit gerne im Obstgarten unter den Apfelbäumen spaziert. Wie weich es unter den Füßen nachgab, wenn ich auf Fallobst trat. Der süßlich-schwere Duft nach verfaulenden Äpfeln und feuchtem Holz. Dieses Jahr gibt's nur wenige Heubündel und spärliche Holzhaufen. Und beides bedeutet mir nicht viel.

Gestern haben sie die Äpfel gebracht, eine Wagenladung für den Pfarrkeller. Spät geerntet, was sonst. Auf ziemlich vielen entdeckte ich schwarze Flecken. Ich habe den Fuhrmann deswegen ins Gebet genommen, aber er meinte nur, wir sollten froh sein, überhaupt welche zu bekommen. Vermutlich nur allzu wahr. Es gibt doch nur so wenig Leute für die Ernte. So wenig Leute für alles und jedes. Und wer von uns noch übrig ist, geht herum, als schliefe er halb. Wir alle sind so müde.

Einen der knackigen und guten Äpfel nahm ich und schnitt ihn auf, hauchdünn, und trug ihn in jenen dämmrigen Raum, wo er sitzt, reglos und stumm. Seine Hand liegt auf der Bibel, und doch schlägt er sie nie auf. Jetzt nicht mehr. Ich fragte ihn, ob er möchte, dass ich ihm daraus vorlese. Er wandte den Kopf, um mich anzuschauen, und ich zuckte zusammen. Seit

Tagen war es das erste Mal, dass er mich ansah. Ich hatte vergessen, was seine Augen auslösen konnten, wozu sie uns bringen konnten, wenn er unverwandt von der Kanzel heruntersah und uns mit seinen Blicken festhielt, einen nach dem anderen. Die Augen sind immer noch dieselben, nur sein Gesicht hat sich so sehr verändert. Verhärmt und ausgezehrt und jede Falte tief eingegraben. Als er hierher kam – ganze drei Jahre ist das her –, machte sich das ganze Dorf über sein jugendliches Aussehen lustig und darüber, dass so ein Jüngling zu ihnen predigen sollte.

»Anna, du kannst nicht lesen.«

»Hochwürden, ich kann's. Mistress Mompellion hat's mir beigebracht.«

Als ihr Name fiel, zuckte er zusammen und wandte sich ab, und sofort bedauerte ich es. Heutzutage macht er sich nicht die Mühe, seine Haare zusammenzubinden. Lang und dunkel fielen sie herab und verbargen sein Gesicht, sodass ich seine Miene nicht lesen konnte. Aber als er erneut sprach, klang seine Stimme leidlich gefasst. »Tatsächlich? Hat sie das?«, murmelte er. »Nun ja, dann werde ich dich vielleicht eines Tages anhören. Damit ich weiß, wie gut sie ihre Sache gemacht hat. Aber heute nicht, Anna, ich danke dir. Nicht heute. Das wäre dann alles.«

Eine Dienerin hat kein Recht zu bleiben, wenn man sie entlassen hat. Und doch tat ich's, schüttelte das Kissen auf, legte ein Schultertuch zurecht. Er würde mich kein Feuer machen lassen. Nicht einmal dieses winzige Stück Behaglichkeit würde er von mir annehmen. Als ich schließlich nichts angeblich Wichtiges mehr zu tun hatte, verließ ich ihn.

In der Küche nahm ich ein paar angeschlagene Äpfel aus den Eimern und ging hinaus in die Ställe. Der Hof war ganze sieben Tage nicht gefegt worden. Es roch nach fauligem Stroh und Pferdepisse. Ich musste meinen Rock hochraffen, damit er nicht schmutzig wurde. Schon auf halbem Wege konnte ich den dumpfen Schlag hören, wenn sein Pferd bei jeder Drehung und Wendung mit dem Rumpf gegen den engen Pferch stieß und dabei tiefe Rillen in den Stallboden grub. Heutzutage ist niemand mehr kräftig oder erfahren genug, um mit ihm fertig zu werden.

Der Stallbursche, dessen Sache es war, den Hof sauber zu halten, döste auf dem Boden der Sattelkammer. Bei meinem Anblick sprang er auf und suchte umständlich nach dem Sichelgriff, der ihm beim Einschlafen aus der Hand gerutscht war. Als ich das Sichelblatt sah, das noch immer auf seiner Werkbank lag, wurde ich wütend, hatte ich ihn doch schon seit langem gebeten, es auszubessern. Inzwischen war das Lieschgras abgeblüht und keinen Schnitt mehr wert. Eigentlich wollte ich ihn deshalb und wegen des Unrats draußen schon ausschelten, aber beim Anblick seines verhärmten und erschöpften Gesichtes schluckte ich die Worte hinunter. Ich konnte nicht anders.

Als ich die Stalltür öffnete, flirrten plötzlich Staubkörnchen im Sonnenstrahl auf. Das Pferd hielt, einen Huf erhoben, im Scharren inne und blinzelte ins ungewohnte Gleißen. Dann bäumte es sich auf seine muskulösen Hinterbeine und schlug durch die Luft, als wollte es so deutlich wie möglich sagen: »Da du nicht er bist, verschwinde von hier.« Obwohl ich nicht zu sagen wusste, wann es das letzte Mal einen Striegel gespürt hatte, schimmerte sein Fell an der Stelle, wo das Licht auftraf, noch immer wie Bronze. Als Mister Mompellion auf diesem Pferd hier eingetroffen war, hatte es allgemein geheißen, ein so prachtvoller Hengst sei kein geeignetes Ross für einen Priester. Außerdem passte es den Leuten nicht, als sie hörten, dass Hochwürden ihn Anteros rief. Einer der alten Puritaner hatte ihnen nämlich erklärt, dies sei der Name eines heidnischen Götzen. Als ich meinen ganzen Mut zusammennahm und Mister Mompellion danach fragte, hatte er nur lachend gemeint, sogar die Puritaner sollten sich darauf besinnen, dass auch Heiden Kinder Gottes und ihre Geschichten ein Teil Seiner Schöpfung sind.

Ich blieb stehen, presste meinen Rücken gegen die Stallwand und redete sachte auf den mächtigen Hengst ein. »Ach, es tut mir so Leid, dass du den ganzen Tag hier drinnen eingepfercht bist. Ich habe dir eine Kleinigkeit mitgebracht.« Langsam griff ich in meine Schurztasche und streckte ihm einen Apfel hin. Er drehte seinen massigen Schädel ein wenig herum, sodass ich das Weiße in einem seiner feuchten Augen sehen konnte. Ich sprach leise weiter, so wie ich es immer bei den Kindern gemacht hatte, wenn sie Angst oder sich wehgetan hatten. »Du magst doch Äpfel. Weiß ich doch. Na los, dann mach schon und hol ihn dir.« Wieder scharrte er am Boden, aber diesmal klang es bereits weniger überzeugend. Langsam reckte er mir seinen breiten Hals entgegen und nahm mit geblähten Nüstern Witterung auf, vom Apfel und von mir. Handschuhweich und warm streifte seine Schnauze meine Hand, während er den Apfel mit einem Biss aufnahm. Als ich aus meiner Tasche den zweiten holen wollte, riss er den Kopf in die Höhe, dass der Apfelsaft nur so spritzte. Im Nu stieg er wieder hoch und drosch zornig in die Luft. Da wusste ich, dass mir der entscheidende Moment entglitten war. Ich ließ den zweiten Apfel auf den Stallboden fallen und trat schnell hinaus, wo ich an der geschlossenen Tür verschnaufte und mir einen Faden Pferdespeichel aus dem Gesicht wischte. Der Stallbursche musterte mich verstohlen und fuhr mit seiner Flickarbeit fort.

Nun ja, dachte ich, es ist einfacher, dem armen Tier einen kleinen Gefallen zu tun als seinem Herrn und Meister.

Als ich wieder im Haus war, konnte ich hören, dass sich der Herr Pfarrer von seinem Stuhl erhoben hatte und hin und her ging. Die Böden des Pfarrhauses sind alt und dünn. Das Knarzen der Dielen verriet mir jeden seiner Schritte. Hin und her ging das, hin und her. Wenn ich ihn doch nur dazu bringen könnte herunterzukommen und im Garten auf und ab zu gehen. Aber als ich das einmal andeutete, sah er mich an, als hätte ich die Besteigung des White Peak vorgeschlagen. Als ich seinen Teller holen ging, lagen die Apfelschnitze immer noch völlig unberührt da. Sie wurden schon braun. Morgen werde ich mit der Arbeit an der Saftpresse beginnen. Auch wenn ich ihn zu keinem Bissen Essen bewegen kann, so wird er manchmal doch etwas trinken, ohne es recht zu merken. Außerdem wäre es unsinnig, einen Keller voller Obst verderben zu lassen. Denn eines kann ich ganz sicher nie mehr ertragen: den Geruch eines faulenden Apfels.

Wenn ich mich am Ende des Tages vom Pfarrhaus auf den Heimweg mache, gehe ich lieber durch den Obstgarten als die Straße entlang, wo ich Gefahr laufe, Menschen zu begegnen. Nach allem, was wir gemeinsam überstanden haben, kann man nicht einfach mit einem höflichen »Guten Abend« aneinander vorübergehen. Doch zu mehr fehlt mir die Kraft. Diese Erinnerungen an glückliche Tage sind nur flüchtig, gleichen Spiegelbildern in einem Fluss, die eine Sekunde lang, in Einzelteile zerbrochen, aufschimmern und anschließend im Strom der Trauer, der nun unser Leben prägt, mitgerissen werden. Ich kann nicht behaupten, dass ich je das empfinde, was ich damals empfunden habe, damals, als ich glücklich war. Aber manchmal rührt doch etwas an jenen Ort, wo dieses Gefühl gelebt hat, eine Berührung wie von Mottenflügeln, die uns im Dunkeln im Vorüberflattern geschwinde streifen.

Wenn ich in einer Sommernacht im Obstgarten meine Augen schließe, kann ich die hohen Kinderstimmen hören: Flüstern und Lachen, Füßegetrappel und Blätterrascheln. Immer zu dieser Zeit im Jahr denke ich an Sam – den starken Sam Frith, und wie er mich um die Taille fasst und auf den Ast eines knorrigen alten Baumes hebt. »Heirate mich«, sagte er. Und warum sollte ich nicht? Die Kate meines Vaters war seit je ein freudloser Ort. Mein Vater liebte das Bier mehr als seine Kinder, obwohl er jahrein, jahraus immer welche bekam. Für meine Stiefmutter Aphra war ich in erster Linie ein Paar Hände und erst danach ein Lebewesen, eine, die sich um ihre Jüngsten kümmert. Und doch war sie es, die sich für mich einsetzte. Ihre Worte beeinflussten meinen Vater so, dass er seine Zustimmung gab. In seinen Augen war ich noch immer ein Kind, zu jung, um in die Ehe versprochen zu werden. »Mann, mach deine Augen auf und schau sie dir an«, sagte Aphra. »Du bist der einzige Mann im Dorf, der's nicht tut. Besser, früh von Frith gefreit, als von irgendeinem Jüngling ins Bett gezerrt, dessen Schwanz härter ist als seine Moral.«

Sam Frith war Bergmann und hatte ein eigenes Bleiflöz zum Arbeiten. Er besaß ein hübsches kleines Häuschen. Seine erste Frau war gestorben, ohne ihm Kinder zu hinterlassen. Es dauerte nicht lange, und ich hatte Kinder von ihm. Zwei Söhne in drei Jahren. Drei gute Jahre, sollte ich wohl sagen, denn inzwischen gibt es viele, die zu jung sind, um zu wissen, dass wir damals nicht im Glauben an zukünftiges Glück aufgewachsen sind. Damals hatten die Puritaner hier im Dorf das Sagen. Inzwischen setzt man den wenigen, die noch unter uns sind, schwer zu. Mit ihren Predigten, denen wir in einer Kirche ohne jeden Zierrat lauschten, wuchsen wir auf. Ihre Ansichten bestimmten, was heidnisch war, dämpften den Sabbat und ließen die Kirchenglocken verstummen. Das Bier verschwand aus der Taverne und die Spitze von den Kleidern, die Bänder vom Maibaum und das Lachen aus den Dorfstraßen. Deshalb überfiel mich das Glück, das mir aus meinen Söhnen und aus dem Leben entgegenlachte, für das Sam sorgte, so unverhofft wie das erste Tauwetter im Frühling. Als sich alles erneut in trostloses

Elend verwandelte, überraschte es mich nicht. Ruhig trat ich an die Türe, in jener Nacht mit ihren blakenden Fackeln und gellenden Rufen und den Männern mit den rabenschwarzen Gesichtern, die im Dunkeln kopflos wirkten. Auch diese Nacht kann der Obstgarten wiederbringen, wenn ich hier in Gedanken verweile. Unter der Türe stand ich, mit dem Kleinsten im Arm, und sah, wie die Fackeln auf und nieder tanzten und irrwitzige Lichtbänder durch die Bäume flochten. »Geht langsam«, flüsterte ich. »Geht langsam, denn erst, wenn ich die Worte höre, ist's wahr.« Und sie gingen langsam und mühten sich den kleinen Hügel hinauf, als wär's ein Berg. Aber so langsam sie auch gingen, schließlich waren sie doch am Ziel, stießen einander an und traten von einem Bein aufs andere. Den Größten, Sams Freund, schoben sie nach vorne. An seinem Stiefel klebte ein fauliges Stück Apfel, zu Brei getreten. Seltsam, dass man so etwas bemerkt, aber vermutlich hatte ich nach unten gesehen, um ihm nicht ins Gesicht schauen zu müssen.

Vier Tage gruben sie Sams Leichnam aus. Anstatt zu mir nach Hause brachten sie ihn direkt zum Küster. Sie versuchten, ihn vor mir zu verbergen, aber ich ließ mich nicht abhalten. Wenigstens diese letzte Ehre würde ich ihm erweisen. Sie wusste das. »Sag ihnen, sie sollen sie zu ihm lassen«, sagte Elinor Mompellion mit ihrer sanften Stimme zum Pfarrer. Kaum hatte sie gesprochen, war es auch schon vorbei. Sie bat ihn ja so selten um etwas. Und auf das Nicken von Michael Mompellion hin traten sie beiseite, die hünenhaften Männer, und ließen mich durch.

Offen gestanden war nicht mehr viel von ihm übrig. Und doch versorgte ich das Wenige, das noch da war. Zwei Jahre ist das her. Seitdem habe ich viele Leichen versorgt, Menschen, die ich liebte, und Menschen, die ich kaum kannte. Aber Sam war der Erste. Ich wusch ihn mit der Seife, die er so gerne hatte, weil sie, wie er sagte, nach den Kindern duftete. Armer schwerfälliger Sam. Ihm wurde nie ganz klar, dass es die Kinder waren, die nach Seife dufteten. Jeden Abend, ehe er heimkam, wusch ich sie damit. Ich kochte sie mit Heideblüten, eine viel weichere Seife als die, die ich für ihn machte. Seine Seife bestand fast zur Gänze aus Sand und Unschlitt. Musste ja so sein, damit er sich den Schweiß und die Rußschicht von der Haut scheuern konnte. Dann vergrub er immer sein armes müdes Gesicht in den Haaren der Kleinen und atmete ihren frischen Duft ein. Näher kam er den luftigen Hügeln nicht. Bei Tagesanbruch in die Grube hinunter und nach Sonnenuntergang wieder heraus. Ein Leben im Dunkeln. Und dort auch ein Sterben.

Und jetzt ist es Elinor Mompellions Mann, der den ganzen Tag bei geschlossenen Läden im Dunkeln sitzt. Und ich versuche, ihm zu dienen, obwohl mich manchmal das Gefühl beschleicht, ich würde lediglich noch einen aus jener langen Totenprozession versorgen. Und doch tu ich's. Ich tu's für sie. Für sie tu ich's, rede ich mir ein. Warum sollte ich's denn sonst tun?

An solchen Abenden öffnet sich hinter meiner Haustür eine lastende Stille, die wie eine Decke auf mich herabfällt. Von allen einsamen Augenblicken in meinem Tageslauf ist dieser stets der einsamste. Wenn das Sehnen nach einer menschlichen Stimme zu heftig wird, habe ich mich schon manchmal, ich gesteh's, hinreißen lassen, meine Gedanken wie eine Irrsinnige laut vor mich hin zu murmeln. Doch dies gefällt mir gar nicht, denn ich befürchte, dass zur Zeit die Grenze zwischen mir und dem Irrsinn spinnwebenfein ist. Obendrein habe ich schon mit eigenen Augen gesehen, was es heißt, wenn eine Seele an jenen elenden Dämmerort hinüberwechselt. Und doch gestatte ich, die immer so stolz auf ihre Anmut war, mir heute bewusst ein tollpatschiges Benehmen. Ich lasse meine Füße schwer auftreffen, klappere mit dem Herdbesteck, und wenn ich Wasser heraufziehe, lasse ich die Eimerkette über den Stein schrappen, nur um anstatt der erstickenden Stille ein grelles Geräusch zu hören.

Wenn ich einen Unschlittstummel habe, lese ich, bis er flackert. Mistress Mompellion erlaubte mir immer, die Stummel aus dem Pfarrhaus mitzunehmen. Heutzutage gibt es nicht mehr viele davon, und doch wüsste ich nicht, wie ich ohne sie zu Rande käme. Denn die Stunde, in der ich mich in den Gedanken eines anderen verlieren kann, erleichtert mir die Last meiner eigenen Erinnerung. Doch wenn das Licht erloschen ist, werden die Nächte lang. Ich schlafe schlecht. Im Schlummer tasten meine Arme nach den kleinen warmen Körpern meiner Kinder, und wenn ich sie nicht finden kann, schrecke ich plötzlich hellwach auf.

Der Morgen tut mir meistens viel wohler als der Abend, er mit seiner Fülle an Vogelliedern und dem alltäglichen Versprechen, das jeder Sonnenaufgang mit sich bringt. Inzwischen halte ich mir eine Kuh, ein wahrer Segen, den ich mir in jenen Tagen nicht leisten konnte, als die Milch Jamie oder Tom hätte nützen können. Letzten Winter habe ich sie gefunden, wie sie abgemagert mitten auf der Straße lief. Aus ihren großen Augen traf mich ein solch hoffnungsloser Blick, dass es mir vorkam, als sähe ich in einen Spiegel. Die Kate meiner Nachbarn stand leer. So trieb ich sie hinein und machte daraus einen Schober für sie und fütterte sie während der kalten Monde mit Hafer dick und fett – herrenloses Futter, den Toten zu nichts mehr nütze. Dort bekam sie klaglos alleine ihr Kalb. Als ich es entdeckte, war es vermutlich schon zwei Stunden auf der Welt. Rücken und Flanken waren schon trocken, nur hinter den Ohren war es noch immer feucht. Ich verhalf ihm zu seinem ersten Schluck, indem ich ihm meine Finger ins Maul steckte und dazwischen ihre Zitze auf seine glitschige Zunge presste. Als Gegenleistung stahl ich am nächsten Abend ein bisschen von ihrer fetten, gelben Muttermilch, um daraus mit Ei und Zucker einen Bienenstich zu backen, den ich Mister Mompellion brachte. Er aß ihn. Da freute ich mich, als wäre er mein Kind, und dachte dabei, wie froh Elinor darüber wäre. Das kleine Stierkalb hat mittlerweile ein glänzendes Fell, und seine Mutter betrachtet mich mit freundlicher Duldsamkeit aus braunen Augen. Wie gerne lehne ich meinen Kopf an ihre warme Flanke und atme ihren Fellgeruch ein, während in meinem Eimer die Milch dampfend aufschäumt. Diese trage ich dann ins Pfarrhaus und mache daraus einen heißen Milchpunsch oder stampfe süße Butter oder schöpfe den Rahm ab und trage ihn zu einem Teller Heidelbeeren auf – was mir eben gerade als bester Gaumenschmaus für Mister Mompellion einfällt. Wenn der Eimer für unsere geringen Bedürfnisse voll genug ist, führe ich sie zum Grasen ins Freie. Seit letztem Winter ist sie so fett geworden, dass ich inzwischen jeden Tag befürchte, sie könnte mitten im Türrahmen stecken bleiben.

Mit dem Eimer in der Hand verlasse ich die Kate durch die Vordertüre. Morgens fühle ich mich eher zu einer Begegnung mit denen, die vielleicht schon draußen sind, im Stande. Wir alle hier, an diesem steilen Abhang des mächtigen White Peak, leben in der Schräge. Beim Bergaufgehen beugen wir uns immer vor, und um den steilen Abstieg zu bremsen, graben wir die Absätze in den Boden. Manchmal überlege ich mir, wie's wohl wäre, an einem Ort zu leben, wo das Land nicht so sehr ansteigt und die Menschen mit aufrechtem Gang die Blicke auf einen geraden Horizont richten können. Sogar die Hauptstraße unserer Stadt hängt nach einer Seite, sodass die Leute auf der dem Berg zugewandten Seite höher stehen als die anderen bergab.

Unser Dorf besteht aus einer losen Reihe von Behausungen, die sich östlich und westlich der Kirche dahinschlängelt. Hie und da zerfranst sich die Hauptstraße in ein paar schmalere

Pfade, die zur Mühle führen, nach Bradford Hall, zu den größeren Höfen und einsameren Katen. Schon immer haben wir hier mit dem gebaut, was zur Hand ist. Deshalb sind die Steine für unsere Wände aus dem örtlichen Granit geschlagen und die Dächer mit Heidematten gedeckt. Hinter den Katen links und rechts von der Straße liegen bebaute Felder und Gemeindewiesen, die abrupt an einer plötzlichen Erhebung oder einem Abgrund enden. Nördlich von uns ragt das Edge auf, dessen blankes Steingesicht das Ende des besiedelten Landes und den Beginn der Moore markiert, während sich zum Süden hin der Steilhang des Dale urplötzlich im Nichts verliert.

Ist schon merkwürdig, welchen Anblick unsere Hauptstraße heutzutage bietet. Früher habe ich im Sommer den Staub und im Winter den Schlamm verwünscht, wenn das Regenwasser in den Wagenspuren stehen blieb und sie in spiegelblanke Stolperfallen verwandelte. Jetzt hingegen gibt's weder Eis noch Schlamm, noch Staub, denn nun wächst überall Gras auf der Straße. Nur in der Mitte, wo wenige Füße das Unkraut abgetreten haben, zieht sich ein schmaler Trampelpfad hin. Jahrhundertelang haben die Menschen dieses Dorfes die Natur aus ihrer näheren Umgebung verdrängt. Weniger als ein Jahr hat sie gebraucht, um erneut Anspruch auf ihr Revier zu erheben. Mitten auf der Straße liegt eine Walnuss, aus der bereits ein Schössling sprießt, der im Größerwerden unseren Weg zur Gänze blockieren möchte. Ich habe ihn vom ersten Keimblatt an beobachtet und mir dabei überlegt, wann ihn wohl einer ausreißen würde. Bisher hat's noch niemand getan, und inzwischen hat er eine beachtliche Höhe. Fußabdrücke beweisen, dass wir alle um ihn herumgehen. Ist's Gleichgültigkeit? Oder ergeht es anderen so wie mir? Haben wir so unendlich vieles enden sehen, dass sie es nicht übers Herz bringen, einen spillerigen Schössling auszureißen, der sich zögernd ans Leben klammert?

Ohne einer Menschenseele zu begegnen, habe ich den Weg zum Pfarrhausgatter zurückgelegt. Deshalb war ich nicht darauf vorbereitet, jener Person gegenüberzutreten, die ich am wenigsten auf der ganzen Welt zu sehen wünschte. Kaum war ich durchs Gatter und hatte mich umgedreht, um den Riegel wieder vorzuschieben, hörte ich hinter mir Seide rascheln. Ich fuhr herum und verschüttete dabei Milch aus meinem Eimer. Elizabeth Bradford warf mir einen bösen Blick zu, als ein Tröpfchen auf dem dunkelvioletten Saum ihres Gewandes landete. »Tollpatsch!«, zischte sie. So traf ich sie fast im gleichen Zustand wieder wie beim letzten Augenblick vor über einem Jahr: mürrisch und verwöhnt. Leider lassen sich lebenslange Gewohnheiten nur schwer abschütteln. Unwillentlich versank ich in einen Knicks. Obwohl mein Kopf fest entschlossen war, dieser Frau keine solche Ehre zu erweisen, gehorchte mein Körper aus alter Gewohnheit.

Sie fand nicht einmal einen Gruß der Mühe wert. Typisch. »Wo steckt Mompellion?«, wollte sie wissen. »Seit gut einer Viertelstunde klopfe ich nun schon an diese Türe. So früh kann er doch unmöglich außer Haus sein.«

Ich zwang meine Stimme zu salbungsvoller Höflichkeit. »Miss Bradford«, sagte ich, ohne auf ihre Frage weiter einzugehen, »welch große Überraschung und unvorhergesehene Ehre, Sie hier in unserem Dorf zu erblicken. Sie haben uns in solcher Eile verlassen und inzwischen so viel Zeit verstreichen lassen, dass wir bereits alle Hoffnung aufgegeben hatten, je wieder mit Ihrer Gegenwart beehrt zu werden.«

Elizabeth Bradford war so maßlos stolz und derart begriffsstutzig, dass sie nur die Wörter hörte, dem Tonfall aber keine Beachtung schenkte. »In der Tat.« Sie nickte. »Meine Eltern waren sich darüber im Klaren, dass unsere Abreise eine unfüllbare Lücke hinterlassen würde. Sie sind sich ihrer Verpflichtungen stets aufs Äußerste bewusst gewesen. Und wie du weißt, sind wir genau aus diesem Pflichtgefühl heraus von Bradford Hall fortgegangen. Damit unsere Familie gesund bleibt und wir auch weiterhin unsere Verantwortungen erfüllen können. Mompellion hat doch sicher den Brief meines Vaters der Gemeinde vorgelesen?«

»Hat er«, erwiderte ich, ohne hinzuzufügen, dass er ihn zum Anlass genommen hatte, eine seiner flammendsten Predigten zu halten, die wir je von ihm gehört hatten.

»Also, wo steckt er? Man hat mich bereits lange genug warten lassen. Außerdem ist meine Angelegenheit dringlich.«

»Miss Bradford, ich muss Ihnen mitteilen, dass der Herr Pfarrer gegenwärtig niemanden empfängt. Die jüngsten Ereignisse sowie sein eigener schmerzhafter Verlust haben ihn so erschöpft, dass man ihm zur Zeit nicht einmal die Last der Gemeindearbeit im rechten Maße aufbürden kann.«

»Nun ja, das mag schon sein, soweit es den normalen Ansturm von Gemeindemitgliedern betrifft, aber er weiß ja nicht, dass meine Familie hierher zurückgekehrt ist. Sei so gut und teile ihm mit, dass ich ihn auf der Stelle zu sprechen wünsche.«

Jeder weitere Disput mit dieser Frau war zwecklos. Außerdem muss ich zugeben, dass ich vor Neugier fast platzte. Ich wollte unbedingt sehen, ob die Nachricht von der Bradfordschen Rückkehr in Mister Mompellion irgendwelche Gefühlsregungen hervorrufen würde. Vielleicht vermochte ihn der Zorn da zu packen, wo die Nächstenliebe versagt hatte. Vielleicht musste ihn ein derartiges Brandzeichen versengen.

Ich drehte mich um und ging voraus, um das große Pfarrhaustor zu öffnen. Darüber verzog sie das Gesicht; sie war es nicht gewohnt, mit Dienstboten eine Schwelle zu teilen. Sie hatte erwartet, ich würde zum Küchengarten herumgehen, dann wiederkommen und sie mit der üblichen Förmlichkeit hereinlassen. Das sah ich ihr genau an. Nun, die Zeiten hatten sich während der Bradfordschen Abwesenheit geändert, und je eher sie sich an die Unannehmlichkeiten der neuen Ära gewöhnte, umso besser.

Sie schob sich an mir vorbei und fand aus eigenen Stücken den Weg zum Salon, wo sie ihre Handschuhe auszog und damit ungeduldig in die flache Hand klatschte. Als ihr bewusst wurde, wie kahl der Raum war, aller seiner ehemaligen Bequemlichkeiten beraubt, war sie überrascht. Ich sah es ihr genau an. Ich ging weiter in die Küche. Egal, wie dringlich ihre Angelegenheit war, sie würde warten müssen, bis Mister Mompellion gefrühstückt hatte. War doch die dürftige Portion Haferkuchen und Sülze die einzige Mahlzeit, von der ich mit Sicherheit wusste, dass er sie auch tatsächlich einnahm. Als ich einige Minuten später mit dem vollen Tablett vorbeiging und flüchtig einen Blick durch die offene Türe warf, lief sie unruhig auf und ab und konnte kaum noch an sich halten. Ihre Augenbrauen waren zusammengezogen, ihre Stirn voller Runzeln. Es sah aus, als hätte jemand ihr Gesicht von unten gepackt und Richtung Boden gezerrt. Droben benötigte ich eine Minute, um meine Fassung wiederzugewinnen, ehe ich an die Tür klopfte. Wenn ich dem Herrn Pfarrer den Besuch meldete, wollte ich weder mit Worten noch mit meiner Miene mehr ausdrücken, als mir zustand.

»Komm«, sagte er. Bei meinem Eintreten stand er am Fenster. Erstmals waren die Läden offen. Er wandte mir den Rücken zu, als er sagte: »Elinor wäre traurig, wenn sie sähe, was aus ihrem Garten geworden ist.«

Zuerst wusste ich nicht, wie ich darauf antworten sollte. Die Wahrheit war zu offensichtlich. Wer sie aussprach, steigerte damit wahrscheinlich nur noch seine düstere Stimmung. Andererseits hieße es lügen, wenn man seine Aussage verneinte.

»Ich nehme an, sie hätte Verständnis dafür, warum es so ist«, sagte ich, wobei ich mich bückte, um die Teller vom Tablett zu nehmen. »Aber auch wenn wir genug Hände für die normalen

Arbeiten hätten – zum Unkrautjäten und für den Rückschnitt –, so wär's doch nicht ihr Garten. Ihr Blick würde uns fehlen. Denn das hat ihn zu ihrem Garten gemacht: die Art und Weise, wie sie sich im Winter beim Betrachten einer Hand voll winziger Samen vorstellen konnte, welche Blütenpracht Monate später im Sonnenlicht daraus entstehen würde. Es war, als malte sie mit Blumen.«

Als ich mich aufrichtete, hatte er sich umgewandt und starrte mich an. »Du hast sie *wirklich* gekannt!« Es klang, als wäre ihm das eben erst eingefallen.

Um meine Verwirrung zu verbergen, platzte ich mit dem heraus, was ich eigentlich so vorsichtig übermitteln hatte wollen. »Miss Bradford ist im Salon. Die Familie ist wieder im Herrenhaus. Sie sagt, sie müsse dringend mit Ihnen sprechen.«

Was dann geschah, verblüffte mich so sehr, dass ich beinahe das Tablett fallen ließ. Er lachte. Ein volles, amüsiertes Lachen. Ich hatte vergessen, wie so etwas klang, so lange hatte ich es schon nicht mehr gehört.

»Ich weiß, ich habe sie gesehen. Hat wie eine Belagerungsmaschine gegen meine Tür gedonnert. Ich dachte schon, sie wolle sie einreißen.«

»Welche Antwort soll ich ihr geben, Hochwürden?«

»Sag ihr, sie soll zur Hölle fahren.«

Beim Anblick meines Gesichtes lachte er wieder. Meine Augen müssen tellergroß gewesen sein. Mühsam rang er um Fassung, während er sich eine Lachträne aus dem Auge wischte. »Nein, man kann wohl kaum von dir erwarten, dass du solch eine Botschaft überbringst. Fasse sie in dir genehme Worte, egal, welche, aber übermittle Miss Bradford, dass ich sie nicht empfangen werde, und schaff sie aus diesem Haus.«

Mir kam es vor, als ginge ich in doppelter Gestalt die Treppe hinab. Die eine war das verschüchterte Mädchen, das in ständiger Angst für die Bradfords gearbeitet und ihre harten Blicke und bitteren Worte gefürchtet hatte. Die andere war Anna Frith, eine Frau, die mehr Schrecken Aug' in Auge gegenübergestanden war als viele Soldaten. Elizabeth Bradford war ein Feigling, die Tochter von Feiglingen. Als ich ihr im Salon entgegentrat, wusste ich, dass ich von ihr nichts mehr zu befürchten hatte.

»Tut mir Leid, Miss Bradford, aber der Herr Pfarrer sieht sich gegenwärtig außer Stande, Sie zu empfangen.« Ich hielt meine Stimme möglichst ausdruckslos, aber als die Unterkiefer in ihrem wütenden Gesicht zu mahlen begannen, ertappte ich mich beim Gedanken an meine wiederkäuende Kuh. Mister Mompellions befremdlicher Heiterkeitsanfall wirkte ansteckend. Nur mit großer Mühe gelang es mir, Haltung zu bewahren und fortzufahren. »Wie bereits erwähnt, kommt er derzeit keinerlei seelsorgerischen Pflichten nach und begibt sich weder in Gesellschaft, noch empfängt er irgendwelche Personen.«

»Wie kannst du es wagen, mich süffisant anzugrinsen, du freche Schlampe!«, schrie sie. »Mich wird er nicht abweisen, das wagt er nicht. Aus dem Weg!« Sie trat auf die Türe zu, aber ich war schneller und stellte mich ihr wie ein Hirtenhund, der auf einen ungebärdigen Hammel trifft, in den Weg. Einen langen Augenblick starrten wir einander an. »Na gut«, sagte sie und nahm ihre Handschuhe vom Kaminsims, als ob sie gehen wollte. Daraufhin trat ich beiseite, da ich sie eigentlich zur Vordertüre bringen wollte, aber stattdessen drückte sie sich an mir vorbei und war schon halb die Treppe hinauf, als der Pfarrer höchstpersönlich oben auftauchte.

»Miss Bradford«, sagte er, »hätten Sie die Güte, dort zu bleiben, wo Sie sind.« Trotz seiner leisen Stimme ließ sein gebieterischer Tonfall sie wie angewurzelt stehen bleiben. Die gebeugte Haltung der letzten Monate war wie weggeblasen, hoch aufgerichtet und kerzengerade stand er da. Endlich war er wieder am Leben. Und nun konnte ich trotz seines Gewichtsverlustes erkennen, dass die Auszehrung in seinem Gesicht keine zerstörerischen Spuren hinterlassen, sondern ihm sogar noch Charakter verliehen hatte. Es hatte eine Zeit gegeben, wo man bei seinem Anblick vielleicht behauptet hätte, er habe ein nichts sagendes Gesicht. Nur seine tief liegenden grauen Augen hatten in ihrer Lebendigkeit immer schon beeindruckt. Jetzt lenkten seine hohlwangigen Züge den ganzen Blick so sehr auf diese Augen, dass man sich ihnen nicht mehr entziehen konnte.

»Ich wäre Ihnen sehr verbunden, wenn Sie davon absehen würden, Mitglieder meines Haushaltes zu beleidigen, die doch lediglich meine Anweisungen ausführen«, sagte er. »Bitte haben Sie die Freundlichkeit, sich von Mistress Frith zur Türe begleiten zu lassen.«

»Das können Sie doch nicht machen!«, erwiderte Miss Bradford, diesmal allerdings im Tonfall eines ganz kleinen Kindes, dessen Wunsch nach einem Spielzeug vereitelt wurde. Da der Pfarrer eine halbe Treppe über ihr stand, musste sie wie ein Bittsteller zu ihm aufschauen. »Meine Mutter bedarf Ihrer…«

»Meine liebe Miss Bradford«, unterbrach er sie kühl, »im vergangenen Jahr hatten hier viele Menschen Bedürfnisse, zu deren Befriedigung Sie und Ihre Familie im Stande gewesen wären. Und doch waren Sie nicht… hier. Bitten Sie Ihre Mutter freundlichst, sie möge meine Abwesenheit gütigst im gleichen Maße tolerieren, wie dies Ihre Familie so lange bezüglich der eigenen für sich in Anspruch genommen hat.«

Inzwischen war sie rot angelaufen. Ihr Gesicht glich einem Flickenteppich. Plötzlich fing sie aus heiterem Himmel zu weinen an. »Mein Vater ist nicht mehr… mein Vater hat nicht… Es geht um meine Mutter. Meine Mutter ist schwer krank. Sie befürchtet… sie glaubt, sie wird daran sterben. Der Oxforder Chirurg schwor, dass es ein Geschwulst war, aber jetzt steht außer Frage… Bitte, Reverend Mompellion, ihr

Geist ist sehr verwirrt. Sie will keine Ruhe geben und redet nur noch davon, Sie zu sehen. Aus diesem Grund sind wir wieder hierher gekommen, damit Sie ihr vielleicht Trost spenden und dabei helfen können, dem Tod ins Antlitz zu schauen.«

Eine lange Weile blieb er stumm. Ich war überzeugt, er würde mich mit den nächsten Worten bitten, ihm Mantel und Hut herauszusuchen, damit er sich ins Herrenhaus begeben könne. Als er wieder sprach, war sein Gesicht so traurig, wie ich's schon oft gesehen hatte. Nur seine Stimme klang fremd und rau.

»Sollte sich Ihre Mutter von mir Absolution wie von einem Papisten erhoffen, dann hat sie ohne Erfolg eine lange und unbequeme Reise getan. Mit ihrer Bitte um Vergebung für ihr Verhalten sollte sie sich unmittelbar an Gott wenden. Leider fürchte ich, dass es ihr ergehen könnte wie schon vielen von uns hier, die in Ihm einen schlechten Beichtvater fanden.« Und damit drehte er sich um, stieg die Stufen zu seinem Zimmer hinauf und zog die Türe hinter sich zu.

Auf der Suche nach Halt packte Elizabeth Bradford hastig das Treppengeländer und klammerte sich daran, bis ihre Knöchel unter der Haut hervortraten. Sie zitterte, ihre Schultern bebten unter einem Schluchzen, das sie mit aller Macht unterdrücken wollte. Instinktiv trat ich zu ihr. Trotz meiner jahrelangen Abneigung gegen sie und ihrer Verachtung für mich sackte sie wie ein Kind in meine Arme. Eigentlich hatte ich sie zur Türe bringen wollen, aber bei ihrem derzeitigen Zustand konnte ich es nicht übers Herz bringen, sie ohne weiteres Federlesen hinauszubefördern, obwohl genau dies der eindeutige Wunsch des Herrn Pfarrers gewesen war. Stattdessen führte ich sie in die Küche und setzte sie behutsam auf die Anrichte. Dort löste sie sich so vollends in Tränen auf, dass das kleine Stück Spitze, das sie als Taschentuch benützte, restlos durchweicht war. Ich streckte ihr ein Geschirrtuch hin. Zu meinem

Erstaunen nahm sie es und schnäuzte sich derart unfein und unbefangen wie ein Gassenkind. Ich bot ihr einen Becher Wasser an, den sie durstig austrank. »Ich sagte, die Familie sei wieder da, aber in Wahrheit handelt es sich nur um meine Mutter, um mich und unsere persönlichen Bediensteten. Sie grämt sich so sehr, dass ich nicht weiß, wie ich ihr helfen kann. Seit mein Vater über ihren wahren Gesundheitszustand Bescheid weiß, will er mit ihr nichts mehr zu tun haben. Meine Mutter hat keinen Tumor, aber auch das, was sie hat, wird sie in ihrem Alter möglicherweise umbringen. Und mein Vater sagt, es sei ihm egal. Er ist ja schon immer grausam zu ihr gewesen, aber nun hat er den Gipfel an Erbärmlichkeit erreicht. Ständig sagt er die entsetzlichsten Dinge… Seine eigene Frau hat er Hure genannt…« Und hier hielt sie endlich inne. Sie hatte mehr gesagt als beabsichtigt, weit mehr, als sie hätte sagen sollen. Sie schoss von der Anrichte hoch, als hätte sich diese urplötzlich in eine heiße Herdplatte verwandelt, straffte die Schultern und streckte mir ohne ein Dankeschön das benützte Geschirrtuch und den leeren Becher hin. »Ich finde schon alleine hinaus«, sagte sie, während sie an mir vorbeirauschte, ohne mich auch nur eines Blickes zu würdigen. Ich folgte ihr nicht. Trotzdem wusste ich genau, dass sie fort war. Die große Eichentüre fiel laut ins Schloss.

Erst jetzt gestattete ich mir ein kurzes Erstaunen über das, was Mister Mompellion zu ihr gesagt hatte. Offenbar hatte sich sein Sinn noch mehr verdüstert, als ich vermutet hatte. Ich war besorgt um ihn und wusste doch nicht, womit ich ihm Trost bringen konnte. Trotzdem stieg ich leise die Treppe hinauf und lauschte draußen vor seiner Türe. Drinnen herrschte Stille. Ich klopfte sachte, und als von ihm keine Antwort kam, öffnete ich die Türe. Er saß da und hatte den Kopf in die Hände gestützt. Wie immer lag die Bibel neben ihm, ungeöffnet. Plötzlich stand mir wieder ganz deutlich vor Augen, wie er im letzten Winter am Ende eines der dunkelsten Tage genau so dagesessen hatte. Mit einem Unterschied: Neben ihm war Elinor gesessen und hatte mit sanfter Stimme aus den Psalmen vorgelesen. Mir war, als hörte ich es noch immer, ein leises, ach so tröstliches Murmeln, nur unterbrochen durch das sachte Rascheln beim Umblättern. Ohne ihn um Erlaubnis zu bitten, hob ich die Bibel auf und schlug eine mir wohl bekannte Stelle auf:

»Lobe den Herrn, meine Seele,
und vergiss nicht, was Er dir Gutes getan hat!
Der dir all deine Sünden vergibt,
und heilet alle deine Gebrechen;
Der dein Leben vom Verderben erlöset ...«

Er erhob sich aus seinem Lehnstuhl und nahm mir das Buch aus der Hand. Seine Stimme klang tief und doch zerbrechlich. »Sehr gut gelesen, Anna. Ich sehe, meine Elinor war eine hervorragende Lehrerin. Aber warum hast du nicht diese Stelle gewählt?« Er blätterte ein paar Seiten um und begann zu rezitieren:

»Dein Weib wird sein wie ein fruchtbarer Weinstock
drinnen in deinem Hause,
deine Kinder wie Ölzweige um deinen Tisch her ...«

Er hob die Augen und starrte mich durchdringend an, ehe er langsam und ganz bewusst die Hand öffnete. Das Buch glitt ihm aus den Fingern. Instinktiv stürzte ich vor, um es zu fangen, aber er packte meinen Arm. Mit einem dumpfen Knall fiel die Bibel zu Boden.

Da standen wir nun, von Angesicht zu Angesicht. Immer stärker umklammerte seine Hand meinen Unterarm, bis ich dachte, er würde ihn brechen. »Herr Pfarrer«, sagte ich, wobei ich mich mit aller Macht um eine ruhige Stimme bemühte. Daraufhin ließ er meinen Arm fallen, als sei er ein heißes Brandeisen, und raufte sich mit der Hand die Haare. Sein derber Griff hatte eine rote Druckstelle hinterlassen, in der es heftig pochte. Ich konnte spüren, wie mir Tränen in die Augen schossen, und wandte mich ab, damit er sie nicht sehen konnte. Diesmal ging ich unaufgefordert.

FRÜHLING

Anno 1665

Rosenkranz

Der Winter nach Sams Tod in der Grube war die härteste Jahreszeit meines bisherigen Lebens. Als daher im darauf folgenden Frühling George Viccars auf der Suche nach Logis an meine Türe trat und anklopfte, glaubte ich, Gott hätte ihn gesandt. Später gab es welche, die sagten, es sei der Teufel gewesen.

Um mir das zu sagen, kam Klein Jamie ganz erhitzt und aufgeregt zu mir gelaufen, wobei er über seine Füße ebenso stolperte wie über die Wörter. »Draußen, Mami, 'n Mann. Draußen, an'er Tür, 'n Mann.«

Als ich vom häuslichen Herd trat, zog George Viccars schwungvoll seinen Hut vom Kopf und richtete den Blick respektvoll zu Boden, ganz im Gegensatz zu all den anderen Männern, die dich wie ein Stück Rindvieh bei der Versteigerung mustern. Wer mit achtzehn Witwe ist, gewöhnt sich allmählich an diese Blicke und wird gegenüber den Männern, die sie einem zuwerfen, abgehärtet.

»Wenn's beliebt, Mistress Frith, so hat man mir im Pfarrhaus erzählt, Sie hätten vielleicht ein Zimmer zu vermieten.«

Störschneider sei er, sagte er, und seine eigene gute und schlichte Kleidung verriet, dass er Talent besaß. Obwohl er schon den ganzen langen Weg von Canterbury zurückgelegt hatte, sah er sauber und ordentlich aus. Das beeindruckte mich vermutlich. Gerade eben hatte er sich eine Stelle bei meinem Nachbarn Alexander Hadfield gesichert, der zurzeit Aufträge im Übermaß befriedigen musste. Er wirkte bescheiden und unaufdringlich, aber als er mir sagte, er sei bereit, wöchentlich einen Sixpence für die Dachkammer unter meinem Giebel zu bezahlen, hätte ich ihn sogar genommen, wenn er wie ein Trunkenbold gegrölt hätte und schmutzig wie eine Sau gewesen wäre. Ich vermisste die Einkünfte von Sams Flöz schmerzlich. Da ich Tom immer noch stillte, konnte ich den kargen Ertrag vom Vieh nur wenig durch meine vormittägliche Arbeit im Pfarrhaus und gelegentliche Dienste im Herrenhaus aufbessern, wenn dort zusätzliche Hände gebraucht wurden. Mister Viccars' Sixpence würde für unser Häuschen viel bedeuten. Aber am Ende der Woche hätte am liebsten ich ihn bezahlt, denn George Viccars brachte das Lachen wieder ins Haus. Und als ich später erneut einen klaren Gedanken fassen konnte, war ich froh, dass mir die Erinnerung an jene Frühlings- und Sommertage blieb, an denen Jamie lachte.

Während meiner Arbeit passte die junge Tochter der Martins an meiner Stelle auf das Baby und Jamie auf. Sie war ein braves Mädchen und ließ die Kinder nicht aus den Augen, aber ansonsten war sie eine Puritanerin durch und durch, die Lachen für gottlos hielt. Jamie mochte ihre ernste Art nicht und war immer so froh, wenn er mich heimkommen sah, dass er zur Türe sauste und ganz fest meine Knie umklammerte. Am Tag nach George Viccars' Ankunft stand jedoch kein Jamie an der Türe, doch ich hörte hohes Kinderlachen. Ich weiß noch genau, wie verwundert ich war. Was war mit Jane Martin geschehen? Hatte sie sich tatsächlich überwunden, mit ihm zu spielen? Als ich zur Türe kam, rührte Jane mit ihrer üblichen schmallippigen finsteren Miene im Suppentopf, während George Viccars auf allen vieren mit einem vor Begeisterung quietschenden Jamie als Reiter auf dem Rücken durchs ganze Zimmer kroch.

»Jamie! Steig sofort von dem armen Mister Viccars herunter!«, rief ich, aber George Viccars warf nur lachend seinen Blondschopf zurück und wieherte. »Ich bin sein Pferd, Mistress Frith, wenn Sie nichts dagegen haben. Er ist ein ausgezeichneter Reiter und gibt mir kaum die Peitsche.« Am nächsten Tag fand ich beim Heimkommen einen Jamie vor, der wie ein Harlekin mit sämtlichen Stoffresten aus George Viccars' Felleisen herausgeputzt war. Und wieder einen Tag später waren die zwei gerade dabei, die Stühle mit Hafersäcken zu verhängen, um daraus ein Haus zum Versteckspielen zu bauen.

Ich versuchte, George Viccars wissen zu lassen, wie sehr ich seine Freundlichkeit schätzte, aber er tat meinen Dank nur ab. »Ach, er ist ein prächtiger kleiner Junge. Sein Vater muss sehr stolz auf ihn gewesen sein.« Also versuchte ich, es ihm dadurch zu entgelten, dass ich besser auftischte, als es bei uns ansonsten üblich gewesen wäre. Und er lobte mich überschwänglich für meine Kochkünste. Da es damals in den Nachbardörfern keinen Schneider gab, hatte Mister Hadfield reichlich Arbeit für seinen neuen Gesellen. Mister Viccars nähte bis tief in die Nacht hinein und verbrannte eine ganze Unschlittkerze, während er mit flinker Nadel am Feuer saß. Wenn ich nicht zu müde war, suchte ich mir manchmal in Herdnähe eine Beschäftigung, um ihm ein wenig Gesellschaft zu leisten, was er mir mit vielerlei Geschichten aus jenen Orten vergalt, wo er sich schon aufgehalten hatte. Für einen jungen Mann hatte er bereits viel gesehen und konnte außerdem sehr lebendig erzählen. Wie die meisten in unserem Dorf hatte auch ich keine Möglichkeit, weiter zu reisen als bis zum sieben Meilen entfernten Marktflecken. Chesterfield, unsere nächste Stadt, liegt doppelt so weit weg, doch einen Anlass für eine Reise dorthin hatte ich nie gehabt. Mister Viccars kannte die großen Städte London und York, das rege Hafenleben von Plymouth sowie den nicht enden wollenden Pilgerstrom in Canterbury. Ich lauschte seinen Geschichten über diese Orte und über die Art, wie die Leute dort lebten, mit Vergnügen.

Solche Abende hatte ich mit Sam nie gehabt. Er hatte sich

für jegliche Information aus der winzigen Welt, an der ihm lag, auf mich verlassen. Er wollte nur von den Dorfbewohnern hören, die er von Kindesbeinen an kannte, von den kleinen Ereignissen, die ihre Tage prägten. Und deshalb erzählte ich ihm so bedeutende Neuigkeiten wie vom neuen Stierkalb, das bei Martin Highfield eingetroffen war, und von der Witwe Hamilton, die auf ihre Schafschur wartete. Er war's zufrieden, wenn er nur völlig erschöpft auf seinem Stuhl saß, der seinen mächtigen Körper nicht fassen konnte und darunter ganz winzig aussah. Wenn mir der Gesprächsstoff ausging, strahlte er mich noch breiter an und griff nach mir. Seine Hände waren große, schrundige Pranken mit zerbrochenen, geschwärzten Nägeln. In seiner Vorstellung bestand der Liebesakt aus einem raschen und verschwitzten Ringkampf, einem Erguss und danach – Schlaf. Ich dagegen lag anschließend stets noch unter seinem schweren Arm wach und versuchte, mir die dämmrigen Untiefen seines Geistes auszumalen. Sams Welt war ein feuchtdunkles Labyrinth aus Schächten und Stollen, fünf Klafter unter der Erde. Er wusste, wie man mit Wasser und Feuer Kalkstein sprengt, kannte den gegenwärtigen Wert eines Bleibarrens, wusste, wessen Flöze vermutlich noch vor Jahresende erschöpft waren und wer wem etwas droben unter dem Edge geklaut hatte. So weit ihm die Bedeutung von Liebe bewusst war, wusste er, dass er mich liebte, umso mehr, nachdem ich ihm Söhne geschenkt hatte. In diesen engen Grenzen verlief sein ganzes Leben.

George Viccars schien nie Grenzen gekannt zu haben. Beim Eintritt in unser Häuschen brachte er die große weite Welt mit. Er stammte aus dem Peak District und war in einem Dorf am Fuße des Kinder Scout geboren worden. Allerdings hatte man ihn schon als Lehrling nach Plymouth geschickt, wo er im Hafen Seidenhändler gesehen und sich mit Spitzenmachern angefreundet hatte, sogar mit verfeindeten Holländern. Und welche

Geschichten er erzählen konnte: von barbarischen Seefahrern, die indigoblaue Turbane um ihre kupferfarbenen Gesichter wickelten; von einem muselmanischen Kaufmann, dessen vier Frauen so tief verschleiert waren, dass jede beim Herumlaufen nur mit einem Auge aus ihrer Hülle blinzeln konnte. Am Ende seiner Lehrzeit war er nach London gegangen, da die Rückkehr von König Karl II. für Aufschwung in jeglichem Gewerbe gesorgt hatte. Dort war er reichlich damit beschäftigt gewesen, Livreen für die Bediensteten der Höflinge zu schneidern. Und trotzdem war er der Stadt überdrüssig geworden.

»London ist etwas für die ganz Jungen und die Schwerreichen«, sagte er. »Andere können dort nicht lange Erfolg haben.«

Angesichts der Tatsache, dass er noch nicht einmal Mitte zwanzig war, meinte ich lächelnd, auf mich wirke er aber noch jung genug, um Straßenräubern auszuweichen und von durchzechten Nächten in Bierschenken Abstand zu nehmen.

»Schon möglich, Mistress«, erwiderte er. »Trotzdem wurde ich es Leid, nicht weiter als bis zur rußgeschwärzten Wand auf der gegenüberliegenden Straßenseite zu sehen und immer nur den Krach von Kutschenrädern zu hören. Ich sehnte mich nach Platz und guter Luft. Man möchte nicht meinen, dass in London Menschen überhaupt noch Luft einatmen. Überall spucken die Kohlefeuer Ruß und Schwefel aus, vergiften das Wasser und verwandeln sogar die Paläste in schwarz-düstere Ruinen. Die Stadt gleicht einem korpulenten Mann, der sich in das Wams zu zwängen versucht, das er als kleiner Junge trug. So viele sind auf der Suche nach Arbeit dorthin gezogen, dass bis zu zehn und zwölf Menschen in einem einzigen Raum zusammengepfercht leben müssen, der nicht größer ist als der, in dem wir sitzen. Arme Seelen haben versucht, an ihre Behausungen anzubauen und möglichst viel Raum zu gewinnen. Nun ragen diese unförmigen Gebäudeteile so weit in die Gassen hinein und schwanken hoch über verrottenden Dächern, dass man sich nur wundern kann, wie sie dieses Gewicht tragen können. Irgendwie kleben überall Dachrinnen und Wasserspeier daran, sodass einem nach jedem Regen noch lange das Wasser auf den Kopf tropft und man immer klammfeucht ist.«

Außerdem hatte er, nach eigenen Worten, allmählich jene feinen Herren satt, die für ihren gesamten Haushalt maßgeschneiderte Livreen bestellten und ihn dann ein Jahr und mehr warten ließen, bis sie ihre Rechnungen beglichen. »Eines kann ich Ihnen versichern: Ich muss mich schon glücklich schätzen, wenn ich überhaupt bezahlt wurde«, fügte er hinzu, denn er hatte Kollegen gehabt, die durch die säumigen Zahler in den Ruin getrieben worden waren.

Nachdem er sich vergewissert hatte, dass ich keinerlei puritanische Neigungen hatte, verriet er mir einige Geschichten von derben Zechgelagen, die er selbst in der Stadt erlebt hatte, nachdem der König nach seinem Exil wieder heimatlichen Boden angelaufen hatte. Anfänglich war ich überzeugt, er würde diese genauso kunstvoll ausschmücken wie die Stoffe in seiner Hand. Deshalb forderte ich ihn eines Abends heraus, als wir einträchtig beieinander saßen. Er im Schneidersitz auf dem Boden unter dem Stück Leinen, das er gerade stickte, ich mit fettigen Fingern am Tisch, wo ich Haferkekse formte und zum Trocknen vor dem Feuer auffädelte.

»Nein, Mistress, ganz und gar nicht, im Gegenteil. Schließlich will ich Sie nicht beleidigen.«

Darüber lachte ich und erklärte ihm, wer wissen möchte, wie es in der Welt zugeht, müsse sich auf eine nicht allzu nette Wahrheit gefasst machen. Vielleicht habe ich ihn zu sehr in diese Richtung gedrängt, vielleicht war aber auch der zweite Becher meines selbst gebrauten guten Bieres daran schuld, das ich ihm einschenkte. Jedenfalls legte er mit einer Geschichte los, wie der König einmal verkleidet in ein Hurenhaus ging und dort gründlich von Taschendieben ausgenommen wurde. Mister Viccars war überrascht, als ich darüber lachte und zu ihm meinte, hoffentlich hätte sich die fragliche Dame mit einer stolzen Summe aus dem Staub gemacht, denn das hätte sie sich mit ihren Diensten an so einem Kerl redlich verdient.

»Sie tadeln sie nicht, weil sie ein Leben in Lust und Ausschweifung gewählt hat?«, erkundigte er sich mit gespieltem Ernst und zog die Augenbrauen hoch.

»Schon möglich«, erwiderte ich, »aber ehe ich einen Schuldspruch fälle, wüsste ich gerne, welche Möglichkeiten sie in jener harten Welt hatte, die Sie mir beschrieben haben. Wer in der Gosse ertrinkt, zerbricht sich vermutlich in erster Linie den Kopf übers Ertrinken und nicht über den Gestank.« Vielleicht war meine Bemerkung zu offen, denn was er nunmehr aus den Gedichten des königlichen Lieblingspoeten, des Earls von Rochester, zitierte, schockierte mich so sehr, dass ich noch immer den Großteil der Zeilen weiß. George Viccars war ein guter Schauspieler. Bevor er mir die Verse aufsagte, äffte er ein geckenhaftes Grinsen nach und änderte seine sanfte Stimme in ein vornehmes Gewiehere:

»Um elf aus dem Bett, zum Diner um zwei,
Vor sieben besoffen, und dann, eideidei,
Holt mir die Hure. Doch aus Angst vor der Fotze
Fick ich die Hand ihr und in den Schoß ich kotze…«

Weiter ließ ich ihn nicht aufsagen. Ich legte die Hände über die Ohren und entschuldigte mich auf der Stelle. Gewiss ist es mir zuwider, andere Menschen abzuurteilen, und doch fällt es mir schwer zu glauben, dass sich die Adeligen und Vornehmen, die sich so viel auf ihre Überlegenheit über uns zugute halten, so widerwärtig benehmen können, dass im Vergleich dazu die

Miesesten von uns wie Engel wirken. Als ich später in meinem Zimmer zwischen meinen Kleinen, die sich neben mir zusammengerollt hatten, auf der Pritsche lag, bedauerte ich mein Verhalten. Eigentlich wollte ich doch unbedingt über Orte und Leute Bescheid wissen, die ich nie persönlich zu Gesicht bekommen würde. Deshalb befürchtete ich jetzt, Mister Viccars würde mich für derart prüde halten, dass er nicht mehr offen mit mir spräche.

Und tatsächlich wirkte der arme Mann am nächsten Tag ganz betreten und befürchtete, er habe mich unwiderruflich beleidigt. Daraufhin erklärte ich ihm, Wissen an und für sich sei nichts Böses, das habe mir unser Herr Pfarrer persönlich erzählt. Nur die Art und Weise, wie jemand damit umgeht, könne seine Seele in Gefahr bringen. Ich äußerte meine Dankbarkeit dafür, dass mir Einblick in den Zustand der höchsten Kreise unseres Landes gewährt worden war. Und noch dankbarer wäre ich, wenn ich weitere derartige Gedichte zu hören bekäme. Sei es denn nicht recht und billig, wenn sich alle loyalen Untertanen Seiner Majestät bemühten, es dem König gleichzutun? Damit zogen wir das Ganze ins Scherzhafte, und während der Frühling langsam dem Sommer wich, wurde unser Umgang immer selbstverständlicher.

Alexander Hadfield hatte aus London einen Ballen Stoffe bestellt. Als das Paket eintraf, herrschte große Aufregung, wie es eben immer ist, wenn Waren aus der Stadt ankommen. Schließlich wollten viele im Dorf unbedingt wissen, welche Farben und Schnitte man derzeit in der Stadt trägt. Weil das Paket feucht ankam – es hatte die letzte Wegstrecke in einem offenen Ochsenkarren ungeschützt im Regen zurückgelegt –, bat Alexander Hadfield seinen Gehilfen, sich um das Trocknen zu kümmern. Also zog George Viccars Leinen durch unseren Garten vor der Kate und schlang die Stoffbahnen darum. Damit hatte jeder reichlich Gelegenheit, sie sich anzusehen und seine Bemerkungen dazu abzugeben. Natürlich machte Jamie ein Spiel daraus, rannte zwischen den flatternden Bahnen hin und her und tat so, als sei er ein Ritter beim Turnier.

George Viccars hatte überreichlich Bestellungen. Umso überraschter war ich, als ich nur wenige Tage nach der Ankunft der Londoner Stoffe bei meiner Rückkehr von der Arbeit ein Kleid aus feinster Wolle zusammengefaltet auf dem Lager in meinem Zimmer vorfand. Es hatte die grün-goldene Farbe sonnengefleckter Blätter und einen schlichten, aber guten Schnitt, der trotzdem schmeichelte, da Kragen und Manschetten mit Genueser Spitze verziert waren. So etwas Hübsches hatte ich noch nie besessen. Sogar für meine Hochzeit hatte ich mir von einer Freundin ein Kleid geborgt. Und seit Sams Tod hatte ich ein und denselben formlosen Kittel aus rauer Serge getragen, puritanisch schwarz und ohne jegliche Verzierung. Eigentlich erwartete ich auch künftig nichts anderes, da ich weder über Geldmittel verfügte noch zur Putzsucht neigte. Und doch hielt ich das weiche Gewand vor mich hin, trat ans Fenster und versuchte, wie ein aufgeregtes Mädchen ein wenig von meinem Spiegelbild in der Scheibe zu erhaschen. Im Glas sah ich George Viccars hinter mir stehen und ließ das Gewand fallen. Ich schämte mich, weil man mich bei hoffärtigem Tun ertappt hatte. Aber er strahlte mich an, und als er meine Verlegenheit bemerkte, senkte er höflich die Augen.

»Verzeihen Sie mir, aber schon beim ersten Anblick dieses Tuches habe ich sofort an Sie gedacht, denn das Grün entspricht genau Ihrer Augenfarbe.«

Ich spürte, wie ich rot anlief. Und weil ich mich darüber ärgerte, brannten Wangen und Hals nur noch mehr. »Sie sind so freundlich, aber trotzdem kann ich dieses Gewand nicht von Ihnen annehmen. Sie wohnen hier bei mir zur Untermiete, und ich bin froh, jemanden wie Sie zu haben. Aber es muss Ihnen klar sein, dass es gefährlich ist, wenn Mann und Frau unter einem Dach wohnen. Ich fürchte, wir überschreiten die Grenzen zur Freundschaft allzu hastig ...«

»Wenn's doch nur so wäre«, warf er leise ein und machte ein ernstes Gesicht. Seine Augen suchten mich. Nun lief ich erneut puterrot an und wusste keine Antwort mehr. Auch er wirkte ziemlich erhitzt. Ob auch er rot wurde? Aber als er dann einen Schritt auf mich zu tat, stolperte er ein bisschen und musste sich rasch mit einer Hand an der Wand abstützen, um sein Gleichgewicht wiederzufinden. Plötzlich spürte ich, wie leiser Ärger in mir hochstieg, denn ich dachte, er hätte sich aus dem Bierkrug bedient. Ich wappnete mich, falls sich sein Benehmen jenen Grog umnebelten Tölpeln annähern sollte, mit denen ich mich manchmal seit Sams Tod auseinander setzen musste. Aber George Viccars hielt seine Hände im Zaum, hob sie an die Braue und rieb darüber, als ob er Schmerzen hätte. »Behalten Sie das Gewand auf alle Fälle«, meinte er leise. »Ich möchte Ihnen nur dafür danken, dass Sie mich in Ihrem Haus willkommen heißen.«

»Sir, ich danke Ihnen. Trotzdem kommt es mir nicht richtig vor«, sagte ich, wobei ich das Gewand faltete und ihm hinhielt.

»Warum holen Sie sich nicht morgen früh Rat, wenn Sie im Pfarrhaus sind?«, sagte er. »Falls Ihr Pastor nichts Unschickliches daran findet, dann gibt's da wohl auch nichts zu finden, oder?«

Ich fand seinen Vorschlag ziemlich weise und stimmte zu, denn eines wusste ich: Wenn ich auch in einer derartigen Angelegenheit mein Herz nicht dem Herrn Pfarrer ausschütten konnte, so wüsste doch Elinor Mompellion einen Rat. Außerdem entdeckte ich zu meiner Überraschung, dass in mir noch immer genug Weiblichkeit lebte, um dieses Gewand tragen zu wollen.

»Werden Sie's denn nicht wenigstens anprobieren? Jeder Handwerker wüsste doch nur allzu gern, wo er in seinem fachlichen Können steht. Und sollten Sie morgen erfahren, dass Sie dieses Geschenk nicht annehmen dürfen, dann haben Sie meine Mühen und meinen Stolz auf meine Handwerkskunst wenigstens damit vergolten, dass Sie mich sehen lassen, wie ich gearbeitet habe.«

Habe ich Recht getan, weil ich auf seinen Vorschlag so bereitwillig eingegangen bin? Da stand ich nun im Türrahmen und betastete den feinen Stoff. Meine Neugierde, dieses Gewand am eigenen Körper zu haben, siegte über mein Gespür dafür, was sich schickte und was nicht. Ich winkte Mister Viccars die Treppe hinunter, wo er auf mich warten sollte, und zog meine grobe Serge-Tunika aus. Erstmals seit Monaten fiel mir auf, wie verschmuddelt meine Unterwäsche war, voller Schweiß- und Milchflecken. Da ich es unschicklich fand, das neue Kleid über diese unsauberen Teile anzuziehen, schlüpfte ich auch aus diesen. Einen Augenblick stand ich da und betrachtete meinen Körper. Harte Arbeit und ein karger Winter hatten mir die weichen Polster geraubt, die von Toms Geburt zurückgeblieben waren. Sam hatte es gemocht, wenn ich etwas auf den Rippen hatte. Was mochte wohl George Viccars? Der Gedanke erregte mich so, dass ich rot anlief und meine Kehle eng wurde. Ich hob das grüne Kleid auf. Weich glitt es über mein nacktes Fleisch. Mein Körper fühlte sich so lebendig wie schon lange nicht mehr, und ich wusste nur allzu genau, dass dies nur teilweise damit zu tun hatte, wie gut sich dieses Kleid anfühlte. Bei jeder Bewegung schwang der Rock mit, und ich hätte am liebsten getanzt wie ein Mädchen.

George Viccars hatte mir den Rücken zugedreht und wärmte sich die Hände am Feuer. Als er meine Schritte auf der Treppe hörte, drehte er sich um und hielt die Luft an. Dann strahlte er übers ganze Gesicht. Ich drehte mich im Kreise, wodurch der Rock um mich herumwirbelte. Er klatschte in die Hände und breitete sie anschließend weit aus. »Mistress, Ihnen würde ich ein Dutzend solcher Gewänder machen, um Ihre Schönheit zu unterstreichen!« Dann schwand der spielerische Ton aus seiner Stimme, sie wurde leiser, belegt. »Ich wünschte, Sie würden mich für wert halten, Sie in jeder Hinsicht zu versorgen.« Er kam durchs Zimmer auf mich zu, umfasste meine Taille, zog mich zärtlich an sich und küsste mich. Ich will nicht behaupten, dass ich wüsste, was passiert wäre, wenn sich seine Haut bei der leisesten Berührung nicht derart heiß angefühlt hätte, dass ich zurückwich.

»Aber Sie haben ja Fieber!«, rief ich und legte ihm mütterlich die Hand auf die Stirn. Damit war der Zauber dieses Augenblicks gebrochen.

»Das ist wahr«, sagte er, wobei er mich losließ und sich erneut die Schläfen rieb. »Schon den ganzen Tag habe ich mich gefühlt, als ob eine Krankheit im Anzug sei. Jetzt ist sie wohl da, denn mein Kopf dröhnt, und ein schrecklicher Schmerz wühlt in meinen Knochen.«

»Gehen Sie zu Bett«, sagte ich zärtlich. »Ich werde Ihnen ein kühles Getränk mit nach oben geben. Morgen, wenn Sie wieder ganz gesund sind, werden wir über diese Dinge sprechen.«

Ich weiß nicht, wie George Viccars in jener Nacht schlief. Ich jedenfalls fand nur mühsam Ruhe. Meine Gedanken purzelten durcheinander und verwirrten mich, Gefühle erwachten wieder, die mir nicht gänzlich willkommen waren. Lange Zeit lag ich im Dunkeln da und lauschte den leisen weichen Atemzügen meiner Kleinen, die wie Tiere neben mir atmeten. Ich schloss die Augen und beschwor jenes Gefühl herauf, das ich empfunden hatte, als sich George Viccars' Hände zärtlich um meine Taille legten. Ich glich einer Frau, die den ganzen Tag das Essen vergisst, bis der Duft aus einer fremden Bratpfanne sie an ihren unbändigen Hunger erinnert. In der Dunkelheit umschloss meine ausgestreckte Hand Toms winzige Faust, die an eine Knospe erinnerte. Dabei wurde mir eines klar: Ich liebte die Berührung durch die Händchen meiner Kinder, und doch war da noch eine andere Art von Berühren, wonach mein Körper hungerte – hart und drängend.

Am Morgen erhob ich mich noch vor dem ersten Hahnenschrei, um meine Haushaltspflichten zu erledigen, bevor George Viccars aus seiner Dachkammer herunterkam. Ich wollte ihm erst dann begegnen, nachdem ich mir über meine Wünsche klar geworden war. Die Kinder ließ ich schlafend in einem Knäuel zurück, den Winzling Tom, der sich wie eine Nuss in ihre Schale kuschelte, während Jamie die dünnen Ärmchen weit über die Pritsche breitete. So süß dufteten die beiden, wie sie da lagen, warm vom Nachtschlaf. Auf ihren Köpfchen spross das zarte blonde Flaumhaar ihres Vaters und schimmerte hell in der Dämmerung. Zwischen meinen dichten dunklen Haaren und ihren blassen Locken konnte es keinen größeren Unterschied geben. Allerdings meinte jeder, ihre kleinen Gesichter würden eher meinem ähneln als dem ihres Vaters, falls man so etwas in derart unausgeprägten Gesichtszügen bereits unterscheiden kann. Ich drückte mein Gesicht in ihren Nacken und atmete ihren Hefegeruch ein. Gott warnt uns, wir sollen kein irdisch Gut mehr lieben als Ihn, und doch erweckt Er im Herzen einer Mutter eine so glühende Zuneigung zu ihren Kindern. Es ist mir unbegreiflich, wie Er uns nur so hart prüfen kann.

Drunten fachte ich die Glutbrocken an, bis das Feuer wieder brannte, und ging dann nach draußen zum Brunnen, um die tägliche Wasserration zu holen. Ich setzte einen großen Kessel aufs Feuer und goss mir selbst eine Schüssel voll ein, um mich zu waschen, sobald es nicht mehr ganz so kalt war, wie es aus der Erde kam. Nachdem ich noch mehr heraufgezogen hatte, schrubbte ich die Sandsteinplatten. Während sie trockneten, wickelte ich mich in mein Tuch, nahm Suppe und Brot in den Küchengarten hinaus, wo es bereits hell wurde, und schaute zu, wie sich der Himmel am Rande rosig färbte und die Nebelschwaden von den beiden Flüssen aufstiegen, die unseren Weiler einschließen. Von unserem Dorf hat man eine schöne Aussicht, und an jenem Morgen lag lehmig-schwerer Sommerduft in der Luft. Genau der richtige Morgen, um über einen neuen Anfang nachzusinnen. Beim Anblick eines Braunkehlchens, das einen Wurm als Futter für seine Jungen heranschleifte, kam ich ins Grübeln. Sollte auch ich mich auf die Suche nach jemandem machen, der mir beim Aufziehen meiner Buben half?

Sam hatte mir zwar die Kate samt Schafhürde hinterlassen, aber als man seine Leiche aus der Grube brachte, wurde sein Bergrecht noch am selben Tag gestrichen. An diesem Tag erklärte ich ihnen, sie müssten nicht drei, sechs oder neun Wochen warten, bis sie das erneut tun könnten, da ich weder die eingestürzten Wände abstützen konnte noch Geldmittel besaß, um dies von jemand anderem machen zu lassen. Jetzt gehört das Flöz Jonas Howe. Da er ein guter Mensch und ein Freund von Sam ist, hat er das Gefühl, er hätte mich betrogen, obwohl ich wirklich nicht weiß, wieso. Man kann wohl kaum von Betrug reden, wenn hier seit Urzeiten ein striktes Gesetz gilt, dass niemand eine Grube behalten darf, wenn er nicht binnen drei Schichten einen Trog Blei fördern kann. Er meinte, er würde meine Buben zusammen mit seinen eigenen zu Knappen machen, sobald sie im richtigen Alter seien. Obwohl ich ihm für sein Versprechen dankte, war dies nicht ehrlich gemeint. Ich hoffe inständig, sie nicht in jenem Maulwurfsleben zu sehen, wo sie an Felsen nagen und Wassereinbrüche und Feuer und einstürzende Schächte fürchten müssen. Da war das Schneiderhandwerk doch aus ganz anderem Garn gestrickt. Das würde ich sie mit Freude lernen lassen. Außerdem war George Viccars ein guter Mensch mit rascher Auffassungsgabe. Ich genoss seine Gesellschaft. Und noch eines war gewiss: Seine Berührung hatte mich nicht abgestoßen. Sam hatte ich aus weit geringeren Gründen geheiratet. Andererseits war ich auch keine fünfzehn mehr, und Entscheidungen ließen sich nicht mehr unbesonnen treffen.

Nach meinem Frühstück suchte ich unter den Sträuchern ein paar Eier, eines für George Viccars, das andere für Jamie. Meine Hühner sind widerspenstig und werden nie auf ihren Stangen legen. Dann ging ich wieder ins Haus, um für das morgige Brotbacken Teig zu kneten. Die restlichen Dinge beschloss ich, mir für den Nachmittag aufzuheben, und begab mich wieder nach oben, um Tom an die Brust zu legen, damit ihn Jane Martin bei ihrer Ankunft mit vollem Bauch vorfände. Wie erhofft, regte er sich kaum, als ich ihn hochhob. Zur Begrüßung starrte er mich nur einmal lange an, ehe er die Augen wieder schloss und zufrieden zu saugen begann.

Mein frühes Aufstehen hatte zur Folge, dass ich weit vor sieben Uhr im Pfarrhaus war. Und doch befand sich Elinor Mompellion bereits in ihrem Garten, wo sich neben ihr ein hoher Haufen abgeschnittener Äste türmte. Im Gegensatz zu den meisten feinen Damen zauderte Mistress Mompellion nicht, mit eigenen Händen zuzupacken. Ganz besonders liebte sie ihre Gartenarbeit, sodass man sie nicht selten wie eine Putzfrau mit Dreckspuren im Gesicht antraf, weil sie achtlos Haarsträhnen zurückstrich, die sich beim Graben und Jäten gelöst hatten.

Mit fünfundzwanzig besaß Elinor Mompellion die zerbrechliche Schönheit eines Kindes. Sie hatte eine blasse Perlmutthaut, die so dünn war, dass man an ihren Schläfen das Blut in den Adern pochen sehen konnte. Ihre Haare umrahmten wie ein zarter heller Heiligenschein ihren Kopf. Sogar ihre Augen waren blass und von einem weißlichen Blau wie ein Winterhimmel. Bei unserer ersten Begegnung erinnerte sie mich an die Pusteblume eines Löwenzahns, so schwerelos, dass ein Atemhauch sie forttragen konnte. Aber das war, ehe ich sie kannte. Denn zu diesem fragilen Körper gesellte sich ein kraftvoller Geist, der zu Begeisterungsstürmen neigte und von einer treibenden Kraft besessen war, diese auch umzusetzen. Manchmal schien es, als hätte man die falsche Seele in diesen zierlichen Körper gesteckt, denn sie forderte sich bis an ihre Grenzen und darüber hinaus. Da war irgendetwas in ihr, was nicht die von der Welt gewünschten Unterschiede sehen konnte oder wollte, die Unterschiede zwischen schwach und stark, zwischen Frau und Mann, Tagelöhner und Herr.

An jenem Morgen duftete es im ganzen Garten durchdringend nach Lavendel. Farben und Pflanzmuster schienen sich täglich unter ihren erfahrenen Händen zu ändern, wenn das Milchblau von Vergissmeinnicht dem nachtblauen Rittersporn wich und behutsam ins zarte Rosa der Malven überging. Unter jedes Fenster hatte sie große Gefäße mit Jasmin und Nelken gestellt, damit ihr Duft angenehm durchs Haus schwebte. Mistress Mompellion bezeichnete ihren Garten als ihr kleines Eden, was Gott meiner Ansicht nach nicht missfiel, denn hier gediehen mannigfach Blumen, weit mehr, als was normalerweise die harten Winter in dieser Berggegend übersteht.

An jenem Morgen fand ich sie, wie sie auf Knien abgeblühte Gänseblümchen abknipste. »Guten Morgen, Anna«, sagte sie, als sie mich erblickte. »Wusstest du, dass der Tee aus dieser unscheinbaren kleinen Blüte Fieber senkend wirkt? Als Mutter tätest du gut daran, dir zusätzlich ein wenig Kräuterkunde anzueignen. Du weißt ja nie genau, wann möglicherweise das Wohlergehen deiner Kinder davon abhängt.« Mistress Mompellion ließ keine Minute verstreichen, ohne den Versuch zu unternehmen, mich weiter zu bringen, und meist war ich eine willige Schülerin. Kaum hatte sie meinen Lernhunger entdeckt, begann sie mich genauso eifrig mit Wissen zu überhäufen, wie sie mit dem Spaten Kuhfladen in ihre Blumenbeete grub.

Ich war bereit, alles Gebotene anzunehmen. Schon immer hatte ich die Hochsprache geliebt. Meine größte Freude als Kind war der Kirchgang gewesen, nicht weil ich besonders fromm war, sondern weil ich mich danach sehnte, den schönen Gebetsworten zu lauschen. *Lamm Gottes, Schmerzensmann, Fleisch gewordenes Wort.* In der Melodie dieser Ausdrücke verlor ich mich. Auch wenn unser damaliger Pastor, der alte Puritaner Stanley, die Heiligenlitaneien und die abgöttischen Fürbitten der Papisten an Maria anprangerte, klammerte ich mich an jene Worte, die er schlecht machte: *Du makellose Blume des Lebens, Du geheimnisvolle Rose, Du Morgenstern. Siehe, ich bin die Magd des Herrn, mir geschehe nach Deinem Worte.* Kaum hatte ich begriffen, dass ich mir die schönsten Messeteile merken konnte, machte ich mich unverzüglich jeden Sonntag ans Werk und mehrte meine Ernte wie ein Bauer, der Garbenbündel auftürmt. Falls es mir mitunter gelang, den Augen meiner Stiefmutter zu entwischen, trieb ich mich im Kirchhof herum und versuchte, die Formen der Buchstaben auf den Grabsteinen nachzuzeichnen. Wenn ich die Namen der Toten kannte, konnte ich die dort eingravierten Zeichen den Lauten zuordnen, die meiner Vermutung nach dafür stehen mussten. Als Stift benutzte ich einen angespitzten Stecken, als Tafel einen glatten Erdfleck.

Einmal ertappte mich mein Vater dabei, als er gerade eine Fuhre Brennholz zum Pfarrhaus karrte. Bei seinem Anblick zuckte ich derart zusammen, dass mir der Stecken unter der Hand zerbrach und mir einen Splitter in die Handfläche trieb. Josiah Bont machte nicht viele Worte, und die meisten seiner Worte bestanden aus Flüchen. Von ihm erwartete ich mir kein Verständnis für meinen Herzenswunsch, der ihm aller Voraussicht nach als nutzlose Fähigkeit erscheinen musste. Wie schon gesagt, liebte er den Krug. Dem sollte ich noch hinzufügen, dass der Krug diese Liebe nicht erwiderte, sondern ihn in eine übellaunige und böswillige Kreatur verwandelte. In Erwartung eines Fausthiebs duckte ich mich an jenem Tag vor ihm, denn er war ein großer Mann, dem schnell die Hand ausrutschte – und das oft aus weit nichtigerem Grund. Und doch setzte es keine Hiebe, weil ich mich vor meinen Aufgaben gedrückt hatte. Nach einem stummen Blick auf die Buchstaben, an denen ich mich versucht hatte, fuhr er sich mit der dreckigen Faust übers Stoppelkinn und ging seines Weges.

Erst später, als mich mehrere andere Dorfkinder deswegen neckten, erfuhr ich, dass mein Vater an besagtem Tag sogar in der Hauertaverne mit mir geprahlt und gesagt hatte, er wünschte sich das Geld, um mich zur Schule gehen zu lassen. Dies war leicht dahergeredet. Da es in Dörfern wie unserem keine Schulen gab, nicht einmal für die Buben, würde er für diese Prahlerei nie einstehen müssen. Und doch wurde mir bei dieser Mitteilung ganz warm ums Herz, und die Neckereien der Kinder waren fast unwichtig. Noch nie hatte mein Vater mich gelobt. Nun erfuhr ich, dass er mich für schlau hielt. Vielleicht hatte er ja Recht. Ich wurde kühner und murmelte bei meiner Arbeit Psalmenfetzen oder Sätze aus der Sonntagspredigt vor mich hin, was als reiner Ohrenschmaus gedacht war, mich aber unverdientermaßen in den Geruch religiösen Eifers brachte. Und dieser Ruf führte dazu, dass man mich für eine Stellung im Pfarrhaus empfahl. Damit öffnete sich genau jene Tür zum heiß ersehnten wahren Lernen.

Binnen eines Jahres nach ihrer Ankunft hatte mir Elinor Mompellion die Buchstaben so gut beigebracht – leider blieb meine Handschrift unschön –, dass ich nur wenig Mühe hatte, fast alle Bände ihrer Bibliothek zu lesen. Oft kam sie nachmittags bei meiner Kate vorbei, während Tom schlief, und gab mir eine Aufgabe, mit der ich mich beschäftigen musste, während sie ihren übrigen Besuchen bei Gemeindemitgliedern nachging. Auf dem Heimweg schaute sie dann nochmals vorbei, um zu sehen, wie ich damit zu Rande gekommen war, und um mir eventuell auf die Sprünge zu helfen. Manchmal hielt ich mitten im Unterricht inne und lachte aus purer Freude. Dann lächelte sie, denn meine Begeisterung fürs Lernen war so groß wie die ihre fürs Lehren.

Manchmal schlichen sich leise Schuldgefühle in mein Vergnügen, da ich meiner Ansicht nach all diese Aufmerksamkeit nur bekam, weil sie kein Kind empfangen konnte. Als sie und Mister Mompellion ganz jung und frisch verheiratet hier ankamen, beobachtete sie das ganze Dorf erwartungsvoll. Wochen vergingen, dann ganze Vierteljahre, aber Mistress Mompellions Taille blieb mädchenhaft schlank. Doch wir alle zogen Nutzen aus ihrer Unfruchtbarkeit. Sie bemutterte jene Kinder, die in den übervollen Katen nicht genug Mutterliebe bekamen; sie nahm sich viel versprechender Jugendlicher an, die nicht gefördert wurden; sie gab den mühselig Beladenen Rat und besuchte die Kranken und wurde für alle unentbehrlich.

Aber mit ihrer Kräuterkunde wollte ich nichts zu schaffen haben. Wenn eine Pfarrersfrau solch ein Wissen besitzt, ist das eine Sache, aber bei einer verwitweten Frau meines Standes ist das etwas ganz anderes. Ich wusste, wie rasch eine Witwe in den Köpfen der Leute zur Hexe wird. Der erste Schritt in diese Richtung geschieht meistens, wenn sie sich irgendwie in die Heilkunde einmischt. Als ich noch ein kleines Mädchen war, hatte es in unserem Dorf eine Hexenjagd gegeben. Die Angeklagte Mem Gowdie war genau jene weise Frau gewesen, die alle wegen Heilmitteln und als Hebamme aufsuchten. Es war ein grausames Jahr mit Missernten und vielen Fehlgeburten gewesen. Als ein merkwürdiges Zwillingspaar, das am Brustbein zusammengewachsen war, tot zur Welt kam, hatte man reihum von Teufelswerk zu murmeln begonnen. Die Blicke waren zur

Witwe Gowdie gewandert und hatten sie zur Hexe gestempelt. Pastor Stanley erklärte sich persönlich bereit, die Angeklagte auf die Probe zu stellen, und nahm Mem Gowdie allein mit aufs Feld hinaus, wo er sich viele Stunden ernsthaft mit ihr auseinander setzte. Ich weiß nicht, welchen Prüfungen er sie unterzog, aber danach erklärte er feierlich, er habe sie jenes Übels gänzlich unschuldig befunden, und rügte alle Männer und Frauen, die sie bezichtigt hatten. Allerdings ging er auch heftig mit Mem ins Gericht und meinte, sie habe Gottes Willen getrotzt, als sie dem einfachen Volk erzählt hätte, sie könnten mit ihren Tees Krankheiten vorbeugen. Pastor Stanley glaubte, Gott würde Krankheiten zur Prüfung und Züchtigung jener Seelen schicken, die Er erretten wolle. Mit jedem Versuch, diesen aus dem Weg zu gehen, würden wir uns jenen Lehren entziehen, die uns nach Gottes Willen auferlegt waren, und müssten stattdessen nach unserem Tod weit schlimmere Qualen erdulden.

Obwohl niemand je wieder die alte Mem auch nur im Flüsterton eine Hexe zu nennen wagte, gab es einige, die ihre junge Nichte Anys, die bei ihr lebte und ihr bei Entbindungen sowie beim Anbau, Trocknen und Mischen ihrer Tränklein half, schief anschauten. Meine Stiefmutter war eine davon. In ihrem simplen Gemüt hegte Aphra Aberglauben in Hülle und Fülle und war allzeit bereit, an Himmelszeichen oder Amulette oder Zaubertrank zu glauben. Sie näherte sich Anys mit einer Mischung aus Angst und Ehrfurcht, ja vielleicht sogar mit etwas Neid. Ich war in meines Vaters Kate gewesen, als Anys mit einer Salbe gegen verklebte Augen gekommen war, worunter mitunter alle Kleinen litten. Zu meiner Überraschung musste ich mit ansehen, wie Aphra verstohlen eine weit geöffnete Schere, die an ein Kreuz erinnerte, unter einem Stück Decke verbarg, das auf einem Stuhl lag. Den bot sie Anys zum Sitzen an. Nachdem Anys gegangen war, schalt ich sie deswegen, aber sie zeigte mir den Hexenstein, den sie aufs Lager der Kinder gelegt hatte, und das im Türpfosten versteckte Salzfläschchen.

»Sag, was du willst, Anna, aber für eine arme Waise spaziert dieses Mädel viel zu stolz herum«, hielt meine Stiefmutter dagegen. »Sie benimmt sich wie eine, die weitaus mehr weiß als wir.« Nun ja, meinte ich, so sei's doch auch. Verstand sie denn nicht viel von Arzneien? Und profitierten wir denn nicht alle davon? Hatte uns Anys etwa nicht soeben eine Salbe gegen verklebte Augen vorbeigebracht, die den Kindern viel rascher die Schmerzen nehmen würde, als Aphra oder ich es könnten?

Aphra zog nur eine Grimasse. »Du hast doch gesehen, wie die Männer, alte und junge, um sie herumschnüffeln. Wie um eine läufige Hündin. Du kannst das ja Arzneikunde nennen, aber meiner Ansicht nach braut sie dort in ihrer Kate mehr als nur Fruchtsäfte.«

Ich wies darauf hin, dass man Männer wohl schwerlich verhexen müsse, damit sie sich für eine Frau interessieren, die so gut gebaut ist wie Anys und so ein hübsches Gesicht hat. Besonders wenn diese junge Frau weder Vater noch Brüder hat, um ihnen klarzumachen, wo sie ihre Augen haben sollen. Als mich Aphra bei diesen Worten finster ansah, hatte ich das Gefühl, ins Schwarze getroffen zu haben.

Aphra, die weder hübsch noch geistreich war, hatte sich in eine Heirat mit meinem liederlichen Vater geschickt, nachdem sie die Sechsundzwanzig überschritten hatte, ohne dass ihr ein Besserer einen Antrag gemacht hätte. Da keiner von beiden große Erwartungen hegte, kamen sie leidlich miteinander aus. Aphra genoss einen kräftigen Schluck fast so sehr wie mein Vater, und beide verbrachten ihr halbes Leben betrunken im Bett. Und doch sehnte sich Aphra meiner Ansicht nach noch immer tief im Herzen nach jener weiblichen Macht, die eine wie Anys ausüben könnte. Wie ließe sich sonst ihre Ablehnung gegen eine erklären, die ihr und ihren Kindern nur Gutes tat? Anys war eigenwillig, gewiss, und scherte sich nicht um die Regeln im Dorf, wo jeder jeden beobachtete, und doch gab es andere, weniger Aufrichtige, die nicht so viel Missbilligung auf sich zogen wie sie. Aphras Getuschel fand viele willige Ohren unter den Dorfbewohnern, und manchmal machte ich mir deshalb um Anys Sorgen.

Ich ließ Mistress Mompellion weiter begeistert von der Wirksamkeit von Raute und Kamille erzählen und beschäftigte mich mit dem Jäten von Disteln. Bei dieser mühsamen Arbeit muss man kräftig ziehen, was bei Mistress Mompellion gern zu Ohnmachtsanfällen führt, wenn sie sich zu lange vornüberbeugt. Schon bald ging ich in die Küche, um meine eigentliche Tagesarbeit zu beginnen, und verbrachte die Vormittagsstunden mit dem Schrubben von Holzdielen und dem Absanden von Zinn. Es gibt ja einige, die sich die Arbeit eines Hausmädchens als stumpfsinnigste Plackerei vorstellen, aber mir ist das nie so vorgekommen. Sowohl im Pfarrhaus wie im großen Herrenhaus der Bradfords hat mir die Pflege schöner Dinge viel Freude gemacht. Wer in einer nackten Kate aufwächst und mit Holzlöffeln von groben Tellern isst, empfindet hundertfaches Vergnügen an winzigen Kleinigkeiten: das Gefühl, eine spiegelglatte, zierliche Porzellantasse in einem Becken voller Seifenflocken unter den Händen zu haben, oder der Ledergeruch eines Buches, sobald man Bienenwachs in den Einband reibt. Und doch waren bei diesen einfachen Arbeiten lediglich die Hände beschäftigt, während die Gedanken frei schweifen durften. Manchmal betrachtete ich beim Polieren der Mompellionschen Damaszener Truhe eingehend die feinen Einlegearbeiten und dachte dabei an den Handwerker, der sie in fernen Landen gefertigt hatte; dann versuchte ich, mir sein Leben unter einer heißen Sonne und einem fremden Gott vorzustellen. George Viccars besaß einen prächtigen und schönen Stoff, den er Damast nannte. Hatte dieser Stoffballen etwa im selben

Basar wie die Truhe gestanden und dieselbe lange Reise von der Wüste in dieses feuchte Bergland gemacht? Der Gedanke an George Viccars riss mich aus meiner Tagträumerei und erinnerte mich daran, dass ich das Problem mit dem Kleid nicht bei Mistress Mompellion zur Sprache gebracht hatte. Erst dann merkte ich, dass schon beinahe Mittag war. Tom würde schrecklich Hunger haben und nach seiner Milch jammern. Also verließ ich hastig das Pfarrhaus. Die Sache mit dem Kleid und seiner Schicklichkeit könnte man auch zu einem späteren Zeitpunkt erörtern, dachte ich.

Aber dieser spätere Zeitpunkt sollte nie kommen, denn bei meiner Ankunft an der Kate herrschte drinnen dieselbe Stille wie in den Tagen, bevor George Viccars zu unserem Haushalt gestoßen war. In der Küche fand ich eine mürrische Jane Martin vor, die Tom mit einem Stück Pfeilwurz und Wasser ablenkte, während Jamie bedrückt allein neben dem Herd spielte, wo er aus Kienholz Türme baute und dabei ringsherum Kienspäne verstreute. George Viccars' Schneiderwinkel war noch so, wie ich ihn am Morgen verlassen hatte: alle Garne und Schnittmuster ordentlich gestapelt und seit letzter Nacht unberührt. Die Eier, die ich für ihn dagelassen hatte, lagen immer noch auf seinem Felleisen. Bei meinem Anblick wand sich Tom in Jane Martins Armen und sperrte wie ein Vogeljunges seinen zahnlosen Mund weit auf. Ich packte ihn und legte ihn an die Brust, ehe ich mich nach George Viccars erkundigte.

»Ich habe ihn nicht gesehen. Ich dachte, er sei schon ganz früh zu den Hadfields rüber.«

»Aber sein Frühstück ist doch unberührt«, erwiderte ich. Jane Martin zuckte die Schultern. Durch ihr Verhalten hatte sie klar gemacht, dass sie die Gegenwart eines männlichen Untermieters in diesem Hause nicht guthieß. Da uns aber Hochwürden Mompellion George Viccars geschickt hatte, konnte sie nicht offen dagegen protestieren.

»Er in Betti«, sagte Jamie verzweifelt. »Ich gingst rauf, ihn suchen, aber er schreit, ›Geh weg‹.«

Daraus schloss ich, dass George Viccars tatsächlich krank sein musste. Kaum hatte ich Tom fertig gefüttert, holte ich einen Krug frisches Wasser, schnitt eine Scheibe Brot ab und kletterte zu George Viccars' Dachkammer hinauf. Schon beim ersten Tritt auf die Speicherleiter konnte ich ihn stöhnen hören. In meiner Sorge vergaß ich zu klopfen und öffnete einfach die Luke zu dem niedrigen Raum.

Beinahe hätte ich vor Entsetzen den Krug fallen lassen. Auf der Pritsche vor mir lag nicht mehr jenes hübsche junge Gesicht vom Vorabend. Ein Klumpen von der Größe eines neugeborenen Ferkels drückte George Viccars' Kopf zur Seite, eine glänzende lila-gelbe Beule aus pulsierendem Fleisch. Wegen dieser Wucherung wandte er mir sein Gesicht nur halb zu. Es war erhitzt und tiefrot, besser gesagt, es hatte Flecken, die sich wie die Blätter eines Rosenkranzes unter seiner Haut abzeichneten. Seine blonden Haare lagen ihm als dunkelnasse Masse auf dem Kopf, und sein Kissen war schweißgetränkt. Ein süßlich stechender Geruch durchzog die Dachkammer, ein Geruch wie nach fauligen Äpfeln.

»Bitte, Wasser«, flüsterte er. Ich hielt ihm den Becher an den ausgedörrten Mund, und er trank gierig mit schmerzverzerrtem Gesicht, so musste er sich anstrengen. Erst als Schüttelfrost und heftiges Niesen seinen Körper beutelten, hielt er im Trinken inne. Wieder und wieder goss ich ein, bis der Krug leer war. »Danke«, keuchte er, »aber jetzt flehe ich Sie an, gehen Sie weg, ehe diese üble Seuche Sie ansteckt.«

»Nein«, sagte ich, »erst muss ich dafür sorgen, dass es Ihnen besser geht.«

»Mistress, das kann inzwischen außer dem Priester keiner mehr. Ich flehe Sie an, holen Sie Mompellion, falls er zu mir zu kommen wagt.«

»Sagen Sie so etwas nicht!«, schalt ich ihn. »Dieses Fieber wird sinken, und Sie werden schon bald wieder fast gesund sein.«

»Nein, Mistress, ich kenne die Anzeichen dieser verfluchten Krankheit. Machen Sie nur, dass Sie von hier fortkommen, Ihren Kindern zuliebe.«

Daraufhin ging ich, allerdings nur in mein eigenes Zimmer, um meine Decke und mein Kissen zu holen. Das eine, um den Zitternden zu wärmen, und das andere, um es gegen das klatschnasse Etwas unter seinem Kopf auszutauschen. Er stöhnte, als ich wieder die Dachkammer betrat. Beim Versuch, ihn zu heben, um das Kissen an Ort und Stelle zu bringen, schrie er jämmerlich auf. Jener monströse Furunkel schmerzte schrecklich. Dann platzte dieses lila Ding urplötzlich wie eine Erbsenschote auf, und zähflüssiger Eiter quoll heraus, ganz mit abgestorbenen Fleischfetzen durchsetzt. Verschwunden war der ekelhaft süßliche Apfelgeruch, stattdessen machte sich ein Gestank nach Wochen altem Fisch breit. Würgend beeilte ich mich, dem armen Mann die Schweinerei von Gesicht und Schulter zu wischen und seine suppende Wunde zu stillen.

»Um Gottes willen, Anna« – mit letzter Kraft, die er von Gott weiß woher holte, mühte sich seine heisere Kehle ab. Seine Stimme brach wie bei einem Buben, doch mehr als ein Flüstern kam nicht heraus – »mach, dass du hier fortkommst! Du kannst mir nicht helfen! Kümmere dich um dich!«

In meiner Angst, seine Erregung könnte ihn in diesem geschwächten Zustand umbringen, raffte ich das Bettzeug zusammen und verließ ihn. Drunten begrüßten mich zwei entsetzte Gesichter. Während Jamie nur die Augen aufriss, ohne zu begreifen, wusste die schreckensbleiche Jane, was kommen würde. Bei meinem Erscheinen hatte sie bereits ihre Schürze ausgezogen, um uns für den heutigen Tag zu verlassen, ihre Hand lag schon auf dem Türgriff. »Ich bitte dich, bleib bei den

Kindern, während ich den Herrn Pfarrer hole, denn ich befürchte, dass Mister Viccars' Zustand ernst ist«, sagte ich. Bei diesen Worten rang sie die Hände. Ich erkannte, wie ihr Mädchenherz mit ihrem puritanischen Pflichtbewusstsein kämpfte, wartete aber nicht, bis ich sah, wer diesen Kampf gewann, sondern eilte einfach an ihr vorbei und ließ das Bettzeug im Vorübergehen im Vorhof fallen.

Da ich im Laufschritt die Augen auf den Weg heftete, sah ich nicht den Herrn Pfarrer, der auf dem Rückweg von einer Besorgung im nahen Hathersage auf Anteros angeritten kam. Aber er sah mich, drehte sich um, wendete das mächtige Pferd und lenkte es neben mich.

»Gütiger Himmel, Anna, was ist passiert?«, rief er, wobei er aus dem Sattel glitt und mir zum Halt eine Hand reichte, während ich keuchend nach Luft rang. Stoßweise berichtete ich ihm, wie ernst George Viccars' Zustand war. »Das tut mir aber ehrlich Leid«, sagte der Herr Pfarrer. Ohne weitere Worte zu verlieren, hob er mich aufs Pferd und stieg wieder auf.

Noch immer steht mir ganz lebendig vor Augen, welch ein Mann er an jenem Tage war. Ich weiß noch genau, wie selbstverständlich er die Sache in die Hand nahm und zuerst mich und dann den armen George Viccars beruhigte. Wie er damals unermüdlich den ganzen Nachmittag und auch noch den folgenden Tag an seinem Bette weilte, zuerst im Kampf um den Körper dieses Mannes, und, als es eindeutig hoffnungslos wurde, im Kampf um seine Seele. George Viccars murmelte und delirierte, tobte, fluchte und schrie vor Schmerz. Die meisten seiner Worte waren unverständlich, aber von Zeit zu Zeit hörte er auf, sich auf seinem Lager herumzuwerfen, riss die Augen weit auf und rasselte: »Verbrennt alles! Verbrennt alles! Um Gottes willen, verbrennt alles!« Zu Beginn der zweiten Nacht schlug er nicht mehr um sich, sondern lag einfach da und starrte in die Luft, gefangen in einer Art stummem Ringkampf. Sein ganzer Mund war mit Schwären verkrustet. Stündlich träufelte ich ein wenig Wasser auf seine Lippen und tupfte sie ab. Daraufhin schaute er mich mit verzerrten Augenbrauen an, so sehr quälte er sich, seinen Dank auszudrücken. Im weiteren Verlauf der Nacht war klar, dass sich sein Zustand verschlechterte, aber Mister Mompellion wollte nicht von ihm weichen, nicht einmal, als George Viccars gegen Morgen in einen unruhigen Schlaf fiel. Er atmete flach und unregelmäßig. Veilchenblaues Licht drang durchs Dachfenster, und die Lerchen sangen. Ich halte mich gerne an dem Gedanken fest, dass ihm dieser liebliche Klang vielleicht doch ein klein wenig Erleichterung in seinem langen Delirium gebracht haben könnte.

Sterbend umklammerte er das Bettlaken. Sanft löste ich jede Hand und streckte seine langen welken Finger. Schöne Hände waren das, weich, bis auf eine verhornte Stelle, die sich unter lebenslangen Nadelstichen verhärtet hatte. Beim Gedanken daran, wie geschickt sie sich im Feuerschein bewegt hatten, stiegen mir Tränen in die Augen. Du weinst wegen dieser Vergeudung, redete ich mir ein, und weil diese Finger, die so viele Fertigkeiten gelernt hatten, nie wieder etwas Hübsches gestalten würden. In Wahrheit weinte ich vermutlich wegen einer ganz anderen Vergeudung und plagte mich mit dem Gedanken, warum ich fast bis zu seinem Tod gewartet hatte, um die Berührung dieser Hände zu spüren.

Ich faltete sie auf George Viccars' Brust zusammen, und Mr. Mompellion legte seine eigene Hand zu einem letzten Gebet darüber. Ich weiß noch, wie sehr es mich damals verblüffte, dass die Hand des Herrn Pfarrers so viel größer war – eher die Hand eines schwer arbeitenden Mannes als eine schlaffe weiße Priesterpfote. Dafür hatte ich keine Erklärung, da er in meiner Vorstellung aus einer Pfarrersfamilie kam und bis vor kurzem in Cambridge über seinen Büchern gesessen hatte. Mister

Mompellion und George Viccars waren fast gleich alt. Der Pfarrer war eben erst achtundzwanzig geworden. Und doch hatten sich bei genauerem Hinsehen in seinem Jungmännergesicht über den Brauen Falten eingegraben und neben den Augen sternförmig Krähenfüße – die Spuren eines Gesichtes, das beim Nachdenken oft die Stirn gerunzelt und in Gesellschaft viel gelacht hat. Wie schon gesagt, man könnte es für ein Durchschnittsgesicht halten, aber vermutlich möchte ich damit ausdrücken, dass es seine Stimme war, die aufmerksam machte, und nicht sein Gesicht. Schon beim ersten Wort klang sie so bezwingend, dass man sich mit allen Gedanken nur auf die Worte konzentrierte und nicht auf den Mann, von dem sie kamen. Es war eine Stimme voll Licht und Dunkel, ein Licht, das nicht nur schimmert, sondern mächtig strahlt, ein Dunkel, das nicht nur Kälte und Furcht mit sich bringt, sondern auch Ruhe und Schatten spendet.

Danach blickte er mich an und sprach zu mir in einem seidigen Flüsterton, der sich wie ein wärmendes Tuch über meinen Kummer zu breiten schien. Er dankte mir für meine Hilfe während der ganzen Nacht. Ich hatte mein Möglichstes getan, hatte kalte und heiße Kompressen zur Linderung von Fieber und Schüttelfrost gebracht, hatte Aufgüsse gebrüht, um die Luft in dem kleinen, übel riechenden Krankenzimmer zu reinigen, hatte Bettpfannen voller Galle und Pisse und schweißdurchtränkte Fetzen weggeschafft.

»Es ist schwer«, sagte ich, »wenn ein Mensch unter Fremden sterben muss, ohne Familie, die um ihn trauert.«

»Der Tod ist immer schwer, wo auch immer er einen Menschen trifft. Und ein frühzeitiger Tod ist meist noch schwerer.« Er stimmte einen Gesang an, langsam, als ob er in seinem Gedächtnis nach den Worten suchte:

»Meine Wunden stinken und eitern,

Meine Lenden verdorren ganz, und ist nichts Gesundes an meinem Leibe.

Meine Lieben und Freunde treten zurück und scheuen meine Plage, und meine Nächsten stehen ferne…«

»Kennst du diesen Psalm, Anna?« Ich schüttelte den Kopf. »Nein; er ist unschön und wird nicht häufig gesungen. Aber du hast dich vor George Viccars nicht gescheut, du bist nicht ferne gestanden. Ich glaube, dass er seine letzten Wochen glücklich in deiner Familie verlebt hat. Du solltest dich mit der Freude trösten, die du ihm mit deinen Söhnen schenken konntest, und mit der Barmherzigkeit, die insbesondere du gezeigt hast.«

Er meinte, er würde den Leichnam nach unten tragen, wo ihn der Küster, ein älterer Mann, leichter holen könne. George Viccars war hoch gewachsen und musste über zwanzig Kumpf gewogen haben, aber Mister Mompellion hob dieses Totgewicht wie nichts auf und stieg mit dem schlaffen Körper auf den Schultern die Speicherleiter hinab. Drunten legte er George Viccars so zärtlich auf ein Laken, wie ein Vater, der ein schlafendes Kind hinbettet.

Des Allmächtigen Donnerwort

Der Küster kam früh, um den Leichnam zu holen. Da es keine Verwandten gab, würde man ihn einfach und rasch beerdigen. »Je früher, umso besser, was, Mistress«, meinte der Alte, während er die Leiche auf seinen Karren hievte. »Hier hat er nix mehr zu schaff'n. Zu spät, der näht sich kein Totenhemd mehr.«

Wegen der langen Nachtwache sollte ich auf Mister Mompellions Geheiß heute Morgen nicht ins Pfarrhaus kommen. »Ruh dich stattdessen aus«, sagte er, als er im Frühlicht unter der Türe stehen blieb. Anteros war die ganze Nacht im Garten angebunden gewesen und hatte an dieser Stelle den Boden graslos gestampft. Ich nickte, obwohl ich mir wenig Ruhe erwartete. Man hatte mich für den Nachmittag zum Auftragen beim Diner ins Herrenhaus befohlen. Vorher müsste ich jedoch noch das Haus von unten bis oben schrubben und dann über die Verfügung von Mister Viccars' Hinterlassenschaft bestimmen. Der Herr Pfarrer hob gerade seinen Fuß in den Steigbügel. Als hätte er meine Gedanken gelesen, hielt er inne, tätschelte das Pferd, wandte sich wieder mir zu, trat näher und meinte mit gedämpfter Stimme: »Was George Viccars' Sachen anbelangt, so tätest du gut daran, seine Anweisungen zu befolgen.« Offensichtlich sah man mir mein Erstaunen an. Momentan war ich mir nicht sicher, worauf er anspielte. »Er riet, alles zu verbrennen, und das könnte ein guter Rat sein.«

Ich schrubbte immer noch auf Händen und Knien im Speicher die abgetretenen Bodendielen, als der erste Kunde von George Viccars an die Türe klopfte. Noch vor dem Öffnen wusste ich, dass Anys Gowdie draußen stand. Anys war im Umgang mit Pflanzen und deren Extrakten geschickt und wusste, wie man ihnen ihre duftenden Öle entzieht. Diese trug sie dann auf der Haut, sodass ihr immer ein angenehm leichter Duft von Sommerfrüchten und -blumen vorausging. Trotz der Meinung, die im Dorfe allgemein über sie herrschte, hatte ich für Anys immer Bewunderung gehegt. Sie besaß einen raschen Verstand und eine ebensolche Zunge und war stets bereit, eine rüde Bemerkung auf jene witzige Art zurechtzuweisen, wie sie unsereinem erst einfällt, nachdem die Beleidigung schon lange vorbei ist. Aber egal, wie bereitwillig man über sie herzog, egal, wie viele Amulette sich die Leute in ihrer Gegenwart umhingen, im Wochenbett wollten nur wenige Frauen auf sie verzichten. Dort brachte sie eine liebenswürdig-ruhige Art mit sich, die im krassen Gegensatz zu ihrem scharfen Auftreten auf der Straße stand. Außerdem zeigte sie bei schwierigen Entbindungen eine Geschicklichkeit, auf die sich ihre Tante im Laufe der Zeit völlig verlassen hatte. Auch ich mochte sie, weil es ein gewisses Maß an Mut erfordert, sich so wenig um das Geflüster der Leute zu scheren, besonders in einem kleinen Flecken wie diesem.

Sie schaute vorbei, um ein Kleid abzuholen, das George Viccars für sie gemacht hatte. Als ich ihr sagte, was ihm zugestoßen war, umwölkte sich ihr Gesicht vor Kummer. Und dann tat sie etwas Typisches: Sie schalt mich aus. »Warum hast du nicht meine Tante und mich geholt, anstatt Mompellion? Ein guter Aufguss hätte George mehr geholfen als hohles Pfaffengemurmel.«

Ich war daran gewöhnt, über Anys entsetzt zu sein, aber diesmal hatte sie es geschafft, sich selbst zu übertreffen. Ich war nicht nur über ihre offene Blasphemie entsetzt, sondern auch über die Vertrautheit, mit der sie von Mister Viccars sprach, den ich nie mit seinem Taufnamen gerufen hatte. Wie intim waren die beiden gewesen, dass sie ihn so nennen konnte? Mein Argwohn verstärkte sich noch, als wir beim Durchsuchen des Felleisens, wo er seine Arbeit aufbewahrte, das Kleid fanden, das er für sie gemacht hatte. All meine Kindheitsjahre, in denen die Puritaner hier das Sagen hatten, trugen wir als Oberkleidung nur so genannte Trauerfarben: in erster Linie Schwarz oder ein dunkles Braun, dessen Farbe »Tote Blätter« hieß. Seit der Rückkehr des Königs hatten sich zwar in die meisten Schränke allmählich wieder hellere Farben eingeschlichen, aber dennoch zügelte die lange Gewohnheit bei den meisten von uns die Auswahl. Nur bei Anys nicht. Sie hatte sich ein so grell scharlachrotes Kleid schneidern lassen, dass mir fast die Augen wehtaten. Da ich George Viccars nie daran arbeiten gesehen hatte, kam mir der Gedanke, ob er es aus Scheu vor einer diesbezüglichen Bemerkung meinetwegen bewusst vor mir verheimlicht hatte. Bis auf den Saum war das Kleid fertig. Deswegen sei sie auch heute Morgen gekommen, meinte Anys, damit er ihn bei der letzten Anprobe abstecken könne. Als sie das Kleid hochhielt, sah ich, dass der Ausschnitt so tief wie bei einer Mätresse war. Jetzt konnte ich meine Gedanken nicht mehr beherrschen. Im Geiste sah ich sie vor mir: Hoch gewachsen und wunderschön stand sie mit ihrer langen honigfarbenen Haarpracht da, die Bernsteinaugen halb geschlossen, während George Viccars zu ihren Füßen kniete und sich seine langen Finger zärtlich vom Saum zu ihrem Knöchel vortasteten und dann weiter unter dem weichen Stoff emporwanderten. Erfahrene Hände auf duftender Haut, langsam höher und immer höher … Binnen Sekunden war ich so knallrot wie dieses verdammte Kleid.

»Mister Viccars sagte mir, ich solle seine Arbeit verbrennen, da er befürchtete, die Seuche könnte sich weiter ausbreiten«, sagte ich und schluckte, um meine verkrampfte Kehle zu lockern.

»Das wirst du gefälligst bleiben lassen!«, rief sie empört. Ich begann zu ahnen, welche Schwierigkeit mich bei all seinen Kunden erwarten würde. Wenn schon Anys Gowdie trotz ihrer genauen Kenntnisse über Krankheiten so reagierte, war es unwahrscheinlich, dass sich irgendein anderer überreden ließe. Nur wenige von uns hier leben in üppigen Verhältnissen, und Verschwendung liebt keiner. Jeder, der für eine Arbeit von Mister Viccars eine Vorauszahlung geleistet hatte, würde das haben wollen, was schon fertig war, egal, in welchem Zustand. Und ich hatte kein Recht, es ihnen zu verweigern, ungeachtet Mister Mompellions Anordnung. Anys Gowdie ging mit ihrem zusammengefalteten Hurenkleid unter dem Arm fort. Als sich im Laufe des Tages, wie hier üblich, die Nachricht von George Viccars' Tod herumsprach, wurde ich immer wieder von seinen Kunden unterbrochen, die Anspruch auf halb fertige Kleidungsstücke erhoben. Ich konnte dabei lediglich das weitergeben, was er in seinem Delirium gesagt hatte. Doch niemand erklärte sich damit einverstanden, sein beziehungsweise ihr Kleidungsstück dem Feuer zu überantworten, auch wenn es nur aus einem Haufen zugeschnittener Stoffteile bestand. Am Ende verbrannte ich nur seine eigene Kleidung. Als zu guter Letzt die Holzkohle in einem Funkenregen zusammenfiel, brachte auch ich die Kraft auf, das Kleid, das er für mich gemacht hatte, in den Kamin zu werfen. Grell schlugen zinnoberrote Flammen durch goldnes Grün.

Es war ein weiter Weg nach Bradford Hall, immer bergan. Als ich am selben Nachmittag dorthin zur Arbeit aufbrach, war ich müde wie noch nie. Und doch begab ich mich nicht direkt zum Herrenhaus, sondern lenkte meine Schritte in Richtung der Gowdie-Hütte. Weder Anys und ihr »George« noch ihr scharlachrotes Kleid wollten mir aus dem Sinn. Normalerweise bin ich keine Klatschbase. Mir ist es egal, wer's mit wem in welchem warmen Stadel treibt. Und da George Viccars nun tot war, wäre es weder für mich noch für sonst jemanden irgendwie wichtig, wohin er vielleicht seinen Schwanz gesteckt haben mochte. Trotzdem hatte ich es mir in den Kopf gesetzt herauszufinden, was zwischen ihm und Anys Gowdie vorgefallen war, und sei's auch nur, um seine wahren Gefühle für mich einschätzen zu können.

Die Hütte der Gowdies stand einsam und allein am östlichen Ortsrand, hinter der Schmiede, kurz vor dem großen Riley-Hof. Sie war direkt an den Hügel gebaut und duckte sich vor den Winterwinden, die über die Moore heulten. Sie war winzig, bestand lediglich aus zwei übereinander gesetzten Zimmern und war so schlecht gebaut, dass das windschiefe Strohdach obendrauf saß wie eine Mütze, die sich jemand über eine Augenbraue gezogen hat. Jedes der beiden winzigen Zimmer hatte eine niedrige Balkendecke, und zum Schutz der trocknenden Pflanzen herrschte immer Dämmerlicht. Zu dieser Jahreszeit schnitten die Gowdies ihre Sommerkräuter. Dicht an dicht hingen die Büschel von den Balken. Hinter der Türe konnte man nur noch gebückt gehen. Bei jedem meiner Besuche wunderte ich mich aufs Neue, wie es die hoch gewachsene Anys fertig brachte, an so einem Platz zu leben. Denn eines konnte sie sicher nicht: aufrecht stehen. Bei den Gowdies brannte ständig ein Feuer, auf dem sie ihre Tränklein brauten, und da der uralte Rauchfang des Kamins nur schlecht zog, war die Hütte ständig verqualmt und die Wände rußgeschwärzt. Aber wenigstens duftete der Rauch angenehm, da die Gowdies immer Rosmarin verbrannten. Angeblich sollte er die Luft von allen Krankheiten reinigen, die Hilfe suchende Dorfbewohner unversehens mitbringen könnten.

Auf mein Klopfen hin regte sich nichts. Also ging ich um die Steinmauer herum, die den Arzneigarten der Gowdies abschirmte. Solange ich mich erinnern konnte, war dieser Garten ein Teil unseres Dorfes gewesen. Ich hatte immer angenommen, Mem habe ihn gepflanzt, aber als ich einmal so etwas Anys gegenüber erwähnt hatte, hatte sie mich wegen meiner Unwissenheit ausgelacht.

»Dieser Garten war schon alt, noch ehe jemand an Mem Gowdie gedacht hat, das kann doch jeder Narr sehen.« Dabei hatte sie mit der Hand über den Ast einer Spalierpflaume gestrichen. Natürlich erkannte ich, dass der Baum mit seinem knorrig-knotigen Stamm uralt war. »Wir kennen nicht einmal den Namen jener weisen Frau, die als Erste diese Beete angelegt hat, wir wissen nur, dass der Garten hier schon lange vor der Zeit gedieh, ehe wir uns um seine Pflege kümmerten, und dass er dies noch lange nach unserem Ableben tun wird. Meine Tante und ich sind lediglich die jüngsten einer langen Reihe von Frauen, in deren Obhut er gegeben wurde.«

Hinter den Steinmauern wuchsen geschützt Pflanzen in Hülle und Fülle, von denen ich höchstens ein Zehntel dem Namen nach kannte. Viele Kräuter waren schon abgeerntet, sodass die regelmäßigen Formen der steingerahmten Beete sichtbar wurden, die nach einem Saatplan bepflanzt wurden, den nur Anys und ihre Tante verstanden. Anys kniete gerade zwischen einem dichten Büschel glänzend grüner hoher Stängel, auf denen sich jeweils ganze Büschel mitternachtsblauer Blüten öffneten, und grub an den Wurzeln herum. Als ich den mit Stroh bestreuten Pfad entlangkam, stand sie auf und klopfte sich die Erde von den Händen.

»Ist aber eine hübsche Pflanze«, meinte ich.

»Hübsch – und wirksam«, erwiderte sie. »Man nennt sie Eisenhut, aber sie kann mehr als nur dieses Metall bannen. Wenn du ein kleines Stück Wurzel isst, bist du vor Einbruch der Nacht tot.«

»Und warum hast du sie dann hier?« Anscheinend machte ich ein betroffenes Gesicht, denn sie fing an zu lachen.

»Nicht um sie dir zum Abendessen aufzutischen! Die Knolle, zerrieben und mit Ölen vermischt, ergibt eine ausgezeichnete Salbe gegen schmerzende Glieder, von denen es im Laufe des Winters viele im Dorf geben wird. Trotzdem kann ich mir nicht vorstellen, dass du hierher gekommen bist, um meine blauen Blumen zu bewundern«, sagte sie. »Komm hinein und trink einen Schluck mit mir.«

Wir betraten die Hütte, und Anys legte das Wurzelbündel auf einen vollen Arbeitstisch. »Bitte, nimm Platz, Anna Frith«, sagte sie, »denn ich muss mich auch setzen. Im Stehen bekomme ich ein steifes Genick.« Sie scheuchte einen grauen Kater von einem wackligen Stuhl und zog für sich einen Schemel heran. Ich war dankbar, dass ich Anys alleine angetroffen hatte. Wenn nur die alte Mem im Garten gearbeitet hätte, hätte ich meinen Besuch schwerlich rechtfertigen können. Außerdem wäre ich schlecht beraten gewesen, das Thema, das mir im Kopf herumging, in Gegenwart ihrer Tante anzuschneiden. Trotzdem wusste ich kaum, wie ich ein derart delikates Thema beginnen sollte. Anys und ich waren nicht zusammen aufgewachsen, obwohl wir gleich alt waren. Sie hatte als Kind in einem näher am Dark Peak liegenden Dorf gelebt. Nach dem frühzeitigen Tod ihrer Mutter hatte man sie zu ihrer Tante geschickt. Ungefähr zehn war sie damals gewesen. Ich erinnere mich noch genau an den Tag ihrer Ankunft. Wie sie aufrecht und groß in einem offenen Karren saß, während das ganze Dorf zusammenlief, um einen Blick auf sie zu werfen. Das weiß ich deshalb noch so lebhaft, weil sie keinem auswich, der sie anstarrte, und nicht zurückzuckte, wenn einer mit dem nackten Finger auf sie zeigte. Ich war damals ein scheues Kind und weiß noch, was ich dachte: Ich hätte mich unter dem Sackleinen versteckt und mir das Herz aus dem Leibe geheult.

Sie reichte mir ein Gefäß mit einem stark riechenden Gebräu, von dem auch sie sich eines eingoss. Kritisch musterte ich meinen Becherinhalt. Auf dem unappetitlich blassgrünen Getränk schwamm ein noch hellerer Schaum. »Brennnesselbier. Zur Blutstärkung«, sagte Anys. »Das sollte jede Frau täglich trinken.«

Als ich den Becher hob, wurde ich ganz verlegen, denn mir fiel wieder ein, wie ich mich als Kind gemeinsam mit den anderen über Anys lustig gemacht hatte, die regelmäßig am Wegrand oder mitten in einem Feld stehen blieb, frische Blätter zupfte und sie dann an Ort und Stelle aß. Beim Gedanken daran, wie wir höhnisch »Kuh! Kuh! Grasfresserin!« gejohlt hatten, schämte ich mich. Anys hatte nur gelacht und uns nacheinander von Kopf bis Fuß gemustert. »Wenigstens habe ich keine solche Rotznase wie ihr. Und auch nicht jede Menge Pusteln auf der Haut.« Hoch aufgeschossen stand sie da, größer als jedes andere gleichaltrige Kind, vor Gesundheit strotzend. Als ich nicht lange danach zum ersten Mal guter Hoffnung war, war ich kleinlaut zu ihr gegangen und hatte sie um ihren Rat gebeten, welches Grünzeug ich sammeln und essen könnte, um mich und das Baby, das ich in mir trug, zu kräftigen. Zuerst hatte dieses Zeug seltsam geschmeckt, aber schon bald hatte ich seinen Nutzen verspürt.

Das Nesselbier war für mich allerdings etwas Neues. Die ersten Schlucke schmeckten mild und nicht unangenehm und wirkten auf meinen müden Körper erfrischend. Ich hielt den Becher länger als nötig an die Lippen, da ich mit meinem peinlichen Thema nicht überstürzt beginnen wollte. Aber meine Besorgnis erwies sich als unnötig. »Also, ich nehme doch an, du brennst darauf zu erfahren, ob ich mit George geschlafen habe«, begann Anys in gleichmütigem Tonfall. Der Becher zitterte in meiner Hand, die grüne Flüssigkeit schwappte auf den gefegten Erdboden. Anys lachte kurz auf. »Natürlich habe ich das. Er war zu jung und hübsch, um sein Feuer mit der Faust zu löschen.« Meine Miene bei diesen Worten wage ich mir kaum vorzustellen, aber in den Augen von Anys funkelte es amüsiert, während sie mich musterte. »Trink aus, dann fühlst du dich besser. Es war für uns beide nicht mehr als ein Mahl für einen hungrigen Reisenden.«

Sie beugte sich vor, um Blätter umzurühren, die neben dem Feuer in einem großen schwarzen Kessel einweichten. »Mit dir hatte er andere Absichten. Wenn dich das umtreibt, dann sei unbesorgt. Er wollte dich als Eheweib, Anna Frith, und ich sagte ihm, damit würde er gut fahren, falls er dich dazu überreden könnte. Denn wie ich sehe, hast du dich seit Sam Friths Tod verändert. Meiner Ansicht nach gefällt es dir zu kommen und zu gehen, ohne dass ein Mann dazwischenredet. Ich sagte ihm, am ehesten könnte er dich über deine Buben gewinnen. Um die musst du dich ja, im Gegensatz zu mir, kümmern, das heißt, du kannst nie nur für dich leben.«

Ich versuchte mir vorzustellen, wie die beiden beieinander lagen und solche Dinge besprachen. »Aber warum«, platzte ich heraus, »warum hast du ihn denn nicht selbst geheiratet, wenn ihr schon so vertraut wart?«

»Ach, Anna!« Sie schüttelte den Kopf und lächelte wie bei einem begriffsstutzigen Kinde. Ich spürte, wie ich rot wurde. Was hatte ich gesagt? Worüber amüsierte sie sich so? Ich war verwirrt. Offensichtlich hatte sie meine Seelenqual gespürt, denn sie hörte zu lächeln auf, nahm mir den Becher aus der Hand und schaute mich ernst an.

»Warum sollte ich heiraten? Ich bin nicht geschaffen, um mich einem Mann mit Haut und Haar auszuliefern. Ich habe meine Arbeit, die ich liebe. Ich habe mein Zuhause, auch wenn's nicht groß ist, zugegeben. Und doch bietet es mir ausreichend Schutz. Aber darüber hinaus habe ich noch etwas, was nur wenige Frauen für sich beanspruchen können: meine Freiheit. Und die werde ich nicht leichtfertig opfern. Außerdem«, sagte sie, wobei sie mir einen listigen Seitenblick zuwarf,

»braucht eine Frau manchmal einen kräftigen Schluck Nessel-
bier zum Aufwachen und manchmal ein Glas Baldriantee zur
Beruhigung. Warum soll man in einem Garten nur eine einzige
Pflanze züchten?«

Zum Zeichen, dass ich die Pointe verstand, lächelte ich zögernd. Tief drinnen spürte ich, dass mir etwas an ihrer guten
Meinung lag und ich in ihren Augen nicht als langweiliger Einfaltspinsel dastehen wollte. Danach stand sie auf, um weiter ihrer Arbeit nachzugehen. So verließ ich sie noch verwirrter als
bei meiner Ankunft. Sie war ein seltenes Geschöpf, diese Anys
Gowdie, und eines musste ich zugeben: Ich bewunderte sie,
weil sie mehr auf ihr eigenes Herz hörte, als ihr Leben von
fremden Konventionen beherrschen zu lassen. Ich dagegen
war unterwegs, um mich für den Nachmittag von Leuten beherrschen zu lassen, die ich verachtete. Ich stapfte weiter Richtung Bradford Hall und kam dabei am Rand der Rileyschen
Wälder vorbei. Hell strahlte die Sonne an jenem Tag, die
Bäume warfen dunkle, breite Schattenstreifen über den Pfad.
Dunkel und hell, dunkel und hell, dunkel und hell. Genau so
hatte man meinen Blick auf die Welt geformt. Nach Ansicht
der Puritaner, die sich hier als Geistliche um uns gekümmert
hatten, konnte alles Handeln und Denken nur zwei Seiten haben: göttlich und richtig, oder satanisch und böse. Aber Anys
Gowdie brachte Verwirrung in solches Denken. Zweifelsohne
tat sie Gutes. Das Wohlergehen unseres Dorfes war in vielerlei
Hinsicht mehr ihrem Bemühen und dem ihrer Tante zu ver-
danken als den Bemühungen der jeweiligen Pfarrhausbewoh-
ner. Und doch stempelten ihre Unzucht und ihre Blasphemie
sie in den Augen unserer Religion zur Sünderin.

All das ging mir immer noch im Kopf herum, als ich die Stelle
erreichte, wo der Wald urplötzlich in die goldenen Felder des
Riley-Hofes überging. Schon den ganzen Tag war man dort
fleißig mit der Sichel am Arbeiten gewesen – zwanzig Mann für

zwanzig Tagwerk. Die Hancocks, die das Land der Rileys bewirtschafteten, hatten selbst sechs kräftige Söhne und brauchten deshalb weitaus weniger Erntehelfer als andere. Müde folgten Mutter Hancock und ihre Schwiegertöchter ihren Männern und bündelten die losen Halme zu Garben, die im Sonnenlicht schimmerten. An jenem Nachmittag sah ich sie durch die Augen von Anys: fest an ihr Mannsvolk gekettet, wie Ackergäule an die Pflugscharen.

Lib Hancock, die Frau des ältesten Bruders, war mit mir seit Kindertagen befreundet. Als sie sich einen Augenblick aufrichtete, um ihr Kreuz zu strecken, beschattete sie mit der Hand die Augen. Dabei merkte sie, dass ich es war, die da am Feldrand daherkam, winkte mir zu und rief etwas nach hinten zu ihrer Schwiegermutter. Dann ließ sie ihre Arbeit liegen und kam quer übers Feld auf mich zu.

»Setz dich ein Weilchen zu mir, Anna!«, rief sie. »Ich muss unbedingt ausruhen.«

Da ich es nicht eilig hatte, zu den Bradfords zu kommen, spazierte ich mit ihr zu einer Grasböschung, auf die sie sich dankbar fallen ließ und einen Augenblick die Augen schloss. Ich rieb ihr die Schultern. Mit wohligem Behagen schnurrte sie unter meinen knetenden Handbewegungen.

»Ist wirklich ein Pech mit deinem Logiergast«, sagte sie. »Schien ein braver Kerl zu sein.«

»Das war er«, meinte ich. »Zu meinen Buben war er ungewöhnlich nett.« Lib legte den Kopf schief und warf mir einen merkwürdigen Blick zu. »Und zu mir natürlich auch«, fügte ich hinzu. »Wie zu allen.«

»Ich glaube, meine Schwiegermutter hätte ihn gerne für Nell gehabt«, sagte sie. Nell, das einzige Mädchen der Hancock-Familie, wurde von ihren vielen Brüdern derart streng gehalten, dass wir oft scherzten, sie würde nie heiraten, da ihr kein Mann nahe genug käme, um festzustellen, wie sie aussah. Auf

Grund meiner neuesten Erkenntnisse über George Viccars lachte ich trotz meiner Traurigkeit.

»Gibt es im ganzen Dorf eine einzige Frau, die sich nicht mit dem Bettzeug dieses Mannes beschäftigt hat?«

Wie gesagt, Lib und ich standen uns nahe. Schon immer hatten wir unsere Geheimnisse miteinander geteilt. Vermutlich verführte mich diese Gewohnheit zu meinen nächsten Worten: eine deftige Beichte meiner eigenen Lust, wozu ich jedes Recht hatte. Doch danach folgte etwas, wozu ich nicht berechtigt war, jene Neuigkeit, die ich selbst gerade erst erfahren hatte: dass Anys es mit meinem Logiergast getrieben hatte.

»Und jetzt, Lib«, sagte ich schließlich, während ich aufstand, um meinen Weg fortzusetzen, »habe ich eine Bitte: Tratsche meine Neuigkeiten heute Abend nicht im ganzen Hause Hancock herum.«

Darüber lachte sie und knuffte mich spielerisch in die Seite. »Oho, als ob ich vor Mutter Hancock und dieser Männerschar ständig Bettgeschichten erzählen würde! Du hast seltsame Ansichten über unseren Haushalt, wirklich. Am Tisch der Hancocks fällt nur einmal ein Wort über Paarung: Wenn die Hammel zu den Mutterschafen getrieben werden!« Daraufhin lachten wir beide und gingen wieder getrennter Wege.

Am Feldrand standen sattgrüne Hecken mit glänzendem Laub. Allmählich reiften auch schon die Brombeeren und röteten sich. Im üppigen Gras weideten fette Lämmer. Doch trotz aller Lieblichkeit war für mich die letzte halbe Meile dieses Weges unangenehm, auch wenn ich nicht wirklich erschöpft war. Aber ich konnte die ganze Familie Bradford nicht ausstehen, und den Oberst fürchtete ich besonders. Außerdem konnte ich mich selbst nicht leiden, weil ich dieser Angst nachgab.

Allgemein hieß es, Oberst Henry Bradford sei ein tapferer und intelligenter Soldat gewesen, ein ungewöhnlich heldenmütiger Anführer seiner Männer. Vielleicht hatte ihn sein militärischer Erfolg arrogant gemacht, vielleicht hätte sich aber auch ein solcher Mann nie und nimmer in ein Leben als Landedelmann zurückziehen sollen. Die Art und Weise seiner Haushaltsführung ließ jedenfalls nicht die Spur von Weisheit erkennen. Offensichtlich amüsierte ihn jede Demütigung seiner Frau auf perverse Weise. Sie stammte aus einer reichen Familie ohne gute Verbindungen, eine geistlose Schönheit, in deren Äußeres sich der Oberst für kurze Zeit vergafft hatte. Allerdings nur so lange, bis er ihre Mitgift eingesackt hatte. Seither hatte er keine Gelegenheit verstreichen lassen, ohne ihre Verbindungen herabzusetzen oder ihre Auffassungsgabe zu beleidigen. Obwohl sie noch immer ziemlich schön war, war sie nach den langen Jahren derartiger Behandlung empfindlich geworden. Bedrückt und nervös sorgte sie sich ständig darum, was ihr Ehemann nun wieder an ihr auszusetzen hätte, und hielt damit auch das Personal immer am Rande des Nervenzusammenbruchs. Ständig stieß sie die Tagesabläufe des Haushalts um, sodass selbst die einfachsten Aufgaben mühsam wurden. Der Sohn der Bradfords war ein betrunkener Prahlhans und Schwerenöter, der sich glücklicherweise meistens in London aufhielt. Während seiner seltenen Anwesenheit im Herrenhaus versuchte ich, mich dort mit Ausreden um eine Arbeit zu drücken. Und wenn ich mir das nicht leisten konnte, ging ich ihm möglichst aus den Augen und sorgte dafür, dass ich nie in die Falle lief, mit ihm allein zu sein. Miss Bradford war, wie schon erwähnt, eine stolze und mürrische junge Frau, deren einziger Funken Güte aus echter Sorge um ihre unglückliche Mutter zu entspringen schien. In Abwesenheit ihres Vaters schien sie die Nerven ihrer Mutter beruhigen und ihre Unruhe besänftigen zu können. Dann konnte man dort auch arbeiten, ohne Schimpfkanonaden und Wutanfälle befürchten zu müssen. Aber kaum war der Oberst wieder da, zuckte jeder wie ein Köter in Erwartung eines Fußtritts zusammen, angefangen von Mistress Bradford nebst Tochter bis hinunter zur niedrigsten Küchenmagd.

Da Bradford Hall in bescheidenem Umfang über angemessenes Personal verfügte, wurde nur nach mir geschickt, wenn man Einladungen von gewisser Größe beziehungsweise Wichtigkeit gab. Im Herrenhaus gab es einen großen Raum, der mit einer voll gedeckten Tafel sehr gut wirkte. Dann wurden die beiden großen Räucherbänke aus den Wandnischen gezogen und ihr dunkles Eichenholz so lange poliert, bis es schwarz glänzte. Zur Herbstzeit, kurz nach dem Schweineschlachten, roch es manchmal durchdringend nach frisch gepökelten Speckseiten, aber im Spätsommer war der Speck längst verspeist, sodass sich nur noch ein angenehm leichtes Raucharoma unter den frischen Duft nach Bienenwachs und Lavendel mischte. Silbergeschirr schimmerte im tief stehenden Licht auf, Kanarienwein glänzte in großen Pokalen und wärmte selbst die kalten Bradford-Gesichter. Selbstverständlich dachte keiner je daran, mir zu sagen, welchen Gästen ich aufwarten würde. Umso angenehmer überraschte es mich, bei diesem abendlichen Diner die freundlichen Gesichter der Mompellions unter dem Dutzend Gäste zu entdecken.

Die Gegenwart von Elinor Mompellion an seiner Tafel ergötzte den stolzen Herrn Oberst. Erstens sah sie an diesem Nachmittag in einem schlicht geschnittenen, cremefarbenen Seidenkleid einfach bezaubernd aus. In ihren blassen Haaren schimmerten einige wenige erlesene Perlen. Aber noch mehr als ihre zerbrechliche Schönheit schätzte Oberst Bradford ihre bedeutenden Beziehungen. Sie gehörte einer der ältesten Großgrundbesitzerfamilien in der Grafschaft an. Man murmelte, mit ihrer Entscheidung für Mompellion habe sie einen anderen Verehrer verschmäht, der sie möglicherweise zur Herzogin gemacht hätte. Eine derartige Entscheidung war für den

Oberst unvorstellbar. Leider gab es an ihr so vieles, was er nicht verstand. Er begriff lediglich, dass eine Beziehung zu ihr seine eigene Stellung steigerte. Und das war das einzig Wichtige für ihn. Als ich mit gesenktem Kopf ihren Suppenteller abtragen wollte, legte Elinor Mompellion, die zur Linken des Obersts saß, dem rechts von ihr sitzenden Herrn aus London leicht die Hand auf den Unterarm, um seinen nichts sagenden Wortschwall zu unterbrechen. Dann drehte sie sich mit einem ernsten Lächeln zu mir. »Hoffentlich fühlst du dich nach deiner schrecklichen Nacht wieder einigermaßen wohlauf, Anna.« Ich hörte, wie der Griff des Buttermessers auf das Tellerchen des Obersts klapperte und er zischend die Luft anhielt. Ich hielt den Blick auf die Teller in meiner Hand gesenkt und wagte keinen einzigen verstohlenen Blick in seine Richtung. »Einigermaßen. Vielen Dank, Ma'am«, murmelte ich eilends und glitt weiter, um den nächsten Teller abzutragen. Ich befürchtete, sie würde weiter mit mir plaudern, wenn ich ihr nochmals Gelegenheit dazu gab. Und dann träfe Oberst Bradford auf der Stelle der Schlag.

Im Herrenhaus hatte ich gelernt, mich nur auf meine Pflichten zu konzentrieren und dem meist trivialen Gespräch keine Beachtung zu schenken. An solch einer großen Tafel gab es wenig allgemeine Konversation. Die meisten Leute wechselten Höflichkeitsfloskeln mit ihren unmittelbaren Sitznachbarn. Das Ergebnis war ein dumpfes Stimmengewirr, das Miss Bradford gelegentlich mit affektiertem Lachen unterbrach. Jedenfalls war dem so, als ich den Raum mit den Fleischtellern verließ. Als ich jedoch mit dem Dessert zurückkam, hatte man schon vor Anbruch der Dunkelheit alle Kerzen angezündet, und nur noch der junge Londoner redete, der neben Mistress Mompellion saß. Er gehörte zu jener Sorte feiner Herren, von denen wir in unserem kleinen Dorf nicht viele zu sehen bekommen. Er trug eine derart üppige und kunstvolle Perücke, dass sein ziemlich verkniffenes, weiß gepudertes Gesicht unter der langen Lockenpracht fast verloren wirkte. Auf seiner rechten Wange saß ein Schönheitsfleck. Vermutlich hatte irgendeiner der Bradfordschen Diener, der ihm beim Ankleiden behilflich gewesen war, nicht recht gewusst, wie man solche modischen Pflästerchen anklebt, denn bei jedem Bissen tanzte das Ding irritierend auf der Wange des jungen Mannes. Auf den ersten Blick war er mir ziemlich lächerlich erschienen, aber inzwischen wirkte er ernst. Bei jedem Wort flatterten seine Hände wie weiße Motten aus den Spitzenmanschetten und warfen lange Schatten über die Tafel. Ringsum schauten ihn blasse und entsetzte Gesichter an.

»So etwas hat man auf den Straßen noch nie gesehen. Unzählige Reiter, Kutschen und überquellende Ochsenkarren. Ich sage Ihnen, jeder, der im Stande ist, die Stadt zu verlassen, tut es oder hat es vor. Die Armen schlagen inzwischen auf Hampstead Heath Zelte auf. Wer unbedingt zu Fuß gehen muss, geht genau in der Straßenmitte, um den ansteckenden Ausdünstungen der Häuser zu entgehen. Wer die ärmeren Viertel durchqueren muss, bedeckt das Gesicht mit Masken, die an große Vogelschnäbel erinnern und mit Kräutern gefüllt sind. Die Leute gehen wie betrunken durch die Straßen, wechseln von einer Straßenseite auf die andere, um an anderen Fußgängern nicht allzu dicht vorbeigehen zu müssen. Eine Droschke kommt leider auch nicht in Frage, da mit dem Atem des letzten Fahrgastes vielleicht die Krankheit zurückblieb.« Nun warf er einen Blick in die Runde und senkte die Stimme. Offensichtlich genoss er die Aufmerksamkeit, die seine Worte fanden. »Angeblich soll man die Schreie der Sterbenden hören können, die ganz allein in die mit roten Kreuzen markierten Häuser eingesperrt wurden. Die Großmächtigen hält es nicht mehr am Ort, sage ich Ihnen. Es geht das Gerücht, der König plane die Verlegung seines Hofstaates nach Oxford. Ich für meine Person zauderte nicht lange. Die Stadt entleert sich so rasch, dass sowieso kaum mehr wichtige Gesellschaft übrig ist. Höchst selten entdeckt man noch einen Edlen mit Perücke oder eine vornehme Dame, denn weder Reichtum noch Beziehungen schützen vor der Pest.«

Wie ein Amboss sauste das Wort nieder. Mir kam es vor, als würde es in dem strahlenden Raum dunkler, als hätte jemand urplötzlich alle Kerzen auf einmal gelöscht. Um die Platte nicht fallen zu lassen, umklammerte ich sie mit beiden Händen und blieb stocksteif stehen, bis ich mein Gleichgewicht wiedergefunden hatte. Ich sammelte mich und versuchte, wieder gleichmäßig zu atmen. Im Laufe meines Lebens hatte ich schon oft genug gesehen, wie Menschen von Krankheiten dahingerafft worden waren. Neben der Pest gibt es noch vielerlei Fieber, das einen Menschen töten kann. Außerdem war George Viccars schon über ein Jahr nicht mehr in die Nähe von London gekommen. Wie konnte ihn da der Pesthauch der Stadt gestreift haben?

Oberst Bradford räusperte sich. »Na, na, Robert! Beunruhigen Sie nicht die Damen. Demnächst werden sie noch aus Furcht vor Ansteckung Eure Gesellschaft meiden!«

»Scherzen Sie nicht, Sir. An der Mautschranke nördlich von London stieß ich auf eine zornige Horde mit Mistgabeln, die jedem Reisenden aus London den Zutritt zu ihrem Dorf verwehrte. Da es sich sowieso um einen üblen Ort handelte, an dem ich nicht einmal zu rabenschwarzer Nacht Zuflucht gesucht hätte, ritt ich unbelästigt weiter. Trotzdem wird sich binnen kurzem jeder, der sich als Londoner ausgibt, damit keinen Gefallen erweisen. Wir werden überrascht sein, wie viele von uns plötzlich ländliche Vorfahren erfinden werden. Sie werden noch an mich denken. Schon bald werden Sie erfahren, dass mein Hauptwohnsitz in den letzten Jahren Wetwang war, nicht Westminster.«

Daraufhin wurde es ein wenig unruhig, denn der Ort, über den sich der junge Mann mokierte, war um ein Erkleckliches größer als der, wo er momentan zu Gast war. »Nun, dann war's ja gut, dass Sie rausgekommen sind, was?«, sagte der Oberst, um den Fehler zu vertuschen. »Saubere Luft hier droben, kein fauliges Fieber.«

Ich bemerkte, wie die Mompellions viel sagende Blicke wechselten. Ich versuchte, meine zitternden Hände zu beruhigen, setzte die Dessertplatte ab und trat wieder in den Schatten an der Wand zurück. »Auch wenn man's kaum glauben möchte«, fuhr der junge Mann fort, »aber einige wenige bleiben in der Stadt, obwohl sie die Möglichkeit zur Abreise hätten. Lord Radisson – ich denke, Seine Lordschaft ist hinlänglich bekannt – hat verbreiten lassen, er halte es für seine Pflicht zu bleiben und ›ein Exempel zu statuieren‹. Ein Exempel wofür? Für einen scheußlichen Tod?«

»Bedenken Sie Ihre Worte«, warf Mister Mompellion dazwischen. Seine Stimme – voll, laut, ernst – ließ das hohle Lachen der Bradfords verstummen. Der Oberst wandte sich mit erhobener Augenbraue ihm zu, als wolle er ihn wegen Unhöflichkeit tadeln, und Mistress. Bradford versuchte, ihr Kichern in Husten umzuwandeln. »Wenn alle, die die Möglichkeit haben, bei jedem Ausbruch dieser Krankheit davonlaufen«, fuhr Mister Mompellion fort, »dann wird die Pestsaat mit ihnen gehen und sich landauf, landab verteilen, bis auch die sauberen Orte angesteckt sind und die Seuche sich tausendfach vermehrt. Wenn Gott es für angebracht hielt, diese Geißel zu schicken, dann wäre es, glaube ich, Sein Wille, dass sich ihr jeder mutig an seinem bisherigen Platze stellt und damit das Übel begrenzt.«

»Ach?«, meinte der Oberst hochnäsig. »Und wenn Gott einen Löwen schickt, der Sie zerfleischen möchte, werden Sie dann auch unverwandt stehen bleiben? Das glaube ich nicht.

Vermutlich werden Sie genau wie jeder vernünftige Mann vor dieser Gefahr davonlaufen.«

»Ihr Vergleich ist exzellent, Sir«, sagte Mister Mompellion. Seine Stimme hatte jenen energischen Unterton, den er immer auf der Kanzel einsetzte. »Wollen wir ihn mal untersuchen. Ich werde sicher stehen bleiben und mich dem Löwen stellen, wenn ich durch meine Flucht das Untier in die Nähe der Hütten von Unschuldigen bringen würde, die meinen Schutz brauchen.«

Als der Begriff Unschuldige fiel, flammte Jamies kleines Gesicht vor meinem inneren Auge auf. Was, wenn der junge Londoner Recht hatte? Jamie hatte nur noch Augen und Ohren für George Viccars gehabt. Noch den ganzen Tag vor dem ersten Anzeichen der Krankheit war Jamie auf seinen Rücken geklettert und hatte mit ihm herumgetollt.

Der junge Mann unterbrach das Schweigen, das nach Mister Mompellions Worten herrschte. »Nun ja, Sir, wacker pariert. Trotzdem muss ich Ihnen sagen, dass die besten Kenner dieser Krankheit – worunter die Ärzte und Bader zu zählen wären – besonders schnellfüßig die Stadt verlassen haben. Selbst wenn man einen ganzen Sovereign bezahlt, kann man sich nicht bei Husten schröpfen lassen oder bei einem Gichtanfall zur Ader gelassen werden. Die Herren Ärzte haben uns hier ein klares Rezept ausgestellt, das wie folgt lautet: Davonlaufen ist die beste Arznei gegen die Pest. Und ich für meine Person beabsichtige, dieses Rezept gewissenhaft zu befolgen.«

»Sie sagen ›gewissenhaft‹, und doch halte ich Ihre Wortwahl für unzutreffend«, entgegnete Mister Mompellion. »Wer von ›gewissenhaft‹ redet, muss sich vergegenwärtigen, dass Gott die Macht besitzt, uns in Gefahren zu bewahren oder uns von eben jener Gefahr ereilen zu lassen, egal, wie weit oder schnell wir laufen.«

»In der Tat, Sir. Und viele, die daran glaubten, fahren inzwischen auf dem Weg zu den großen Gruben als stinkender Leichnam durch die Stadt.« Miss Bradford hob eine Hand an die Braue und mimte demonstrativ eine Ohnmacht, aber ihre gierigen Blicke straften sie Lügen. Der junge Mann wandte sich ihr zu, erkannte ihre Lust nach düsteren Details und fuhr fort: »Das weiß ich von einem, der sich auf seiner fruchtlosen Suche nach einem Verwandten verpflichtet fühlte, dorthin zu gehen. Nach seinem Bericht werden die Leichen einfach hineingekippt, genauso respektlos wie bei einem toten Hund. Eine Lage Körper, darüber ein paar Schaufeln Erde, und darauf dann noch mehr Körper. So liegen sie da, genau wie das Dessert dort drüben.« Er deutete auf den Schichtkuchen, den ich auf die Tafel gestellt hatte. Ich sah die Mompellions zusammenzucken, aber der junge Mann verzog über seine eigene Geschmacklosigkeit nur höhnisch das Gesicht und wandte sich dann an den Herrn Pfarrer.

»Und wissen Sie, Sir, wer hinter den Ärzten am schnellsten die Stadt verließ? Na, die anglikanischen Pfarrer, Ihresgleichen! Infolgedessen füllt sich manche Londoner Kanzel mit Nonkonformisten.«

Mister Mompellion senkte den Blick. Eingehend musterte er seine Hände. »Wenn Ihre Worte tatsächlich wahr sind, Sir, dann tut mir das aufrichtig Leid. In diesem Falle sind meine Brüder im Glauben tatsächlich schlechtere Menschen.« Seufzend schaute er seine Frau an. »Vielleicht glauben sie, Gott predige nun der Stadt, und ihr karges Gestammel könne dem Donnerwort des Allmächtigen nichts hinzusetzen?«

In jener Nacht war Vollmond, was ein Glück war, denn sonst wäre ich sicher in einen Graben gefallen, wie ich so heimstolperte. Trotz meiner Erschöpfung rannte ich fast. Disteln zerkratzten mir die Fesseln, Dornen krallten sich in meinen Rock. Nur mühsam fand ich Worte für das Martin-Mädchen, als es schlaftrunken neben dem Herd hochfuhr. Ich warf den Umhang ab und stürzte die Treppe hinauf. Die beiden kleinen Körper waren in einen silbrigen Lichtfleck getaucht. Beide Jungen atmeten leicht. Jamie hatte einen Arm um seinen Bruder gelegt. In entsetzlicher Angst vor dem, was mich erwarten könnte, legte ich ihm die flache Hand auf die Stirn. Sachte streiften meine Finger seine weiche Haut. Zum Glück war sie kühl.

»Danke«, sagte ich, »oh, ich danke Dir, mein Gott.«

Rattenplage

Die Wochen nach George Viccars' Tod leiteten den schönsten September ein, an den ich mich erinnern kann. Es gibt Leute, denen diese Berggegend trostlos vorkommt, was ich sogar verstehen kann: das ganze Land von Bergleuten zerfressen, ihre Göpel wie Schafotte auf den Mooren, und ihre Halden, Unkraut bewachsenen Maulwurfshügeln gleich, im graulila Auf und Ab des Heidekrauts. Eine bunte Gegend ist das nicht. Unsere einzige kräftige Farbe ist Grün, aber das haben wir in jeder Schattierung: smaragdgrüne Moospolster, glänzende Efeuranken, und im Frühjahr goldgrüne Grasschösslinge. Ansonsten bewegen wir uns durch einen Flickenteppich aus Grautönen. Weiß-grau ist der Kalkstein, während der Sandstein, aus dem wir unsere Katen bauen, einen wärmeren gelb-gräulichen Ton hat. Grau ist hier die Himmelsfarbe, und auf den Hügelkämmen türmen sich die taubengrauen Wolken so dicht, dass man manchmal das Gefühl hat, man könnte einfach hinaufgreifen und die Hände in ihrer Weichheit vergraben.

Aber diese Herbstwochen waren ganz ungewohnt von Sonnenschein durchflutet. Der Himmel war fast täglich strahlend blau, und statt eines Hauchs von Frost blieb die Luft warm und trocken. Ich war so erleichtert, dass Jamie und Tom nicht krank waren, dass ich in jenen Tagen in einer Art Hochstimmung lebte. Jamie hingegen war bedrückt, weil er seinen lieben Freund George Viccars verloren hatte. Den Tod seines Vaters hatte er, um ehrlich zu sein, leichter verkraftet. Da Sam die meisten Stunden, in denen Jamie wach war, drunten in der

Grube gewesen war, hatten die beiden nur wenig Zeit gemeinsam verbracht. George Viccars aber war in den wenigen Monaten, die er mit uns gelebt hatte, ein unentbehrlicher Gefährte geworden, dessen Tod eine Leere hinterließ, die ich unbedingt füllen wollte. So nahm ich mir die Zeit, unsere einfache Hausarbeit in eine Art Spiel zu verwandeln, damit Jamie den Verlust nicht so tief empfand.

Am Ende des Tages überzeugte ich mich am liebsten immer selbst davon, dass jedes Mutterschaf seine Lämmer bei sich und keines sich in Dornenranken verfangen hatte. Wenn ich also nachmittags die Herde überprüfen ging, nahm ich Jamie und Tom mit. Unsere Herde ist klein, hat nur einundzwanzig Mutterschafe. Seit meiner Heirat mit Sam hatte ich regelmäßig jenes geschlachtet, das sich nicht zum Muttertier eignete, was zu einer einfachen Lammung führt, solange das Wetter mitspielt. Letztes Frühjahr hatten wir eine gute Lammung. Deshalb hätte ich an jenem Tag nichts weniger erwartet als ein Mutterschaf in den Wehen. Aber zum Glück fanden wir es, wie es keuchend im Schatten einer Eberesche lag und sich mit heraushängender Zunge abmühte. Ich knöpfte das Tragetuch auf und legte Tom auf einen Flecken Klee. Jamie stand hinter mir, während ich mich hinkniete, die Hände ins Innere des Mutterschafes steckte und das Lamm zu drehen versuchte. Obwohl ich ein Stückchen Nase und einen harten Huf spüren konnte, gelang es mir nur mühsam, alle Finger hineinzuzwängen, damit ich es zu fassen bekam.

»Mami, kann ich helfen?«, sagte Jamie. Nach einem Blick auf seine winzigen Finger bejahte ich. Mühelos glitten seine kleinen Hände ins Glitschig-Feuchte. Ich stemmte mich mit den Fersen gegen das Mutterschaf, und dann zogen wir gemeinsam. Er hielt mit seiner Kinderkraft die Knie fest, während ich mich an den Hufen abmühte. Plötzlich flog mit einem mächtigen Schmatzgeräusch ein Bündel nasser Wolle heraus, und wir beide fielen rücklings ins Gras. Es war ein prächtiges Lämmchen, klein, aber kräftig, ein unerwartetes Geschenk. Das Mutterschaf war noch jung und hatte nie vorher gelammt. Deshalb sah ich mit Befriedigung, wie es sich sofort daran machte, seinem Jungen die Glückshaube vom Gesicht zu lecken. Schon bald bedankte sich das Lamm mit einem kräftigen Niesen. Wir lachten. Jamie hatte vor Stolz und Glück kugelrunde Augen.

Wir ließen die Mutter weiter ihrem Jungen die gelbe Fruchtblase aus dem Fell lecken und wanderten vom Feld ins Wäldchen, um uns im Bach Blut und Schleim von Händen und Kleidung zu waschen. Weil es heute warm war, zog ich Jamie splitternackt aus und ließ ihn so herumplantschen, während ich seinen Kittel und meine Schürze auswusch und zum Trocknen über einen Busch hängte. Meinen Schulterkragen hatte ich gelöst, meine Haube aufgebunden und die Strümpfe ausgezogen. Während Jamie durchs Wasser watete, fand ich einen flachen Felsen, setzte mich mit geschürztem Rock drauf, um Tom zu stillen, und ließ mir kleine Rinnsale über die Zehen laufen. Ich streichelte den feinen Flaum auf Toms Kopf und schaute zu, wie Jamie im kühlen Wasser herumspritzte. Kürzlich hatte er ein Alter erreicht, in dem eine Mutter bei einem Blick auf ihr Baby entdeckt, dass es keines mehr ist, sondern ein voll entwickeltes Kind. Alles Runde hatte sich in die Länge gezogen: Die fetten, faltigen Beinchen hatten sich zu schlanken Gliedmaßen gestreckt, der Kugelbauch zu einem kerzengeraden Oberkörper gedehnt. Aus den Pausbacken hatte sich ein Gesicht herausgeschält. Nur allzu gerne betrachtete ich Jamies neues Ich, seine glatte Haut, die Biegung seines Nackens und seinen Goldschopf, der sich stets mit geneigtem Hals neugierig staunend in immer neue Wunder seiner Welt vertiefte.

Gerade hüpfte er auf der Jagd nach pfeilschnellen Libellen von Stein zu Stein und ruderte dabei heftig mit den Armen, um nicht das Gleichgewicht zu verlieren. Vor meinen Augen landete eine davon auf einem Ast neben meiner Hand. Ihre durchsichtigen Flügel fingen das Licht in allen Regenbogenfarben, wie die bunten Glasfenster in unserer Kirche. Sachte legte ich einen Finger auf den Zweig und spürte das schnelle Zittern und hörte das leise Brummen, das von ihren vibrierenden Flügeln aufstieg. Dann hob sie ab und stürzte sich auf eine vorbeifliegende Wespe. Fadendünn hatten ihre Beine gewirkt, und doch schlossen sie sich wie eine Eisenfalle um die Wespe. Noch im Flug packte sie das Insekt mit ihren mächtigen Beißzangen und verschlang es. So geht das, dachte ich träge. Eine Geburt und ein Tod, beides unerwartet.

Ich lehnte mich gegen das Bachufer und schloss die Augen. Einen Augenblick war ich wohl eingenickt, sonst hätte ich sicher die nahenden Schritte unter den Bäumen gehört. Aber so stand er fast schon über mir, als ich die Augen öffnete und seinem Blick begegnete, der sich von dem aufgeschlagenen Buch hob, das er in der Hand trug. Ich sprang auf und zerrte an meinem Mieder herum. Tom öffnete seinen rosa Mund und heulte empört, weil seine Mahlzeit unterbrochen wurde.

Mit einem freundlichen Lächeln hob der Herr Pfarrer die Hand. »Er protestiert mit vollem Recht gegen mein Eindringen. Inkommodiere dich nicht, Anna. Tut mir Leid, dich derart überrascht zu haben, aber ich war dermaßen in mein Buch und in diesen zauberhaften Tag versunken, dass ich mir der Anwesenheit eines anderen Menschen im Wäldchen nicht bewusst wurde.«

Das plötzliche Auftauchen des Herrn Pfarrers hatte mich so überrascht und verlegen gemacht, dass ich zu keiner höflichen Antwort fähig war. Noch mehr erstaunte es mich, als er daraufhin nicht weiterging, sondern sich auf einen Nachbarfelsen setzte und seine Stiefel auszog, um seinen Füßen Kühlung zu verschaffen. Mit gewölbten Händen beugte er sich ins klare Wasser, spritzte sich kühles Nass ins Gesicht und fuhr sich dann mit den Fingern durch die langen schwarzen Haare. Im Halbschatten hob er sein Gesicht in die Sonne und schloss die Augen.

»Wie einfach verspürt man an einem solchen Tage Gottes Güte!«, flüsterte er. »Manchmal frage ich mich, warum wir uns in Kirchen einschließen. Kann ein Bau von Menschenhand das Göttliche so heraufbeschwören wie dieser Platz?«

Da ich noch zu aufgewühlt war, um mir eine Antwort auszudenken, verharrte ich weiter in dummem Schweigen, während Tom lauthals weiterbrüllte. Mister Mompellion sah, wie er sich in meinen Armen wand, und griff dann herüber, um ihn mir wegzunehmen. Verblüfft reichte ich ihn hinüber. Doch noch mehr erstaunte mich die geübte Art, wie ihn Mister Mompellion aufrecht gegen seine Schulter hielt und ihm kräftig den Rücken klopfte. Auf der Stelle hörte Tom mit dem Schreien auf und stieß einen lauten, nassen Rülpser aus. Hochwürden lachte. »Bei der Betreuung meiner kleinen Schwestern habe ich gelernt, dass mit Ausnahme von Mutter und Amme jeder ein Baby so halten muss. Aufrecht. Dann hört das Suchen nach der Brust auf.« Diese Bemerkung musste bei mir einen erstaunten Blick hervorgerufen haben, denn nach einem kurzen Seitenblick auf mich lachte Mister Mompellion erneut. »Du musst nicht glauben, dass sich das Leben eines Geistlichen ausschließlich zwischen hehren Kanzelworten bewegt.« Er deutete mit dem Kopf in die Richtung, wo Jamie bachabwärts so in den Bau seines Steckendammes vertieft war, dass er die Anwesenheit des Herrn Pfarrers lediglich mit einem kurzen Heben des Kopfes registriert hatte. »Wir alle gleichen zu Beginn nackten Kindern, die im Schlamm spielen.«

Mit diesen Worten gab er mir Tom zurück, stand auf und ging zu Jamie. Auf halbem Weg setzte er den Fuß auf einen glitschigen, moosbewachsenen Stein. Beim Versuch, sein Gleichgewicht wieder zu finden, ruderte er wie verrückt mit den Armen, und Jamie hüpfte im Wasser hoch und lachte so wild und unverblümt schadenfroh, wie das nur Dreijährige können. Stirnrunzelnd funkelte ich Jamie an, aber Mister Mompellion warf den Kopf zurück und stimmte in das Lachen ein, während er mit ausgestreckten Händen mitten durchs Wasser platschte, meinen quiekenden Kleinen schnappte und ihn hoch in die Luft warf. So spielten die zwei einige Zeit miteinander, ehe Mister Mompellion zu mir und Tom zurückkam und sich wieder in unserer Nähe auf die Böschung setzte. Seufzend schloss er erneut die Augen. Ein leises Lächeln spielte um seine Lippen.

»Mir tun alle Stadtbewohner Leid, denen die Liebe zu all dem nicht beigebracht wird – zum süßen Duft von nassem Gras und den ganz gewöhnlichen, alltäglichen Wundern der Schöpfung. Darüber las ich gerade, als ich dich störte. Möchtest du einige Zeilen aus meinem Text hören?«

Ich nickte, und er griff nach seinem Buch. »Das sind die Schriften des Augustinus von Hippo, ein Mönch, der vor langer Zeit an der afrikanischen Barbarenküste wegen seiner Theologie berühmt wurde. Hier fragt er sich selbst, was wir meinen, wenn wir von Wundern sprechen.«

Ich kann mich nur noch an Bruchstücke von dem erinnern, was er las, aber ich erinnere mich genau, wie seine Stimme mit den Rhythmen des Baches zu verschmelzen und den Worten eine bleibende Musik zu verleihen schien. »Denke an den Wechsel von Tag und Nacht… an das Absterben der Blätter und ihr Wiedererscheinen an den Bäumen im nächsten Frühjahr, an die unendliche Kraft in den Samen… und dann nenne mir irgendeinen Menschen, der diese Dinge zum ersten Mal sieht und erlebt, einen, mit dem wir noch immer sprechen können. Er staunt und ist von diesen Wundern überwältigt.«

Es tat mir Leid, als er zu lesen aufhörte. Wenn nicht die Ehrfurcht vor ihm mich stumm gemacht hätte, hätte ich ihn gebeten weiterzulesen. Doch obwohl ich tagtäglich in seinem Hause arbeitete, fiel mir nur mit seiner Frau das Reden leicht. Nicht, dass er in irgendeiner Weise barsch aufgetreten wäre, aber oft wirkte er so in wichtige Dingen versunken, dass er die Kleinigkeiten seines Haushalts nicht wahrnahm. Ich gab mir alle Mühe, ihn durch mein Kommen und Gehen und meine Arbeit nicht zu stören und kann mit einigem Stolz behaupten, dass er nur höchst selten Anlass hatte, mich wahrzunehmen. Deshalb saß ich nun stumm da. Ihm musste mein abwesender Blick leer oder gelangweilt erschienen sein, denn plötzlich stand er auf und ergriff sein Buch mit den Worten, er habe mich nun lange genug belästigt und müsse sich wieder um seine Belange kümmern.

Daraufhin fand ich tatsächlich zaghaft meine Stimme wieder und bedankte mich dafür, dass er diese großen Gedanken mit mir geteilt hatte. »Denn für mich ist es wundervoll, wenn ein derart erhabener Denker eine so enge Beziehung zu den ganz gewöhnlichen Dingen der Erde und der Jahreszeiten hat.«

Er lächelte freundlich. »Mistress Mompellion hat mir von deiner Auffassungsgabe berichtet, die sie für außergewöhnlich hält. Und ich sehe, dass sie Recht hat.« Daraufhin verabschiedete er sich und ging seines Weges. Ich blieb mit den Kindern noch eine Weile dort am Bach und dachte, dass man von Augustinus dasselbe sagen könne wie von unserem Geistlichen, und wie sonderbar es doch sei, einen derart offenen und freundlichen Mann auf unserer Kanzel zu haben.

Schließlich rief ich Jamie zu mir, und wir machten uns auf den Heimweg. Die ganze Strecke lief Jamie ständig auf die späten Wildrosen zu und pflückte ihre Blüten. Als wir uns der Kate näherten, ließ er mich an der Türe warten. »Mami, mach die Augen zu«, rief er aufgeregt. Folgsam wartete ich mit dem Gesicht in den Händen und überlegte, welches Spiel er jetzt wieder ersann. Wie immer, wenn er es eilig hatte, hörte ich ihn wie einen Welpen auf allen vieren die Treppe hinaufpoltern. Einige Augenblicke später ging droben der Fensterflügel auf.

»Jetzt, Mami! Schau rauf!« Als ich den Kopf zurücklegte und die Augen öffnete, fand ich mich in einem Samtregen aus Rosenblättern wieder. Der weiche süße Duftschauer streichelte meine Wangen. Ich zog meine Haube herunter und schüttelte meine langen Haare aus, damit sich die Blätter darin verfingen. Klein Tom gluckste vor Freude und hieb mit seinen fetten Fäustchen nach der leuchtenden Kaskade aus Rosa und zartem Gelb. Über mir beugte sich Jamie übers Fensterbrett und schüttelte die letzten Blütenblätter aus einem Betttuchzipfel.

Dies, dachte ich und lächelte zu ihm hoch, dieser Augenblick ist mein Wunder.

Und so vergingen die wundersamen Tage unserer Gnadenfrist. Ich war beschäftigt mit den Vorbereitungen für einen Winter, den man sich an jenen schläfrigen Nachmittagen nur schwer vorstellen konnte. Apfelleitern ragten durch die Bäume, und überall wurden in Erwartung eines kühleren Tages Dreifüße zum Schweineschlachten aufgestellt. Obwohl wir kein eigenes Schwein hatten, half ich immer meinen Nachbarn, den Hadfields, und bekam dafür eine Portion Speck und Schweinskopfsülze. Alexander Hadfield war ein pingeliger Mann, der lieber Stoffe zuschnitt, als an Fleisch und Knochen herumzuhacken. Deshalb erledigte der älteste Sohn aus Marys erster Ehe das Schlachten und Zubereiten. Jonathan Cooper war, wie sein verstorbener Vater, ein Riesenkerl und fackelte nicht lange herum, während sein kleiner Bruder Edward mit Jamie herumrannte. Immer wieder fanden sie Wege, sich um die Arbeiten zu drücken, die wir ihnen auftrugen. Jedes Mal wenn wir sie ein Holzscheit holen schickten, um das Wasser im Kessel am Kochen zu halten, verschwanden beide unter lautem Juchzen hinter dem Holzstoß, weil sie schon wieder ein neues Spiel erfunden hatten. Bis schließlich Mary aufhörte, Gedärme für die Wursthäute zu waschen, und nachschauen ging, welchen Schabernack die zwei ausgeheckt hatten. Sie kam mit beiden Händen voll zurück: Mit der einen hielt sie Edward am Ohr gepackt, die andere streckte sie so weit wie möglich von sich. Am Ende einer Schnur baumelte etwas Schwarzglänzendes. Als sie näher kam, konnte ich erkennen, dass es sich um eine tote Ratte handelte. Ein kläglicher kleiner, klatschnasser Körper mit wässrigen Augen und einer hellroten Blutspur um die Schnauze. Hinter ihr spazierte ein verlegener Jamie mit einer zweiten im Schlepptau. Im hohen Bogen warf Mary die eine, die sie trug, ins Feuer, und auf ihre Aufforderung hin tat es ihr Jamie widerwillig gleich.

»Kannst du dir vorstellen, Anna, die beiden haben mit diesen ekligen Tieren gespielt, als ob's Kuscheltiere wären. Anscheinend wimmelt es im Holzstoß nur so davon. Alle tot. Na ja, man muss schon für Kleinigkeiten dankbar sein.« Da wir unsere Arbeit nicht unterbrechen konnten, rief Mary nach Alexander, er solle sich um die Rattenplage kümmern. Im Stillen lachten wir beide, als ihr Mann, der sich zu fein war, um beim Schweineschlachten zur Hand zu gehen, stattdessen blutige Nagetierkadaver einsammelte. Während wir weiter im Wettlauf gegen das schwindende Tageslicht schufteten, um das Fett auszulassen und die Speckseiten zu salzen, erleichterte uns sein Anblick ein wenig die schwere Arbeit, die uns wie immer verhasst war. Aber ich konzentrierte mich im Geiste auf den Geruch von brutzelndem Speck in meiner Pfanne und dachte daran, wie sich Jamie in wenigen Wochen darüber freuen würde.

Als sich der Himmel endlich bewölkte, war es fast eine Erleichterung. Der Nieselregen wirkte auf die Augen erholsam und wusch die Landschaft rein. Leider brachte die Feuchtigkeit nach dieser Hitze eine Flohplage von ungeahntem Ausmaß mit sich. Es ist schon merkwürdig, wie alle möglichen beißenden Ungeziefer den einen Menschen appetitlich finden, während ihnen ein anderer ganz und gar nicht schmeckt. In meinem Haus fielen die Flöhe über meine zarten Kinder her, sodass sie von Kopf bis Fuß mit juckenden Stellen übersät waren. Erst verbrannte ich alle unsere Strohbetten, dann machte ich mich auf den Weg zu den Gowdies, um eine Salbe zu holen. Halb hoffte ich, Anys erneut allein vorzufinden, da ich mich mit ihr gerne weiter unterhalten hätte. Darüber, wie man als Frau allein in der Welt zurechtkommt, wie ich meinen Zustand annehmen, ja sogar genießen konnte, so wie sie es offensichtlich tat. Sie hatte unverblümt genug auf ihre zahlreichen Liebhaber angespielt, und ich brannte darauf, mehr zu erfahren.

Deshalb war ich enttäuscht, als mir auf der Treppe nur die alte Mem entgegenkam. Ihr Umhang verriet, dass sie gerade fortgehen wollte, und ihr fahriges Verhalten brachte mich auf den Gedanken, man erwarte sie bei irgendeiner Niederkunft, obwohl mir diesbezüglich niemand einfiel. Jede der mir bekannten Schwangeren hatte noch mindestens einen Monat bis zur Geburt.

»Ach, Anna, den Gang hätte ich dir ersparen können, denn ich bin unterwegs zu den Hadfiels. Der kleine Edward Cooper glüht vor Fieber, deshalb bringe ich ihm ein Tränklein.« Beunruhigt über diese Nachricht machte ich mich mit ihr auf den Rückweg. Trotz ihres hohen Alters und der dünnen Silberhaare, die unter der ausgefransten Haube hervorlugten, bewegte Mem sich so kraftvoll wie ein Mann. Während wir zu den Hadfields eilten, musste ich größere Schritte machen, um mit ihr mitzuhalten. Als wir zur Kate kamen, war an der Stange neben dem Wassertrog ein fremder Schecke angebunden. Mary kam uns an der Türe entgegen. Sie war vor Sorge ganz erhitzt, und anscheinend auch aus Verlegenheit. »Danke, Mem, wirklich, vielen Dank für dein Kommen, aber mein Mann hat nach Bakewell zum Bader geschickt, und der ist jetzt bei Edward. Ich bin überzeugt, dass wir alle für dein Wissen in diesen Sachen dankbar sind, aber mein Mann meinte, hier dürften wir nicht knausern. Außerdem hat mir Edwards Vater, Gott hab ihn selig, genug Mittel hinterlassen, um diese Ausgabe zu bestreiten.«

Mem zog ein saures Gesicht. Von Badern hielt sie genauso viel wie die meisten von uns von weisen Frauen. Und doch half uns Mem, so gut es ging, für ein paar Pence oder gegen Naturalien, wie es eben jedem von uns möglich war, während sich die Bader erst dann vom Fleck rührten, wenn ganze Schillinge in ihren Taschen klimperten. Mit einer kühlen Verbeugung drehte sich Mem um und ging weg. Aber ich war neugierig und blieb so lange, bis mir Mary bedeutete, ihr zu folgen. Der Bader hatte gebeten, das Kind nach unten zu bringen. Vermutlich ließ er sich zu keiner Arbeit im beengten Oberstock herab. Alexander Hadfield hatte seine Schneiderbank abgeräumt. Zuerst konnte ich das Kind nicht sehen, weil der dunkle massige Körper des Baders im Weg stand, aber als er einen Schritt beiseite trat, um etwas aus seiner Tasche zu holen, zuckte ich zusammen. Das arme Seelchen war über und über mit zuckenden Blutegeln besetzt, deren saugende Mundwerkzeuge tief in seinen zarten Armen und im Nacken steckten, während ihre runde, glitschige Kehrseite sich bei diesem Festmahl hin und her wand. Vermutlich konnte man von Glück sagen, dass Edward im Fieberwahn nicht begriff, was man ihm antat. Mit sorgenvoll gerunzelter Miene hielt Mary die schlaffe Kinderhand. Alexander Hadfield stand neben dem Bader, hielt ihm Tasche und Instrumente hin und nickte ehrerbietig zu jeder seiner Äußerung.

»Da er ein zierliches Kind ist, müssen wir nicht allzu viel ablassen, um die Balance seiner Säfte wiederherzustellen«, meinte der Bader zu Alexander Hadfield, der Edwards Schultern hielt. Als er mit der verstrichenen Zeit zufrieden war, rief er nach Essig, den er auf die aufgeblähten Kreaturen träufelte, sodass sie noch heftiger zuckten. Um dem Reizerreger zu entgehen, öffneten sich ihre Mundwerkzeuge. Nach mehrmaligem heftigem Ziehen klemmte er sie ab. Anschließend schoss hellrotes Blut heraus, das er mit kleinen Leinenläppchen stillte, die ihm Alexander Hadfield hergerichtet hatte. Jeden Blutegel reinigte er in einem Becher Wasser und ließ ihn dann in einen Lederbeutel fallen, in dem es von zuckendem Gewürm nur so wimmelte. »Sollte sich der Zustand des Kindes bis zum Anbruch der Nacht nicht verbessern, müsst ihr ihn purgieren und auf Diät setzen. Ich werde euch ein Rezept für eine Tinktur geben, die seinen Darm entleert.« Während sich Mary und ihr Mann überschwänglich bei ihm bedankten, packte er schon seine Tasche. Ich folgte ihm auf die Straße hinaus. Als die Hadfields außer Hörweite waren, wagte ich eine kühne Frage, die mich quälte.

»Bitte, verzeihen Sie, Sir, aber dieses Fieber bei dem Kind, könnte es sich um die Pest handeln?«

Der Mann wedelte herablassend mit der behandschuhten Hand und drehte sich nicht einmal um, um mich anzusehen. »Unmöglich«, sagte er. »Die Pest ist, dank Gottes Gnade, die letzten zwei Jahrzehnte nicht in unserer Grafschaft gewesen. Und außerdem finden sich am Kindeskörper keinerlei Anzeichen dafür. Es handelt sich lediglich um Fieberfäule. Wenn die Eltern meine Anweisungen befolgen, wird er am Leben bleiben.«

Er war so aufs Wegreiten versessen, dass er den Fuß bereits im Steigbügel hatte. Das Sattelleder knarrte, als er seinen breiten Oberkörper zurechtrückte. »Aber, Sir«, fuhr ich fort und mochte meiner eigenen Kühnheit kaum trauen, »wenn es hier in den letzten zwanzig Jahren keine Pest gab, dann haben Sie vielleicht auch keine Fälle gesehen, um den Zustand des Kindes richtig deuten zu können.«

»Unwissendes Weib!«, rief er, wobei er sein Pferd so achtlos wendete, dass feuchte Erdklumpen vom letzten Regen hochspritzten. »Willst du damit sagen, ich verstünde nichts von meinem Beruf?« Er schnalzte mit den Zügeln und wäre fort gewesen, wenn ich nicht das Pferd beim Zaumzeug gepackt hätte. »Sind Beulen im Nacken und rosige Ringe am Körper keine Anzeichen für Pest?«, rief ich.

Abrupt hielt er an und sah mir erstmals ins Gesicht. »Wo hast du so etwas gesehen?«, wollte er wissen.

»Auf dem Körper meines Logiergastes, der beim letzten Vollmond begraben wurde«, erwiderte ich.

»Und du lebst neben den Hadfields?«

»Im nächsten Haus.«

Bei diesen Worten bekreuzigte er sich. »Dann möge Gott dich und dieses Dorf retten«, sagte er. »Und sag deinen Nachbarn, sie möchten mich nicht mehr rufen lassen.« Damit war er fort, im gestreckten Galopp die Straße hinunter, dass er beinahe mit Martin Millers Heuwagen zusammengestoßen wäre, der soeben bei der Hauertaverne scharf um die Ecke bog.

Der kleine Edward Cooper war noch vor Sonnenuntergang tot. Sein Bruder Jonathan lag einen Tag später krank darnieder, und Alexander Hadfield ganze zwei Tage darauf. Binnen einer Woche war Mary Hadfield zum zweiten Mal in ihrem Leben Witwe, und ihre beiden Söhne lagen neben ihrem toten Vater auf dem Kirchhof. Ich war bei der Beerdigung nicht dabei, denn inzwischen hatte ich selbst genug Grund zur Trauer.

Mein Tom starb, wie es Babys tun, sanft und klaglos. Weil sie erst so kurze Zeit bei uns sind, scheinen sie am Leben nur schwach festzuhalten. Früher habe ich immer gedacht, das sei so, weil in ihnen noch immer die Erinnerung an den Himmel lebt. Wenn sie von hier scheiden, fürchten sie deshalb den Tod nicht so sehr wie wir, die nicht mehr mit Gewissheit sagen können, wohin unser Geist geht. Dies muss Gottes Güte sein, dachte ich, die Er ihnen und uns erweist, da Er so vielen Kindern nur ganz wenig Zeit lässt, bei uns zu verweilen.

Das Fieber stieg ganz plötzlich, noch vor Mittag, während ich im Pfarrhaus arbeitete. Jane Martin schickte auf der Stelle nach mir, wofür ich dankbar war. Sie nahm Jamie mit zu ihrer Mutter, damit ich mich voll und ganz Tom widmen konnte. Eine Weile schrie er, wenn er zu saugen versuchte und keine Kraft dafür aufbringen konnte. Dann lag er nur noch in meinen Armen, starrte mich aus weit aufgerissenen Augen an und wimmerte ab und zu. Bald schweifte sein starrer Blick ins Leere, bis er schließlich keuchend die Augen schloss. Ich saß neben dem Herd und hielt ihn voller Erstaunen. Wie konnte mir entgangen sein, dass sich sein kleiner Körper gestreckt hatte, sodass er, der einmal in meine Armbeuge gepasst hatte, jetzt über meine Arme hinausragte. »Bald wirst du bei deinem Vater sein«, flüsterte ich. »Er wird dich noch immer so halten können. In seinen starken Armen wirst du geborgen sein.« Lib Hancock kam mit frischem Schichtkäse, den ich nicht essen konnte, und sagte mir tröstliche Worte, die in meinem Kopf zu Unsinn gerannen. Nachmittags kam meine Stiefmutter, um sie abzulösen. An ihre Worte erinnere ich mich noch, so tief haben sie sich in mir eingebrannt.

»Anna, du bist eine Närrin.«

Erstaunt blickte ich auf. Zum ersten Mal riss ich an jenem Tag mühsam meine Augen von Toms Gesichtchen los. Hinter meinen Tränen tauchten ihre teigigen Gesichtszüge auf. Verzweiflung spiegelte sich in ihrer Miene, das sah ich.

»Warum gestattest du dir eine solche Liebe zu einem Wickelkind? Ich habe dich gewarnt. Habe ich dir nicht gesagt, du sollst dein Herz gegen so etwas wappnen?« Es stimmte. Aphra hatte schon drei eigene Kinder noch vor dem ersten Lebensjahr unter der Erde gesehen, eines wegen Fieber, das andere wegen Ruhr und der dritte, ein gesunder Junge, hatte einfach in seinem Bettchen zu atmen aufgehört, ohne irgendein äußeres Anzeichen. Ich hatte ihr bei all diesen Todesfällen beigestanden und mich über ihre trockenen Augen gewundert.

»Es ist Narretei und bringt Unglück, ein Kind zu lieben, bevor es läuft und gut gewachsen ist. Siehst's ja jetzt selbst, siehst's ja jetzt selbst...«

Als sie sah, wie mir die Augen überliefen, verlor ihre Stimme den herrischen Ton. Sie streckte eine Hand aus und wollte mich auf die Schulter tätscheln, aber ich schüttelte sie mit einem Schulterzucken ab. »Gott hat dein Herz verhärtet, Stiefmutter«, sagte ich. »Dafür kannst du dich bei Ihm bedanken. Mir hat Er diesen Gefallen nicht erwiesen, denn ich habe Tom von jenem Augenblick an geliebt, als ich zum ersten Mal seinen Scheitel berührte, auch wenn er noch ganz nass und blutig war...«

Nun weinte ich lauthals und konnte nicht mehr weitersprechen. Aphra gab mir einen Hexenstein und murmelte einige seltsame Worte darüber. »Den musst du über ihn hängen, damit nicht böse Geister seine Seele an sich reißen.« Ich nahm den Hexenstein entgegen und hielt ihn in der Hand, bis sie die Kate verließ. Dann warf ich ihn in hohem Bogen ins Feuer.

Als ich kurz darauf Schritte im Vorhof hörte, stöhnte ich auf, denn tief drinnen wusste ich, dass meine Zeit mit Tom in Windeseile verrann, eine Zeit, die ich mit niemandem sonst teilen wollte. Aber das sachte Klopfen und der leise Gruß verrieten mir, dass es Elinor Mompellion war. Ich bat sie einzutreten. Nach wenigen leisen Schritten kniete sie schon neben uns und nahm uns in ihre Arme. Sie schalt mich nicht wegen meines Kummers, sondern teilte ihn mit mir und linderte so mein Weinen und meine Wut. Später zog sie einen Stuhl ans Fenster und las mir Unseres Herren Worte über die Liebe zu kleinen Kindern vor, bis es zu dämmrig wurde. Ich lauschte ihr wie ein Wickelkind einem Wiegenlied, ohne auf die Worte zu merken, und wurde doch von ihrem Klang getröstet. Wahrscheinlich wäre sie die ganze Nacht geblieben, wenn ich ihr nicht gesagt hätte, ich würde Tom mit in mein Bett hinaufnehmen.

Beim Treppensteigen und während ich ihn auf unser Lager legte, sang ich ihm leise vor. Er blieb mit matt ausgebreiteten Armen liegen, wie ich ihn hinlegte. Ich bettete mich neben ihn, zog ihn dicht an mich und redete mir ein, er würde wie immer in den frühen Morgenstunden mit einem kräftigen Schrei nach Milch erwachen. Eine Zeit lang pochte sein kleiner Puls schnell, und sein winziges Herz klopfte, aber gegen Mitternacht wurde der Rhythmus unruhig und schwach, bis er zuletzt nur noch flatterte und schließlich erlosch. Ich sagte ihm, dass ich ihn liebte und nie vergäße. Und dann barg ich mit meinem ganzen Körper mein totes Baby und weinte, bis ich mit ihm in meinen Armen einschlief. Zum letzten Mal.

Beim Erwachen strömte Licht durchs Fenster, das Bett war nass, und eine Stimme heulte wild. Toms Lebensblut hatte sich über Hals und Darm aus dem kleinen Körper entleert. Wo ich ihn an mich gedrückt hatte, war mein eigenes Gewand klatschnass. Ich hob ihn von der blutigen Pritsche und rannte auf die Straße, wo schon alle meine Nachbarn standen. Alle Gesichter waren auf mich gerichtet, voller Trauer und Furcht. Einige hatten Tränen in den Augen. Aber die heulende Stimme gehörte mir.

Hexenzeichen

Als ich ein Kind war, erzählte mein Vater manchmal von seiner Zeit als Schiffsjunge. Normalerweise tat er dies, um uns, wenn wir etwas angestellt hatten, durch Abschreckung zu besserem Betragen anzuhalten. Von der Peitsche erzählte er und vom anschließenden Beizen, bei dem ein frisch Bestrafter vom Mast gebunden und in ein Fass mit beißender Lake getunkt wurde. Er sagte, der grausamste Bootsmann führe die Peitsche so, dass die Hiebe immer wieder auf dieselbe Stelle träfen, wo sich bereits die Haut in langen Streifen abgeschält habe. Der Geschickteste wiederum könne die Peitsche so genau landen lassen, dass sie den Muskel durchschnitt und den Knochen bloßlegte.

Die Pest ist genauso grausam. Immer und immer wieder fallen ihre Hiebe auf nacktes Leid, und noch ehe man einen geliebten Menschen betrauert hat, hält man schon den nächsten krank im Arm. Jamie weinte noch bitterlich um seinen Bruder, als seine Tränen in fiebriges Wimmern übergingen. Mein Kleiner liebte sein Leben und kämpfte hart darum, es festzuhalten. Elinor Mompellion stand mir von Anfang an zur Seite. An ihre sanfte Stimme erinnere ich mich noch am besten aus jenen düsteren Tagen und Nächten.

»Anna, ich muss dir gestehen, dass in meinem Michael bereits beim ersten Besuch an George Viccars' Krankenlager der Verdacht auf Pest aufgekeimt ist. Du weißt ja, dass er bis vor kurzem an der Universität Cambridge studiert hat. Deshalb hat er sofort seinen Freunden geschrieben und sie gebeten, durch Befragen der dort lehrenden großen Ärzte herauszufinden, was man über die neuesten Heilmittel weiß. Eben heute hat er eine Antwort bekommen.« Sie zog den Brief aus ihrer Rocktasche, entfaltete und überflog ihn. Ich lugte über ihre Schultern und versuchte, mir so gut wie möglich einen Reim darauf zu machen, denn mit handschriftlichen Dingen hatte ich bisher nur wenig Bekanntschaft gemacht. Trotz der äußerst sauberen Schrift fiel mir das Entziffern schwer. »Der Briefschreiber ist ein lieber Freund von Mister Mompellion, deshalb hält er sich, wie du siehst, recht lange mit Grußworten und besorgten Äußerungen auf. Gleichzeitig äußert er die Hoffnung, Mister Mompellion möge sich vielleicht doch hinsichtlich der wahren Natur jener Krankheit täuschen, die unter uns ausgebrochen ist. Aber hier kommt er zu guter Letzt doch noch auf den Punkt und erklärt, dass die gelehrten Doktores bei der Bekämpfung der Pest große Hoffnung auf diese neuen Methoden setzen.« Und so kam es, dass mein armer Junge mit höchster Autorität und besten Absichten einige Behandlungen über sich ergehen lassen musste, die am Ende vielleicht doch nur seine Qual verlängerten.

Während die Geschwulst bei George Viccars im Nacken ausgebrochen war, bildete sie sich bei Jamie unter der Achsel, sodass er vor Schmerzen jämmerlich schrie und sein schmales Ärmchen seitlich weitab hielt, um den Druck auf sein eigenes Fleisch zu lindern. Ich hatte mich bereits an Zugpflastern mit einer Paste aus Meersalz, Roggenschrot und Eigelb versucht, die ich mit einem weichen Lederstreifen über der Geschwulst befestigte. Aber das Geschwür wuchs einfach weiter, von Walnussgröße bis zum Ausmaß eines Gänseeis, ohne aufplatzen zu wollen. Mister Mompellions Freund hatte in allen Details ein Rezept der medizinischen Fakultät aufgeschrieben, das ich als Nächstes mit Mistress Mompellions Hilfe versuchte. Dazu war es nötig, eine große Zwiebel in der Glut zu rösten, sie auszuhöhlen und mit einer Feige, gehackter Raute und einem Schluck Venezianischem Sirup zu füllen. Zum Glück für uns, dachte ich damals, hatte Mem Gowdie beides: die getrockneten Feigen und den Sirup, der aus einer Honigmixtur mit seltenen Ingredienzen besteht, deren Herstellung langwierig ist und höchste Sorgfalt erfordert.

Diese Zwiebeln röstete ich, eine nach der anderen, obwohl sie so unangenehm auf die geschwollene Stelle drückten, dass mein Kind sich laut schreiend herumwälzte und vor Schmerz schweißgebadet war. Dem eigenen Kind wehzutun, ist das Bitterste auf der Welt, sogar wenn man glaubt, man täte es zu seiner Rettung. Weinend band ich die verhassten Zugpflaster um, dann nahm ich ihn in den Arm, wiegte ihn und versuchte ihn so gut wie möglich zu trösten, indem ich ihn mit all seinen Lieblingsliedern und sämtlichen Geschichten ablenkte, die ich mir ausdenken konnte.

»Vor langer Zeit lebte in einem fernen Lande ein kleiner Junge«, flüsterte ich ihm in den frühen Morgenstunden zu, denn ich verspürte das Bedürfnis, die dunkle Stille durch einen beständigen Redestrom zu bannen. »Er war ein guter kleiner Junge, aber sehr arm. Sein ganzes Leben verbrachte er in einem dunklen Raum, wo er lange und hart arbeiten musste und sich von früh bis spät plagte, bis er sehr müde war. Dieser Raum besaß nur eine einzige Türe. Und doch hatte der kleine Junge sie noch nie durchschritten und wusste nicht, was dahinter lag. Und weil er das nicht wusste, hatte er vor dieser Türe Angst. Obwohl er so gern gewusst hätte, was sich außerhalb seines Raumes befand, hatte er nie den Mut besessen nachzusehen. Aber eines Tages erschien dem kleinen Jungen ein strahlender Engel, und der sagte zu ihm: ›Es ist Zeit. Du bist sehr brav gewesen und hast deine Arbeit gut gemacht. Jetzt kannst du sie beiseite legen und mit mir kommen.‹ Er öffnete die Türe, und dahinter lag im Sonnenschein der schönste Garten, den der

Junge je gesehen hatte. Kinder waren dort und lachten und spielten. Die nahmen den kleinen Jungen bei der Hand und zeigten ihm alle Wunder seines neuen Zuhauses. Und so lebte und spielte er in alle Ewigkeit in diesem goldenen Licht, und nichts tat ihm je wieder weh.« Seine Lider flatterten, matt lächelte er mich an. Ich küsste ihn und flüsterte: »Hab keine Angst, mein Schatz, hab keine Angst.«

Am Morgen brachte Anys Gowdie einen Saft vorbei, einen Absud aus Mutterkrautblüten mit ein bisschen Wermut in gezuckertem Sherry. Dann tat sie das, was sie und ihre Tante immer taten, wenn sie ihre Heilmittel vorbeibrachten. Bevor sie Jamie den Trunk gab, legte sie ihm sanft die Hände auf und murmelte: »Mögen die sieben Gebote dieses Werk leiten. Möge es meinen Großmüttern, den Urahnen, gefallen. So sei's denn.« Außerdem hatte sie eine kühlende, nach Minze duftende Salbe mitgebracht und fragte mich, ob sie diese dem Kind zur Fiebersenkung auftragen dürfe. Sie setzte sich mit dem Rücken zur Wand auf den Boden, zog die Knie an und legte seinen kleinen Körper so auf ihre Schenkel, dass sein Kopf auf ihren Knien ruhte, und seine Füße auf ihren Hüften. Zärtlich war ihre Berührung und ganz regelmäßig. Ohne abzusetzen strichen ihre Hände über seine Augenbrauen und weiter hinunter über Körper und Gliedmaßen. Dazu sang sie leise: »Zwei Engel kamen von Osten herein. Der eine bracht Feuer, der andere Frost. Hinaus mit dem Feuer! Frost, komm herein! Lasst alle guten Geister der Mütter um uns sein.« Obwohl Jamie unruhig vor sich hin gewimmert hatte, beruhigte er sich unter ihrer Berührung. Seine Augen suchten die ihren und schauten sie unverwandt an. Schließlich fiel er in einen willkommenen Schlaf.

Als ich ihn von ihrem Schoß nahm und auf die Pritsche legte, hatte seine Haut die fieberrote Farbe verloren und fühlte sich unter meinen Händen kühl an. Von ganzem Herzen dankte ich ihr für die Erleichterung, die sie ihm gebracht hatte. Üblicherweise tat sie Dank oder Lob mit einem barschen Rüffel ab, aber an jenem Morgen ergriff sie sanft meine ausgestreckte Hand. »Du bist eine gute Mutter, Anna Frith.« Sie musterte mich ernst. »Deine Arme werden nicht für immer leer bleiben. Denke daran, wenn dir der Weg düster erscheint.«

Anys wusste allzu gut, dass ihre Fürsorge meinem Jungen nur kurz Erleichterung bringen würde, das verstehe ich jetzt. Als die gute Wirkung des Trankes und der Salbe nachließ, stieg das Fieber erneut, Stunde um Stunde, und gegen Nachmittag fiel er ins Delirium. »Mami, Tom ruft nach dir!«, flüsterte er eindringlich und ruderte dabei mit den Armen, als wollte er mich holen.

»Ich bin hier, mein Schatz. Sag Tommy, dass ich ganz nahe bin.« Ich versuchte, die Tränen in meiner Stimme zu unterdrücken, aber als Toms Name fiel, begannen meine Brüste so viel Milch abzusondern, dass sich außen auf meinem Mieder große dunkle Flecken abzeichneten.

Elinor Mompellion brachte Jamie ein Seidesäckchen, durch das sie ein weiches Band gezogen hatte. »Es enthält ein Palliativ, das ein Bekannter des Pfarrers aus Cambridge geschickt hat«, sagte sie. »Laut seiner Anweisung soll man es so aufhängen, dass es auf die linke Brustwarze des Kranken fällt, also ungefähr über seinem Herzen, weißt du.«

»Aber was ist drin?«, fragte ich hoffnungsvoll.

»Nun ja, äh, ich habe mich bezüglich des Inhalts erkundigt und war nicht überzeugt, dass es viel nützen könnte… Aber der Mann, der es schickte, ist ein angesehener Arzt und sagt, es sei eine Medizin, von der die Florentiner Ärzte, die ja eine große Erfahrung mit der Pest haben, viel halten.«

»Aber was ist es?«, fragte ich erneut.

»Es enthält eine getrocknete Kröte«, sagte sie. Daraufhin weinte ich, obwohl ich wusste, dass sie nur Gutes im Sinn hatte. Ich konnte nicht anders.

Elinor Mompellion brachte auch Essen mit, obwohl ich nichts davon hinunterbrachte. Sie saß bei mir und hielt meine Hand und flüsterte mir irgendwelche Worte zu, von denen sie dachte, ich könnte sie ertragen. Erst später erfuhr ich – damals kreisten meine Gedanken nur um meinen eigenen Kummer –, dass sie nach langen Stunden bei mir zur nächsten Haustüre ging, zu Mary Hadfield, deren Mutter gekommen war, um sie wegen ihres großen Verlustes zu trösten und nun selbst krank darnieder lag. Und von dort über die Straße zu den Sydells, bei denen es drei Bettlägrige gab, und weiter zu den Hawksworths, wo die schwangere Jane krank neben ihrem Mann Michael lag.

Fünf Tage litt Jamie, ehe Gott es endlich für richtig befand, ihn zu sich zu nehmen. Am Tag seines Todes erblühten diese seltsamen Kreise auf ihm: Ringförmig zeichneten sich hellrote Striemen unter seiner obersten Hautschicht ab. Binnen Stunden wurden sie violett und dann dunkelpurpurn und bekamen harte Krusten. Es sah aus, als würde sein Fleisch inwendig bereits sterben, während er noch atmete. Verwesendes Fleisch schob sich stoßweise aus seinem immer schwächer werdenden Körper. Beide Mompellions kamen, als sie erfuhren, dass erneut diese Pestzeichen aufgetreten waren. Jamie lag auf einem Notlager vor dem Herd, in dem ich ein kleines Feuer gegen die Abendkühle entzündet hatte. Ich saß am Kopfende, bettete Jamies Kopf in meinen Schoß und streichelte seine Augenbrauen. Der Herr Pfarrer kniete sich auf den harten Sandsteinboden und begann zu beten. Seine Frau glitt stumm vom Stuhl und kniete sich neben ihn. Ich hörte die Worte wie aus weiter Ferne.

»Allmächtiger Gott und allergnädigster Vater, neige Dein Ohr unserem Flehen, und lass Dein Auge schauen das Elend Deines Volkes. Siehe, wir rufen zu Dir um Gnade. Zügle deshalb Deinen Arm, und lass nicht den Pfeil des Todes los, der dieses Kind in sein Grab schickt. Rufe Deinen Engel des Zorns zurück, und lass dieses Kind nicht unter dem schweren

Hieb dieser entsetzlichen Pest fallen, die nunmehr unter uns weilt ...« Das Herdfeuer warf einen warmen Schein auf das kniende Paar, dessen Köpfe, dunkel und hell, sich dicht nebeneinander neigten. Erst am Ende des Gebetes hob Elinor Mompellion die Augen und sah mich an. Ich schüttelte den Kopf, während mir die Tränen übers Gesicht liefen. Da wusste sie, dass ihr Mann vergebens gebetet hatte.

An die folgenden Tage habe ich keine Erinnerung. Ich weiß, dass ich gegen den Küster kämpfte, als er kam, um Jamies Körper fortzubringen. Dass ich in meinem verstörten Zustand unter lauten Schreien versuchte, ihm die Leinenbinden abzukratzen, aus Angst, er könne nicht durch sie atmen. Ich weiß, dass ich viele Male zur Kirche ging. Ich sah, wie Jamie dort neben Tom in die Erde gelegt wurde, und dann Mary Hadfields Mutter und drei von den Sydell-Kindern und der Mann von Jane Hawksworth und danach ihr Sohn, der zu früh auf die Welt kam und einen Tag später tot war. Ich stand bei Lib Hancock, während ihr Mann begraben wurde. In unserem Kummer klammerten wir uns aneinander. Aber bis auf eine Zeile kann ich nicht sagen, welche Worte in der Kirche oder am offenen Grabe fielen: »Mitten im Leben sind wir vom Tod umgeben.« Dies erschien mir tatsächlich eine umfassende Beschreibung unserer damaligen Not.

Nach ein, zwei Tagen fand ich einen Weg, mich erneut durch meine Arbeit zu quälen, obwohl meine Hände getrennt von meinem Kopf funktionierten. Die Tage und Nächte glitten einfach vorbei. Ein dichter Nebel schien sich auf mich und alles ringsherum gelegt zu haben, und ich tastete mich von einer lästigen Pflicht zur nächsten, ohne etwas wirklich klar zu sehen. Wenn ich keine Beschäftigung für meine Hände fand, verbrachte ich viel Zeit im Kirchhof. Nicht an den Gräbern meiner Buben, wie man glauben möchte, sondern in dem stillen Hain hinter der Kirche, wo die alten Gräber sind. Der grasbewachsene Boden ist dort teilweise eingesackt, und wilde Rosenranken mit rötlichen Hagebutten wuchern ungezähmt über Gräbern, deren Inschrift verwittert und kaum mehr lesbar ist. Unter ihnen konnte ich verweilen. Sie legen Zeugnis für den Verlust und das Leid mir unbekannter Menschen ab, deren Schmerz ich nicht teilte. Und von hier aus konnte ich auch nicht die Schaufelgeräusche des Totengräbers hören oder die frisch aufgeworfene Scholle sehen, die schon den nächsten Leichnam eines Nachbarn erwartete.

Zwischen diesen alten Gräbern erhebt sich ein großes Kreuz, das nach alter Art von Menschen aus Stein gehauen wurde, die lange vor unserer Erinnerung über diese Hügel gingen. Angeblich hat man es von jenem einsamen Pfad heruntergebracht, der sich kurz unterhalb des Gipfels des White Peak dahinzieht. Jetzt überragt es wie ein beunruhigender fremder Besucher die kleinen Monumente unserer Hände. Ich lehnte mich ans Kreuz und ließ meine Stirn auf seiner rauen, vom Wind zerfurchten Oberfläche ruhen. Aus der Erinnerung tauchten Gebetsfragmente auf und verschwanden wieder, unterbrochen von meinen wirren Gedanken. *Siehe, die Magd des Herrn.* Warum gehörte ich nicht zu den vielen im Beinhaus? Mein Mann tot, aber ich nicht. Verstorben mein Logiergast, aber ich nicht. Meine Nachbarn, aber ich nicht. Meine Kinder – meine Kinder! Meine Augen brannten. Ich presste mein Gesicht gegen den Stein und atmete seinen Geruch ein, kühl und moosig und beruhigend. *Mir geschehe nach Deinem Worte.* Meine Finger zogen auf beiden Seiten die verschlungenen Bänder nach, und ich stellte mir die Hände vor, die sie herausgehauen hatten. Wie gerne hätte ich mich mit diesem Handwerker aus längst vergangenen Tagen unterhalten. Ich wollte wissen, wie seine Leute mit ihrem von Gott auferlegten Geschick zurechtgekommen waren. Engel waren in den Stein geschnitten, aber auch seltsame Wesen, deren Natur ich nicht kannte. Elinor Mompellion hatte mir einmal erzählt, dieses Kreuz käme aus einer Zeit, als der christliche Glaube noch neu in Britannien war und mit den alten Riten, wie zum Beispiel Menhiren und Blutopfern, wetteifern musste. War es aus einem festen und sicheren Glauben heraus entstanden? Oder war es die Geste eines Menschen gewesen, der einen Gott gnädig stimmen wollte, der offensichtlich nicht jene Liebe und Ehrfurcht begehrte, zu denen uns die Heilige Schrift auffordert, sondern ein nie endendes Übermaß unseres Leides. *Nach Deinem Worte.* Warum waren Gottes Worte immer so hart?

Wenn sich nicht eines meiner Herdentiere droben im Moor verlaufen hätte, hätte ich mich vermutlich weiterhin ganz der Trauer hingegeben. Es geschah in der dritten Woche nach Jamies Tod. Ich hatte die Schafe vernachlässigt, und einige waren auf der Suche nach besserer Weide, wohin ich sie längst hätte führen sollen, auf eigene Faust losgezogen. Zinngrau war der Himmel an jenem Nachmittag, und die Luft schmeckte metallisch nach erstem Schnee. Deshalb blieb mir nichts anderes übrig, als sie suchen zu gehen, obwohl mir jeder Schritt hügelan schier übermenschlich erschien. Ich verfolgte gerade oben an einer Klamm am Rande des Moores ihre Spuren, als ich einen entsetzlichen Schrei hörte. Er drang aus einer nahe gelegenen Grube herüber, die man vor gut einem halben Dutzend Jahren durch Fluten stillgelegt hatte.

An die zehn, zwölf Leute drängten sich dort auf unsicheren Beinen im Kreis. Ihre lauten Stimmen klangen so undeutlich, als wären sie direkt aus der Hauertaverne gekommen. Auch Lib Hancock befand sich darunter, die unter den Nachwirkungen des Alkohols herumtaumelte. Und daran war sie überhaupt nicht gewöhnt, das wusste ich genau. Mitten drin lag Mem Gowdie auf dem Boden, die dünnen Arme mit einem ausgefransten Seilstück gefesselt. Auf ihrer Brust kniete Brad Hamilton, während seine Tochter Faith die alte Frau an ihren wenigen Haaren gepackt hielt und ihr mit einem Weißdornstecken die Wange zerkratzte. »Und ich bekomm's doch noch, du Hexe!«, schrie sie, während Mem stöhnend versuchte, ihre gefesselten Hände vors Gesicht zu heben, um die Schläge abzuwehren. »Dein Blut wird diese Krankheit aus dem Körper meiner Mutter vertreiben.« Im Kreis hielt Jude, der älteste Sohn der Hamiltons, seine Mutter in den Armen. Faith rieb Mem mit der Hand über die zerkratzte und blutende Wange, ehe sie schwankend aufstand und ihrer Mutter das Blut in den Nacken schmierte, wo sich pochend die Pestgeschwulst zeigte.

Noch während ich auf sie zu rannte und dabei die steile Klammwand hinabschlitterte und rutschte, dass die losen Steine nur so um mich polterten, löste sich Mary Hadfield aus der Schar, warf sich neben Mem zu Boden und schob ihr wutverzerrtes Gesicht bis auf wenige Zoll an das der alten Frau heran. »Du hast meine Familie getötet, Zauberin!« Mem zuckte zusammen und versuchte, verneinend den Kopf zu schütteln. »Ich habe doch gehört, wie du ihn verflucht hast, weil er den Bader zu Edward gebracht hat! Ich hab's gehört, als du fortgingst! Deine Bosheit hat über meinen Mann und meine Mutter und meine Söhne die Pest gebracht!«

»Mary Hadfield!«, schrie ich gellend. Mit letzter Kraft versuchte ich, mir über das betrunkene Gemurmel Gehör zu verschaffen. Einige Gesichter wandten sich um, als ich mich keuchend in den Kreis drängte. »Mem Gowdie hat so etwas nicht getan! Warum sagst du das? Auch ich stand mit ihr auf deiner Türschwelle, als dieser Quacksalber bei dir zu Hause war. Sie hat dein Haus mit stummen Lippen verlassen. Behaupte lieber, dieser Bader mit seinen Blutegeln und seinem Purgieren habe den Tod deines Edwards beschleunigt, als diese brave Seele zu verleumden!«

»Warum verteidigst du sie, Anna Frith? Verrotten deine eigenen Kinder vielleicht nicht wegen ihres Fluches unter der

Erde? Du solltest uns lieber hier helfen. Verschwinde, wenn du nur stören willst.«

»Werft sie ins Wasser!«, brüllte eine andere sturzbetrunkene Stimme. »Dann werden wir ja sehen, ob sie 'ne Hexe ist oder nicht!«

»Jawohl!«, brüllte es zurück, und die von den Hieben halb bewusstlose Mem wurde zum Mundloch der gefluteten Grube gezerrt. Ihr altes, oft geflicktes Mieder hatte dem Gezerre nicht standgehalten. Eine verschrumpelte Brustwarze lag bloß, die sich unter den Schlägen dunkelrot gefärbt hatte. Die Grube war breit. Ich konnte die glitschigen Steine im Dunkeln verschwinden sehen.

»Wenn ihr sie hinunterwerft, seid ihr alle Mörder!«, brüllte ich, wobei ich mich Brad Hamilton in den Weg zu stellen versuchte, der noch den vernünftigsten Eindruck von allen machte. Aber als ich ihn am Arm packte, sah ich, dass Alkohol und Kummer sein Gesicht verzerrt hatten. Da fiel mir wieder ein, dass er heute seinen Sohn John begraben hatte. Er stieß mich beiseite. Ich verlor das Geichgewicht und schlug heftig hin, wobei mein Kopf gegen eine Sandsteinnase knallte. Als ich ihn zu heben versuchte, drehte sich die Erde und wurde dunkel.

Als ich wieder zu mir kam, heulte Mary Hadfield gerade: »Sie sinkt! Sie sinkt! Sie ist keine Hexe! Gott verzeih uns, wir haben sie umgebracht!« Zuerst zerrte sie den einen Mann am Ärmel und dann den anderen und versuchte, sie zum Mundloch zu ziehen. Jude hielt das ausgefranste alte Seilende, mit dem man Mem gefesselt hatte, und starrte es an, als erwarte er, in den zerfetzten Strängen eine Antwort zu finden. Mühsam rappelte ich mich auf die Beine und spähte angestrengt ins Dunkel, aber außer dem verzerrten Spiegelbild meines eigenen blutverschmierten Gesichts, das mich seinerseits von der Wasseroberfläche anstarrte, konnte ich nichts erkennen. Als ich merkte, dass keiner etwas unternehmen wollte, schob ich alle mit Gewalt zur Seite, warf mich über den Stollenrand und tastete nach dem ersten Trittbrett. Aber als ich meinen Stiefel daraufsetzte, gab das morsche Holz nach und brach durch. Hilflos hing ich einen Augenblick über der Grube, ehe jemand einen Arm ausstreckte und mich hochzog. Wer das war, sah ich zunächst nicht.

Es war Anys Gowdie. Da sie den ganzen steilen Weg vom Dorf herauf gerannt war, atmete sie schwer und verschwendete kein Wort. Offensichtlich hatte ihr irgendjemand genau berichtet, was hier los war, denn sie hatte sich ein neues Seil um die Taille gebunden, das sie um die Rolle der alten Seilwinde schlang und am Göpel befestigte. Anschließend glitt sie ins glitschige Dunkel hinunter. Die anderen waren vor ihr zurückgewichen, aber nun drängten sie vorwärts und lugten in die Grube hinunter. Einer von ihnen taumelte gegen mich und drückte mich mit dem ganzen Gewicht seines Körpers in die Knie und gegen einen Felsen. Mit aller Macht rammte ich ihm einen Ellbogen in die Seite und schob ihn zurück. Nachdem ich mir das Blut aus den Augen gewischt hatte, schaute ich angestrengt in den Einstieg hinunter, wo ich lediglich die Haare von Anys ausmachen konnte, die sich hell vom schwarzen Wasser abhoben. Es platschte laut, dann begann sie mit dem Aufstieg. Ihre Tante hatte sie sich auf den Rücken gebunden. Zum Glück waren viele Trittbretter noch stabil genug, um so viel Gewicht zu tragen. Als sie sich dem Rand näherte, griffen Mary Hadfield und ich nach unten, packten ihre Arme und zogen sie das letzte Stück herauf.

Mary und ich legten Mem auf die Erde, und Anys drückte gegen ihre Brust, genau wie die Missetäter vor wenigen Minuten. Dunkles Wasser sprudelte aus ihrem Mund. Die alte Frau atmete nicht. »Sie ist tot!«, jammerte Mary, und das verstörte Grüppchen stimmte ein. Anys beachtete sie gar nicht, sondern kniete sich neben den Körper, legte ihren Mund auf den ihrer

Tante und atmete hinein. Ich kniete neben ihr und zählte mit. Nach dem dritten Mal hielt Anys inne. Mem Gowdies Brust hob sich von selbst. Stöhnend spuckte sie und schlug die Augen auf. Die Erleichterung, die ich empfand, hielt nur einen winzigen Moment an, denn dann begann Lib mit irrsinniger Stimme zu schreien: »Anys Gowdie hat die Tote wieder auferweckt! Sie ist die wahre Hexe! Packt sie!«

»Lib!«, schrie ich, erhob mich taumelnd vom Boden neben Mem und packte sie bei beiden Armen. »Sei keine Närrin! Wer von uns hat noch nicht den Mund an ein frisch geborenes Lamm gelegt, das nicht atmete?«

»Halt du *deinen* Mund, Anna Frith!«, brüllte Lib, schüttelte meine Arme ab und machte gleichzeitig einen Schritt auf mich zu. Ihr Gesicht war nur noch wenige Zoll von meinem entfernt. »Du hast mir doch selbst erzählt, diese Hexe habe mit dem Satansbraten verkehrt, der die Pest hierher gebracht hat! Weißt du denn nicht, dass Viccars ein Hexer war? Und sie war sein Weibsbild!«

»Lib!«, rief ich, wobei ich sie an den Schultern packte und schüttelte. »Red nicht so über den untadeligen Toten! Liegt nicht der arme George Viccars genauso im Grab wie dein Mann?«

Hasserfüllt musterten mich ihre starren Augen.

Mittlerweile ertönten aus jedem verzerrten Mund Schreie wie »Hure«, »Drecksstück« und »Schlampe«. Der Mob drängte dorthin, wo Anys neben ihrer Tante kniete, und fiel mit Zähnen und Klauen leibhaftig über sie her. Nur Mary Hadfield hielt sich mit schmerzerfülltem Gesicht zurück. Anys war stark und wehrte sich gegen ihre Angreifer, und ich versuchte, ihr zu helfen. Immer wieder packte ich einen um den anderen und zog sie weg, bis sich mir erneut alles im Kopfe drehte. Dann schrie Urith Gordon los.

»Ich kann mich nicht in ihren Augen sehen! Hexenzeichen! Hexenzeichen! Sie hat meinen Mann verhext, damit er mit ihr schläft!« Daraufhin begann John Gordon wie ein Besessener auf sie loszugehen. Ich packte ihn am Unterarm und versuchte, ihn von ihr wegzuzerren, aber inzwischen lief mir das Blut aus der Platzwunde an der Schläfe. Es pochte in meinem Schädel, sodass alles zugleich grell und dunkel erschien. Da wusste ich, dass ich gegen seine Raserei machtlos war. Muss Mompellion holen, war mein letzter Gedanke. Aber noch während ich mich umdrehte, um fortzulaufen, versetzte mir jemand einen Hieb, dass ich der Länge nach hinfiel.

Stöhnend versuchte ich aufzustehen, aber meine Gliedmaßen wollten mir nicht gehorchen. Ich sah, wie sich die Schlinge um Anys' Hals legte, und ich wusste, dass sie sie mit ihrem eigenen Seil aufhängen wollten und dabei den Göpel als Galgen benutzten. Doch was dann geschah, sah ich nicht vorher: Anys Gowdie hörte auf, sich zu wehren, und richtete sich zu ihrer ganzen eindrucksvollen Länge auf. Ihre Haube war heruntergefallen, ihre nassen Haarsträhnen umrahmten ihr Gesicht wie seltsam goldene Schlangen. Aus ihrem Mund rann ein hellroter Blutfaden.

»Ja«, sagte sie mit tiefer und unheimlicher Stimme, »ich bin ein Geschöpf des Teufels. Und eines merkt euch: Er wird mein Leben rächen!« Die Männer, die sie festhielten, traten ein wenig zurück und schlugen die Kreuzzeichen und noch das andere, ältere Zeichen gegen starke Magie.

»Anys!«, stöhnte ich. »Sag doch nicht so etwas! Du weißt doch, dass das nicht stimmt!«

Mit einem gespenstischen Lächeln wanderte ihr Blick zu der Stelle hinüber, wo ich am Boden lag. In ihren Augen jedoch stand mein Urteil: Meine lose Zunge hatte zu ihrem Verrat beigetragen. Dann wandte sie den Blick ab und starrte ringsum ihre Verfolger an. Die Sonne, die soeben hinter dem Horizont verschwand, fand einen schmalen Schlitz in den finsteren Wolken, durch den urplötzlich ein einsamer Lichtfinger strahlte, der über die Hügel jagte und dabei jeden Baum und jeden Strauch berührte, bis er Anys erreichte und sie wie einen Feuerball aufleuchten ließ. Gelb glitzerten ihre Bernsteinaugen wie die einer Katze.

»Ich habe ihm beigewohnt. Ja! Ich habe dem Teufel beigewohnt, und er ist mächtig, und seine Berührung kalt wie Eis. Auch sein Samen ist kalt und strömt wie ein üppiger Fluss zwischen unseren Schenkeln. Denn ich habe ihm nicht allein beigewohnt! Nein! Jetzt sage ich euch: Ich habe eure Frauen bei ihm liegen sehen! Deine, Brad Hamilton, und deine, John Gordon, und deine auch, Martin Highfield!« Mit Stöhnen oder lautem Geschrei machten die Frauen ihrer Empörung Luft, aber ihre Männer starrten Anys fassungslos an.

»Und wie gerne tun wir es, wir alle zusammen, und ohne Scham, viele Male, eine nach der anderen, und manchmal sogar zwei oder mehr auf einmal. Wir lutschen ihn und nehmen ihn mit allem auf, wo er in uns einzudringen wünscht. Kein Mann hat einen so großen Schwanz wie er. Im Vergleich zu euch ist er ein Hengst unter Wallachen.« Dabei fixierte sie die Männer, die sie namentlich genannt hatte. Ich sah, wie sie zusammenzuckten. »Jede Frau hat gesagt, dass ihre Lust bis aufs Äußerste befriedigt wird, weit mehr als mit einem von euch!« Und bei diesem letzten Satz lachte sie, lachte, als hätte sie sich nicht mehr unter Kontrolle. Daraufhin brüllten die Männer wie Ochsen und zerrten am Seil, bis es straff war, und ihr Gelächter verstummte. Ihre langen Beine zuckten, während sie sie über den Eingang stießen.

Und zuckten noch immer, als John Gordon das Seil fahren ließ und wie wild nach seiner Frau suchte. Die sah den Irrsinn in seinen Augen und begann, voller Todesangst wegzurennen. Ihr Stöhnen glich einem erstickten Aufschrei. John Gordon holte sie ein, streckte sie mit einem Fausthieb nieder, packte ihre Haare, riss ihr Gesicht vom Boden hoch und wälzte sie wie einen Mehlsack herum. »Ist das wahr?«, brüllte er, während die Knöchel seiner geballten Faust drohend über ihr hingen. »Hast du mit dem Satan geschlafen?« Noch ehe sie antworten konnte, drosch er ihr die Faust ins Gesicht. Blut strömte aus ihrer Nase. Wieder hob er den Arm zum nächsten Schlag.

Michael Mompellions Stimme donnerte die Klamm herunter, lauter und grimmiger als der Wind.

»Im Namen Gottes, was habt ihr hier getan?«

John Gordons Arm sackte herunter. Er drehte sich um und starrte dem Pfarrer entgegen. Einen solchen Ausdruck hatte noch keiner von uns je an ihm gesehen. In der Hand trug er eine Fackel, die sein Gesicht von unten so anstrahlte, dass seine Augen grimmig leuchtenden Kugeln glichen. So muss eine Eule einer Maus in den letzten Sekunden erscheinen, ehe sich ihr die Fänge ins Fleisch bohren! Als ich sah, dass sich hinter ihm im Sattel Mary Hadfield duckte, wurde mir klar, dass sie so geistesgegenwärtig gewesen war, ihn zu holen. Zuerst ging er auf Brad Hamilton los, der dem Göpel am nächsten stand. Hamilton riss beide Arme hoch, als wollte er sich verteidigen, aber Anteros bäumte sich wie ein Schlachtross auf und trieb ihn zurück. Der Pfarrer wendete das Pferd, glitt aus dem Sattel und warf dabei die Fackel weg, sodass sie zischend in den Schlamm fiel. Er zog ein Messer aus dem Gürtel, reckte die Hände, barg Anys und durchtrennte das Seil. Ihr schönes Gesicht war nicht wieder zu erkennen, dunkelrot und aufgedunsen. Die Zunge hing wie bei einem Straßenköter heraus. Er zog seinen Umhang hoch und bedeckte sie damit.

Einer – vermutlich Martin Highfield – war immer noch betrunken oder verrückt genug, dass er die Tat zu rechtfertigen versuchte.

»Sie… sie hat's gestanden«, nuschelte er matt. »Sie hat bekannt, dass sie mit dem Teufel geschlafen hat…«

Mompellions Stimme steigerte sich zu einem Brüllen. »O ja, heute Abend ist der Teufel hier gewesen! Aber nicht in Anys Gowdie! Narren! Unwissende Toren! Anys Gowdie hat euch mit der einzigen Waffe bekämpft, die sie zur Hand hatte – mit euren eigenen hässlichen Gedanken und üblen Zweifeln aneinander! Fallt auf die Knie, sofort!«

Sie sackten wie ein Mann zu Boden. »Betet zu Gott, dass Er in seiner unendlichen Gnade eure erbärmlichen Seelen rettet.« Dann holte er Luft und seufzte. Als er weitersprach, war der Zorn aus seiner Stimme verschwunden, und doch war jedes Wort deutlich zu hören, sogar über das Jammern des Windes hinweg. »Gibt es in diesem Dorf nicht schon genug Leid? Gibt es hier nicht genug Tod für euch alle? Müsst ihr auch noch die Sünde des Mordes unter uns bringen? Betet, dass Gott von euch nicht den Preis einfordert, den die Tat dieses Tages verdient.«

Wie aus einem Munde fielen die Stimmen ein: Einige murmelten undeutlich, andere riefen lauthals den Herrn an, wieder andere schlugen sich weinend die Brust. Damals glaubten wir noch alle, dass Gott solchen Gebeten lauscht.

Gift im Blut

Der Schnee, den der Wind in jener Nacht hereintrieb, deckte das Dorf zu. Tiefe Stille senkte sich herab. Wie Verbannte gingen die Menschen gebückt und in ihre Tücher gehüllt auf den weißen Straßen ihren Geschäften nach. Schlechte Nachrichten verbreiteten sich im Flüsterton. Das Hexenblut richtete bei Grace Hamilton nichts aus; noch in derselben Woche starb sie an der Pest und hinterließ ihre Kinder, Jude und Faith, auf dem Krankenlager. Der Sturm begrub meine verlorenen Schafe und verringerte meine Herde um ein Drittel. Wegen des Schlags auf dem Kopf verschwamm mir alles vor den Augen. Ich schlief fast einen ganzen Tag und eine Nacht, ehe ich mich wieder sicher genug fühlte, meine Suche nach ihnen fortzusetzen. Als ich die armen Tiere endlich fand – sie drängten sich im Windschatten einer Felsnase aneinander –, hatte sich über ihnen eine hohe weiße Schneewächte aufgetürmt, und sie waren fast erfroren. Im ersten Moment war ich froh, dass nun weniger Leben von meiner Fürsorge abhing. So verwirrt war ich damals.

Mister Mompellion zelebrierte den Beerdigungsgottesdienst für Anys so aufwändig wie möglich. Mem Gowdie war nicht dabei, um mit eigenen Augen die Ehre zu erleben, die er damit ihrer Nichte zollte. Der beinahe tödliche Sturz ins Wasser hatte zu einer Lungenentzündung geführt. Nun lag sie bewusstlos im Pfarrhaus. Elinor Mompellion hatte darauf bestanden, dass man sie dorthin brachte. Unsere gemeinsame Pflege bestand schon bald nur noch darin, neben ihrem Bett zu sitzen und ihrem rasselnden Atem zu lauschen. Als sie noch zum Sprechen fähig gewesen war, hatte sie um eine Kampfersalbe für ihr verletztes Gesicht gebeten, die wir mit Hilfe von sauberen Leinenbinden auftrugen. Leider blieb der Verband kaum haften. Auf ihrer Haut, die so brüchig war wie ein trockenes Blatt im Winter, erschienen an den Stellen, wo man sie geschlagen hatte, blaurote und gelbe Flecken. Bei der Geburt meiner beiden Buben hatten Mems erfahrene Hände meine Ängste gelindert und mir die Wehen erleichtert. Jetzt wirkten ihre Finger so zerbrechlich wie die Knöchelchen eines Vogels, und wenn ich sie in meinen Händen hielt, befürchtete ich, sie würden unter dem leisesten Druck zerbrechen.

Ihr letzter Tag war für mich am schwersten. Gegen Ende setzte ihr Atem minutenlang aus, sodass ich schon glaubte, sie hätte endlich ihren Frieden gefunden. Aber dann drang ein nasses Gurgeln aus ihrer Kehle. Mühsam rang sie nach Luft, und mehrmals hob und senkte sich ihre Brust unter einem raschen, flachen Keuchen. Einige Augenblicke später verlangsamte sich auch das und wurde immer weniger, bis sie erneut zu atmen aufhörte. Dies geschah weitaus öfter, als ich je für möglich gehalten hätte. Jedes Mal wurden die Abstände, in denen sie nicht atmete, länger. Das Warten wurde unerträglich. Als das Ende schließlich doch kam, erkannte ich es nicht, sondern saß da und wartete darauf, dass das gierende Rasseln erneut einsetzte. Erst als ich die Pfarrhausuhr eine Viertelstunde schlagen hörte und dann die halbe Stunde, ohne dass inzwischen ein Atemzug zu vernehmen gewesen wäre, rief ich endlich die Mompellions, damit sie Mems Hinscheiden bestätigten. Sie starb nur fünf Tage nach Anys. Mit diesen beiden ging der Großteil an Heilkunde, auf die wir angewiesen waren, verloren.

Die zuständige Gerichtsbarkeit unternahm nichts wegen dieser Morde: Der Friedensrichter aus Blakewell weigerte sich, auch nur in die Nähe unseres Dorfes zu kommen oder irgendwelche unserer Leute als Gefangene zu holen. Er meinte, im ganzen Bezirk würde sich niemand bereit erklären, sie bis zu den nächsten Gerichtstagen zu verwahren. Stattdessen schlichen die wenigen aus der Meute, die die Pest nicht dahingerafft hatte, wie hohlwangige Spukgestalten herum und warteten auf Gottes Richtspruch. Am nächsten Sonntag waren lediglich fünf von dem Dutzend, das in jener Nacht in der Klamm gewesen war, noch so gut bei Kräften, dass sie Büßerhemden anlegen und barfuß zur Kirche gehen konnten, um um Vergebung zu beten.

Als der Sonntagmorgen weiß und windstill heraufdämmerte, stapften wir alle durch den verkrusteten Schnee, der unter unseren Füßen knirschte. John Gordon war einer von denen, die sich in den Büßerwinkel stahlen. Er schaute niemandem in die Augen, beugte sich nur besorgt über Urith, die sich an seinen Arm klammerte. Die weiße Farbe ihres Büßerhemds unterstrich noch die blauroten Flecken rings um ihre geschwollene und gebrochene Nase. Auch Lib Hancock war dort. Ohne mich eines Blickes zu würdigen, ging sie an mir vorbei, während ich in meiner Kirchenbank stand.

Blass und schweigend nahmen wir unsere festgesetzten Plätze ein. Dieses Dorf zählt an die dreihundertsechzig Seelen. Ohne die Kleinkinder, die gebrechlichen Alten, die wenigen, die sogar am Tag des Herrn arbeiten müssen, und jene Hand voll Quäker und Nonkonformisten, die droben in den Berghöfen leben, beträgt die Anzahl der Gottesdienstbesucher, die sich jede Woche in unserer Kirche versammeln, gut zweihundertzwanzig. Da unsere Sitzplätze schon seit alters her festliegen, wirkt jede Abwesenheit wie eine Zahnlücke. An jenem Sonntag sorgte die ständig wachsende Zahl von Toten und Kranken für viele leere Sitzplätze.

Michael Mompellion verwendete seine Kanzel an jenem Sonntag ganz anders, als ich erwartet hatte. Während des Begräbnisses für Anys und später, als er eine ganze Woche lang beinahe stündlich nach Mem sah, hielt er die Lippen zusammengepresst und wirkte angespannt wie eine Bogensehne, als könnte er nur mit äußerster Mühe einen entsetzlichen Zorn im Zaum halten. Den Großteil der Woche hatte er nicht, wie üblich, mit Elinor zu Abend gegessen, sondern stattdessen allein in seiner Bibliothek gearbeitet. Ich dachte, er arbeite an einer Predigt. Als ich mich kurz vor dem Wochenende eines Abends unter einer Ladung Heu für die Schafe abmühte, entdeckte ich ihn, wie er neben einer gebeugten Gestalt durch den Obstgarten spazierte. Es war bitterkalt. Die Schneewolken waren verweht, die Sterne schienen sich im eisigen Glitzern der weißverkrusteten Felder zu spiegeln. Seltsam, dass der Herr Pfarrer eine solche Nacht für ein Gespräch im Freien auswählte. Aber dann erkannte ich die Gestalt an seiner Seite und begriff, warum er ein solches Treffen geheim halten wollte.

Michael Mompellion beriet sich mit Thomas Stanley, jenem Puritaner, der vor über drei Jahren am Bartholomäustag im Jahre unseres Herrn 1662 unsere Gemeinde verlassen hatte. Damals hatte uns Pastor Stanley erklärt, er könne nicht guten Gewissens der Anweisung folgen, das Buch für das gemeinsame Gebet zu verwenden. Außerdem sei er nur einer von Hunderten Priestern, die an jenem Tag ihr Predigeramt niederlegten. Es hatte uns befremdet, dass unser kleines Dorf urplötzlich zwischen die hochpolitischen Entscheidungen von König und Parlament geriet. Vielleicht erscheint es merkwürdig, dass eine wie ich, die im Schatten großer Ereignisse wie der Hinrichtung eines Königs sowie Exil und Rückkehr eines zweiten aufgewachsen war, dennoch so wenig von ihren eigenen Zeitläufen wusste. Aber unser Dorf lag weitab von jeder wichtigen Straße oder eines bedeutenden Knotenpunktes, und unsere Männer waren für den Abbau von Blei wichtiger als fürs Abfeuern desselben. Daher schwappten all diese großen

Ereignisse nur noch sehr abgeschwächt an den Fuß unseres Berges und rissen nie einen von uns in ihren Fluten mit. Bis es darum ging, wie und mit wem wir beteten.

Mister Stanley war ein aufrichtiger Mensch und für einen Puritaner ungewöhnlich sanft. Trotzdem war sein Sonntag ein strenger Sabbat und seine Kirche ein freudloser Ort gewesen, ohne Spitze oder poliertes Messing. Sogar mit der Schönheit der Gebete wurde gegeizt. Nicht lange nach seinem Protest wurde ein Gesetz erlassen, nach dem Geistliche, die sich weigern, die Staatskirche anzuerkennen, mindestens fünf Meilen Abstand zu ihren alten Gemeinden einhalten mussten, damit Meinungsverschiedenheiten gar nicht erst aufkommen konnten. Ein anderes Gesetz setzte für alle Versammlungen von mehr als fünf Personen, die nach einer anderen als im gemeinsamen Gebetbuch festgelegten Gottesdienstordnung abgehalten wurden, schwere Strafen fest. Geldbußen, Gefängnis, ja sogar Deportation. Daher zog Thomas Stanley aus dem Pfarrhaus aus und verließ das Dorf. Bis die Mompellions kamen, hatten wir beinahe zwei Jahre keinen Priester am Ort. Mittlerweile war Thomas Stanleys Frau gestorben, sodass er allein zwischen Fremden zurückblieb. Es widersprach dem Wesen der Mompellions, den alten Vikar von jenem Ort und den Leuten fern zu halten, die ihm am vertrautesten waren. Keine Ahnung, was gesprochen oder vereinbart wurde, aber eines Tages weilte er wieder unter uns. Ohne Aufhebens war er auf ein kleines Pachtgrundstück auf dem Berghof der Billings zurückgekehrt. Als die Pest zu uns kam, war er schon fast ein Jahr wieder hier, ein alter Mann, der ganz zurückgezogen lebte und sich nicht um die Dorfbelange kümmerte. Und wenn sich von Zeit zu Zeit zwei- oder dreimal fünf Leute in der guten Stube der Billings versammelten, hatte keiner von uns das Bedürfnis, nach dem Grund dafür zu fragen.

Aber nun hatte Mister Mompellion offensichtlich bewusst

Mister Stanley aufgesucht. Den Grund dafür sollte ich erst am Sonntag herausfinden. Mister Mompellion stieg die Kanzelstufen hinauf, doch statt des Stirnrunzelns, das er die ganze Woche gezeigt hatte, wirkte er an diesem Morgen heiter. Und so hob er mit einer Predigt an, die unser Schicksal besiegelte. Aber erst als die Hälfte schon vorbei war, dämmerte uns allen, worauf er hinauswollte.

»›Niemand hat größere Liebe denn die, dass er sein Leben lässet für seine Freunde.‹« Nach diesen vertrauten Worten senkte er den Kopf und ließ die Textstelle so lange in der Stille hängen, dass ich schon befürchtete, er habe vergessen, was er als Nächstes sagen wollte. Aber als er aufblickte, strahlte er dermaßen übers ganze Gesicht, dass es plötzlich wärmer in der Kirche wurde. Dann strömten seine Worte wie ein Gedicht dahin. Leidenschaftlich sprach er über die Liebe Gottes und das Leid, das Sein Sohn unseretwillen erduldet hatte. Sein Blick hielt jeden Einzelnen von uns fest und ließ uns die Macht dieser Liebe spüren und erinnerte uns daran, wie sie jedem von uns noch heute zuteil geworden ist. Er berauschte uns mit seinen Worten, riss uns in eine nie gekannte Ekstase und führte einen jeden an den Ort, wo wir unsere schönsten Erinnerungen hüteten.

Dann kam er endlich zum Kernpunkt. Wären wir nicht verpflichtet, diese Liebe zu unseren Mitmenschen zu erwidern? Sogar um den Preis des eigenen Lebens, wenn Gott dies von uns forderte? Bis hierher hatte er die Pest mit keinem Wort erwähnt. Erstaunt bemerkte ich, dass ich, die seit vielen Wochen keinen anderen Gedanken gehegt hatte, die ganze halbe Stunde seiner Predigt nicht einmal daran gedacht hatte.

»Liebe Brüder und Schwestern«, sagte er nun. »Wir wissen, dass Gott manchmal mit Schreckensstimme zu Seinem Volk gesprochen und ihm schauerliche Plagen geschickt hat. Und von diesen Plagen ist die Pest, dieses Gift im Blut, eine der schrecklichsten. Wer fürchtet sie nicht? Ihre Beulen, ihre Geschwüre, ihre riesigen Furunkel. Und den grimmigen Tod, den König der Schrecken, der auf ihren Fersen einhergeht.

Und doch hat Gott in Seiner unendlichen und unfassbaren Weisheit uns zu Empfängern dieser Pest auserkoren, uns allein unter all den Dörfern unseres Bezirks. Dies ist für uns eine Prüfung, davon bin ich überzeugt. Wegen Seiner großen Liebe zu uns schenkt Er uns eine Möglichkeit wie nur wenigen auf dieser Erde. Hier können wir, wir arme Seelen dieses Dorfes, es Unserem Herrn und Heiland gleichtun. Wer unter uns möchte eine solche Gelegenheit ausschlagen? Liebe Freunde, dieses Geschenk müssen wir annehmen, daran glaube ich. Es ist eine Schatulle voller Gold! Tauchen wir die Hände bis zum Ellbogen hinein, und tragen wir diesen Schatz fort!«

Daraufhin senkte er die Stimme, als wollte er uns in ein großes Geheimnis einweihen. »Einige möchten sagen, dass Gott uns dies nicht aus Liebe schickt, sondern aus Zorn. Sie werden sagen, die Pest sei hier, weil wir sie mit unseren Sünden verdient hätten. Denn ist nicht die erste Pest in der langen Geschichte der Menschheit jene, die Gott geschickt hat, um die Ägypter zu schlagen? War es nicht Pharao, der Gott den Gehorsam verweigerte, und wurde nicht deshalb sein ganzes mächtiges Königreich zunichte gemacht? Und wenn man uns im Dunkel der Nacht unseren Erstgeborenen entreißt«, hier hielt er inne. Sein Blick wanderte über die vielen Sitzreihen zwischen uns, bis mich seine strahlend-glänzenden Augen direkt anschauten, »in solchen Zeiten fällt es leichter, an Gottes Rache zu glauben als an Seine Gnade.

Und doch glaube ich nicht, dass Gott uns diese Pest im Zorn geschickt hat. Ich glaube nicht, dass Er uns hier in diesem Dorf als Pharao sieht. O ja, sicher haben wir im Laufe unseres Lebens gesündigt, jeder von uns, viele Male. Lockt uns denn nicht Satan mit verführerischem Pomp, um uns von dem Gott unserer Erlösung abzulenken? Freunde, wir alle haben diesen Melodien gelauscht, ein jeder zu seiner Zeit. Hier ist keiner, der ihnen noch nicht gefolgt ist und dabei stürzte. Keiner, dem nicht verwerfliche Trugbilder den Sinn verwirrt haben.

Und doch glaube ich nicht, dass unser Gott diese Pest zur Strafe für unsere Sünden schickt. Nein!« Auf der Suche nach den Bergleuten und ihren Familien wanderten seine Augen über die Gemeinde. »Wie das Erz, das gänzlich eingeschmolzen werden muss, um reines Metall zu finden, so müssen wir dem Feuerofen dieser Seuche übergeben werden. Und wie der Schmied seine Esse nötigenfalls die ganze Nacht lang schürt, um das wertvolle Erz darin auszuschmelzen, so befindet sich Gott hier in unserer Nähe, näher vielleicht, als Er unser aller Leben je gekommen ist oder je kommen wird.« Fünf Reihen vor mir sah ich, wie sich der weiße Kopf von Alun Houghton, Bergmeister unserer Knappen, langsam auf den massigen Schultern aufrichtete, als ihm allmählich die Worte des Herrn Pfarrers aufgingen. Der Pfarrer nahm die günstige Gelegenheit wahr und streckte die Hand in seine Richtung. »Deshalb lasst uns nicht zaudern, lasst uns nicht zagen! Wählen wir nicht den matten Glanz unseres Urzustandes, wenn Gott uns erstrahlen lassen möchte!«

»Amen!«, polterte Houghtons tiefe und raue Stimme. Vereinzelt stimmten andere Bergleute mit einem »Amen!« ein.

Darauf wandte der Herr Pfarrer seine Blicke dorthin, wo die Hancocks, die Merrills, die Highfields und die anderen Bauernfamilien saßen. »Meine Freunde, jener Pflug, der sich heute tief in eure Furchen gräbt, tat dies nicht immer. Ihr wisst, wie viele Rücken gebrochen wurden, um diesen Boden von Wurzeln und hartnäckigen Baumstümpfen zu befreien. Ihr wisst, dass Hände beim Schleppen jener Steine, die inzwischen als wohl geordnete Mauern unser bearbeitetes Land von der Wildnis abgrenzen, geblutet haben. Ohne Mühsal gibt es keine gute Ernte, und auch nicht ohne Kampf und Plage und Verlust. Jeder von euch hat schon geweint, wenn Dürre oder Pestilenz die Feldfrüchte verheerten. Hat unter Tränen getan, was er tun musste, und jede Pflanze untergepflügt, damit sich der Boden in der Hoffnung auf eine künftige bessere Jahreszeit erneuern konnte. Weinet jetzt, meine Freunde, aber hoffet auch! Denn dieser Pestzeit wird ein besseres Jahr folgen, wenn wir nur darauf vertrauen, dass Gott Seine Wunder tut!«

Dann senkte er den Kopf und fuhr sich mit der Hand über die Augenbrauen. In der Kirche war es totenstill. Wir alle blickten wie gebannt auf den großen Mann, der dort mit gebeugtem Kopf auf der Kanzel stand, als sammle er die Kraft zum Weitersprechen.

»Freunde«, sagte er schließlich, »einige von uns haben die Möglichkeit zur Flucht. Andere haben Verwandte in der Nähe, die uns gerne Zuflucht gäben. Wieder andere haben Verbindungen, auf die sie zurückgreifen könnten. Einige wenige von uns haben die Mittel, um sich weit weg von hier zu begeben – frei nach unserer Wahl.«

Meine Konzentration wurde unterbrochen, als die Bradfords in der allerersten Reihe unruhig wurden. »Wie aber würden wir die Güte derer erwidern, die uns aufnehmen, wenn wir ihnen die Pestsaat mitbrächten? Welche Last würden wir tragen, wenn wegen uns Hunderte stürben, die vielleicht leben könnten? Nein! Nehmen wir dieses Kreuz auf uns! Ertragen wir es im heiligen Namen Gottes!« Die Stimme des Pfarrers war immer mächtiger geworden, bis sie wie eine Glocke dröhnte. Jetzt aber verfiel er wieder in einen intimen Tonfall, wie ein Liebender, der sich an seine Geliebte wendet. »Liebe Freunde, hier sind wir, und hier *müssen* wir bleiben. Lasst die Grenzen dieses Dorfes zu unserer ganzen Welt werden. Lasst keinen herein und niemanden hinaus, solange diese Pest wütet.«

Damit kam er zu den Einzelheiten seines Plans für unsere freiwillige Belagerung, über die er offensichtlich bereits intensiv nachgedacht hatte. Er sagte, er habe in einem Brief an den Grafen im wenige Meilen entfernten Chatsworth House seinen Vorschlag erörtert und um Hilfe gebeten. Der Graf habe sich verpflichtet, im Falle einer freiwilligen Klausur uns alle auf seine Kosten mit dem Nötigsten an Nahrung, Brennmaterial und Arznei zu versorgen. Diese Sachen würde man am Grenzstein am südöstlichen Dorfrand hinterlegen, wo sie erst eingesammelt werden dürften, wenn die Fuhrleute, die sie gebracht hatten, außer Reichweite waren. Wer weitere Dinge kaufen wollte, müsse das Geld entweder in einem flachen Brunnen nördlich von Wright's Wood hinterlassen, wo das fließende Wasser jede Pestsaat fortspülen würde, oder in den Höhlungen des Grenzsteins, die man mit Essig füllen würde, denn der sollte angeblich eine Ansteckung verhindern.

»Liebe Brüder und Schwestern im Herrn, denkt an die Worte des Propheten Jesaja: ›Wenn ihr umkehret und stille bliebet, so würde euch geholfen; durch Stillesein und Hoffen würdet ihr stark sein.‹« Er hielt inne und wiederholte den Vers: »Durch Stillesein und Hoffen.« Er ließ die Stimme zu einem Flüstern herabsinken. »Durch Stillesein und Hoffen … Ist dies nicht der Zustand, den wir uns alle wünschten?« Aus dem Flüstern wurde Schweigen. Ja, nickten wir, natürlich war es das. Aber dann kehrte seine Stimme zurück und dröhnte in jene Stille, die er selbst geschaffen hatte. »Aber die Israeliten hofften *nicht*, sie hielten *nicht* stille. Das erzählt uns Jesaja mit den Worten: ›Aber ihr wollt nicht, und sprechet: ›Nein, sondern auf Rossen wollen wir fliehen … Und auf Rennern wollen wir reiten … Denn euer tausend werden fliehen vor eines einigen Schelten; ja, vor fünfen werdet ihr alle fliehen, bis dass ihr übrig bleibet wie ein Mastbaum oben auf einem Berge und wie ein Panier oben auf einem Hügel.‹ Nun, meine geliebten Brüder und Schwestern im Herrn, ich sage, wir sollen nicht fliehen wie die treulosen Israeliten! Nein, nicht wenn fünf oder zehn oder sogar zwanzig Tode drohen. Denn die Einsamkeit erwartet den, der flieht. Einsamkeit – wie ein Mastbaum oben auf einem Berge. Einsamkeit und Ausgestoßensein. Jenes Ausgestoßensein, das seit jeher das Los des Leprakranken war. Einsamkeit, Ausgestoßensein und Angst. Die Angst wird euer beständiger Begleiter sein, und sie wird mit euch sein, Tag und Nacht.

Geliebte Brüder und Schwestern im Herrn, ich höre euch in euren Herzen sagen, dass wir längst Angst haben. Angst vor dieser Seuche und dem Tod, den sie bringt. Aber ihr werdet diese Angst nicht hinter euch lassen. Sie wird euer Gefährte sein, wohin ihr auch geht. Und unterwegs wird sie sich zu einer ganzen Schar neuer und größerer Ängste zusammenballen. Denn wenn ihr im Hause eines Fremden erkrankt, wird man euch vielleicht die Türe weisen, euch im Stich lassen und euch einsperren, um euch einem einsamen Sterben zu überlassen. Euch wird dürsten, und niemand wird euren Durst stillen. Laut aufschreien werdet ihr, aber eure Schreie werden in der leeren Luft verwehen. Im Hause jenes Fremden erwartet euch nur eines: Vorwürfe. Denn man wird euch gewiss bezichtigen, dass ihr dies über sie gebracht habt. Und zu Recht! Und in der Stunde, in der ihr der Liebe am meisten bedürft, werden sie euch mit Hass überschütten!«

Jetzt klang die Stimme beruhigend aus: »Bleibt hier, an dem euch wohl bekannten Ort, an einem Ort, wo man euch kennt. Bleibt hier, auf diesem Stück Erde, das euch bisher ernährt hat. Bleibt hier, dann werden wir hier füreinander eintreten. Bleibt hier, dann wird die Liebe des Herrn mit uns sein. Bleibt hier, meine besten Freunde. Denn eines verspreche ich euch: Solange ich verschont bleibe, wird keiner in diesem Dorf dem Tod allein ins Antlitz schauen.«

Dann ermahnte er uns zum Nachdenken und zum Gebet und sagte, dass er uns in Kürze um unsere Entscheidung bitten würde. Er stieg von der Kanzel und begab sich mit Elinor an seiner Seite unter uns und unterhielt sich leise mit jedem, der ein Wort mit ihm wechseln wollte. Einige Familien blieben in ihren Bänken, mit gesenkten Häuptern im Gebet versunken. Andere standen auf und gingen rastlos umher, sammelten sich hier und dort in Grüppchen und suchten Rat bei Freunden und Nahestehenden. Erst jetzt bemerkte ich, dass Thomas Stanley die Kirche betreten und einen Platz in der allerersten Reihe eingenommen hatte. Nun trat er nach vorne und sprach leise mit allen, die zur Lehre der Puritaner geneigt hatten oder es insgeheim immer noch taten und vielleicht Mühe hatten, Mister Mompellion zu vertrauen. Auf seine ruhige Art machte der alte Mann klar, dass der Jüngere seine Unterstützung hatte.

Manchmal ließ sich unter dem gedämpften Murmeln eine erregte Stimme vernehmen. Zu meiner Beschämung sah ich, dass mein Vater und Aphra zu einer kleinen Gruppe gehörten, die mit Gesten und Kopfschütteln klarmachten, dass sie nicht mit dem Plan des Herrn Pfarrers einverstanden waren. Auf diese Zauderer trat Mister Mompellion zu, und binnen kurzem stieß auch Mister Stanley zu ihnen. Mein Vater hatte sich mit seiner Frau ein wenig entfernt. Ich versuchte, ihr Gespräch zu belauschen, und ging deshalb etwas näher heran.

»Denk an unser Brot, Mann! Wer wird uns zu essen geben, wenn wir auf die Straße flüchten? Höchstwahrscheinlich werden wir dort verhungern. Hier, sagt er, bekommen wir es sicher.«

»Jaja, ›sagt er‹. Nun, *ich* sage, dass man von ›sagt er‹ nicht herunterbeißen kann. Schöne Worte geben ein sauschlechtes Essen. O ja, er und seine vornehme Frau werden schon ihr Brot von seinem Freund, dem Grafen, bekommen, da bin ich mir sicher. Aber wann haben sich schon solche wie die auch nur 'nen Penny um unsereins geschert?«

»Mann, wo bleibt dein Grips? Die werden ihr Wort nicht aus Liebe zu uns halten, sondern aus Angst um ihre eigene feine

Haut. Eines steht fest: Der Graf will seinen Besitz pestfrei haben. Und wie ginge das besser, als wenn er uns einen Grund zum Hier bleiben gibt? Täglich ein paar lumpige Laib Brot sind für den ein gutes Geschäft, darauf wette ich.« Sie war eine schlaue Frau, meine Stiefmutter, trotz ihrer Neigung zum Aberglauben.

Dann sah sie mich und wollte mich schon zur Unterstützung ihrer Ansichten herüberwinken, aber ich wandte den Kopf ab. Ich wollte einzig und allein für meine eigene Entscheidung die Verantwortung tragen.

Als die Mompellions dort vorbeikamen, wo ich stand, ergriff Elinor Mompellion mit beiden Händen zärtlich meine, während sich der Herr Pfarrer an mich wandte und sagte: »Und du, Anna?« Sein Blick ging mir so durch und durch, dass ich wegschauen musste. »Sag uns, dass du bei uns bleibst, denn ohne dich wär's um Mistress Mompellion und mich schlecht bestellt.« In mir herrschte keinerlei Verwirrung, da ich meine Entscheidung getroffen hatte. Und doch wollte mir meine Stimme zu einer Antwort nicht gehorchen. Auf mein Nicken hin umarmte mich Elinor Mompellion und drückte mich einen langen Augenblick an sich. Der Herr Pfarrer ging weiter und flüsterte ruhig Mary Hadfield zu, die ganz kläglich weinte und die Hände rang. Als er erneut die Stufen hinaufschritt und uns Auge in Auge gegenüberstand, hatten er und Thomas Stanley jeden Zweifler überzeugen können.

An jenem Tag legten wir alle in dieser Kirche vor Gott einen heiligen Eid ab, dass wir bleiben und nicht fliehen würden, egal, was uns bevorstünde. Wir alle, bis auf die Bradfords. Sie waren unbemerkt zur Kirche hinausgeschlüpft und längst wieder zurück im Herrenhaus, wo sie für ihre Flucht nach Oxfordshire packten.

Weiter grüner Kerker

An jenem Morgen verließ ich die Kirche mit einem seltsamen Glücksgefühl, und offensichtlich ging es allen so. Die ursprünglich abgezehrten und verhärmten Gesichter wirkten nun warm und lebendig. Wenn sich unsere Blicke trafen, lächelten wir im Bewusstsein der umfassenden Gnade, die unsere Entscheidung ausgelöst hatte. Deshalb war ich nicht auf Maggie Cantwell vorbereitet, die mit verstörter Miene vor meinem Tor auf und ab lief. Maggie war Köchin bei den Bradfords und infolge ihrer Tätigkeit heute Morgen nicht in der Kirche gewesen. Sie trug noch immer die große weiße Schürze wie in der Küche von Bradford Hall, und ihr Mondgesicht war vor Anstrengung knallrot. Im Schnee lag ein Bündel Habseligkeiten.

»Anna, sie haben mich vor die Tür gesetzt! Achtzehn Jahre, und dann einfach hinausbeordert!« Obwohl Maggie Familie in Bakewell hatte, wusste ich nicht, ob sie zu ihren Leuten gehen oder ob diese sie aufnehmen würden. Trotzdem wunderte ich mich, dass sie bei mir Zuflucht gesucht hatte, denn mein Haus war zusammen mit dem der Hadfields und der Sydells als Pestkate verschrien. Ich winkte sie herein, aber sie schüttelte den Kopf. »Danke, Anna. Ist auch nicht despektierlich gemeint, aber ich habe Angst, deine Kate zu betreten. Ich weiß, du hast Verständnis. Ich bin gekommen, um dich zu bitten, dass du mir hilfst, meine paar Habseligkeiten aus dem Herrenhaus zu holen. Denn man hat uns allen erklärt, dass nach ihrer Abreise das Herrenhaus versperrt und bewacht wird. Keiner von uns darf es mehr betreten. Stell dir vor, es war doch all die Jahre auch unser Zuhause, und jetzt wirft man uns ohne ein Dach über dem Kopf hinaus!« Die ganze Zeit über hatte sie nervös an einem Schürzenzipfel herumgedreht. Jetzt hob sie ihn an die Wange und wischte sich die Tränen ab.

»Komm, Maggie, dafür haben wir jetzt keine Zeit«, sagte ich. »Deine Sachen sind hier in Sicherheit. Ich suche einen Handkarren, und dann holen wir sofort noch den Rest.« Und so machten wir uns auf den Weg. Maggie war schon über vierzig und sehr untersetzt, da sie ihre eigene gute Küche gern genossen hatte. Mühsam rang sie nach Luft, während wir uns durch die Schneewehen den Hügel zum Herrenhaus hinaufkämpften.

»Stell dir mal vor, Anna«, keuchte sie, »da stand ich gerade und bestrich den Braten fürs Sonntagsessen, als sie alle von der Kirche hereinstürmten. Ganz schön früh, denke ich mir, und dann: Oho, das setzt was, wenn der Herr Oberst aufs Essen wartet und nichts auf dem Tisch steht. Also beeile ich mich und scheuche Brand, meinen Küchenjungen, herum. Da kommt doch der Herr Oberst persönlich herein. Und eines muss ich *dir* ja nicht sagen: Der hat gewiss bis auf den heutigen Tag noch nie 'nen Fuß in die Küche gesetzt. Und dann heißt's, Schluss für alle, einfach so. Kein Dankeschön, oder Wie wird's euch denn gehen. Einfach nur: Essen auf den Tisch und dann raus.«

Obwohl wir noch ein ganzes Stück von Bradford Hall entfernt waren, konnten wir uns gut ausmalen, welcher Aufruhr dort herrschte. Das war kein heimlicher Rückzug. Das Herrenhaus brummte wie ein aufgestörter Bienenstock. Pferde stampften in der Einfahrt, während Zofen und Lakaien, unter schweren Truhen gebückt, hinein- und herausstolperten. Wir betraten das Haus durch die Küche. Über uns konnten wir eilige Schritte vernehmen, dazwischen die hohen herrischen Stimmen der Bradford-Damen. Da ich keinen besonderen Wert darauf legte, von ihnen bemerkt zu werden, schlich ich hinter Maggie über die rückwärtige Treppe zum Speicher hinauf, den sie mit den übrigen weiblichen Bediensteten teilte. Das kleine Zimmer lag unter einem steil abfallenden Dach und hatte ein rechteckiges Fensterchen, durch das kaltweißes Schneelicht hereinströmte. In diesen winzigen Raum hatte man drei Betten gezwängt. Auf dem einen kauerte mit weit aufgerissenen Augen ein blasses Mädchen namens Jenny. Schwer atmend versuchte sie, ihren zweiten Kittel und ihre wenigen Habseligkeiten zu einem Bündel zu schnüren. In ihrer Hast hatte sie Mühe, einen Knoten zu machen.

»Himmel, Köchin, sie sagt, wir sollen noch diese Stunde fort, gibt uns aber keine Zeit, uns um unsere eigenen Sachen zu kümmern. Ich bin nur noch auf den Beinen, um ihre Sachen zu holen und wegzubringen, und kaum hab ich 'ne Schärpe eingepackt, heißt's, nein, nimm sie raus, besser die hier. Die nehmen keinen von uns mit, nicht mal Mistress Bradfords Zofe Jane, und die war ja, wie man weiß, schon bei ihr, als sie noch ein kleines Mädchen war. Jane hat geheult und sie angefleht, aber sie hat nur den Kopf geschüttelt. Sie und wir alle hätten uns zu viel im Dorf herumgetrieben und vielleicht schon die Pest in uns. Also wollen sie uns einfach hier auf der Straße sterben lassen. Weiß ja keiner von uns, wohin er sonst gehen soll!«

»Niemand wird sterben, und schon gar nicht auf der Straße«, sagte ich so ruhig wie möglich. Maggie hatte eine schmale Eichentruhe unter ihr Bett gequetscht. Ich zerrte sie hervor, während Maggie die Bettdecke faltete, die ihr ihre Schwester gemacht hatte. Das also war ihr ganzes Hab und Gut, die Summe ihres Lebens, zusammen mit dem kleinen Sack Kleider, den sie vor meinem Haus gelassen hatte. Mit ein wenig Umsicht gelang es uns, die Truhe die schmale Treppe hinabzutragen. Sie fing das Hauptgewicht ab, während ich von oben dirigierte, so gut es ging. In der Küche blieb sie stehen. Ich dachte, sie müsse verschnaufen, aber dann sah ich, dass ihr schon wieder Tränen in die Augen stiegen. Mit ihren großen roten Händen strich sie über den zerkratzten Kiefernholztisch mit den Brandflecken. »Das da ist mein Leben«, sagte sie. »Jede Kerbe kenne ich darauf und weiß, wie es passiert ist. Jeden verflixten Messergriff kenne ich hier drinnen. Und jetzt soll ich mich einfach umdrehen und mit nichts fortgehen.« Sie ließ den Kopf hängen. Einen Augenblick hing eine Träne an ihrer fleischigen Wange, ehe sie auf den Tisch fiel.

In dem Moment drang vom Hof Lärm herein. Bei einem Blick zur Küchentür hinaus konnte ich gerade noch sehen, wie Michael Mompellion Anteros zügelte, dass der Kies nur so aufspritzte. Noch ehe der verblüffte Pferdeknecht die hingeworfenen Zügel aufgesammelt hatte, war der Herr Pfarrer schon vom Pferd herunter und die Treppe hinauf, ohne zu warten, bis man ihn ankündigte.

»Oberst Bradford!« Seine Stimme dröhnte so laut durch die Eingangshalle, dass auf der Stelle jedes Geklapper erstarb. Die großen Möbelstücke im Herrenhaus waren bereits gegen den Staub mit Tüchern abgedeckt. Verstohlen schlich ich hinter eine verhüllte Sitzbank. Im Schutz eines Deckenzipfels konnte ich den Oberst unter der Tür zu seiner Bibliothek auftauchen sehen. In der einen Hand hielt er ein Buch, das er offensichtlich einpacken lassen wollte, in der anderen einen Brief. Oben auf der Treppe erschien Miss Bradford mit ihrer Mutter. Beide blieben zögernd stehen, als wüssten sie mit diesem Besuch nicht recht umzugehen.

»Hochwürden Mompellion!«, sagte der Oberst bewusst leise, ganz im Gegensatz zum Herrn Pfarrer. Sein fragender Ton war gespielt. »Sie hätten sich doch nicht persönlich hierher bemühen müssen, um uns Lebewohl zu sagen. So ein forscher Ritt wäre doch nicht nötig gewesen. Ich hatte beabsichtigt, mich von Ihnen und Ihrer Frau in diesem Brief zu verabschieden.«

Er streckte ihm die Hand mit dem Brief hin, den Mompellion geistesabwesend nahm, ohne ihn anzusehen. »Auf Ihre Verabschiedung lege ich keinen Wert. Ich bin hier, um Sie zu beschwören, Ihre Abreise nochmals zu überdenken. Ihre Familie nimmt hier am Ort die erste Stelle ein, die Dorfbewohner zählen auf Sie. Wie kann ich sie bitten, tapfer zu sein, wenn Sie vor Angst zittern?«

»Ich zittere *nicht*!«, erwiderte der Oberst kalt. »Ich tue lediglich das, was jeder mit gesundem Menschenverstand tun muss: Ich bringe das Meine in Sicherheit.«

Mister Mompellion trat mit ausgebreiteten Händen einen Schritt auf ihn zu. »Aber denken Sie doch an diejenigen, die Sie damit in Gefahr bringen …«

Der Oberst trat zurück, um den Abstand zum Pfarrer einzuhalten. Seine Stimme nahm einen langsamen und beiläufigen Plauderton an, als wolle er sich über den beschwörenden Ton seines Gegenübers lustig machen: »Ich glaube, Sir, dass wir diese Unterhaltung schon einmal geführt haben, genau hier in diesem Herrenhaus, damals allerdings in einem rein hypothetischen Zusammenhang. Nun ja, mittlerweile ist diese Hypothese eingetreten, und ich beabsichtige das zu tun, was ich für diesen Fall vorausgesagt hatte. Damals habe ich gesagt, und ich sage es wieder, dass mein Leben und das meiner Familie für mich weitaus wichtiger ist als irgendein entferntes Risiko für irgendwelche Fremde.«

Aber der Herr Pfarrer gab sich noch nicht geschlagen. Er trat auf den Herrn Oberst zu und ergriff seinen Arm. »Nun, wenn Sie schon nicht die Not Fremder rührt, dann bedenken Sie wenigstens, wie viel Gutes Sie hier tun könnten, unter jenen Dorfbewohnern, die Sie kennen und zu Ihnen aufschauen. In Zeiten großer Gefahr wird es vieles zu regeln geben. Sie sind weithin für Ihren Mut berühmt. Warum dem nicht ein neues Kapitel hinzufügen? Sie haben Männer in die Schlacht geführt.

Im Gegensatz zu mir haben Sie das Talent, uns alle durch diese Krise zu lenken. Obendrein bin ich noch neu an diesem Ort. Ich kenne diese Leute nicht so, wie Sie und Ihre Familie sie kennen, Sie, die hier seit vielen Generationen ansässig sind. Ihr kluger Rat über das Vorgehen im Laufe der weiteren Ereignisse könnte mich vieles lehren. Und während es meine Pflicht ist, diesen Menschen so gut wie möglich Trost zu spenden, würde selbst die kleinste Geste von Ihnen und Ihrer Frau und von Miss Bradford unendlich viel mehr bedeuten.«

Droben auf dem Treppenabsatz unterdrückte Elizabeth Bradford ein höhnisches Schnauben. Ihr Vater warf einen Blick zu ihr hinauf. Beide wirkten amüsiert. »Wie schmeichelhaft!«, rief er mit zynischem Grinsen. »Wirklich, das ist zu viel der Ehre. Mein lieber Sir, ich habe meine Tochter nicht erzogen, damit sie für den Pöbel die Amme spielt. Und wenn ich mich danach gesehnt hätte, den Mühseligen und Beladenen beizustehen, hätte ich es Ihnen gleichgetan und die Priesterweihe empfangen.«

Mompellion ließ den Arm des Oberst fallen, als hätte er etwas Verdorbenes in der Hand, was er eben erst bemerkt hatte. »Um Mensch zu sein, muss man kein Priester sein!«

Er drehte sich um und schritt zum Kamin, wo die beiden Prachtschwerter von Oberst Bradford wie ein schimmernder Bogen über dem Sims hingen. Obwohl der Herr Pfarrer noch immer den Brief des Oberst in der Hand hielt, schien er ihn vergessen zu haben. Als er die Hand nach dem Kaminsims ausstreckte und sich schwer dagegenlehnte, zerknitterte das Pergament. Mühsam rang er um Selbstbeherrschung. Von meinem Versteck aus konnte ich teilweise sein Gesicht erkennen. Er atmete tief ein. Beim Ausatmen schien er mit bloßer Willenskraft die tiefen Falten über seinen Brauen und neben dem Mund zu tilgen. Es war, als sähe man jemandem beim Anlegen einer Maske zu. Als er dem Kamin den Rücken zuwandte und wieder dem Oberst ins Gesicht schaute, wirkte seine Miene ruhig und gelassen.

»Wenn Sie schon unbedingt Frau und Tochter wegschicken müssen, dann beschwöre ich wenigstens Sie inständig, hier zu bleiben und Ihre Pflicht zu tun.«

»Maßen Sie sich nicht an, mir zu sagen, was meine Pflicht ist! Ich schreibe Ihnen ja auch nicht die Ihre vor, auch wenn ich sagen möchte, dass Sie gut daran täten, sich mehr um Ihre fragile Frau zu kümmern.«

Bei dieser Bemerkung wurde Mompellion rot. »Was meine Frau betrifft, Sir, so will ich wohl eingestehen, dass ich sie schon beim ersten Verdacht meinerseits auf das, was wir nun tatsächlich wissen, beschworen habe, diesen Ort zu verlassen. Aber sie lehnte mit der Bemerkung ab, es sei ihre Pflicht zu bleiben. Und mittlerweile sagt sie, ich müsse mich darüber freuen, da ich von anderen wohl kaum etwas verlangen könne, was ich meinen nächsten Anverwandten nicht auferlegt hätte.«

»So, so. Offensichtlich sind falsche Entscheidungen für Ihre Frau nichts Neues. Sie hatte ja schon durchaus Gelegenheit, sich darin zu üben.«

Diese Beleidigung war so grob, dass ich heftig schlucken musste, um nicht hörbar nach Luft zu schnappen. Trotz geballter Fäuste gelang es Mompellion, seinen gleichmütigen Tonfall beizubehalten. »Vielleicht haben Sie Recht. Aber ebenso ist es meine Überzeugung, dass Sie mit Ihrer heutigen Entscheidung einen Fehler begehen, und zwar einen schrecklichen. Wenn Sie das tun, wird man den Namen Ihrer Familie in den Gassen und Katen auszischen. Die Menschen werden Ihnen nicht verzeihen, dass Sie sie im Stich gelassen haben.«

»Und Sie glauben, mich interessiert die Meinung von ein paar verschwitzten Bergleuten samt ihren rotznäsigen Bälgern?«

Mister Mompellion sog kurz hörbar die Luft ein und trat

einen Schritt vor. Der Oberst war ein stämmiger Mann, aber Mister Mompellion war einen ganzen Kopf größer. Obwohl ich von meinem engen Versteck aus sein Gesicht nicht mehr sehen konnte, kann ich mir gut vorstellen, dass er genauso wild entschlossen ausgesehen haben muss wie damals auf dem Hügelkamm in jener Nacht, als Anys ermordet wurde. Der Oberst hob die Hand mit der Handfläche nach unten zu einer beschwichtigenden Geste.

»Schauen Sie, Mann, glauben Sie nicht, ich würde Ihre derzeitigen Bemühungen herabsetzen. Dafür verdienen Sie jedes Lob. Ich behaupte auch nicht, dass Sie etwas falsch machen, wenn Sie Ihrer Gemeinde das Gefühl geben, sie täte etwas Heiliges, indem sie hier bleibt. Im Gegenteil. Ich finde, das haben Sie sogar sehr gut gemacht. Da ihnen keine andere Wahl bleibt, verdienen sie auch ein wenig Trost.«

Da ihnen keine andere Wahl bleibt. Ich spürte, wie ich aus der Höhe taumelte, auf die mich Mister Mompellions Predigt heute Morgen gehoben hatte. Welche Wahl hatten wir letztlich? Wenn meine Kinder noch gelebt hätten, hätte es vielleicht etwas zu entscheiden gegeben. Vielleicht hätte ich mich gezwungen gefühlt, über eine Flucht mit ungewissem Ziel nachzudenken. Und doch zweifelte ich daran. Wie hatte Aphra zu meinem Vater gesagt? Es ist nicht leicht, ein sicheres Dach über dem Kopf und die Aussicht auf Brot gegen die Gefahren auf offener Straße einzutauschen, zumal wenn der Winter einsetzt und man an seinem Ende kein klares Ziel sieht. Die Bewohner in dieser Gegend mögen Landstreicher zu keiner Jahreszeit und jagen sie rasch wieder fort. Wie viel weniger würde man uns willkommen heißen, wenn sich erst mal herumspräche, woher wir kamen? Die Flucht vor der einen Gefahr hätte meine Kinder noch viel größeren ausgesetzt. Aber da meine beiden Buben auf dem Kirchhof lagen, hatte ich gar keinen Grund zum Fortgehen mehr. Die Pest hatte mir bereits das

Wichtigste geraubt, was ich zu verlieren hatte. Jetzt begriff ich auch, dass mein Schwur zu bleiben, eigentlich kaum der Rede wert war. Ich würde bleiben, weil ich nur noch wenig Überlebenswillen hatte und außerdem keinen Platz, wohin ich gehen sollte.

Der Oberst hatte sich vom Pfarrer abgewandt und schaute wieder in seine Bibliothek, wo sein Blick mit gespieltem Desinteresse über seine Bücherregale wanderte, während er weitersprach: »Hingegen habe ich, wie Sie schon so scharfsinnig angemerkt haben, tatsächlich eine Wahl. Und obendrein die Absicht, sie zu nutzen. Würden Sie mich nun entschuldigen? Sie werden verstehen, dass ich noch zahlreiche andere Entscheidungen treffen muss, zum Beispiel, ob ich den Dryden einpacken soll oder den Milton. Vielleicht den Milton? Dryden hat ehrgeizige Themen, aber seine Verse werden doch immer langweiliger, finden Sie nicht auch?«

»Oberst Bradford!«, donnerte Mompellions Stimme durchs Herrenhaus. »Genießen Sie Ihre Bücher! Und zwar jetzt! Denn ein Totenhemd hat keine Taschen! Vielleicht ist Ihnen das Urteil dieses Dorfes egal, aber wenn Sie schon diese Menschen nicht schätzen, so gibt es doch einen, der es tut. Er liebt sie über alle Maßen. Und seien Sie versichert: Er ist es, dem Sie Rede und Antwort werden stehen müssen. Ich nehme das Jüngste Gericht Gottes nicht leichtfertig in den Mund, aber über Sie sage ich, dass sich die Kelche Seines Zornes auftun und schreckliche Rache daraus ergießen wird! Fürchten Sie sie, Oberst Bradford! Fürchten Sie eine weit schlimmere Strafe als die Pest!«

Daraufhin drehte er sich um, stürmte zurück in den Hof, sprang auf Anteros und galoppierte davon.

Auf den Straßen gab es kein Gezischel, als die Bradfordsche Kutsche zum Dorf hinausfuhr. Die Männer zogen ihre Mützen, und die Frauen knicksten, wie wir es immer getan hatten, aus dem einfachen Grunde, weil wir genau das immer so gemacht hatten. Mit Ausnahme des Kutschers, der nach dem Eintreffen in Oxford entlassen werden sollte, hatten die Bradfords keinen einzigen ihrer Bediensteten behalten. Ja, Oberst Bradford hatte sogar noch am selben Morgen zwei von den Hancock-Söhnen, die noch nie für ihn gearbeitet hatten, zur Bewachung des verrammelten und verriegelten Herrenhauses gedungen. Als Grund dafür hatte er ihnen mitgeteilt, er traue keinem seiner Leute, die keine Zufluchtsstätte hatten, neben der Bradfordschen Kutsche auf die Knie fielen, die Säume der Reisemäntel der Damen ergriffen und dem Oberst die Stiefelspitzen küssten. Anscheinend waren Mistress Bradford und ihre Tochter im Fall ihrer Zofen aber zum Einlenken bereit und wollten vom Oberst wissen, ob diese zwei, drei Frauen nicht doch in den Ställen oder im Brunnenhaus unterschlüpfen könnten, aber Oberst Bradford verweigerte ihnen selbst das.

Und so geschah es wie üblich: Wer am meisten hat, gibt am wenigsten, während die mit dem wenigen bereit sind zu teilen. Bei Anbruch der Nacht waren alle Bradfordschen Bediensteten bei der einen oder anderen Familie im Dorf untergekommen. Mit einer Ausnahme: Maggie und Brand, der Küchenjunge. Beide kamen aus Bakewell. Da sie an den von uns inzwischen so genannten Sonntagseid nicht gebunden waren, beschlossen sie, dorthin weiterzureisen und zu sehen, ob ihre Blutsverwandten sie aufnähmen. Der Herr Pfarrer hat ihnen Begleitbriefe mitgegeben, wie er sie an alle Dörfer in der nächsten Umgebung geschrieben hatte. Denn alle sollten so rasch wie möglich ganz genau erfahren, wie wir weitermachen wollten. Aber das war auch schon fast alles, was sie mitnahmen. Nachdem sich Maggie in aller Eile ihre Truhe gesichert hatte, beschloss sie nun, sie doch hier zu lassen. Am Ende würden noch ihre Verwandten in Bakewell darin verborgene Pestsaaten befürchten. Maggie und Brand gingen zu Fuß fort, die untersetzte Frau am Arm des mageren Jungen. Als sie sich am Grenzstein winkend umdrehten, haben vermutlich nicht wenige im Dorf sie beneidet.

Und so machte sich der Rest von uns daran, das Leben im frei gewählten, weiten, grünen Kerker zu erlernen. In jener Woche wurde es wieder wärmer, und der Schnee schmolz zu einem klebrigen Brei. Normalerweise hätte ein solches Tauwetter kräftiges Hufegetrappel auf die Straßen gebracht, wenn Fuhrleute, die der Schnee aufgehalten hatte, verspätete Lieferungen nachholten und sich Reisende auf den Weg machten. Aber diesmal brachte das Tauwetter kein solch geschäftiges Treiben mit sich. Allmählich wurden uns die Folgen unseres Eides immer klarer.

Es ist schwer zu sagen, warum mich dieser Eid so belastete, da ich mich höchstens ein halbes Dutzend Mal im Jahr über jene Grenzen hinauswagte, auf die wir uns inzwischen beschränkt hatten. Und doch ertappte ich mich an jenem Montagmorgen dabei, wie ich Richtung Grenzstein spazierte, der am Rande einer Hochwiese lag, genau an jenem Punkt, wo ein vorspringendes Landstück plötzlich bis zum Dorf Stoney Middleton hügelab fiel. Vom vielen Begehen war der schmale Weg dort tief ausgetreten. Als Kinder waren wir am liebsten da hinuntergerannt, wobei wir oft ins Stolpern gerieten und drunten als schlammbeschmiertes Knäuel ankamen. Gar viele Male hatte ich den langen, schwierigen Aufstieg in dem Bewusstsein zurückgelegt, dass mir wegen meines fleckigen und zerknitterten Kittels eine Tracht Prügel drohte.

Jetzt stand ich einfach da und betrachtete sehnsüchtig den verbotenen Pfad. Der Sturm hatte die Buchen ihrer rötlichen Blätter und die Birken ihrer gelb geflecken beraubt. Da lagen sie nun, glitschig vom geschmolzenen Schnee, in hohen Haufen am Wegesrand und moderten vor sich hin. Am Stein war der Steinmetz Martin Milne bei der Arbeit und bohrte Löcher für unsere seltsame neue Art des Warenaustausches hinein. Es war ein stiller Morgen. Laut fiel der Vorschlaghammer auf den Meißel, sodass es den ganzen Weg bis zum Dorf zurück wie eine Glocke hallte. Angelockt durch dieses Geräusch kamen mehrere Leute herbei, um der Arbeit zuzuschauen. Weit drunten im Tal konnten wir den wartenden Fuhrmann sehen, dessen Maultier mit gesenktem Kopf graste. Offensichtlich hatten die Briefe des Herrn Pfarrers ihr Ziel erreicht, denn der Fuhrmann würde erst auf das verabredete Signal hin näher kommen. Auch Mister Mompellion war da und gab Martin Milne Anweisungen. Als ihm die Löcher genügend tief erschienen, füllte er jedes mit Essig und legte die Münzen hinein. Die erste Lieferung bestand aus den üblichen Dingen: Mehl und Salz und ähnliche Grundnahrungsmittel. Bei der nächsten würden Sachen hinzukommen, die der Herr Pfarrer nach den Wünschen von Dorfbewohnern auf eine Liste geschrieben hatte, die neben dem Stein hinterlegt wurde. Dazu kam noch eine besondere Liste mit den Namen der Verstorbenen. Denn in den umliegenden Dörfern wohnten viele Freunde und Verwandte, die unbedingt wissen wollten, wie es uns erging. Auf der Liste jenes ersten Tages standen drei Namen: die Gastwirtstochter Martha Bandy sowie die Geschwister Jude und Faith Hamilton, die letzten Folterer der Gowdies, die neben ihnen in die Erde gelegt wurden.

Als alles fertig war, winkte Mister Mompellion zum Fuhrmann hinunter. Dann zogen wir uns alle in sichere Entfernung zurück, während der Mann sein Lasttier den Abhang hinaufführte. Er entlud es so rasch wie möglich, nahm das Geld und die Listen und winkte dann zu uns zurück. »Unsere Gebete und unser Segen seien mit euch allen!«, schrie er. »Gott vergelte euch eure Güte!« Damit lenkte er das Maultier wieder Richtung Abhang und stieg hinauf. Wir standen da und schauten zu, wie sich das Tier vorsichtig den Pfad entlangbewegte, bis zu der Stelle, wo der Vorsprung plötzlich abbrach. Immer leiser klirrte das Geschirr, bis sie die Stelle erreichten, wo der Weg flach ausläuft. Dort beschleunigten beide ihren Schritt und trabten weiter. Schließlich entzogen die grauen Häuser von Stoney Middleton sie unseren Blicken.

Neben mir seufzte Michael Mompellion. Als er merkte, dass wir alle reihum bedrückt wirkten, nahm er sich zusammen, lächelte und sagte so laut, dass es alle hören konnten: »Seht ihr? Dieser einfache Mann hat uns seinen Segen gegeben, und ihr könnt sicher sein, dass ähnliche Gebete in den umliegenden Ortschaften auf den Lippen aller liegen. Und sicher wird Gott all diese Gebete erhören und uns Seine Gnade schenken!« Doch er blickte nur in verhärmte und ernste Gesichter, denn jeder von uns war sich der Tragweite unserer Entscheidung wohl bewusst. Während wir uns auf den Rückweg zum Dorf machten, ging er von einem kleinen Grüppchen zum nächsten. Nach einem Gespräch mit ihm schienen die meisten ein wenig mehr Mut zu fassen.

So erreichten wir die Dorfstraße. Da in Kürze mein Arbeitstag im Pfarrhaus begann, ging ich mit Mister Mompellion weiter. Elinor Mompellion begrüßte uns schon mit ihrem Tuch um die Schultern an der Türe. Offensichtlich wollte sie unbedingt weg. Sie habe mich, meinte sie, schon erwartet, da sie etwas zu erledigen habe, wozu sie meiner Hilfe bedürfe. Noch ehe der Herr Pfarrer fragen konnte, worum es denn gehe, nahm sie mich ungeduldig beim Arm und schob mich fast den Weg hinunter.

Mistress Mompellion ging immer ziemlich schnell, aber heute rannte sie fast. »Randoll Daniel war heute Morgen hier«, sagte sie. »Seine Frau liegt in den Wehen. Da es die Gowdies nicht mehr gibt, wusste er nicht, wo er Hilfe für sie suchen sollte. Ich habe ihm erklärt, wir kämen direkt dorthin.«

Bei diesen Worten wurde ich blass. Meine eigene Mutter

starb im Kindbett, als ich vier Jahre alt war. Das Ungeborene lag quer, und sie hatte vier Tage lang Wehen, währenddessen sich Mem Gowdie vergeblich bemühte, seine Lage zu ändern. Als schließlich meine Mutter vor Erschöpfung bewusstlos wurde, war mein Vater nach Sheffield geritten und mit einem Bader zurückgekehrt, mit dem er als Junge zur See gefahren war. Der von Wind und Salz gegerbte Mann wirkte entsetzlich auf mich. Ich konnte nicht glauben, dass sich seine harten Hände dem zarten Körper meiner Mutter nähern durften.

Er benutzte einen Dachdeckerhaken. Um seine eigene Angst zu dämpfen, hatte mein Vater so viel Grog getrunken, dass er nicht geistesgegenwärtig genug war, mich vom Zimmer fern zu halten. Als meine Mutter, vor Schmerzen brüllend, wieder zu Bewusstsein kam, kam ich hereingerannt. Mem schnappte mich und trug mich fort, aber zuvor sah ich noch das abgerissene Ärmchen meiner tot geborenen Schwester. Ich sehe es noch immer vor mir: das blasse, faltige Fleisch, die winzigen, makellosen Finger, die sich wie eine kleine Blume öffnen und nach mir greifen. Noch heute kann ich dieses blut- und kotbefleckte Schreckensbett riechen. Und die entsetzliche Angst davor hat mich bei jeder meiner eigenen Entbindungen begleitet.

Schon wollte ich Elinor Mompellion erklären, dass ich nicht mit ihr gehen könne und vom Hebammendienst keine Ahnung hätte, aber sie fiel mir einfach ins Wort. »Egal, wie wenig du davon verstehst, es ist jedenfalls mehr als ich, die weder je geboren noch irgendwelchen Tieren auf die Welt geholfen hat. Aber du hast das getan, Anna. Du wirst wissen, was zu tun ist, und ich werde dir dabei helfen, so gut es geht.«

»Mistress Mompellion! Gebären ist eine Sache! Geburtshilfe aber etwas ganz anderes. Und ein Lamm ist auch keine lebendige Menschenseele. Sie wissen ja gar nicht, worum Sie mich bitten. Die arme Mary Daniel verdient Besseres als uns beide!«

»Das ist zweifellos wahr, Anna, aber wir sind alles, was sie hat. O ja, vielleicht wüsste Mistress Hancock nach ihren sieben Geburten noch ein oder zwei Dinge, aber gestern ist ihr Zweitgeborener krank geworden. Ich glaube nicht, dass man sie bitten kann, sein Krankenbett zu verlassen. Außerdem halte ich es auch nicht für klug zu riskieren, dass frische Pestsaat in ein Geburtszimmer getragen wird. Also werden wir unser Bestes für Mary Daniel tun, die eine junge, gesunde Frau ist und mit Gottes Gnade leicht gebären wird.« Sie klopfte auf den Deckelkorb an ihrer Seite. »Sollte sie große Schmerzen leiden, so habe ich hier etwas Mohnsaft.«

Daraufhin schüttelte ich den Kopf. »Mistress Mompellion, meiner Ansicht nach sollten wir ihr keinen Mohnsaft geben, denn Wehen heißen nicht umsonst so. Eine Frau muss ihr Baby unter Schmerzen gebären. Wir wären übel dran, wenn sie einen Mohnrausch bekäme.«

»Siehst du, Anna, schon hast du mir geholfen, und Mary Daniels dazu! Du weißt eine ganze Menge mehr, als du dir zutraust.« Inzwischen waren wir bei der Kate der Daniels angekommen. Randoll Daniel hatte uns schon besorgt erwartet und öffnete die Türe, noch ehe wir angeklopft hatten. Mary lag allein auf einer Pritsche, die man aus ihrem Schlafraum im Speicher heruntergeschafft hatte. Aus Angst vor der Pest hatte Randoll alle Nachbarinnen und Freundinnen weggeschickt, die sich unter normalen Umständen im Zimmer gedrängt hätten. Die Läden waren geschlossen, über dem Eingang hing eine Decke. Dadurch war es im Zimmer sehr düster. Erst nachdem sich meine Augen einige Zeit umgewöhnt hatten, konnte ich erkennen, dass Mary mit dem Rücken an der Wand auf der Pritsche saß und die Knie an die Brust gezogen hatte. Sie war ganz still. Nur die dicken Schweißperlen über ihren Augenbrauen und die Adern, die an ihrem Nacken wie Schnüre hervortraten, verrieten, dass wir sie inmitten einer heftigen Wehe angetroffen hatten.

Angesichts des kühlen Tages hatte Randoll ein kräftiges Feuer angezündet. Elinor Mompellion wies ihn an, Wasser aufzusetzen. Ich bat ihn außerdem noch um frische Butter, deren Geruch mir noch von meiner eigenen ersten Entbindung in Erinnerung war. Als wir beim zweiten Mal keine hatten, hatte Mem Gowdie um das Fett eines frisch geschlachteten Hühnchens gebeten. Nach Toms Geburt hatten er und ich eine Woche lang nach Huhn gestunken. Sie hatte das Fett zum Massieren und Dehnen meiner Öffnung benutzt, damit sein großer Kopf leichter hindurchkam, ohne dass ich einriss. Ich hoffte, im Dämmerlicht würde Mary nicht sehen, dass meine Hände zitterten. Aber als ich näher trat, schloss sie die Augen und zog sich noch mehr in sich selbst zurück. Elinor Mompellion war meine Angst nicht entgangen. Zur Beruhigung legte sie mir eine Hand auf die Schulter, während ich mich hinkniete und die Decke von Marys Knien hob. Ganz sachte legte ich eine flache Hand auf jedes Knie. Als Mary spürte, was ich von ihr wollte, ließ sie sich zur Seite fallen. Murmelnd verfiel ich in den Singsang von Anys, obwohl ich seine Bedeutung nicht verstand: »Mögen die sieben Gebote dieses Werk leiten.« Elinor Mompellion warf mir einen merkwürdigen Blick zu, aber ich achtete nicht darauf. »Möge es meinen Großmüttern, den Urahnen, gefallen. So sei's denn.«

Mary Daniel war eine kleine, kräftige Frau um die zwanzig. Ihr Fleisch fühlte sich unter meinen Händen fest und gesund an. Wie gesagt, in ein werfendes Mutterschaf hineinzugreifen ist eine Sache, das Eindringen in den Körper einer lebenden Frau etwas gänzlich anderes. Ich holte tief Luft und dachte daran, wie wichtig es für mich in meinem eigenen Geburtszimmer gewesen war, dass Mem und Anys im Bewusstsein ihres eigenen Könnens so gelassen gewirkt hatten. Ich war weder gelassen noch selbstbewusst und besaß keinerlei Fähigkeiten. Aber als meine Finger Marys Inneres berührten, schien mir ihr Fleisch so vertraut wie mein eigenes. Elinor Mompellion leuchtete mir mit einer Kerze. Trotzdem arbeitete ich nach Gefühl und nicht nach Augenschein. Was mir meine Finger erzählten, war zuerst gut und dann schlecht. Von jener festen Pforte zu Marys Schoß am Ende ihres Eingangs war nur noch ein winziger Rand spürbar. Glücklich raunte ich ihr zu, sie habe das Schlimmste schon überstanden. Daraufhin stöhnte sie. Es war der erste Laut, den wir von ihr hörten. Ein leises Lächeln huschte über ihr Gesicht, verwandelte sich aber auf der Stelle in ein Stirnrunzeln, als sich die nächste Wehe aufbaute. Jetzt hielt ich meine Hände still, und Elinor Mompellion streichelte sie, bis es vorbei war.

Was mich beunruhigte lag hinter jenem wulstigen Mund, der sich ständig zusammenzog. Eigentlich sollte ich dort einen harten Schädel spüren können, das wusste ich. Stattdessen streckte mir das zur Geburt bereite Kind weiches Fleisch entgegen. Zuerst wusste ich nicht, ob ich eine Pobacke, den Rücken oder einen Teil des Gesichts spürte. Ich zog meine Hände heraus und redete Mary leise zu, sie solle möglichst versuchen herumzugehen. Wenn wir sie zum Gehen bewegen könnten, dachte ich mir, würde sich vielleicht auch das Kind in eine bessere Lage bewegen. Mistress Mompellion stützte sie auf der rechten Seite, während ich die linke übernahm. Während wir in dem kleinen Zimmer auf und ab gingen, begann Mistress Mompellion dazu im Takt ein Lied in einer mir unbekannten Sprache zu singen. »Das kommt aus Cornwall«, meinte sie. »Meine Amme stammt dorther. Sie hat es mir als Kind immer vorgesungen.«

Die Zeit verging, eine Stunde, vielleicht auch zwei oder drei. In jenem dämmrigen Raum spürte man weder den hellen Morgen noch den Mittag, der sachte in den Nachmittag hinüberglitt. Der Lauf der Zeit wurde einzig und allein durch Marys immer heftiger werdende Wehen und jenen Abstand bestimmt, der zwischen den Schmerzen lag. Als sie schließlich erschöpft auf die Pritsche sackte, wartete ich, bis eine Wehe abklang.

Kaum war es so weit, drangen meine Finger rasch in sie ein. Der Muttermund war verschwunden, der Schoß weit offen. Jetzt gab es keinen Zweifel mehr: Das Kind lag quer. Eine Panikwelle wollte in mir hochsteigen. Ich musste an den blutigen Dachdeckerhaken denken.

Doch dann geschah etwas Merkwürdiges. Es war, als stünde die trotzige Anys neben mir und flüstere mir ungeduldig ins Ohr: »Dieser Mann war Schiffsbader. Er zog Zähne und amputierte Gliedmaßen. Von weiblichen Körpern verstand er nichts. Im Gegensatz zu dir. Du kannst das, Anna. Gebrauche deine Mutterhände.«

Daraufhin betastete ich sachte, ganz sachte den winzigen Körper dieses ungeborenen Kindes, seine Gelenke und Biegungen. Vielleicht konnte ich etwas erkennen. Einen Fuß bräuchte ich, so schien es mir. Wenn es mir gelänge, die Füße zurechtzurücken, würden doch sicher die Pobacken an die richtige Stelle schlüpfen. Und Pobacken konnte man gut festhalten. Ich fand etwas, was sich wie ein Fuß anfühlte, war mir aber nicht sicher, ob es sich nicht doch um eine Hand handelte. Eine Hand war das Letzte, was ich wollte. Wenn ich aus Versehen an einer Hand zog, würde die Schulter nur im gebrochenen Zustand austreten können, indem sich ein kaputtes Knochenstück über das andere schob. Schon der Gedanke daran war mir unerträglich. Aber wie konnte ich sicher sein, dass das, was ich spürte, ein Fuß war? Zwischen den kleinen Stupsfingern eines Neugeborenen und seinen fleischigen Zehenknubbeln ist nicht viel Unterschied. Elinor Mompellion sah, wie ich die Stirn runzelte, und spürte mein Zögern.

»Was ist los, Anna?«, fragte sie mit leiser Stimme. Ich erklärte ihr meine Zwickmühle. »Was du da unter deiner Hand hast – taste nach dem fünften Glied«, meinte sie. »Und jetzt versuche, es abzubiegen. Steht es wie ein Daumen gegenüber oder nicht?«

»Nein!«, sagte ich, wobei ich fast schrie. »Es ist ein Zeh!« Zuversichtlich zog ich jetzt. Das Kind bewegte sich. Ein wenig. Gemeinsam mit den Wehen in Marys Körper gab ich langsam nach und zog wieder. Vorsichtig. Nachgeben und ziehen. Mary war stark und hielt die Schmerzen gut aus, die inzwischen ununterbrochen auf sie einstürmten. Als sich die Füßchen endlich durch die Öffnung des Schoßes schoben, änderte sich das Tempo. Alles drängte voran. Da ich wusste, dass die pulsierende Nabelschnur auf keinen Fall gequetscht werden durfte, zwängte ich meine Hand mit größter Mühe an den Pobacken vorbei und schob sie zurück. Mary schrie und zitterte vor Qual. Ich spürte, wie mir kochend heißer Schweiß über den Rücken lief. Innerhalb der nächsten Minuten wäre das Kind da, dessen war ich mir sicher. Ich hatte entsetzliche Angst, der Kopf würde sich nach hinten biegen und damit drinnen feststecken. Deshalb tastete ich nach dem winzigen Mund und zwängte sachte einen Finger hinein, um bei der nächsten Wehe das Kinn unten und den Kopf gebeugt zu halten. Mary wand sich schreiend. Ich schrie zurück und beschwor sie zu pressen. Noch fester. Als sie unmittelbar vor der letzten Anstrengung aufgab, war ich verzweifelt, denn ich spürte, wie das Kind wieder hineinrutschte. Endlich schoss eine blutig-braune Masse heraus, und da war er – ein kleiner glitschiger Junge. Und einen Augenblick später brüllte auch er aus vollem Halse.

Als Randoll seinen gesunden Sohn hörte, platzte er durch die Decke vor der Türe. Wie eine Motte flatterten seine großen Bergmannshände vom feuchten Kinderkopf zur erhitzten Wange seiner Frau und wieder zurück, als wüsste er nicht, wen er am liebsten berühren wollte. Während ich die fleckigen Tücher einsammelte, stieß Elinor die Fensterläden auf. Erst im Licht des schwindenden Tages dämmerte es mir, dass wir die Nabelschnur nicht durchtrennt hatten. Während Mary die glänzende Nachgeburt ausstieß, schickten wir Randoll um ein

Messer und ein Stück Faden. Elinor Mompellion machte den Schnitt und band sie ab. Bei einem Blick auf die zerzauste und blutbespritzte Frau konnte ich mir vorstellen, dass ich selbst noch schlimmer aussah. Wir lachten. Und eine Stunde lang feierten wir mitten in dieser Todeszeit ein Leben.

Aber noch auf dem Höhepunkt dieser Freude wusste ich, ich würde das Neugeborene an der Brust seiner Mutter zurücklassen und in meine eigene stumme und leere Kate zurückkehren müssen. Und als einziges Geräusch würde mich in meiner Phantasie das Echo der Kinderschreie meiner beiden Buben begrüßen. Ehe wir uns von den Daniels verabschiedeten, suchte ich deshalb in Mistress Mompellions Deckelkorb nach jener Mohnphiole. Wie ein Gewohnheitsdieb schloss ich verstohlen meine Hand darum und vergrub sie in den Tiefen meines Kleiderärmels.

So bald schon Staub

Maggie Cantwell kehrte auf einem Handkarren zu uns zurück. Der Morgen war kühl, und drunten im Tal hing feuchter Nebel. Deshalb konnte man nur mit Mühe sehen, was denn genau auf dem Karren lag, der langsam hügelauf geschoben wurde. Dahinter ging gebückt eine winzige Gestalt, die sich unter der Last abmühte.

Der Witwer Jakob Merrill, der am nächsten zum Grenzstein wohnte, rannte aus seinem Haus, um die Gestalt fortzuwinken. Er dachte, es sei vielleicht ein Hausierer, eine arme Seele aus einer weit entfernten Stadt, der zu uns hertappte, weil er von den Gefahren dieses Ortes nicht wusste. Aber die Gestalt trottete weiter, bis Jakob schließlich sah, dass das Bündel auf dem Karren menschliche Umrisse hatte. Zu guter Letzt erkannte er die den Karren schiebende Gestalt, obwohl sich ihre Gesichtszüge nur schwer erkennen ließen, denn sie war von Kopf bis Fuß mit feuchten faulig-braunen Obstresten besudelt. Es war der junge Brand, der Küchenjunge aus Bradford Hall. Und das Bündel auf dem Karren war Maggie.

Als Brand den Stein erreichte, wäre er fast zusammengebrochen. Jakob, der rasch den bedenklichen Zustand beider begriff, schickte seinen Sohn Seth mit der Neuigkeit zum Pfarrer, während er selbst einen Kessel Wasser aufs Feuer setzte und seine ältere Tochter anwies, sie solle Lappen bringen, damit sich Brand säubern könne. Ich war im Pfarrhaus, als das Kind mit der Nachricht eintraf. Während ich Mister Mompellion Hut und Mantel reichte, fragte ich, ob ich mitreiten könne. Ich wolle sehen, ob ich der armen Maggie beistehen könne. Als wir anhielten, lag Maggie immer noch auf dem Karren. Es hätte Jakob Merrills Kräfte überstiegen, sie auszuladen. Zum Wärmen hatte er eine Pferdedecke über sie geworfen, aber als er sie entfernte, dachte ich zuerst, er habe einen Leichnam zugedeckt. Sie war vor Kälte ganz blau, und ihre Gliedmaßen merkwürdig verzerrt. Der kleine Handkarren vermochte ihren mächtigen Körper kaum zu fassen, sodass ihre fleischigen Waden und die schweren Arme seitlich über die Bretter hinausragten. Einer ihrer Strümpfe hatte einen langen Riss. Das Fleisch hatte sich zum Loch hin verschoben und quoll wie Wurstfülle aus einem zerschlitzten Darm. Aber was am meisten schockierte, war ihr Gesicht.

Als kleines Mädchen hatte ich immer gerne Puppen für Aphras Jüngste gemacht. Die Körper arbeitete ich aus geflochtenen Strohhalmen, auf die ich anschließend Gesichter aus gelbem Ton auftrug, der sich auf den Grubenböden absetzte. Wenn mir mein Werk manchmal nicht gefiel, strich ich mit der Hand über das Gesicht und begann von vorne, immer auf der Suche nach einem noch menschlicheren Ausdruck. Maggie Cantwells rechte Gesichtshälfte erinnerte an einen Lehmklumpen, den ein ungeduldiger Töpfer entstellt hatte. Während die linke Seite unter der angetrockneten Obstpampe so lebendig wie eh und je wirkte, war die rechte ganz verzerrt. Das Auge war fast geschlossen und tränte, die Wange hing herunter, der Mund glich einer höhnischen Fratze, aus der Speichel tropfte. Mühsam drehte Maggie den Kopf, um uns mit ihrem guten Auge anzuschauen. Als sie mich erkannte, stieß sie einen Laut aus, der zwischen Stöhnen und Blubbern lag, und fuchtelte mit dem linken Arm. Ich ergriff ihre Hand, küsste sie und versicherte ihr, alles würde gut, obwohl ich ganz genau wusste, dass es vermutlich anders käme.

Mister Mompellion verlor nicht viele Worte, sondern machte

sich mit Jakob Merrill rasch daran, die arme Maggie vom Karren in die Kate zu schaffen. Man sah ihnen an, dass sie dazu alle Kräfte aufbieten mussten, denn Maggie war kaum bei Bewusstsein und hatte keinerlei Kontrolle über ihre Gliedmaßen. Mister Mompellion ging hinter ihr in die Hocke und fasste sie mit beiden Armen um die Brust, während Jakob ihre massigen Beine packte. In dem Versuch, die demütigende Situation zu entschärfen, redete der Herr Pfarrer beschwichtigend auf die arme Maggie ein, während er sie zusammen mit Merrill in das Häuschen hievte. Drinnen saß der inzwischen saubere junge Brand in eine raue Decke gewickelt vor dem Feuer. Jakob Merrills Tochter Charity reichte ihm einen dampfenden Becher Hammelsuppe, den er so fest mit beiden Händen packte, dass ich dachte, er könnte zerbrechen. Charity hielt eine Decke als Vorhang vor, während ich Maggies besudelte Kleider auszog und sie badete. Inzwischen kauerte Mister Mompellion neben Brand und erkundigte sich, was passiert sei.

Durch Stoney Middleton waren sie offensichtlich ohne Zwischenfälle gekommen. Die Leute dort hatten zwar sichere Distanz gewahrt, ihnen aber im Vorübergehen alles Gute gewünscht und am Meilenstein ein Paket mit Haferkuchen und einen Krug Bier hinterlegt. Im weiteren Straßenverlauf hatte ihnen ein Bauer erlaubt, nachts zwischen seinen Kühen im warmen Schober zu schlafen. Zu Schwierigkeiten war es erst in der größeren Ortschaft Bakewell gekommen. Bei ihrer Ankunft kurz vor Mittag war dort Markttag, und die Straßen waren dicht bevölkert. Plötzlich hatte jemand Maggie erkannt und lauthals losgebrüllt: »Eine Frau aus dem Pestdorf! Aufgepasst! Aufgepasst!«

Brand erschauerte noch jetzt. »Himmelvater, verzeih, aber ich bin fortgerannt und hab sie im Stich gelassen. Bin schon als kleiner Bub aus Bakewell fort. Seither hab ich mich so verändert, dass mich keiner mehr erkennen würd. Wenn ich nicht bei Maggie bin, dacht ich, käm ich vielleicht doch heil zu meinen Verwandten.« Aber Brand war noch nicht weit gekommen, da trieb ihn sein eigenes gutes Herz wieder zurück. »Ich konnte die Leute schon brüllen hören und musste unbedingt wissen, ob sie in Sicherheit war. Sie ist in diesem harten Haus gut zu mir gewesen. O ja, ein- oder zweimal hat sie mir schon eine mit 'nem Holzlöffel übergezogen, wenn ihr meine Arbeit nicht passte, aber sie hat sich auch oft für mich eingesetzt. Deshalb bin ich wieder zurückgeschlichen und hinter einem Gemüsestand rausgekommen. Dann sah ich, was los war. Die hatten alle verdorbenen Äpfel, die schon im Schweinetrog lagen, rausgeholt und warfen sie auf Maggie. Dabei plärrten sie lauthals los und johlten: ›Raus! Raus! Raus!‹ Und glaubt mir, sie versuchte, so schnell's ging, rauszukommen, aber ihr wisst ja, schnell bewegen tut sie sich nicht. Und bei dem ganzen Geschrei kam sie ganz durcheinander und stolperte erst in die eine Richtung und dann in die andere. Jetzt bin ich zu ihr hin und hab sie am Arm gepackt. Und dann haben wir die Beine untern Arm genommen, während die uns weiter beworfen haben. Und dabei ist sie wohl unter 'nen schlechten Stern geraten. ›Himmelvater hilf‹, sagte sie, ›ich komme mir vor, als hätte ich ein bleiernes Schwein am Fuß.‹ Und das war dann auch schon das Letzte, was ich von ihr hörte. Mitten auf der Straße ist sie zusammengebrochen. Und das hat die Meute noch mehr in Fahrt gebracht. Ein, zwei Kinder fingen sogar an, mit Steinen zu werfen, und ich dachte, wenn die jetzt alle damit anfangen, sind wir erledigt.

's wird Ihnen nicht recht gefallen, Hochwürden Mompellion, wenn ich erzähle, was ich dann machte. Ich hab vom nächsten Stand den Karren geklaut und irgendwie die Kraft gefunden, sie hinaufzubugsieren. Der Händler hat mich zwar in die Hölle gewünscht, ist mir aber nicht nach. Vielleicht dachte der, ich hätt schon beim Berühren den Karren verpestet. Seither sind wir unterwegs. Hatte Angst anzuhalten, ehrlich. Sonst hätt sich vielleicht noch 'ne Meute angesammelt, um uns zu holen.« Jetzt zitterte er vor Erschöpfung und begann, heftig zu schluchzen.

Michael Mompellion legte dem schwer atmenden Jungen einen Arm um die Schultern und drückte ihn an sich. »Brand, du hast ganz richtig gehandelt, selbst als du den Karren genommen hast. Mach dir deshalb keinen Kummer mehr. Wenn diese Plage vorbei ist, kannst du ihn ja vielleicht eines Tages zurückgeben. Aber bis dahin denke nicht mehr daran. Sei versichert, du hast das Richtige getan. Du hättest weglaufen und dich selbst in Sicherheit bringen können, und doch hat dich dein mitfühlendes Herz zum Gegenteil verleitet.« Jetzt seufzte er. »Diese Pest wird aus uns allen Helden machen, ob wir wollen oder nicht. Und du bist der Erste davon.«

Charity hatte auch für Maggie einen Becher Hammelsuppe gebracht. Zu zweit versuchten wir, sie aufzustützen und ihr etwas davon durch die heile Mundhälfte einzuflößen. Leider vergeblich. Offensichtlich konnte sie nicht mehr aus eigener Kraft die Zunge heben, um die Flüssigkeit in die Kehle gleiten zu lassen. Stattdessen tropfte alles heraus und ihr übers Kinn. Ich versuchte, ein Stück Haferkuchen in der Suppe einzuweichen, aber auch das ging nicht besser. Die arme Frau konnte nicht kauen. In ihrem guten Auge bildete sich eine dicke Träne und vereinigte sich mit den Speichelspuren auf ihrem Kinn. Arme Maggie! Essen war der Inhalt ihres Lebens gewesen. Was würde aus ihr, wenn sie nicht mehr essen konnte?

»Gott verfluche diese Bradfords!« Unversehens rutschten mir diese Worte heraus, noch ehe mir bewusst war, dass ich sie ausgestoßen hatte. Hochwürden Mompellion schaute mich an, allerdings nicht mit dem erwarteten Tadel.

»Sei unbesorgt, Anna«, sagte er. »Das hat er, glaube ich, längst getan.«

Die Pflege von Maggie Cantwell war für den armen Jakob Merrill eindeutig eine zu große Last. Hatte er doch schon alle Mühe, in dieser winzigen Einzimmerkate ein zehnjähriges Mädchen und einen Buben großzuziehen, der noch nicht mal sechs war. Trotzdem meinte er, er würde Brand ein Dach über dem Kopf geben, bis der Junge etwas Besseres finden könne. Mister Mompellion meinte, er würde Maggie ins Pfarrhaus bringen, aber ich dachte mir, Mistress Mompellion habe schon genug schwere Aufgaben übernommen. Wenn man ihr nun auch noch die Pflege einer Schwerkranken aufbürdete, würde sie darunter zusammenbrechen. Ich sagte also, ich würde Maggie in meine Kate nehmen. Zuvor müsste ich mir allerdings erst ein besseres Beförderungsmittel für den Transport beschaffen. Ich konnte mir nicht vorstellen, dass sie sich in ihrem gegenwärtigen Zustand zu fein war, an einem Platz zu liegen, wo die Pest zugeschlagen hatte. Wir vereinbarten, sie bis morgen früh bei den Merrills zu lassen, damit sie eine ganze Nacht lang warm und ruhig liegen konnte.

Während Mister Mompellion Anteros bestieg, um ins Pfarrhaus zurückzureiten, machte ich mich zu Fuß in die entgegengesetzte Richtung auf, zur Hauertaverne. Ich wollte sehen, ob ich dort den Pferdewagen für den Transport am nächsten Tag bekommen konnte. Auf dem Rückweg war es so kalt, dass mir der Atem in Wölkchen vor dem Gesicht stand. Damit mir warm wurde, lief ich schneller.

Die Hauertaverne liegt in einem uralten Gebäude, vielleicht neben der Kirche das älteste unseres Dorfes. Aber während die Kirche ein stolzer, rechteckiger Bau ist, ist die Taverne ein seltsam gewölbtes Bauwerk, das sich ganz tief unter seinem Strohdach duckt. Es ist das einzige größere Gebäude hier, das nicht aus Steinen, sondern aus hölzernem Fachwerk besteht, dessen Holzbalken rundherum mit Mörtel verputzt sind, der durch Pferdehaare verstärkt wurde. Im Laufe der Jahre haben die

Balken nachgegeben und sich so durchgebogen, dass die Vorderfront des Gebäudes inzwischen wie der Rundbauch von Männern vorsteht, die drinnen zu viel Bier trinken. Wie die Kirche ist auch die Taverne ein wichtiger Ort, wo man sich trifft. Sie ist nicht nur ein Hafen des Vergnügens für alle, die den Krug lieben, sondern beherbergt auch die Versammlungen der Knappschaft und das Berggericht, wo alle wichtigen Entscheidungen über die Förderung und den Verkauf unseres Erzes getroffen werden.

Die Taverne hat einen großen Gerichtssaal und einen Schankraum, der zwar geräumig ist, aber eine so niedrige Decke hat, dass sich die meisten Hauer beim Betreten bücken müssen. Verständlich, dass ich mich an einem derart bitterkalten Tag beeilte, in den Schankraum zu kommen. Drinnen brannte ein mächtiges Feuer und sorgte für Wärme. Für einen Werktagsvormittag hatte sich eine ordentliche Menge versammelt, darunter auch mein Vater. Offensichtlich hatte er dem Krug schon eine Weile zugesprochen.

»Hierher, Tochter, du siehst ja kälter aus als 'ne Hexentitte! Ich geb dir 'n Bier aus, damit du wieder Farbe in die Backen kriegst. Bier ist doch das wärmste Mantelfutter für 'nen nackten Mann, was?«

Ich schüttelte den Kopf und meinte, ich hätte noch im Pfarrhaus zu tun. Warum er nicht bei seiner Arbeit war, mit der er bereits vier Monate im Rückstand lag, fragte ich nicht.

»Aaach, Himmelarsch, Mädel! Dein Vater lädt dich ein. Und deinem Faselpfaffen kannst gleich ein paar Weisheiten mitbringen. Sag ihm, heute hättste gelernt, dass in 'nem Fass Bier mehr Gutes steckt als in allen vier Evangelien. Sag ihm, dass das Malz dem Menschen Gottes Wege besser erklärt als die Bibel! Jawoll, das sagste ihm. Sag ihm, du hättest auf den Knien deines Vaters ein paar Dinger gelernt!«

Keine Ahnung, warum mir der nächste Satz entfuhr. Wie

schon gesagt, ich bin nicht prüde. Und selbst wenn, so hätte mich mein Leben mit meinem Vater eines Besseren belehren sollen, als ihn vor seinen Freunden zu rügen. Aber ich hatte, wie erwähnt, den Kopf randvoll mit der Heiligen Schrift. In diesem Moment schienen sich einige Zeilen aus den Epheser-briefen als Antwort auf diese Gotteslästerung zu verselbststän-digen. »›Lasset kein faul Geschwätz aus eurem Munde gehen, sondern was nützlich zur Besserung ist.‹« Das hatte ich schon vor vielen Jahren auswendig gelernt, lange bevor ich wusste, was mit »Besserung« gemeint war.

Auf seine Bemerkung hin waren die Männer um ihn herum in schallendes Gelächter ausgebrochen, aber nach meiner kal-ten Antwort wurde er zur Zielscheibe ihres Lachens.

»He, Joss Bont, dein Junges weiß aber, wo's zwickt!«, sagte einer. Bei einem Blick auf die Miene meines Vaters hätte ich sie am liebsten alle zum Schweigen gebracht. Mein Vater ist, selbst im nüchternen Zustand, ein gewissenloser Schurke, aber mit Alkohol im Blut wird er gefährlich. Und kurz vor diesem Zustand waren wir jetzt, das konnte ich sehen. Die Zornesröte stieg ihm ins Gesicht, sein Mund verzog sich zu einem Fletschen.

»Glaub ja nicht, du bist jetzt was Bess'res, du mit deinen eingebildeten Sätzen, nur weil dieser Priester und seine Ange-traute so viel Tamtam um dich machen.« Bei diesen Worten packte er mich an den Schultern und zwang mich mit Gewalt vor ihm auf die Knie. Seine schmutzigen Finger hinterließen Dreckspuren auf meinem Kragen. Ich starrte die Hose meines Vaters an. Mir fiel auf, dass sie unsauber roch.

»Siehste? Hab doch gesagt, du lernst's noch auf meinen Knien. Und das wirste auch tun, verdammt noch mal, das sag ich dir. Holt mir mal 'ne Schandmaske, dann stopf ich dieser Beißzange das Maul!«

Während die betrunkenen Männer lachten, stieg in mir

Angst hoch. Ich sah das Gesicht meiner Mutter zwischen den Eisenstäben vor mir, den verzweifelten Ausdruck in ihren wirren Augen, die unmenschlichen Geräusche, die aus ihrer Kehle drangen, als das Eisenteil hart gegen ihre Zunge drückte. Er hatte ihr die Schandmaske angelegt, nachdem sie ihn in aller Öffentlichkeit wegen seines dauernden Trinkens verflucht hatte. Eine Nacht und einen Tag hatte sie den Helm getragen. Unterdessen hatte mein Vater sie unter Schmähungen herumgeführt und dabei so fest an der Kette gerissen, dass ihr das Eisen die Zunge aufschlitzte. Der Anblick ihres Kopfes in diesem schrecklichen Käfig hatte mich, die ich damals noch ganz klein gewesen war, so zu Tode erschreckt, dass ich weggelaufen war und mich versteckt hatte. Als mein Vater anschließend bis zur Bewusstlosigkeit getrunken hatte, hatte irgendeine gute Seele den Lederriemen durchgeschnitten, mit dem dieses Unding an ihrem Kiefer hing. Inzwischen hatte sie eine ganz wunde Zunge, die so angeschwollen war, dass es Tage dauerte, bis sie wieder reden konnte.

Schwer drückten die Hände meines Vaters auf meine Schultern. Irgendwie bildete ich mir ein, er habe sie mir um den Hals gelegt und würge mich. Mein Nacken versteifte sich. Am liebsten hätte ich mich übergeben. In meinem Mund sammelte sich ein Speichelklumpen, den ich ihm im ersten Impuls gern entgegengespuckt hätte. Aber da ich ihn gut genug kannte, konnte ich mir ausmalen, dass er mich bewusstlos prügeln würde, wenn ich so etwas vor seinen Zechkumpanen täte. Und das ist auch einer der Gründe, warum ich mit Aphra nicht richtig warm werde: Bei ähnlichen Vorfällen in meiner Kindheit ist sie nur dabeigestanden und hat es geschehen lassen, immer und immer wieder. Nur wenn er mich im Gesicht traf, wurde sie laut. »Wenn du sie da verletzt, werden wir sie nie verheiraten können.« Das war der einzige Beistand, den sie mir je bot.

Als mich Sam Frith Jahre später aus dieser Unglückshütte geholt hatte, hatten seine Hände beim Streicheln den Knoten an meiner rechten Schulter gefunden, wo die Knochen hinten am Nacken schief zusammengewachsen waren. Leider beging ich den Fehler, ihm zu berichten, wie mich mein betrunkener Vater in einem Tobsuchtsanfall gegen die Wand geworfen hatte, als ich ungefähr sechs Jahre alt gewesen war. Sam war in allen Dingen langsam, auch in seiner Wut. Anschließend hieß er mich, von allen anderen Prügelszenen zu erzählen. Und während ich das tat, spürte ich, wie er neben mir im Dunkeln lag und vor Zorn ganz steif wurde. Kaum hatte ich das letzte Wort gesagt, erhob er sich vom Lager, ohne sich die Mühe zu machen, seine Stiefel anzuziehen. Barfuß ging er zur Tür hinaus, die Stiefel baumelten in seinen Händen. Er war schnurstracks zu meinem Vater gegangen. »Schöne Grüße von einem Kind, das zu klein war, um es selbst zu tun«, sagte er und drosch meinem Vater mit seiner Riesenfaust so ins Gesicht, dass er mit einem Schlag flachlag.

Aber inzwischen hatte ich keinen Sam mehr. Plötzlich spürte ich, wie mir etwas Heißes über die Schenkel schoss. Vor Angst hatte mich mein Körper verraten, genau wie damals als Kind. Zu Tode beschämt sackte ich vor den Füßen meines Vaters zusammen und bat ihn mit kläglicher Stimme um Verzeihung. Daraufhin lachte er. Ich war zutiefst gedemütigt, und sein Stolz war damit gerettet. Der Druck seiner Hände ließ nach. Er rammte mir seine Stiefelspitze in die Seite, aber nur so sehr, dass ich in meine eigene Brühe fiel. Ich zog meine Schürze aus und tunkte möglichst viel von der Pfütze auf. Dann stürzte ich aus dem Raum. Vor Scham vergaß ich, den Gastwirt nach seinem Pferdekarren zu fragen. Unter Tränen rannte ich zitternd nach Hause. Kaum hatte sich die Türe hinter mir geschlossen, riss ich mir jedes schmutzige Kleidungsstück vom Leib und begann, mich so heftig abzuschrubben, dass die Haut an meinen Schenkeln knallrot wurde. Als der kleine Seth vor meiner Türe stand, um mich wieder zu Maggie zu holen, war ich noch immer in Tränen aufgelöst.

Aber ein Blick genügte. Schon der Gedanke an ihre schlimme Situation trieb mir die Schamröte ins Gesicht und riss mich aus meinem Selbstmitleid. Maggie Cantwell würde morgen früh keinen Wagen brauchen. Während meines Aufenthalts in der Hauertaverne hatte sie einen zweiten Schlaganfall erlitten, der auch ihre gesunde Seite gelähmt hatte. Nun lag sie in einem tiefen, unnatürlich wirkenden Schlaf, aus dem sie kein Wort und keine Berührung wecken konnte. Ich ergriff ihre Hand, die so gänzlich verdreht und formlos auf der Decke lag, als ob man sie entbeint hätte. Ich streckte ihre Finger, die vom Teigkneten und vom Heben schwerer Pfannen kräftig waren und hie und da weiße alte Schnittnarben oder rosa Flecken von verheilten Brandwunden aufwiesen. Wie damals am Bett von George Viccars und später dann bei Mem Gowdie gingen mir all die verschiedenen Fähigkeiten durch den Kopf, die sich in Maggie Cantwell angesammelt hatten. Diese massige Frau wusste, wie man eine Keule aus einer Rehhälfte hackt, aber auch, wie man aus feinstem gesponnenem Zucker Leckereien zaubert. Sie war eine sparsame Köchin, die nicht einmal eine Erbse wegwarf, sondern sie im Suppentopf auskochte, um ihr auch noch die letzten Nährstoffe zu entziehen. Warum nur ging Gott mit seiner Schöpfung weitaus verschwenderischer um? Warum bildete Er uns aus dem Lehm, auf dass wir gute und zweckdienliche Fähigkeiten erwerben, um uns dann so bald schon wieder zu Staub zu machen, obwohl noch nützliche Jahre vor uns lägen? Und warum sollte diese brave Frau hier in tiefster Not liegen, während ein Schurke wie mein Vater lebte und sich sinnlos um seinen Verstand trank?

Diesmal blieben mir nicht viele Stunden, um über solche Fragen nachzugrübeln. Maggie Cantwell starb noch vor Mitternacht.

Lethes Mohn

Wie stürzen wir einen Hügel hinab? Ein Fuß tritt unvorsichtigerweise auf einen lockeren Stein oder eine lose Grassode, wir verdrehen uns den Knöchel oder knicken ein, und urplötzlich geht's dahin. Wir verlieren die Kontrolle über unseren Körper und finden uns schließlich auf allen vieren ziemlich unrühmlich drunten wieder. Dieser Vergleich scheint tatsächlich auch auf den Sündenfall zuzutreffen. Denn auch am Beginn der Sünde steht lediglich ein Fehltritt, und plötzlich stürzen wir einem ungewissen Halt entgegen. Nur eines ist bei diesem Absturz gewiss: Drunten werden wir besudelt und verschrammt ankommen und unseren ehemaligen Standort nur mit größter Mühe wieder erreichen können.

Wie die meisten Knappen hatte auch Sam viele Unfälle vor dem einen, der ihn das Leben kostete. Einmal ließ er beim Erweitern einer Erzader einen großen Schwarzstein fallen, der ihm beinahe den Knöchel zerquetscht hätte. Mem Gowdie hatte den zersplitterten Knochen so kunstvoll wieder eingerichtet, dass er später zum Erstaunen aller, die den Bruch gesehen hatten, wieder ohne Hinken laufen konnte. Allerdings war das Einrichten mühsam gewesen. Da sie dabei viele Knochensplitter bandagieren hatte müssen, hatte sie sich von Anys einen Mohnextrakt holen lassen, damit er ihr Abtasten besser ertrug. Damals erzählte sie mir, sie habe den von ihr verwendeten Mohn sechs Wochen in Grog ziehen lassen. Sam, der außer einem kleinen Schluck Bier nichts trank, würgte nur widerwillig die fünf Esslöffel hinunter, die sie für nötig befand.

Später meinte er, danach habe er so süß geträumt wie noch nie in seinem Leben.

Kaum einen Tag, nachdem Elinor Mompellion und ich das Kind der Daniels entbunden hatten, reute mich schon mein Diebstahl. Ich nahm das gestohlene Fläschchen Mohn ins Pfarrhaus mit und wollte es irgendwie wieder in den Deckelkorb fallen lassen, ehe man sein Verschwinden bemerkte. Aber jedes Mal, wenn sich die Gelegenheit ergab, versagte mein Wille. Schließlich brachte ich es wieder mit nach Hause und versteckte es schuldbewusst in einem Tontopf. Ich hatte weder sechs Wochen Zeit noch etwas Grog für einen Aufguss. Stattdessen starrte ich in der Nacht, als Maggie Cantwell starb, die kleine gelbbraune Harzscheibe an und überlegte, welche Dosis wohl nötig wäre, um ein paar süße Träume zu gewähren. Ich zwickte ein klebriges Bröckchen davon ab und steckte es mir in den Mund. Es war zum Würgen bitter. Schließlich halbierte ich die Scheibe, formte das Stück zu einer Pastille, umhüllte sie gänzlich mit Honig und spülte alles mit einem Schluck Bier hinunter. Dann schürte ich das Feuer und starrte in seinen schwachen Lichtstreifen.

Die Zeit verwandelte sich in ein Seil, das sich träge zu einer Spirale aufdröselte. Der eine Strang verbreitete sich zu einer schwungvollen Kurve, auf der ich mich so leicht wie ein Blatt im Windhauch dahintreiben lassen konnte. Der Zephir, der mich trug, war mild und warm, sogar als ich auf seinen Schwingen hoch über den White Peak aufstieg, wo ich die graue Wolkendecke durchstieß und an einem Ort herauskam, wo die Sonne so blendete, dass ich die Augen schließen musste. Irgendwo heulte eine Eule. Immer länger schien der Ton zu werden. Er dehnte sich zu einem endlos vollen Klang, wie das Horrido eines Jagdhorns, aus dem zwanzig Hörner wurden, die alle gleichzeitig in schönster Harmonie ertönten. Die Sonne brach sich glitzernd in den aufgereihten Instrumenten.

Und dann konnte ich die Noten sehen, die wie goldene Regentropfen herunterfielen. Wo sie den Boden berührten, zerstoben sie nicht, sondern sammelten sich und stiegen wieder übereinander empor. Wände erhoben sich und himmelhohe Bogen, formten sich zu einer schimmernden Stadt aus Fabeltürmen, von denen der eine aus dem nächsten wuchs, wie Knospen, die sich aus tausenderlei Stängeln entfalteten. Ganz weiß und golden war diese Stadt, die sich in einem breiten Bogen an einem saphirblauen Meer hinzog. Beim Hinunterschauen sah ich mich selbst mit geblähtem Umhang durch das Straßenlabyrinth wandern. Auch meine Kinder, glückliche kleine Gestalten, die links und rechts von mir herumtollten, trugen Umhänge und klammerten sich an meine Hände. Von den hohen weißen Mauern strahlte glühend die Sonne und pochte und dröhnte wie ein Glockenklöppel.

Das langsame Geläut unserer Kirchenglocke weckte mich. Wieder einmal galt es den Toten. Ein blasser wintriger Lichtfinger schien mir durch ein frostbeschlagenes Fenster direkt ins Gesicht, das sich gegen den rauen Steinfußboden presste. Die ganze Nacht war ich an der Stelle gelegen, wo ich vom Hocker gerutscht war. Von der Kälte tat mir jeder Knochen weh. Ich war so steif, dass ich mich kaum aufrichten konnte. Mein Mund war staubtrocken und fühlte sich an, als hätte ich einen Gallapfel gelutscht. Ich kroch herum, stocherte das Feuer wieder an und wärmte mir mit den griesgrämigen Bewegungen einer Alten eine heiße Gewürzmilch.

Und doch war mein Sinn so heiter wie noch nie seit jenem warmen Tag – ach! Wie lange schien das schon her zu sein –, an dem ich mit den Zehen im Bach gesessen war und Tom gestillt hatte, einen lachenden Jamie neben mir. Der Lichtwinkel verriet mir, dass ich zehn Stunden geschlafen hatte, der erste ungestörte Schlaf, an den ich mich seit langem erinnern konnte. Ich suchte das Bord nach dem restlichen Stück Mohnharz ab und spürte, wie Panik in mir aufstieg, als ich es nicht sofort finden konnte. Steif, wie ich war, tastete ich auf Händen und Knien verzweifelt zwischen den Steinplatten herum, um festzustellen, wohin es gefallen sein könnte. Als meine Hand es zu fassen bekam, fühlte ich mich so erleichtert wie nach einem Freispruch. Vorsichtig legte ich es wieder ins Fläschchen und versteckte es erneut im Tontopf. Schon der Gedanke, dass es dort war und auf mich wartete, erwärmte mich innerlich genauso wie die Milch und das Feuer, das jetzt allmählich meine Knochen auftaute.

Als das Wasser nicht mehr eiskalt war, wusch ich mein Gesicht und zupfte die Nester aus meinem Haar. Gegen das zerknitterte Aussehen meines Kittels konnte ich nicht viel tun, aber wenigstens legte ich einen frischen Kragen um. Eine Gesichtshälfte hatte noch immer Dellen vom Abdruck der Steinplatte. Deshalb rubbelte ich mir fest beide Wangen und hoffte, die kalte Luft würde auf meinem Weg zum Pfarrhaus einen rosigen Schimmer darauf zaubern. Während ich auf die Straße hinaustrat, klammerte ich mich an den letzten Hauch von betäubter Heiterkeit, wie ein Mensch, der in einen Brunnen gefallen ist und sich nun mit aller Kraft an den Fäden eines ausgefransten Seils festhält. Doch ich hatte noch keine sechs Schritte getan, als ich wieder in die dunkle Höhle unserer neuen Wirklichkeit fiel.

Sally Maston, das gerade mal fünf Jahre alte Nachbarmädchen, stand mit weit aufgerissenen Augen stumm im Eingang ihrer Kate und hielt sich den blutigen Bauch. Sie hatte ein dünnes Nachthemdchen an, auf dessen Vorderseite sich das Blut aus ihrer aufgeplatzten Pestbeule rosenförmig abzeichnete. Ich lief zu ihr hin und nahm sie in die Arme.

»Ist ja gut, ist ja gut. Wo ist deine Mama?«

Ohne eine Antwort sackte sie gegen mich. Ich trug sie in die dämmrige Kate zurück. Das Feuer war über Nacht ausgegangen, der Raum eiskalt. Blass und kalt lag Sallys Mutter schon seit vielen Stunden tot auf einer Pritsche. Wo ihre Hand leblos vom Lager gefallen war, lag Sallys Vater neben seiner Frau auf dem Boden, Hand in Hand. Er hatte Fieber und rang mühsam nach Atem. Sein Mund war mit Blasen verkrustet. Aus einer hölzernen Krippe neben dem Herd drang das matte Wimmern eines Babys.

Konnte es so viel abgrundtiefes Elend an einem einzigen Tag geben? Vor Sonnenuntergang hatte die Heimsuchung sage und schreibe vier Familien getroffen. Die Mompellions taumelten von einer schmerzlichen Szene zur nächsten. Während der Herr Pfarrer mit den Sterbenden betete, ihren letzten Willen niederschrieb und tröstete, wo er konnte, half ich Mistress Mompellion dabei, die Waisen zu versorgen und Verwandte für sie zu finden, die sich ihrer annehmen wollten, was nicht einfach war, zumal wenn das Kind bereits krank war. Wie selbstverständlich hatten wir unsere Last auf diese Weise untereinander aufgeteilt: Der Herr Pfarrer kümmerte sich um alles, was mit dem Sterben zu tun hatte, während seine Frau und ich die Dinge der Überlebenden regelten.

An jenem Tag bestand meine Arbeit darin, die Maston-Kinder zu versorgen. Außerdem richtete ich den Leichnam ihrer Mutter für den Küster her. Für den Vater konnte ich nur wenig tun. Er lag bewusstlos da und atmete kaum. Als der arme, alte John Millstone mit seinem Karren kam und merkte, dass der Mann zwar schon fast tot war, aber eben noch nicht ganz, hörte ich ihn leise vor sich hinfluchen. Ich muss ihm wohl einen strengen Blick zugeworfen haben, denn er riss seine schmutzige Kappe vom Kopf und fuhr sich mit der Hand über die Augenbrauen.

»Ach, Anna Frith, Verzeihung, aber diese Zeiten, die machen aus uns allen Ungeheuer. Liegt doch nur daran, dass ich so hundemüde bin. Kann schon kaum den Gedanken ertragen, den Karrengaul zweimal anzuschirren, wenn einmal auch genügt hätte.« Daraufhin bat ich ihn, sich zu setzen, und ging in meine Kate, um einen Becher Suppe zu holen, denn der Alte arbeitete weit mehr, als seine Kräfte eigentlich erlaubten. Bis ich wieder zurück war und er die Brühe in kleinen Schlucken getrunken hatte, gab es doch noch zwei Leichen für seinen Karren.

Ich lauschte seinen Schritten nach und richtete mich auf eine trostlose Nacht ein, die eigentlich nur eine Totenwache war. Das Kleinkind klammerte sich an den letzten Lebensfunken. Sally warf sich in ihrem Fieber unruhig herum und nieste. Am Abend tauchte Mistress Mompellion unter der Türe auf. Ihr Gesicht war so blass, dass es durchsichtig wie eine frostbeschlagene Fensterscheibe wirkte. »Anna«, meinte sie, »ich komme gerade vom Hancock-Hof. Dort ist heute Nacht ein Totenhaus. Swithin, der jüngste Sohn, ist tot, und Lib liegt schwer krank darnieder. Anna, ich weiß, dass sie dir einmal sehr lieb gewesen sind. Wenn du möchtest, bleibe ich hier, während du zu ihr gehst.«

Wegen geringerer Gründe wäre ich weder den Kindern von der Seite gewichen, noch hätte ich Mistress Mompellion zusätzlich belastet. Aber die Kluft zwischen Lib und mir glich einer offenen Wunde, die ich so gerne heilen wollte. Doch bis ich mich mühsam zum Hancock-Hof geschleppt hatte, war meine alte Freundin bereits zu schwach zum Sprechen. Ich saß bei ihr und streichelte ihr Gesicht und wollte sie zum Aufwachen zwingen, damit ich wenigstens ein Wort sagen könnte, um den Bruch zwischen uns zu heilen, aber nicht einmal diese kleine Erleichterung wurde mir gewährt. Damit häufte auch dieses stumme Abschiednehmen von meiner ältesten Freundin neuen Kummer auf jenen Berg von Trauer, den ich bereits mit mir herumschleppte.

Als ich endlich zurückkam, um Mistress Mompellion in der

Maston-Kate abzulösen, war es schon sehr spät. Und doch kam ich gerade noch rechtzeitig, denn kurz darauf fing es zu schneien an. Vermutlich hatte sie es um Haaresbreite zum Pfarrhaus zurückgeschafft. Es war ein wilder Schneesturm, einer von jener Sorte, die heftig gegen die Kate anstürmen. Ich schürte das Feuer an und deckte die Kinder mit jedem Stück Stoff zu, das ich finden konnte. Solche Stürme waren in den meisten Wintern gefürchtet, denn dann mussten wir tatenlos zusehen und abwarten, wie viel Schnee fallen und wie hoch unsere schmalen Gassen verweht würden. Und immer diese Unsicherheit, ob der Schnee unsere Straßen abschneiden würde. Jetzt aber konnten die weißen Wälle so hoch wachsen, wie sie nur wollten.

Dieser Sturm hatte sich jedoch rasch ausgetobt. Schon kurz nach Mitternacht schlief der Wind ein. In der darauf folgenden tiefen Stille starb das Baby. Klein Sally hielt noch bis zum folgenden Nachmittag durch, starb aber im frühen Dämmerlicht des kalten Schneeschimmers. Nachdem ich ihren schmalen Körper in sauberes Leinen gewickelt hatte, ließ ich sie allein liegen, bis John Millstone Zeit fände, sie zu holen. »Tut mir Leid, Kleine«, flüsterte ich, »eigentlich sollte ich heute Nacht bei dir sitzen. Aber ich muss meine Kraft für die Lebenden sparen.«

Und so mühte ich mich bei sinkender Nacht nach Hause. Beim Schafpferch blieb ich nur so lange stehen, um meiner Herde etwas Heu hinzuwerfen. Ich selbst machte mir nicht die Mühe zu essen, sondern schüttete stattdessen kochendes Wasser über das restliche Mohnharz, rührte eine halbe Tasse Heidehonig hinein, um den bitteren Geschmack zu überdecken, und nahm den Becher mit in mein Bett hinauf. In jener Nacht atmeten die Berge in meinen Träumen wie schlummernde Bestien, und der Wind warf tiefblaue Schatten. Ein geflügeltes Pferd flog mich durch einen schwarzen Samthimmel, über schimmernde Wüsten aus goldenem Glas, durch Unmengen von Sternschnuppen.

Wieder erwachte ich am Morgen herrlich ausgeruht. Doch die vom Mohn verursachte Heiterkeit hielt nicht lange an. Diesmal war es kein Schrecken von draußen, sondern eine Erkenntnis, die mich traf, während ich noch warm in meinem Bett lag: Von nun an hatte ich keine Möglichkeit mehr, mir ein solches Vergessen zu sichern. Während ich so dalag und zu meiner Balkendecke hinaufstarrte, fiel mir mein letzter Besuch bei den Gowdies ein. Wie die getrockneten Kräuterbündel das honiggoldene Haar von Anys gestreift hatten. Da mussten doch gewiss auch Mohnkapseln zwischen der Orangenwurz und der Klettenwurzel gehangen haben? Vielleicht gab es sogar schon sorgfältig zubereitete Tinkturen oben in den Regalen? Oder solche Fläschchen mit Harz, wie ich eines von Mistress Mompellion gestohlen hatte? Ich beschloss, auf der Stelle hinzugehen und nachzuschauen, was ich mir vielleicht sichern könnte.

An der dem Wind zugekehrten Seite von Felsen und Bäumen hatte sich der Schnee wie eine schimmernde Lackschicht aufgetürmt. Meine Hennen duckten sich mit aufgeplusterten Federn in einer frostfreien Gartenecke. Jede stand nur auf einem Bein, während sie das andere im Gefieder wärmte. Ich packte ein paar Hände voll Heu und stopfte damit meine Stiefel aus, um meine Füße während des langen, feuchten Weges trocken und warm zu halten. Aus dem tief hängenden, schwarzgrauen Himmel drohte weiterer Schneefall. Die Weiden waren gelbweiß gesprenkelt: Flecken mit aufgetauten Stoppeln stachen von breiten hellen Streifen ab, wo der Schnee noch immer in den Furchen lag. Vom höchsten Punkt aus konnte ich bis zum Riley-Hof hinunterschauen, wo die Erntegarben noch immer auf dem Feld standen, inzwischen verfault und nutzlos. Bei uns heißt es, die Kirchenglocken müssten drei Sonntage lang über den Garben läuten. Erst dann dürfe man die Ernte heimbringen. Aber über diesen Garben hatte das Totenglöcklein geläutet, und das mehr als dreimal. Seitdem dieses Feld abgemäht wurde, hatte Mutter Hancock ihren Mann, drei ihrer Söhne und eine Schwiegertochter beerdigt. Heute würde sie Swithin und Lib der Erde übergeben. Ich trottete weiter und bahnte mir einen Weg über gefrorene Grassoden, wobei ich versuchte, den aufgetauten Matschstellen auszuweichen. Plötzlich fiel mir auf, dass etwas anders war als sonst. Um diese Stunde müsste eigentlich aus der Talbotschen Schmiede ölig-schwarzer Rauch von der frisch entzündeten Esse dringen und bei dieser windstillen Kälte wie dunkle Nebelschwaden durchs Tal treiben. Aber die Esse war kalt und in der Kate der Talbots alles still. Schweren Herzens schlug ich den schmalen Pfad zum Schmiedehaus hinauf ein. Ich wusste nur allzu gut, was mich bei meiner Ankunft dort erwartete.

Kate Talbot öffnete die Tür. Sie presste eine Faust in ihr schmerzendes Kreuz. Sie war mit ihrem ersten Kind hochschwanger, das zu Fastnacht kommen sollte. Wie erwartet roch es im ganzen Haus nach fauligen Äpfeln. Dieser früher so geliebte Duft war inzwischen in meiner Vorstellung so sehr mit Krankenlagern verbunden, dass es mich würgte. Aber im Haus der Talbots roch es noch nach etwas anderem: nach verbranntem Fleisch, das in Verwesung übergegangen war. Richard Talbot, der stärkste Mann in unserem Dorf, lag ausgezehrt auf seinem Bett und wimmerte wie ein kleines Kind. Das Fleisch in seiner Lende war schwarz versengt wie Roastbeef. Unter dem glühenden Eisen war das grünlich verwesende Fleisch bis zum Muskel aufgeplatzt. Eiter suppte heraus.

Ich konnte die Augen nicht von dieser fürchterlichen Wunde abwenden. Als Kate meine Blicke sah, rang sie die Hände. »Er hat verlangt, dass ich's tue«, flüsterte sie heiser. »Vor zwei Nächten ließ er mich die Esse anheizen und den Schürhaken rot glühend erhitzen. Anna, ich brachte es nicht fertig, ihn ihm aufzulegen. Da hat er ihn mir trotz seiner Schwäche aus der Hand gerissen und das Brandzeichen tief in sein eigenes Fleisch gedrückt. Seine Schreie höre ich jetzt noch. Anna, mein Richard ist ein Mann, der Huftritte und Hammerschläge ausgehalten und sich oft an heißen Eisen und herabfallenden Kohlen verbrannt hat. Aber der Schmerz, den er sich selbst zugefügt hat, muss wie Höllenfeuer gebrannt haben. Danach lag er zitternd eine Stunde da. Er meinte, wenn wir die Pestbeule ausbrennen, würde gewiss auch die Krankheit verschwinden. Aber seit jener Nacht hat sich sein Zustand nur noch verschlechtert, und ich weiß nicht, wie ich ihm helfen soll.« Ich murmelte lediglich ein paar hohle Trostworte, denn eines wusste ich genau: Richard Talbot würde wahrscheinlich noch vor dem Abend sterben, wenn nicht an der Pest, dann an der Fäulnis.

Da mir die Worte fehlten, blickte ich um mich; vielleicht gab es etwas zu tun. Kalt war es im Raum. Kate sagte, sie habe solche Kreuzschmerzen, dass sie jeweils nur ein Holzscheit habe hereintragen können. Das Feuer war bereits bis auf die Glut erloschen. Ich ging nach draußen, um einen Riesenkorb Holz zu holen. Beim Hereinkommen sah ich, wie sich Kate über Richard beugte und ein kleines Pergamentdreieck aufhob, das sie dicht neben seine Wunde gelegt hatte. Sie war zwar schnell, aber trotzdem sah ich deutlich, was sie zu verstecken versuchte. Einen Zauberspruch:

ABRACADABRA
BRACADABR
RACADAB
ACADA
CAD
A

»Kate Talbot!«, schalt ich. »Du wirst doch nicht diesen gottlosen Unsinn glauben!« Da fing sie zu weinen an. »Nein, nein«, sagte ich, denn sofort bedauerte ich meine barschen Worte, und nahm sie in die Arme. »Tut mir Leid, was ich gesagt habe. Ich weiß ja, dass du nur deshalb bei so etwas Zuflucht suchst, weil du nicht weißt, was du sonst noch tun sollst.«

»O Anna«, schluchzte sie, »in meinem Herzen glaube ich wirklich nicht daran. Und doch habe ich dieses Amulett gekauft, denn das, woran ich glaube, hat mich im Stich gelassen. Richard war immer ein guter Mensch gewesen. Warum martert ihn Gott so sehr? Unsere Gebete in der Kirche bringen keine Besserung. Deshalb flüstert mir die Stimme des Teufels zu. ›Wenn Gott dir nicht helfen will‹, sagt er, ›dann vielleicht ich ...‹«

Zuerst wollte sie nicht sagen, wie sie an das Amulett gekommen war, denn jener Scharlatan, der sie dafür um einen ganzen Schilling geprellt hatte, hatte ihr auch erklärt, ein Todesfluch träfe sie, wenn sie auch nur ein Wort verrate. Aber ich drang in sie und versuchte, ihr klarzumachen, dass dahinter lediglich ein böswilliger Trick steckte, der ihrem Geld galt. Endlich schluckte sie heftig.

»Nein, Anna, das war kein Trick. Gottlos, ja, und vielleicht auch umsonst, aber doch echte Magie. Denn dieses Amulett hat mir der Geist von Anys Gowdie gegeben.«

»Blödsinn!«, platzte ich heraus. Aber sie war so blass wie draußen die Schneewehen. Etwas zurückhaltender bohrte ich weiter: »Warum sagst du so etwas?«

»Ich habe gestern Nacht ihre Stimme gehört, als ich draußen ein Holzscheit holen ging. Sie sagte, ich soll einen Schilling auf die Schwelle legen und am Morgen würde dort ein mächtiges Amulett liegen.«

»Kate«, sagte ich so sanft wie möglich, »Anys Gowdie ist tot und nicht mehr hier. Wenn sie noch lebte, was ich mir inständig wünschte, und uns helfen könnte, würde sie nicht mit wertlosen Amuletten kommen. Du weißt doch, dass ihre Arznei immer aus praktischen Dingen bestand, Dingen aus Kräutern und Wurzeln, deren heilkräftige Wirkung nur ihrem klugen Wissen bekannt war. Kate, wirf dieses Papier weg«, sagte ich. »Denn eines werden wir ganz sicher herausfinden: Die Stimme, die du in jener stürmischen Nacht gehört hast, ist die eines Dorfbewohners, eines verdorbenen und habgierigen Menschen, der aber höchst lebendig ist.«

Zögernd öffnete sie die Hand und ließ das Pergament auf die Kienspäne flattern. Als ich in die Glut blies, schoss eine helle Flamme hoch und ergriff es. »Und jetzt mach's dir bequem«, sagte ich. »Ich werde das hier für dich erledigen. Nach ein wenig Ruhe sieht vielleicht auch für dich die Welt etwas heller aus.«

Sie setzte sich mit ihrem aufgeblähten Bauch neben ihren Mann aufs Bett. Als ich nach draußen ging, um noch mehr Holz zu holen, hörte ich es aus dem Kuhstall kläglich muhen. Die Kuh hatte ein steinhartes Euter und musste unbedingt gemolken werden. Als das Tier spürte, dass ihm meine Finger Erleichterung verschafften, drehte es sich um und schaute mich dankbar an. Danach sammelte ich ein paar Eier im Garten und buk daraus mit der frischen Milch ein Omelett, das Kate nach dem Aufwachen essen konnte.

Nachdem ich mein Möglichstes getan hatte, setzte ich meinen eigenen Weg fort. Während meines Aufenthalts bei den Talbots war ein steifer Wind aufgekommen, der das Eis auf den schwarzen Ästen unter lautem Knall bersten ließ. Um die Kate der Gowdies lagen unberührte Schneewehen, durch die ich wie durch einen Fluss knietief watete. An der Tür blieb ich stehen und kämpfte gegen das Schuldgefühl an, das ich beim Eindringen in das Eigentum von Verstorbenen verspürte. Während ich noch dastand und versuchte, allen Mut zusammenzuraffen, tropfte mir geschmolzener Schnee vom Strohdach direkt ins Genick. Mit meinen von der Kälte klammen Händen begann ich, ungeschickt gegen die Tür zu kämpfen, die durch die Feuchtigkeit aufgequollen war. Schließlich zerrte ich sie mühsam einen Spalt weit auf. Da schoss ein grauer Schatten an mir vorbei, so plötzlich und schnell, dass ich zusammenzuckte und mich an das nasse Holz presste. Doch es war lediglich der Kater der Gowdies, der aufs Dach sprang und mich wütend anfauchte. Endlich gab die Türe meinem Schieben und Drücken nach und öffnete sich knarzend so weit, dass ich hineinschlüpfen konnte. Vorsichtig schlich ich mich ins Dunkel. Etwas streifte mein Gesicht. Ich schnappte nach Luft. Aber es war nur ein Wedel Mädesüß, der sich aus einem Büschel neben der Tür gelöst hatte.

Draußen pfiff der Wind. Für Fensterglas waren die Gowdies zu arm gewesen. Die Kate besaß lediglich eine Luke unter dem Giebel, die seit den ersten kühlen Herbsttagen mit Schilf zugestopft war. Da ich völlig durchweicht war, musste ich unbedingt zum Aufwärmen ein Feuer anzünden. Außerdem wollte ich auch etwas sehen. Aber in dem rußgeschwärzten Zimmer war es so düster, dass ich zuvor auf dem ganzen Herd tastend nach Feuerstein und Zunder suchen musste. Als ich sie gefunden hatte, zitterten meine Hände so sehr, dass ich keinen Funken schlagen konnte, sooft ich es auch versuchte.

Plötzlich flammte hinter mir ein Licht auf.

»Bleib vom Herd weg, Anna.«

Vor Schreck ließ ich den Feuerstein fallen, verfing mich mit dem Fuß in einer losen Herdplatte und rutschte mit dem Gesicht voraus auf den gestampften Erdboden. Entsetzt hob ich den Kopf. Das Licht, das vom Geist der Anys Gowdie ausging, blendete mich. In einem weißen Gewand schwebte sie strahlend über mir.

»Alles in Ordnung?«, erkundigte sich Elinor Mompellion,

während sie mit einer Kerze in der Hand die Speicherleiter heruntersstieg.

Urplötzlich überfielen mich Erleichterung und Scham mit solcher Macht, dass ich in Tränen ausbrach. »Hast du dir wehgetan?«, fragte Mistress Mompellion, wobei sie sich im Kerzenschein mit sorgenvoll gerunzelter Stirn über mich beugte. Mit einem Zipfel ihrer weißen Schürze wischte sie die Stelle auf meiner Stirn ab, wo ich am Boden aufgeschlagen war.

»Nein, nein«, sagte ich, während ich mühsam um Fassung rang. »Ich bin nur auf mein Handgelenk gefallen. Ich… ich habe nicht erwartet, heute jemanden hier anzutreffen, und bin nur erschrocken.«

»Anscheinend hatten wir beide den gleichen Einfall«, meinte sie. In meiner Verwirrung dachte ich, auch sie sei auf der Suche nach Mohnsaft hierher gekommen. »Ich kam gestern am späten Abend hierher«, fuhr sie fort, »weil mir genau wie offensichtlich auch dir klar ist, dass wir sämtliche Heilpflanzen und Arzneien aus der Hinterlassenschaft der Gowdies sichten müssen. Meiner Überzeugung nach muss sich der Schlüssel zur Bekämpfung der Pest hier befinden, in der Heilkraft von Pflanzen, die man zur Stärkung derer einsetzen kann, die noch gesund sind. Wir müssen unsere Körper kräftigen, damit wir auch weiterhin der Ansteckung widerstehen können.« Inzwischen hatte sie meinen Platz am Herd eingenommen, ein wenig Kerzenwachs auf einen Kienspan geträufelt und so eine Flamme entfacht.

»Ich hatte mich so sehr ins Sortieren der Pflanzen vertieft und dabei kaum auf das schwindende Tageslicht geachtet. Als mir klar wurde, dass ich mich umgehend auf den Heimweg machen müsse, hatte es zu schneien begonnen. Ich hielt es für das Beste, die Nacht hier zu verbringen, anstatt mich bei solchem Wetter auf den langen Weg zum Pfarrhaus zu machen. Mister Mompellion käme sicher auf den Gedanken, man würde mich die Nacht über an irgendeinem Krankenlager brauchen. Und tatsächlich habe ich an diesem stillen Ort so gut geschlafen, dass ich es vermutlich noch täte, wenn mich nicht dein Kampf mit der Tür geweckt hätte. Und jetzt müssen wir uns an die Arbeit machen. Denn eines steht fest, Anna: Hier liegen tatsächlich Schätze!« Dann zählte sie jene Pflanzen auf, die sie bisher identifiziert hatte, und berichtete über die Heilkräfte von Säften, die wir zubereiten und verteilen könnten.

Während ich ihren selbstlosen Plänen lauschte, spürte ich, wie erbärmlich mein eigenes egoistisches Streben nach Flucht in ein falsches Vergessen war.

»Mistress Mompellion, ich …«

»Elinor«, unterbrach sie mich, »wir beide können nicht unter den derzeitigen Bedingungen zusammenarbeiten und mit den alten Formen weitermachen. Du musst Elinor zu mir sagen.«

»Elinor … Ich muss Ihnen etwas beichten. Ich bin nicht gekommen, um nach Kräutern für andere zu suchen, sondern nur für mich selbst.«

»Ach ja«, sagte sie leise, »deshalb bist du hier.« Mit einem Griff zum Dachsparren band sie wie selbstverständlich ein Bündel reifer Samenkapseln los. »Die alten Griechen haben sie die Blumen Lethes genannt. Weißt du noch? Wir haben zusammen darüber gelesen. Lethe – der antike Fluss des Vergessens. Sobald die Seelen der Toten sein Wasser kosten, vergessen sie ihr vergangenes Leben. Wenn jeder Tag randvoll von Traurigkeit ist, Anna, ist der Wunsch nach Vergessen ganz natürlich. Aber diese Seelen vergaßen auch alle, die sie je geliebt hatten. Und das möchtest du doch sicher nicht, oder? Ich habe schon in einigen Predigten gehört, Gott wolle, dass wir die Toten vergessen, aber das kann ich nicht glauben. Ich glaube, dass Er uns kostbare Erinnerungen schenkt, damit wir nicht gänzlich von jenen getrennt sind, die Er unserer Liebe anbefohlen hat. Anna, du musst deinen Kindern ein liebevolles Gedenken bewahren, bis du sie im Himmel wiedersiehst.«

»Ich habe in der Danielschen Kate den Mohn aus Ihrem Deckelkorb genommen.«

»Das weiß ich«, sagte sie. »Und, hat er dir schöne Träume geschenkt?«

»Ja«, flüsterte ich, »die schönsten meines Lebens.«

Sie nickte. Der Feuerschein zauberte einen Strahlenkranz um ihre feinen Haare. »Ja«, meinte sie, »ich erinnere mich noch gut daran.«

»Sie?«, sagte ich verblüfft. »Sie haben dieses Zeug genommen?«

»Ja, Anna, auch ich, denn es gab eine Zeit, in der auch ich vieles nur noch vergessen wollte. Der Mohn, den du mir entwendet hast – er war noch ein Relikt aus jenen Tagen. Wie du siehst habe ich ihn behalten, obwohl es schon einige Jahre her ist, dass ich ihn benutzt habe. Aber er ist ein eifersüchtiger Freund, der uns nicht leicht aus seiner Umarmung entlässt.« Dabei stand sie auf, griff in einen Tontopf in der Ecke und gab ein gerüttelt Maß getrocknete Kamille in einen Topf. Der Wasserkessel, der über dem Herd hing, hatte zu dampfen begonnen. Daraus goss sie gerade so viel Wasser, um einen kräftigen Tee aufzubrühen.

»Erinnerst du dich noch, Anna, was ich unterwegs zu den Daniels zu dir gesagt habe? Dass ich nie ein Kind geboren hätte?«

Ich nickte benommen, da ich mir nicht vorstellen konnte, worauf sie hinauswollte.

»Dass ich nie schwanger war, habe ich nicht gesagt.«

Ihre Worte mussten bei mir einen verwirrten Gesichtsausdruck hervorgerufen haben. Schließlich hatte ich für Elinor Mompellion gearbeitet, ihre Kleidung gewaschen und ihre Wäsche gewechselt, seit sie als frisch Vermählte in unser Dorf gekommen war. Wenn sie schwanger gewesen wäre, hätte ich das fast so schnell gewusst wie sie selbst. Da ich es mir so sehr für sie wünschte, hatte ich sogar den Verlauf ihrer monatlichen Tage beobachtet.

Jetzt streckte sie eine Hand aus und drehte mein Gesicht so, dass ich sie direkt ansah. »Anna, das Kind, das ich unter dem Herzen trug, stammte nicht von Mister Mompellion.« Aus meiner Miene erkannte sie, wie schockiert ich war. Ihre weichen Finger, die vom Halten des dampfenden Bechers noch ganz warm waren, flatterten über meine Wange, als wollte sie mich beruhigen. Anschließend sank ihre Hand nach unten und suchte nach meiner, die in meinem Schoß lag. »Obwohl es eine sehr schmerzvolle Geschichte ist, erzähle ich sie dir jetzt, denn ich möchte, dass du diejenige kennst, die dir das alles aufbürdet.«

Nun wandte sie ihr Gesicht zum Feuer. Während sie weitersprach, schauten wir beide in die Flammen. Ihre lange Geschichte begann auf einem riesigen und wunderschönen Landsitz in Derbyshire, in Räumen, die von nachdenklich blickenden Ahnenporträts bewacht wurden. Sie war die geliebte einzige Tochter eines Edelmannes mit großem Vermögen gewesen. Sie wurde verwöhnt – verzogen, sagte sie –, besonders nach dem Tod ihrer Mutter. Ihr Vater und ihr älterer Bruder waren liebevoll gewesen, aber oft nicht da, und hatten sie der Obhut einer Gouvernante anvertraut, die mehr Wissen als Weisheit besaß.

Elinors Kindheit war von zwei Dingen erfüllt: Vergnügen und dem Streben nach Wissen, was für sie fast dasselbe bedeutete. »Anna, wenn ich dir das sage, werde ich rot, denn ich weiß, was du aus den spärlichen Brocken gemacht hast, die dir dein Leben mitgab. Wenn ich mir dagegen irgendetwas – ob Griechisch oder Latein, Geschichte, Kunst und Naturkunde – in den Kopf gesetzt hatte, musste ich es lediglich erwähnen, und schon wurden all diese Schätze vor mir ausgebreitet. Und ich habe diese Dinge gelernt. Aber vom Leben, Anna, und von der menschlichen Natur – darüber habe ich nichts gelernt.« Da ihr Vater es für besser hielt, sie vor der Welt zu schützen, verließ sie den Besitz nicht und bewegte sich auch nur in einem sehr ausgewählten Gesellschaftskreis. Sie war gerade mal vierzehn, als ein Nachbar, ein junger zwanzigjähriger Mann und Erbe eines Herzogtums, ihr nachzulaufen begann.

»Als mein Vater nach einer Zeit der Abwesenheit zurückkam und entdeckte, dass wir beide fast täglich allein ausgeritten waren, erklärte er mir, dies müsse sofort aufhören. O nein, streng war er nicht mit mir. Andernfalls hätte ich vielleicht mehr auf ihn gehört, aber vielleicht wäre auch das egal gewesen. Denn eines steht fest, Anna: Ich war von dem jungen Mann und seiner Aufmerksamkeit hingerissen. Er schmeichelte mir auf jede erdenkliche Weise. Mein Vater erklärte mir lediglich, für derart intensive Freundschaften sei ich noch viel zu jung. Er sagte, er habe viele Pläne für mich: eine Vorstellung bei Hofe, eine gemeinsame Reise mit ihm zu den großen Stätten der antiken Welt. Aber noch während er dies sagte, hegte ich mit schlechtem Gewissen nur einen einzigen Gedanken: Wie viel mehr würde ich dies am Arm von Charles, meinem jungen Mann, genießen. Was mir mein Vater nicht sagte, waren seine Zweifel an Charles selbst, seine Bedenken in Bezug auf seinen Charakter, die sich im Laufe der folgenden Ereignisse als sehr begründet herausstellten. Vielleicht wollte er sich nicht mit einer Reihe von Fragen konfrontiert sehen, die ich nach einer derartigen Mitteilung sicherlich gestellt hätte. Denn wir lebten ganz zurückgezogen, und man hatte mich gänzlich vor jener Welt behütet, die mein Vater und mein Bruder – und auch Charles – nur allzu gut kannten.«

Anfänglich hatte Elinor, die ihren Vater liebte, seinen Wünschen entsprochen, aber als ihn seine Geschäfte einen Monat später wieder von seinem Besitz forttrieben, stellte ihr der junge

Mann erneut nach. »Er flehte mich an, mit ihm fortzulaufen, und versprach, später würde er sich wieder mit meinem Vater versöhnen, der sicher nichts gegen eine Heirat einwenden würde. Meine Gouvernante entdeckte den Plan und hätte ihn vereiteln können, aber ich flehte sie an, und Charles ließ seinen ganzen Charme spielen. Schließlich erkaufte er sich ihr Schweigen mit einem Geschenk. Erst später erfuhren wir, dass er den Rubinanhänger aus der Schmuckschatulle seiner Mutter entwendet hatte. Und so leistete sie unserem Plan Vorschub und hielt meinen Vater viel länger in Unkenntnis, als es sonst möglich gewesen wäre.

Mit ihrer Hilfe stahlen wir uns mitten in der Nacht fort. Wie kann ich dir heute klar machen, warum ich damals so etwas tat? Ich glich jenem verliebten Träumer aus Sidneys Gedicht: ›Getrübt mein junger Sinn, den Lieb' so fest umschlungen hält.‹ Ich dachte, wir würden, wie geplant, die Fleet Street ansteuern, wo man jederzeit ohne Lizenz eine Heiratsurkunde kaufen konnte. Leider hatte ich London noch nie gesehen. Als nun Charles vorschlug, wir sollten uns zuerst doch noch amüsieren oder den einen oder anderen Ausflug machen, war ich sofort einverstanden.

Du wirst längst vermuten, was nun kommt: Die Vereinigung wurde noch vor dem Segen vollzogen.« Elinor klang ganz verzagt: »Und danach dämmerte es allmählich sogar mir, dass er keinerlei Absichten hegte, sie absegnen zu lassen. Da ich dir wirklich alles erzählen möchte, Anna, sollst du auch das wissen: Ich war im Feuer meiner Begierden so gefangen, dass es mir nicht viel ausmachte.«

Nun weinte Elinor stumm vor sich hin. Ich streckte die Hand aus, wollte sie berühren und die Tränen wegwischen, aber der Respekt, den man mir von Geburt an eingebläut hatte, ließ meine Hand verharren. Daraufhin schaute Elinor mich an. Ihr Blick verriet, dass meine Berührung willkommen war. Und so strich ich ihr mit meinen Fingerspitzen die Tränen von der Wange. Anschließend ergriff sie meine Hand und hielt sie fest, während sie weitererzählte, wie sie mit Charles über vierzehn Tage zusammengelebt hatte, bis er eines schönen Abends einfach nicht mehr in das Gasthaus zurückkehrte, wo sie sich versteckten. Er hatte sie im Stich gelassen.

»Tagelang wollte ich es mir selbst nicht eingestehen und redete mir alle möglichen Sachen ein: Er sei irgendwo krank geworden, oder man habe ihn zu einem hochpolitischen Geheimauftrag abberufen. Es dauerte einige Zeit, bis ich mich der Tatsache stellte, dass ich ruiniert war, und mich an jene Menschen wandte, die mich trotz allem immer noch irgendwie liebten.« Vater und Bruder hatten verzweifelt nach ihr gesucht. Nun brachten sie sie nach Hause, wo über die ganze Sache Gras hätte wachsen sollen. Doch leider war sie bereits schwanger.

Diese Erinnerungen schienen für Elinor sehr schmerzhaft zu sein. Sie ließ ihren Tränen nun freien Lauf, allerdings ohne lautes Schluchzen.

»Ich war verzweifelt, war verwirrt«, fuhr sie fort. »Mit einem Schürhaken habe ich mich selbst verletzt.«

Bei diesem Satz sog ich entsetzt die Luft ein und barg das Gesicht in den Händen. Schon die Vorstellung von so viel Leid war mir unerträglich, und doch konnte ich nicht verhindern, dass sich mir schreckliche Bilder davon aufdrängten. Blind streckte ich eine Hand aus und umfasste die ihre erneut ganz fest.

»Mein Vater bestellte den besten Arzt. Das hat mir das Leben gerettet. Leider nicht meinen Schoß. Anna, angeblich besteht er inzwischen nur noch aus einer Ansammlung von Narben. Zuerst gab man mir Mohn gegen die Schmerzen; später vermutlich, um mich ruhig zu halten. Und wenn es nicht Michael gäbe, würde ich vielleicht noch immer wie verloren in jenen leeren Träumen herumirren.«

Und so erfuhr ich, dass Michael Mompellion entgegen meiner Vermutung nicht der Spross einer Familie von bedeutenden Geistlichen war. Sein Vater war zwar ein Mann der Kirche gewesen, das stimmte, aber eben nur ein Vikar. Beim Ausbruch des Bürgerkrieges war Michael, der Älteste von drei Kindern, erst ein kleiner Junge. Der Vater wurde in die Kriegswirren hineingezogen. Am Ende war die Familie mittellos, und Michael wurde dem Verwalter des Familienbesitzes von Elinor anvertraut. So wuchs er mit Pflügen und Heumachen auf, mit dem Zureiten junger Pferde und dem Beschlagen von Stuten. Er lernte die umfangreiche Gutsarbeit in allen Einzelheiten kennen.

»Nach kurzer Zeit machte er bereits Vorschläge für eine bessere Verwaltung.« Jetzt schien sich ihre Stimme zu kräftigen, denn auf diesen Teil der Geschichte war sie stolz. »Mein Vater wurde auf Michael aufmerksam und nahm sich seiner weiteren Ausbildung an. Er besuchte die besten Schulen, wo er brillierte, und ging von dort nach Cambridge. Als er heimkam, fand er mich geschwächt von meiner langen Krankheit vor. Täglich trug man mich in den Garten hinaus, wo ich einfach nur in meinem Stuhl saß und vor übergroßer Trauer und Reue nicht einmal aufstehen konnte. Anna, Michael bot mir seine Freundschaft an, und später seine Liebe.«

Jetzt lächelte sie verhalten. »Er brachte die Heiterkeit in meine Welt zurück. Leid war ihm nichts Fremdes, da er es am eigenen Leib erfahren hatte. Er brachte mich in die Katen unserer Pächter und zeigte mir Sorgen, die meine um vieles übertrafen. Er machte mir klar, wie nutzlos es ist, sich im Bedauern über unabänderliche Dinge zu suhlen, und wie man selbst die schwersten Sünden sühnen kann. Sogar meine, Anna. Sogar meine.«

Dank seiner Unterstützung kehrte sie ins Leben zurück. Bis zum inneren Frieden dauerte es aber länger. »Anfänglich borgte ich mir seine Heiterkeit und benützte sie als Licht auf meinem Wege, aber als ich mir angewöhnt hatte, die Welt aus seinem hellen Blickwinkel heraus zu betrachten, entzündete sich allmählich das Licht in meinem Inneren wieder von selbst.« Kurz nach dem Ende seiner Studienzeit heirateten sie. »Nach außen hin schien es, ich hätte mich zu einer Heirat mit ihm herabgelassen«, sagte sie, »aber wie du jetzt siehst, bringt in dieser Ehe einzig und allein mein lieber Michael ein Opfer, mehr, als sich alle vorstellen können.«

Eine Weile saßen wir da und starrten ins Feuer, bis plötzlich ein Holzscheit verrutschte und einen Funkenregen auf den gestampften Boden sprühte. Daraufhin stand Elinor abrupt auf und strich ihre Schürze glatt. »Und jetzt, meine liebe Anna, wo du alles weißt, willst du da immer noch bei und mit mir arbeiten?«

Alles Gehörte hatte mich so fassungslos gemacht, dass ich nichts sagen konnte, sondern stattdessen einfach von meinem Hocker aufstand, ihre beiden Hände ergriff und sie küsste. Wie wenig, dachte ich, wissen wir doch von den Menschen, mit denen wir leben. Wenn man mich gefragt hätte, hätte ich sicher nie gewagt, mir auch nur annähernd die Gedanken und Gefühle von zwei Menschen auszumalen, die im Leben so weit über mir standen. Aber ich hatte geglaubt, sie durch die Arbeit in ihrem Hause näher kennen gelernt zu haben. Schließlich hatte ich mich ja um ihre Bedürfnisse gekümmert und ihr Kommen und Gehen und ihren Umgang mit anderen beobachtet. Wie gering war dieses Wissen in Wirklichkeit gewesen, wie winzig!

Elinor umarmte mich. In diesem Moment spürte ich eine Gewissheit: Für diese Frau würde ich alles tun, alles, worum sie mich bäte. »Lassen wir's damit gut sein«, sagte sie, »denn es gibt noch viel zu tun. Schau mal, schau dir das mal an.« Sie griff in ihre Schürzentasche und zog ein gefaltetes Blatt Pergament heraus. »Ich habe eine Liste aller bisheriger Pestopfer erstellt und diese dann auf eine Karte aller Gehöfte hier am Ort übertragen. Daraus können wir meiner Meinung nach ablesen, wie sich diese Pestilenz verbreitet und auf wen.«

Da lag es, unser pestverseuchtes Dorf, mit den Namen all seiner dreihundertundsechzig armen Seelen. Wie Insektenkörper auf einer Schautafel steckten sie auf der Karte. Annähernd fünfzig Namen hatte Elinor schwarz unterstrichen. Ich hatte mir nicht vorgestellt, dass die Krankheit schon so viele ausgelöscht hatte. Eines zeigte die Karte deutlich: wie sich die Ansteckung, einem tödlichen Sternenregen gleich, von meiner Kate aus verbreitet hatte.

Elinor zupfte mich beschwörend am Ärmel: »Schau dir die Namen der Opfer an. Was fällt dir dabei zuerst auf?« Stumm starrte ich auf die Karte. »Kannst du's nicht sehen? Die Pest macht keinen Unterschied zwischen Männern und Frauen, beide stehen gleich oft auf der Totenrolle. Und *doch* macht sie einen Unterschied: Sie wählte eher die ganz Jungen als die Uralten. Fast die Hälfte unserer Toten war noch nicht einmal sechzehn. Der Rest sind Menschen in den besten Jahren. Bisher war noch kein Silberhaariger darunter. Warum, Anna, warum? Meiner Ansicht nach haben die Alten in diesem Dorf lange gelebt, weil sie Krankheiten gut bekämpfen können. Wenn man so will, sind sie Veteranen im Krieg gegen Krankheiten. Was müssen wir also tun? Wir müssen die Kinder stärker machen – ihnen Waffen geben, mit denen sie kämpfen können. Vergeblich haben wir versucht, die Kranken zu heilen, und sind daran gescheitert. Von allen, die sich mit der Pest angesteckt haben, hat nur einer länger als eine Woche überlebt – die alte Margaret Blackwell.«

Margaret, die Frau des Hufschmieds Blackwell, war gleichzeitig mit den Sydells erkrankt und war es noch immer. Trotzdem schien es ihr bestimmt zu sein, ihr Martyrium zu überleben. Weil sie nicht gestorben war, bezweifelten inzwischen einige, dass sie überhaupt die Pest gehabt hatte. Ich allerdings hatte die Schwellung an ihrer Lende gesehen und sie gepflegt, als die Geschwulst beim Aufbrechen ihr eitriges Gift entließ. Andere behaupteten, es handle sich lediglich um ein Furunkel oder eine Zyste. Aber ich blieb dabei: Das war eine Pestgeschwulst. Und damit wäre Margaret vielleicht unsere erste Überlebende.

»Für die meisten«, fuhr Elinor fort, »bedeutet der Ausbruch dieser Krankheit das Ende. Deshalb müssen wir Folgendes tun: sämtliche Kräuter mit stärkender Wirkung finden und in einem Saft vereinen, der die Gesunden widerstandsfähiger macht.«

Und so hockten wir den ganzen restlichen Tag über den Büchern, die Elinor aus dem Pfarrhaus angeschleppt hatte. Zuerst suchten wir nach Pflanzennamen, die angeblich eine kräftigende Wirkung auf einen jener vielen Körperteile hatte, die offensichtlich von der Pest befallen wurden. Es war ein mühsames Vorgehen, denn die meisten Bücher aus dem Pfarrhaus waren in Latein oder Griechisch geschrieben. Elinor musste sie mir übersetzen. Schließlich entdeckten wir den besten Band: das Buch eines gewissen Avicenna, eines muselmanischen Arztes, der vor langer Zeit seine gesamte Erfahrung in einem umfassenden Kanon verzeichnet hatte. Als wir die Namen der Pflanzen hatten, gingen wir die Kräuterbüschel durch und versuchten, die getrockneten Blätter und Wurzeln den Beschreibungen in diesem Buch zuzuordnen, was manchmal sehr schwierig war. Draußen durchsuchten wir den schneeverwehten Garten nach irgendwelchen robusten Pflanzen, deren Wurzelwerk wir ausgraben könnten, ehe der Boden gänzlich gefror. Am Nachmittag hatten wir die Waffen für unsere Rüstung zusammen: Brennnessel fürs Blut. Schleieraster und Veilchenblätter für die Lunge. Anserine zum Fiebersenken. Kresse für den

Magen. Für die Leber Löwenzahnwurzeln, Tollkirsche für die Drüsen und Eisenkraut für den Hals.

In Säckchen sammelten wir so viele Büschel, wie wir nur tragen konnten, um sie in die Pfarrhausküche zu schaffen. Gerade wollte ich das Herdfeuer löschen, da hielt Elinor meine Hand zurück. »Und was ist damit, Anna? Was sollen wir damit machen?« Sie hielt mir den Schlafmohn hin. »Die Entscheidung liegt bei dir.«

Ich spürte Panik in mir aufsteigen. »Aber die brauchen wir doch sicher, um den vielen Betroffenen hier beizustehen«, sagte ich, obwohl mir dabei sofort eher meine eigenen Bedürfnisse durch den Kopf geschossen waren als die der Sterbenden.

»Anna, die Gowdies waren sich der Gefahren dieser Pflanze wohl bewusst. Sie haben hier nur so viel, um bei wenigen schweren Fällen Erleichterung zu bringen. Wie sollen wir entscheiden, wer leiden muss und wessen Schmerzen gelindert werden?«

Wortlos griff ich nach dem Bündel und wollte es eigentlich ins Feuer werfen, merkte aber, dass ich nicht genug Willen besaß, die Hand zu öffnen. Ich kratzte mit dem Daumennagel über eine noch grüne Samenkapsel und sah, wie aus dem Einschnitt langsam der weiße Saft quoll. Am liebsten hätte ich meine Zunge darauf gelegt, die bittere Flüssigkeit aufgeleckt und ihre süße Wirkung verspürt. Elinor stand schweigend da und wartete. Ich versuchte, in ihren Augen zu lesen, aber sie wandte sich ab.

Wie sollte ich mich den kommenden Tagen und Nächten stellen? Nichts sonst würde mir Erleichterung verschaffen. In beiden Händen hielt ich meine einzige Chance, unser Dorf und seine Todesqualen hinter mir zu lassen. Aber dann begriff ich, dass dies nicht ganz der Wahrheit entsprach. Da war noch unsere Arbeit. Heute Nachmittag hatte ich erlebt, dass es möglich war, mich ganz darin zu verlieren. Und doch war dieser Verlust des eigenen Ichs kein selbstsüchtiges Vergessen. Aus diesem Lernen und seiner praktischen Anwendung könnte viel Gutes kommen. Daher packte ich das Bündel und warf es ins Feuer. Einen Augenblick zischte der Saft auf, dann platzten die Kapseln. Ihre winzigen Samenkörner ergossen sich in einem wahren Regen zwischen die Asche und verschwanden ins Nichts.

Als wir die störrische Türe hinter uns schlossen, war der Wind eingeschlafen. Die Luft wirkte milder. Ich würde versuchen, so zu sein, wie Elinor es wünschte. Und im Falle eines Scheiterns hatte ich aus unserem heutigen Tagewerk genug gelernt, um zu wissen, wo ich nach den blassgrünen Mohnschösslingen suchen musste, wenn sie sich im nächsten Frühling durch den Boden im Garten der Gowdies bohrten.

Gleich denen, die in
die Grube fahren

Als wir uns dem Pfarrhaus näherten, sahen wir Mister Mompellion ohne Rock im Kirchhof stehen. Seine weiten weißen Hemdsärmel hatte er über die muskulösen Unterarme aufgekrempelt, seine Haare waren nass geschwitzt. Er hob Gräber aus. Rings um ihn standen schon drei lange Gruben offen, an der vierten arbeitete er gerade.

Rasch lief Elinor zu ihm und wollte ihm die Stirn abwischen, aber er trat einen Schritt zurück und winkte ihre Hand fort. Vor Erschöpfung war er ganz grau im Gesicht und lehnte sich schwer auf den Spaten.

Sie beschwor ihn aufzuhören und sich auszuruhen, aber er schüttelte den Kopf. »Ich kann nicht aufhören. Wir brauchen heute sechs Gräber, und eines davon für den armen John Millstone.« Unser betagter Küster war heute Morgen gestorben. Der Pfarrer hatte ihn gefunden, wie er halb drinnen, halb vor dem Grab lag, an dem er noch gearbeitet hatte. »Sein Herz hat versagt. Er war zu alt für die schwere Arbeit, die ihm in jüngster Zeit aufgebürdet wurde.«

Bei einem Blick auf Mister Mompellion befürchtete ich, auch er könnte zusammenbrechen. Offensichtlich hatte er die letzte Nacht nicht geschlafen, sondern war von einem Totenbett ans nächste geeilt. Sein Versprechen, keiner müsse allein sterben, war eine schwere Last für ihn geworden. Eines war klar: Er würde es nicht überleben, wenn er nun auch noch versuchte, die Arbeit des Küsters zu übernehmen. Ich eilte in die Küche, wärmte ihm einen Becher mit bitterem Kräutersud auf und brachte ihn hinaus, wo er bis zum Bauch im Dreck stand.

»Sir, diese Arbeit schickt sich nicht für Sie«, sagte ich. »Lassen Sie mich dazu einen der Männer aus der Hauertaverne holen.«

»Und wer wird kommen, Anna?« Er legte sich eine Hand in den Rücken. Beim Aufrichten zuckte er zusammen. »Die Bergleute versuchen alles, um genug Erz aus ihrer Ader zu holen, damit ihr Anbruch nicht eingezogen wird. Die Bauern werden immer weniger, sodass sie weder Getreide ernten noch ihr Vieh melken können. Wie könnte ich ihnen da noch diese zusätzliche Arbeit aufbürden? Obendrein sollte man keinen, der noch gesund genug ist, bitten, freiwillig dem Tod so nahe zu kommen.«

Und so arbeitete er bis zum sinkenden Tageslicht weiter. Anschließend ließ er den verschiedenen Häusern ausrichten, sie könnten ihre Toten zum Begräbnis bringen. Es war eine armselige Prozession. Inzwischen bemühte sich niemand mehr um Särge; die Familien trugen ihre Lieben einfach so zum Grab. Und wenn sie dazu nicht genug Kraft hatten, schleppten sie die Toten mit einer Decke zum Kirchhof, die man dem Leichnam unter den Achseln durchzog. Mister Mompellion sprach über jeden das Gebet und half anschließend, die Erde wieder in die Gräber zu häufen. Während er sich noch auf dem Kirchhof abmühte, erreichten ihn die Bitten zweier Familien, er möge sich ihrer Nöte erbarmen. Ich hätte ihm dies bis zum nächsten Morgen verheimlicht, aber Elinor meinte, das wäre nicht richtig. Als er hereinkam, brachte sie ihm heißes Wasser zum Waschen und holte ihm frische Wäsche, während ich ein nahrhaftes Mahl zubereitete. Er aß rasch, zog dann seinen Mantel an und ritt fort, um sein Wort zu halten.

»So kann er nicht weitermachen«, sagte ich, während das Getrappel von Anteros' Hufen schwächer wurde.

»Das weiß ich«, erwiderte sie leise. »Sein Körper ist stark, und doch befürchte ich, dass sein Wille weitaus stärker ist. Er kann ihn zu Taten treiben, die kein normaler Mensch fertig bringt. Glaube mir, ich habe es schon gesehen, in guten wie in schlechten Zeiten.«

In jener Nacht fand der Herr Pfarrer nur wenig Schlaf, und auch der nächste Tag brachte keine Ruhepause. Ich ließ daher meinen Stolz fahren und nahm stattdessen meinen ganzen Mut zusammen. Ohne Elinor mein Vorhaben mitzuteilen, machte ich mich auf den Weg zur Hütte meines Vaters. Ich hoffte, der Tag wäre noch jung genug, um ihn nüchtern vorzufinden. Zum Glück blieben Aphra und ihre Kinder gesund, auch wenn die Kleinen wie immer dünn und unterernährt wirkten, denn mein Vater und Aphra hatten mehr Lust, Kinder zu zeugen, als für sie zu sorgen.

Mir fiel auf, dass ihr Ältester, Steven, einen bösen Striemen auf der Wange hatte. Wie es dazu gekommen war, musste ich nicht fragen. Ich hatte einige von den Kräutern dabei, die wir hergerichtet hatten, und zeigte Aphra, wie sie daraus jenen Saft machen konnte, den sich Elinor und ich ausgedacht hatten. Während unserer Unterhaltung rührte sich mein Vater, der sich bisher noch nicht von seinem Lager erhoben hatte. Er stand auf, fluchte über seinen Brummschädel und wollte von mir wissen, ob ich ihm auch einen Trank mitgebracht habe. Da ich heute seine Hilfe wollte und sie wohl kaum bekäme, wenn ich ihn reizte, biss ich mir auf die Zunge und verzichtete auf die Bemerkung, dass ein wenig Enthaltsamkeit sein Leiden kurieren würde.

In einem respektvollen Ton, nach dem mir ganz und gar nicht zu Mute war, erklärte ich den traurigen Zustand im Pfarrhaus und beschwor ihn zu helfen, indem ich ihm mit seiner großen Kraft und Tapferkeit schmeichelte. Wie erwartet meinte er fluchend, er hätte schon mehr als genug Arbeit.

Außerdem täte es meinem »Faselpfaffen« ordentlich gut, wenn er sich seine weißen Hände dreckig mache. Deshalb bot ich ihm ein erstklassiges Lamm aus meiner Herde für den nächsten Sonntagsbraten an und ein weiteres zu Neumond. Dies war ein großzügiges Angebot. Mein Vater feilschte zwar fluchend weiter und hieb auf den Tisch, dass die Teller klapperten, aber schließlich einigten wir uns doch. So erkaufte ich Mister Mompellion eine Erholungspause vom Kirchhof. Außerdem bekamen die hungrigen Kinder meines Vaters auf diese Weise vielleicht ein Stück Fleisch ab.

Die Wochen dieser kalten Jahreszeit machten aus mir ein Gespenst. Die Weihnachtszeit verging, ohne dass wir es recht merkten. Zu Fastnacht entband ich Kate Talbot von einem gesunden Mädchen. Als ich ihr das Kind in die Arme legte, hoffte ich, es könnte ihre Trauer über den Verlust ihres Mannes mildern. Eine Woche später war ich Hebamme bei Lottie Mowbray, einer armen und einfachen Frau. Dennoch brachte sie es fertig, ihr Kind unter so wenig Jammern oder Mühen zu gebären, wie es mir bisher nicht untergekommen war. Leute wie Kate Talbot, die von ihres Mannes Hände Arbeit gelebt hatte, oder Lottie und ihr Mann Tom, die schon in guten Zeiten ums Überleben kämpften, wären in diesem Winter ohne Versorgung durch den Grafen von Chatsworth verhungert. Getreu seinem Versprechen versorgte er uns weiterhin. Jeden Tag kamen die Fuhrleute mit ihrer Ladung zum Grenzstein oder an die kleine Quelle, die bei uns inzwischen nur noch Mompellions Well hieß. Von den Bradfords, die sicher in ihrem Oxforder Hafen saßen, hätten wir uns wenigstens ein kleines Zeichen Mitgefühl erwartet, aber von ihnen erhielten wir weder irgendein Almosen, geschweige denn ein mitfühlendes Wort.

Drinnen in der Pfarrküche sah es allmählich wie in einem Alchemistenkabinett aus. Saft von gehackten Blättern tropfte auf meine schön geschrubbte Tischplatte und färbte das gebleichte Holz grasgrün. Das regelmäßige Schneidegeräusch meines eigenen Messers bestimmte meine Vormittage und verschmolz für mich zu einer hoffnungsvollen Musik der Heilkunst, die Elinor nicht mehr ganz fremd war. Beim Studium diverser Bücher las sie sich die Augen rot .

Hauptsächlich aber lernten wir aus der praktischen Anwendung, durch unsere Versuche, die pflanzlichen Heilkräfte auf diese oder jene Weise zu extrahieren. Einige Blätter weichte ich in zähflüssigem Öl ein, andere in stechendem Alkohol und wieder andere nur in sauberem Wasser. Dann wartete ich ab, mit welchem Element die besten Ergebnisse erzielt wurden. Viele Vormittage arbeitete Elinor Seite an Seite mit mir. Da ihre zarte Haut von den Pflanzensäften schnell Flecken bekam, sah es manchmal aus, als trüge sie blassbraune Handschuhe. Aus unseren getrockneten Kräutervorräten kochten wir Tees. Wenn sie zu bitter waren, träufelten wir löffelweise dicken Honig hinein und machten daraus Sirup. Einige Tees verdampften wir zu kräftigen Destillaten, da wir gemerkt hatten, dass viele Leute lieber kleine Mengen tranken als große. Und dann machte ich mich wieder ans Kleinhacken. Bündelweise hatten wir dem gefrorenen Boden Wurzeln abgetrotzt. Einige häufte ich in Tontöpfe und bedeckte sie zum Durchziehen mit reichlich Öl. Sobald die Heilkraft einer Pflanze meiner Meinung nach erschöpft war, griff ich mit den Händen in den seidigen Brei und knetete so lange brockenweise Bienenwachs hinein, bis ich eine geschmeidige Salbe zum Auftragen auf entzündete Pestbeulen hatte. Unsere Arbeit verfolgte zwei Ziele: erstens die Leiden der bereits Erkrankten zu lindern und zweitens die Abwehrkräfte der Gesunden zu stärken. Letzteres war zwar weitaus wichtiger, der Erfolg jedoch umso ungewisser.

Elinor und ich verteilten unsere Präparate und versuchten den Leuten zu zeigen, wie sie die frischen Sprossen wilder

Blätter finden und erkennen könnten, die sie zur Kräftigung ihrer Gesundheit essen sollten. Dabei lernten wir auch vieles über die Linderung normaler Gebrechen und Verletzungen. Obwohl wir unsere Hauptarbeit nur ungern unterbrachen, wandte man sich immer öfter wegen Präparaten an uns, die früher die Gowdies so bereitwillig geliefert hatten. Nach kurzer Zeit begannen wir, uns einiges von ihrem Wissen anzueignen: dass eine Mischung aus Königskerze und Raute, Süßdolde und Senföl einen ausgezeichneten Hustensirup ergibt; dass Weidenrindensud Gelenkschmerzen und Fieber lindert; dass zu einem grünen Pflaster zerstoßener Heilziest die Heilung von Wunden und Abschürfungen beschleunigt. Auch in dieser Arbeit lag etwas Befriedigendes, brachte sie doch bei kleineren Verletzungen Trost, Linderung und Heilung.

Aber auf unseren sehnlichsten Wunsch mussten wir warten. Denn eines war uns klar: Möglicherweise könnten wir erst in vielen Wochen ein Abnehmen der Neuerkrankungen beobachten, das auf unsere Bemühungen zurückging. Als die Tage länger wurden, verbrachten wir viel Zeit bei den Gowdies. Wir versuchten, den Pflanzplan des Arzneigartens zu begreifen, studierten die Samenpäckchen, um herauszufinden, was welche Pflanze enthielt, und bereiteten den Boden vor, damit uns der Vorrat an stärkenden Kräutern auch künftig nicht ausging.

Nur sonntags unterbrachen wir unseren stetigen Kreislauf aus Sammeln und Gartenarbeit, Arzneimittelherstellung und Krankenbesuchen. Und vor dieser Unterbrechung fürchtete ich mich inzwischen am meisten. Mein ehemaliger Lieblingstag schien unter einem bösen Fluch zu stehen, denn besonders am Sonntag zeigte sich an den stetig leerer werdenden Bänken und fehlenden Gesichtern in der Kirche, dass unser Bemühen, das Wüten der Pest einzudämmen, gescheitert war. Trotzdem sollte ich auch erzählen, dass es ein paar neue Gesichter gab.

Seit dem Sonntagseid hatte Mister Stanley auch weiterhin die Gottesdienste von Mister Mompellion besucht, und inzwischen waren sogar die Familie Billings und einige andere Nonkonformisten gekommen. Auch wenn sie nicht alle Lieder mitsangen und den Worten des Buches für das gemeinsame Gebet folgten, so war es doch ein Wunder, dass sie sich überhaupt zu uns gesellten. Offensichtlich war ich nicht die Einzige, die darüber froh war.

Am ersten Märzsonntag schickte sich Michael Mompellion ins Unvermeidliche und schloss die Kirche. An jenem Morgen mühte er sich mit letzter Kraft, auf der Kanzel stehen zu bleiben. Weiß hoben sich seine Knöchel vom Eichenholz ab. Elinor hatte darauf bestanden, dass ich aufrückte und ihre Bank teilte. Sie meinte, mittlerweile sei ich ein Teil der Pfarrfamilie. Deshalb war ich nahe genug, um zu sehen, wie er am ganzen Körper vor Erschöpfung zitterte, und ich sah auch die tiefen Falten in seinem Gesicht, während er mühsam um seine Stimme rang.

»Meine lieben Freunde«, sagte er, »Gott hat uns in diesen Monaten schmerzlich auf die Probe gestellt. Ihr habt Seine Prüfung mutig angenommen. Seid eures Lohnes dafür gewiss. Wie wir alle hatte auch ich zu hoffen gewagt, dass diese Prüfung nicht so lange und so hart ausfallen würde, wie sie es tat und weiter tut. Aber wer kann sich erdreisten, Gottes Gedanken zu lesen? Wer kann Seinen großartigen Plan in allen Feinheiten verstehen? Nicht immer deutet Er Seine Absichten an, sondern lässt uns im Dunkeln, sodass wir Sein Gesicht suchen und Ihn anflehen müssen, damit Er sich uns in Seiner Gnade offenbart. Geliebte im Herrn, verliert über dieser unserer Sache Gottes große Liebe und Zärtlichkeit nicht aus den Augen. Denn ihr alle, die ihr eure Kinder liebt, wisst, dass auch Züchtigung ein lebendiger Ausdruck eurer Sorge um sie sein kann. Wer lässt schon seine Kinder aufwachsen, ohne sie manchmal durch Bestrafung auf den rechten Weg zu bringen? Nur ein nachlässiger Vater. Und doch runzelt ein guter Vater in solchen Zeiten nicht wutentbrannt die Stirn, sondern erteilt die notwendigen Strafen mit liebendem Blick, in der Hoffnung, dass sich seine Kinder bessern.«

Jetzt hielt er inne und versuchte, seine Kräfte zu sammeln. »Meine lieben Freunde, bald schickt uns Gott eine neue Prüfung, vielleicht die härteste, der wir uns je gegenübersahen. Denn schon bald wird es hier wieder wärmer. Und diese Pest – das wissen wir aus alten Berichten von Überlebenden –, diese Pest gedeiht in der Wärme prächtig. Wir können nur hoffen und beten, dass ihr Wüten hier bereits dem Ende zugeht; darauf bauen können wir nicht. Meine geliebten Freunde, nun müssen wir uns gegen die Möglichkeit wappnen, dass uns das Schlimmste vielleicht noch bevorsteht. Und wir müssen demgemäß Anordnungen treffen.«

Während seiner Predigt stöhnten die in der Kirche verstreuten Menschen auf. Einige begannen zu weinen. Als er sagte, er müsse die Kirche schließen, begann auch Mister Mompellion zu weinen. In seiner Erschöpfung konnte er nicht mehr gegen die Tränen ankämpfen. »Verzweifelt nicht!«, rief er und rang sich ein Lächeln ab. »Eine Kirche ist nicht nur ein Gebäude! Unsere Kirche werden wir behalten! Wir werden uns unter dem Himmelszelt treffen und miteinander beten, im Cucklett Delf, wo die Vögel unser Chor, die Steine unser Altar, die Bäume unsere Kirchtürme sein werden! Freunde, im Steinbruch können wir in sicherem Abstand voneinander stehen, damit die Kranken nicht die Gesunden anstecken.«

Ungeachtet des Tenors seiner Worte verhärmte sich sein Gesicht noch mehr, als er zu jenem Teil seiner Botschaft kam, der uns am härtesten treffen würde. »Geliebte im Herrn, wie unsere Kirche müssen wir auch unseren Kirchhof schließen. Inzwischen ist es unmöglich, unsere Toten rechtzeitig zu begraben. Und mit dem Anbruch des warmen Wetters wird das Ungebührliche zur Gefahr. Geliebte im Herrn, wir müssen die bittere Bürde auf uns nehmen, unsere eigenen Toten so rasch wie möglich zu begraben, in der nächstbesten Erde ...«

Jetzt heulten alle laut auf und schrien entsetzt: »Nein!«

Er hob die Hand und bat um Ruhe. »Geliebte im Herrn, ich kenne eure Befürchtung, glaubt mir, ich kenne sie. Ihr befürchtet, Gott wird keinen finden, den man außerhalb geweihter Erde zur Ruhe bettet. Ihr fürchtet, eure Lieben wären in Ewigkeit für euch verloren. Aber am heutigen Tage sage ich euch: Ihr habt den ganzen Boden dieses Dorfes geweiht! Durch euer Opfer habt ihr ihn geweiht, hier und jetzt! Gott *wird* euch finden! Er *wird* euch um sich scharen! Er ist der Gute Hirte und wird nicht den Geringsten seiner Herde im Stiche lassen!«

Jetzt war die Anstrengung zu viel für ihn. Er senkte die Hände, um sich am Kanzelgeländer festzuhalten, fand aber keinen Halt. Ohnmächtig sank er zu Boden.

Elinor und ich stürzten nach vorne, während die Gemeinde in Wehklagen und Weinen ausbrach. Ich weiß nicht, was geschehen wäre, wenn Mister Stanley nicht vorgetreten wäre und mit einer Stimme, die sein Alter Lügen strafte, »Ruhe!« gebrüllt hätte.

In die plötzliche Stille hinein hielt er eine Predigt, die mich an meine Kindheit erinnerte. Aufs Strengste verurteilte er den Aberglauben und wetterte gegen unreformierten Papismus, der sich immer noch in unseren Herzen herumtrieb. »Wenn eure Kuh stirbt und ihr sie auf eurem Feld eingrabt, pflügt ihr sie dann ein Jahr später wieder heraus, weil ihr vergessen habt, wohin ihr sie gelegt habt? Nein! Kein fähiger Verwalter würde einen solchen Fehler machen. Nun denn, wenn ihr also ein geliebtes Kind beerdigt, werdet ihr euch dann nicht jeden Tag eures Lebens daran erinnern, wo ihr es begraben habt? Ja, sagt ihr wieder. Wie könntet ihr das vergessen? Welche Narretei bringt euch dann auf den Gedanken, der allmächtige Gott in Seiner unendlichen Macht und Weisheit könnte in irgendeiner Weise Mühe haben, diese Gräber zu finden, die Gräber Seiner Herde, die Gräber Seiner Kinder, die wir jetzt aus reiner Notwendigkeit in alle Winde verstreuen.

Lasst euer klägliches Weinen! Erhebet eure Stimmen! Lasst uns den achtundachtzigsten Psalm singen und uns in Erinnerung rufen, dass wir nicht die Einzigen sind, die Gott geprüft hat. Und dann geht heim in Frieden und versammelt euch am nächsten Sonntag im Cucklett Delf.«

Der junge Brand war Mister Mompellion zu Hilfe geeilt. Nun stützte er den benommenen Pfarrer auf seinem Weg die Stufen hinab, während in der Kirche die Gläubigen das verzweifeltste aller Gebete um Heilung bei Krankheit anstimmten:

»Herr, Gott, mein Heiland, ich schreie Tag und Nacht vor dir.
Ich bin geachtet gleich denen, die in die Grube fahren …
Meine Freunde hast Du fern von mir getan,
Du hast mich ihnen zum Gräuel gemacht.
Ich liege gefangen und kann nicht auskommen.«

Hinter uns fiel die schwere Kirchentüre ins Schloss. Aber Michael Mompellion, der mit Brands Hilfe Richtung Pfarrhaus taumelte, flüsterte den Psalm mit seiner gebrochenen und müden Stimme weiter:

»Und mein Gebet kommt frühe vor Dich.
Warum verstößest Du, Herr, meine Seele
und verbirgst Dein Antlitz vor mir?«

Drinnen im Haus wurde uns klar, dass wir ihn nur mit Mühe die Treppe hinaufschaffen könnten. Deshalb liefen Elinor und ich ins Schlafzimmer und brachten einige Daunendecken herunter, um im Salon ein Lager zu bereiten. Als ihm Brand beim Hinlegen half, rezitierte er noch immer:

>Ich leide Dein Schrecken, dass ich schier verzage.
Dein Grimm gehet über mich,
Dein Schrecken drücket mich.<

Mit diesen Worten drehte er sich um und überließ sich endlich dem Schlaf der Erschöpften.

Am nächsten Nachmittag raffte er sich auf, zwei Sterbelager zu betreuen, während Elinor und ich übereinkamen, ihm eine weitere Neuigkeit zu verheimlichen, die eher die Lebenden betraf. Angesichts von so viel Tod rings um uns war es schwer, irgendeinen Gedanken an die Zukunft zu verschwenden, geschweige denn an materielle Dinge, und doch belastete mich die Zukunft eines Kindes schon seit langem: die Zukunft eines neunjährigen Mädchens namens Merry Wickford.

George und Cleath Wickford, ein junges Quäkerpaar mit drei Kindern, hatten sich vor gut fünf Jahren in einer verlassenen Hütte am Dorfrand angesiedelt. Sie stammten aus dem schottischen Tiefland und waren wegen ihres eigenartigen Glaubens von ihrem Pachthof vertrieben worden. Auch hier hatte man sie nicht gerade mit offenen Armen empfangen, aber wenigstens mussten sie nicht befürchten, dass ihre Raufen angezündet und ihr Geflügel vergiftet wurde, was ihnen angeblich an ihrem früheren Platz passiert war. Bis zu einer Sommernacht vor einem Jahr hatten sie ein bettelarmes Leben gefristet. George Wickford war noch spät auf gewesen und herumgelaufen. Die Sorge, wie er seine Familie durchfüttern sollte, ließ ihn nicht schlafen. Da sah er, wie ein mächtiger brennender Drache einen weißen Streifen über den Himmel zog. Hier bei uns heißt es, ein brennender Drache am Nachthimmel weise auf eine verborgene Bleiader hin. Deshalb wartete George Wickford nicht einmal bis Tagesanbruch, sondern rannte eilends zu der Stelle, wo seiner Meinung nach der Weg des Drachens übers Moor geführt hatte. Am Morgen hatte er bereits sein Kreuz zur Markierung seines Schurfs aus dem Torf gestochen und sieben Stämme für den Göpel geschlagen; nun schnitt er Holzkeile für die Befestigung im Boden zurecht. Seit tausend Jahren, heißt es, ist es rechtens, dass sich jedermann auf diese Weise einen Schurf abstecken kann, ohne Rücksicht auf den eigentlichen Besitzer dieses Landes. Anschließend hat er neun Wochen Zeit, dem Bergmeister einen Zentner Erz zu zeigen. Und danach darf ihm keiner seinen Schurf wegnehmen, solange er ihm etwas abwirft und er der Krone jenen festgelegten Erzanteil bezahlt, der als Königsfron bekannt ist.

Unermüdlich hatten George Wickford, seine Cleath und ihre drei Kinder auf ihrem Schurf herumgegraben, den sie »Brennender Drache« nannten. Zuerst hatten sie lediglich mit einer wackeligen Heugabel und einer Pflugschar im Boden herumgewühlt. Obwohl Knappen normalerweise Himmelszeichen ernst nehmen, lachten die Übrigen den jungen Wickford aus. In diesem Landstrich deutete nichts auf ein unterirdisches Bleivorkommen hin, und keiner hatte hier je einen Schlag mit der Keilhaue getan. Aber Wickford lachte als Letzter. Er hatte seinen benötigten Zentner Blei weit vor den vom Bergmeister verlangten neun Wochen beisammen – und noch viel mehr. Sein Schurf entpuppte sich als röhrenförmige Ader. Diese können ungewöhnlich ertragreich sein, da es sich um mit Erzen durchzogene Höhlen handelt, die ein unterirdischer Strom vor langer Zeit ausgewaschen hat. Weil an der Oberfläche nichts darauf hindeutet, sind sie nur schwer zu finden.

Seither galt Wickford als Glückspilz.

Doch dann war die Pest gekommen, und George Wickford

war unter den ersten Opfern dieser Seuche gewesen. Dann raffte sie seinen Ältesten dahin, einen gut gewachsenen Zwölfjährigen. Cleath und ihre beiden jüngeren Kinder hatten mühsam weitergeschürft, aber dann war der Junge krank geworden. Die Mutter hatte sich zwischen seiner Pflege und ihren eigenen schwindenden Kräften aufgerieben und binnen drei Wochen nicht mehr die vorgesehene Erzmenge aus ihrer Grube holen können. David Burton, ein benachbarter Hauer, ergriff die Gelegenheit und hieb die erste Kerbe in ihre Göpelspindel. Im Dorf wurde viel darüber geredet, ob das rechtens oder falsch sei, wobei viele David rügten und meinten, dies sei nicht die richtige Zeit für so etwas. Andere verteidigten ihn mit dem Argument, dass das Bleirecht eben so sei und dass ein Schurf nicht zum ersten Mal wegen eines Missgeschicks auf der Kippe stünde. Mich plagte nur ein Gedanke: Hätten die Dorfbewohner auch so hart geurteilt, wenn die Wickfords Mitglieder unserer Kirche gewesen wären? Jedoch muss ich fairerweise zugeben, dass nicht einmal ich mir meines Standpunktes sicher war. Denn bei Sams Tod hatte auch ich mir nichts anderes als den Verlust unserer Grube erwartet. Und dennoch schien die neue Zeit von uns allen jedes erdenkliche Opfer zu fordern. Warum dann nicht auch diese Tradition opfern?

Als David Burton am Ende der sechsten Woche seine zweite Kerbe einschlug, gab es noch mehr Gerede. War dies doch zufälligerweise derselbe Tag, an dem Cleath Wickford ihren zweiten Sohn zu Grabe trug. Es hieß, der Schock darüber habe ihren eigenen Tod beschleunigt, denn die Pest raffte sie schneller dahin, als wir es bisher bei irgendeinem erlebt hatten. Morgens begrub sie ihren Sohn und wirkte dabei so gesund, wie jemand bei so einem traurigen Anlass sein kann. Bei Anbruch der Nacht war sie tot. Die Pest hatte dem ganzen Leichnam ihren Stempel in Form von rosigen Ringen aufgedrückt. Damit war nur noch das Mädchen übrig, jenes Kind Merry, dessen Name inzwischen wie ein grausamer Scherz wirkte. Obwohl ihre Familie zu den Ärmsten im Ort gehört hatte, war sie ein fröhliches, liebenswertes Kind gewesen. Es tat mir weh mitanzusehen, wie viele Verluste sie ertragen musste. Obendrein blieb sie unter entsetzlichen Umständen zurück, da George Wickford außer seinem Namen nur die Grube besessen hatte. Doch er war ein umsichtiger Mann gewesen. Das Geld aus dem Erlös seiner ersten Bleifuhren hatte er in besseres Hauwerkzeug gesteckt und für seine Familie ordentliche Nahrungsmittel und Kleidung gekauft, die sie so lange hatten entbehren müssen. Aber der wahre Reichtum der Grube steckte noch im Boden. Doch der schien für Merry verloren zu sein. Es sei denn, jemand würde einen Zentner Blei für sie fördern. Während die Tage verstrichen, lag ich jedem Hauer, den ich gut genug kannte, mit der Frage in den Ohren, ob nicht einer von ihnen einer Waise diesen Gefallen tun würde. Aber selbst der beste Mann meinte, er müsse eher zu David Burton stehen als zu einem Kind, dessen Familie weder zu den Leuten vom Peakrill gehörte noch ihren Glauben hatte. Und so schwanden mit den Wochen auch die Chancen des Kindes, bis das Ende der neunten Woche näher rückte und schließlich nur noch ein Tag zwischen ihr und einer trostlosen Zukunft im Armenhaus stand.

Vermutlich hätte ich es besser wissen sollen, anstatt diesen Fall bei Elinor zur Sprache zu bringen. Oder sagen wir, der darauf folgende Vorschlag hätte mich nicht überraschen sollen. »Anna, von Erzadern verstehst du etwas. Wir beide, du und ich, werden diesen Zentner für das Kind herausholen.«

Doch dieser Vorschlag stieß bei mir auf noch weniger offene Ohren als ihre frühere Aufforderung, ich solle bei Mary Daniel Hebamme spielen. Schon lange ehe das Erz meinen Sam holte, habe ich mich vor den Gruben gefürchtet. Für düsterfeuchte, stickige Orte bin ich nicht geschaffen. Ich liebe alles, was auf der Erdoberfläche lebt und wächst. Die Eingeweide dieses ausgehöhlten Landes sind mir egal. Ich habe Sam nie gebeten, mich in die Grube mitzunehmen. Wahrscheinlich hätte er es auch gar nicht getan, auch wenn er mir nie eine Bitte abgeschlagen hat. Bergleute sind abergläubisch, und viele glauben, in jeder Grube wohne ein Elfkobold, der auf seinen Hauer eifersüchtig ist und dessen Frau nicht mag.

Aber Elinor hatte jenen Gesichtsausdruck, den ich inzwischen nur allzu gut kannte. Jemandem, der es nicht selbst gesehen hat, kann man nur schwer beschreiben, wie sich ihre feinen Gesichtszüge derart verändern konnten. Ich habe gelesen, die Griechen hätten Marmorbildnisse angefertigt, dass der Stein zu atmen schien. In diesen Berichten stand, die steinernen Bildnisse hätten lebendigem Fleisch zum Verwechseln ähnlich gesehen. Wenn ich's recht bedenke, glich Elinors Gesicht vielleicht einer dieser Marmorfiguren, wenn sie zu etwas entschlossen war, was sie für richtig hielt. Jedenfalls wusste ich nun, dass wir uns auf den Weg zur Wickford-Grube machen würden, ob ich wollte oder nicht.

Wir brachen früh auf, denn die Grube liegt weit vom Dorf entfernt. Ich hörte Elinor in der Bibliothek mit Mister Mompellion sprechen und ihm sagen, wir gingen auf die Suche nach fehlenden Kräutern. Als sie aus dem Zimmer kam, fiel mir auf, dass ihre durchsichtige Haut ganz erhitzt war. Unter meinen Blicken flatterte ihre Hand an den roten Hals.

»Nun gut, Anna, dann werden wir also Taschen mitnehmen, um unterwegs geeignete Pflanzen zu sammeln.« Man konnte deutlich erkennen, wie viel selbst die winzigste Heimlichkeit oder ein Hauch von Trug sie kostete, sogar wenn diese Lüge lediglich dem Wohlergehen ihres Mannes galt. »Denn eines weißt du ja nur zu gut«, fügte sie hinzu, »wenn er von unserem wahren Plan für heute Wind bekommt, wird er darauf bestehen, sich selbst an dieser Arbeit zu versuchen. Und das wäre bei seiner gegenwärtigen Erschöpfung vermutlich sein Ende.«

Zuerst begaben wir uns zur Wickfordschen Hütte, um dem Kind Merry unseren Vorschlag zu unterbreiten. Als wir den matschigen Pfad zu ihrer Hütte hinaufkletterten, stürzte sie mit freudestrahlendem Gesicht zur Tür heraus. Was lebten wir doch in merkwürdigen Zeiten, in denen wir ein so kleines Kind einfach einem Leben allein in seiner Behausung überließen! Ich hatte zwar daran gedacht, sie mit zu mir nach Hause zu nehmen, hatte mich aber dann dagegen entschieden. Hier draußen, in einiger Entfernung zum Dorf, schien sie sicherer und gesünder zu leben, als wenn sie täglich mit Pestopfern zusammenkam.

Irgendwie gelang es ihr zu überleben, ja, sie gedieh sogar prächtig. Selbst jetzt war sie ein Kind, das vor Gesundheit strotzte: mit rosigen Pausbacken, einem tiefen Grübchen am Kinn und einem dunklen Lockenschopf, der auf und ab wippte, während sie um uns herumtanzte. Drinnen in der Hütte sah ich auf dem Tisch die Frühstücksreste von heute Morgen: einen irdenen Schmalztopf – schmale Fingerabdrücke auf seiner glatten weißen Oberfläche verrieten, dass sie es mit den Händen gegessen hatte –, dazu Eierschalen, deren Inhalt sie roh ausgesaugt hatte, und eine Zwiebel, die sie wie einen Apfel angebissen hatte. Nicht sehr fein, mag sein, aber nahrhaft.

Als wir die winzige Hütte mit dem gestampften Boden betraten, beeilte sie sich, den Tisch abzuräumen, und bat uns höflich, Platz zu nehmen. Ich bewunderte ihre Selbstbeherrschung und hatte ein schlechtes Gewissen, weil ich mich nicht besser bemüht hatte, ihre Eltern kennen zu lernen. Es müssen brave Leute gewesen sein, die ihrem Kind solche Manieren beigebracht hatten.

Elinors Gedanken waren wohl ähnlich. »Deine Mutter wäre sehr stolz auf dich, Merry, wenn sie sähe, wie tapfer und gut du hier zurechtkommst.«

»Glauben Sie?«, sagte sie. Ihre dunklen Augen blickten

ernst. »Ich danke Ihnen für diese Worte. Ich spüre, dass Mutter immer noch auf mich aufpasst, genau wie Vater und meine Brüder. Der Glaube daran tröstet mich und lässt mich mein Leben hier weniger einsam empfinden. Ich danke Ihnen beiden, dass sie am heutigen Tag an einen Besuch bei mir gedacht haben. Es ist schwer für mich, den Verlust meiner Familiengrube allein mit ansehen zu müssen.«

»Wenn es nach uns geht, wirst du nichts dergleichen mit ansehen müssen«, platzte ich heraus. Plötzlich war ich froh, dass mich Elinor zu dieser Tat überredet hatte.

»Wenigstens«, fügte Elinor hinzu, »hoffen wir, dass es nicht so weit kommt.«

Merrys Dankbarkeit verwandelte sich in helle Freude, als wir erklärten, wir seien nicht nur auf einen Besuch gekommen, sondern wollten versuchen, ihre Grube zu retten. Das Mädchen bestand darauf mitzukommen und seinen Teil dazu beizutragen. »Merry, du kannst uns genauso helfen wie deinen Eltern«, sagte ich. »Du wirst alle Hände voll zu tun haben, das Haufwerk in Erzbrocken und taubes Gestein zu sortieren und das Erz im Waschtrog vom Schwarzstein zu trennen. Wir verlassen uns darauf, dass du uns drunten benachrichtigst, wenn wir einen Zentner voll haben. Aber denk daran, ein ordentlicher Zentner muss es sein, denn David Burton sieht sich schon als Besitzer des »Brennenden Drachens« und wird vom Bergmeister ein ganz genaues Maß verlangen.« Merry nickte. Sie kannte die Ausmaße der großen Waagschale des Bergmeisters nur allzu gut.

Trotzdem wirkte das Kind besorgt und beteuerte, es sei schon früher drunten in der Grube gewesen und möchte uns führen. Elinor schien fast schon zustimmen zu wollen, aber ich nahm sie rasch beiseite und flüsterte: »Mit den Eltern drunten im Dunkeln zu sein, die jeden Stein der Grube kannten und täglich geschürft hatten, ist etwas ganz anderes als mit zwei

Leuten unseres Schlages, die von Hauen und Schrämen kaum Ahnung hatten. Elinor, ich möchte diesem Kind helfen, nicht es begraben!« Elinor war einverstanden und machte dem Kind klar, dass wir es oben bräuchten, falls etwas schief laufen sollte und wir bis zum Nachmittag nicht wieder auftauchten. Dann und nur dann, mahnte Elinor, solle sie stracks ins Pfarrhaus rennen und Mister Mompellion unser Vorhaben erzählen.

Nach Sams Tod hatte ich sein Werkzeug in einen öligen Fetzen gewickelt und verräumt. Eines Tages wollte ich es einem bedürftigen Knappen schenken. Mit schlechtem Gewissen wurde mir nun klar, dass genau die Wickfords so ein Geschenk verdient hätten. Aber als sie damals ihre Ader gefunden hatten, war ich so sehr mit meinen eigenen Problemen beschäftigt gewesen, dass ich Sams unbenutztes Gezähe und meine Pläne dafür restlos vergessen hatte. Beim Auspacken spürte ich, wie schwer es mir in den Händen lag. Beim Gedanken an Sams große, zerschundene Fäuste und seine dicken Armmuskeln kamen mir Bedenken, wie ich es schwingen sollte. Unter allen Werkzeugen wählte ich die drei aus, die für den Bleihauer unentbehrlich sind: Keilhaue, Schlägel und Eisen.

Merrys Familie hatte aus Sparsamkeit ein anderes Werkzeug verwendet: ein gebogenes Metallstück, das an einem Ende durch einen Hammer im Gleichgewicht gehalten wurde und wahlweise als Picke oder als Vorschlaghammer eingesetzt wurde. Damit würde Elinor arbeiten, da dieses Werkzeug leichter, aber weniger wirkungsvoll war. Leider hatte ich weder Sams alte Hose noch sein Lederwams. Beide waren bei seinem Unfall zerstört worden. Fetzenweise hatte ich das Leder aus seinem zerquetschten Körper ziehen müssen.

Elinor war so schlank, dass sie Hose und Wams des älteren Wickford-Sohnes tragen konnte. Hoffentlich war beides noch nicht mit Pestsaat infiziert, fuhr es mir durch den Kopf. George Wickford war ein schmaler Mann gewesen, den die Armut schlank gehalten hatte. Ich nahm seine Lederhose. Um sie passend zu machen, schnitt ich mit einer scharfen Wollschere von den Beinen ein Drittel ab. Dann bohrte ich am Bund ein paar Löcher hinein und zog eine Schnur hindurch, damit die Hose auch hielt. Das Wams schlotterte mir um die Schultern, aber das war mir egal. Dann nahmen wir noch die Lederhüte mit breiter Krempe für die brennenden Unschlittkerzen, die uns den Weg durchs Dunkel erleuchten und gleichzeitig unsere Hände zum Arbeiten freihalten würden.

Als Elinor ihre Knappenkluft anhatte, schaute ich sie an und wunderte mich erneut über die seltsamen Entwicklungen, die uns dieses Jahr brachte. Anscheinend hatte sie meine Gedanken erraten und lachte über sich selbst. »Was würden wohl all die Ahnen, die mich als Mädchen aus ihren Porträts angestarrt haben – diese feinen Damen in Seidenkleidern und die Herren mit den vielen Schleifen –, zu ihrer Nachfahrin sagen, wenn sie mich jetzt sehen könnten?« Dass ich ziemlich gut wusste, was mein Sam sagen würde, verriet ich ihr nicht. Gelacht hätte er sicher nicht.

Aber hier gab es ja nur Merry Wickford. Wenigstens machten wir auf sie keinen absurden Eindruck. Ihr kleines Gesicht strahlte. In ihren Augen waren wir ihre einzige Hoffnung. So brachen wir zum Mundloch auf. Merry ging voran. Beim Gedanken an den vor uns liegenden Tag fühlten sich meine Füße bei jedem Schritt bleiern an. Schon jetzt atmete ich schwer. Die Angst vor einem Aufenthalt an einem Ort ohne Luft brachte mich zum Keuchen, als wäre ich bereits drunten in der Grube.

Wickford hatte seinen Schacht gut gebaut. Die hiesigen Leute mochten ja auf die Quäker wegen ihres seltsamen Glaubens herabschauen, aber eines mussten alle zugeben: dass sie in jeder Hinsicht umsichtige Handwerker waren. Wickford hatte die Wände mit großen grauen Kalksteinplatten verkeilt und kräftige Äste für stabile Sprossen gehauen. Trotzdem lief, wie in den meisten Gruben, auch an diesem Schacht die Feuchtigkeit herunter. Überall keimten Moose und Farne. Ich konnte nicht sehen, wie weit es in die Tiefe ging, bis die röhrenförmige Ader vom Schacht abzweigte. Eines jedoch wusste ich: Je länger ich zauderte, umso schwerer würde mir das Weitermachen fallen. Deshalb schwang ich mich über den Rand und tastete nach der ersten Sprosse.

Wie sich herausstellte, war der Schacht an die sechs Faden tief und knickte dann waagrecht zum Mundloch ab. Klugerweise hatte Wickford einen gut achtzehn Fuß langen Steigerschacht getrieben, bevor der Schacht erneut nach unten führte. Dadurch konnte man den Kübel mit dem Haufwerk leichter in Einzelabschnitten ans Tageslicht befördern. Aber kaum war das Mundloch verschwunden, war es so vollständig dunkel, dass ich stehen blieb und meine Kerze anzündete. Um die Kerze zu fixieren, tropfte ich für eine Unterlage Unschlitt auf meine Hutkrempe. Im zitternden Lichtschein schob ich mich zollweise vorwärts und weiter hinunter. Merry hatte gesagt, am Grunde dieses zweiten Schachtes würde ich den Höhleneingang finden, und so war es. Im unruhigen Licht meiner Kerze konnte ich sehen, wo Wickford den Fels weggehauen hatte, um den Zugang zu erweitern. Mühelos zwängte ich mich hinein. Der schlammverschmierte, glitschige Boden fiel steil ab. Sofort verlor ich mein Gleichgewicht und landete unsanft auf dem Boden. Beim Versuch, den Sturz abzumildern, schürfte ich mir die Handfläche auf. Obwohl es nur wenige Schritte bis zum Schacht waren, regte sich in der abgestandenen Luft kein Hauch. Wie ich so im Matsch saß, spürte ich Panik aufsteigen. Trotz der Kälte brach mir der Angstschweiß aus. Ich schnappte heftig nach Luft. Vergeblich. Aber nun war Elinor hinter mir. Ich spürte, wie mir ihre Hand auf- und voranhalf.

»Alles ist gut, Anna«, flüsterte sie. »Du *kannst* atmen. Hier *gibt* es Luft. Du darfst dich nicht von deinen Ängsten beherrschen lassen.« Während ich mich mühsam hochrappelte, spürte ich, wie sich Dunkelheit um mich legte. Aus Angst vor einem Ohnmachtsanfall setzte ich mich wieder hin. Elinor redete weiter freundlich, aber entschlossen auf mich ein und befahl mir, meinen Atemrhythmus ihrem eigenen, ruhigen anzupassen. Binnen weniger Augenblicke war mein Kopf klar, und ich konnte weitergehen. So kamen wir zollweise voran. Manchmal gebückt auf zwei Beinen, dann wieder auf Händen und Knien, wenn sich die Höhle verengte. Und manchmal robbten wir auch auf dem Bauch dahin, wenn der Felsboden ungemütlich nach unten abfiel.

Schließlich tauchte im flackernden Unschlittlicht eine Wand mit Schräm- und Ritzspuren auf. Diesen Abbaulinien folgten wir. Sie erzählten die Geschichte, wie die Familie immer mehr geschrumpft war. Anfänglich war die Oberfläche sauber behauen und ohne jedes Erz. Wo George Wickford seine Spitzhacke geschwungen hatte, glänzte es im Kerzenschein glatt auf. Im weiteren Verlauf wurden die Hiebe rauer, flacher und weniger sorgfältig. Hier hatten Cleath und ihr Junge allein weitergemacht. Als Elinor und ich zum letzten Schlag kamen, knieten wir uns nebeneinander nieder, banden unser Gezähe los und fingen Hand in Hand zu arbeiten an. Die Anstrengung, die Hiebe richtig zu setzen, vertrieb vordergründig meine Ängste. Mein ganzes Leben habe ich schwer gearbeitet: Wasser holen, Holz hacken, Heu rechen. Diese Arbeit aber, wo es darum geht, Fels dem Felsen abzuringen, war das Härteste, woran ich je Hand angelegt hatte. Nach einer halben Stunde zitterten meine Arme. Für Elinor musste es noch viel schlimmer gewesen sein. Ich konnte sehen, wie rasch sie unter dieser Belastung ermüdete. Jedem ihrer Hiebe folgten immer längere Pausen. Einmal schlug sie sich mit der Keilhaue auf den Daumen und stieß einen Schrei aus. Ich konnte sehen, wie es blutete und der Nagel sofort schwarz wurde. Sie ließ sich nicht von mir versorgen, sondern schickte mich mit einer Handbewegung wieder an die Arbeit, während sie einen Fetzen um die Wunde wickelte. Dann hieb sie langsam weiter. Ihr schweißnasses Gesicht mit den Schmutzstriemen wirkte steinhart.

Was mich betraf, so kostete es mich am meisten Mühe, meine Panik im Zaum zu halten. Ich versuchte, meiner Todesangst dadurch Herr zu werden, indem ich mich einzig und allein auf die Arbeit konzentrierte und nicht auf die Wände aus glitschiger Dunkelheit, die bei jeder Kerzenbewegung näher oder weiter weg zu rücken schienen. Auch auf die erstickend feuchte Luft, die einen Geschmack hatte, als sei alles Gute längst herausgesaugt worden, achtete ich nicht, und auch nicht auf das Gewicht der Erde und der Felsen, die sich in dicken Schichten hoch über mir auftürmten. Jeder Aufprall des Schlägels fuhr mir durch die Armknochen bis in die Zähne hinauf. Viele, viele Hiebe waren nötig, bis ich einen kleinen Spalt geöffnet hatte, der zum Ansetzen des Eisens genügte. Kaum saß der Keil fest, musste ich den schweren Hammer heben und mit größtmöglicher Macht fallen lassen. Auf diese Weise hoffte ich, große Felsbrocken abzusprengen. Aber mein Schlag ging weitaus öfter daneben oder prallte vom Keil ab, sodass das Ding im hohen Bogen aus dem Spalt und hinunter in den kalten Matsch flog, wo ich blindlings danach tasten musste, um dann wieder von vorne anzufangen. Vom Matsch wurden Keil und Hände glitschig. Die Kälte machte meine Finger klamm. Anstatt mit zunehmender Übung besser zu werden, wurden meine tauben Hände immer fahriger. Stunden verstrichen. Vor Schmerz und Enttäuschung hätte ich am liebsten geheult. So sehr wir die Schlägel auch schwangen, das Haufwerk neben uns wuchs nur zentimeterweise.

Elinor sprach aus, was ich nicht wagte. Trotz aller Bemühungen hatte sie lediglich ein paar klägliche Steinbröckchen gelockert. Sie ging in die Hocke und ließ die Keilhaue schwer neben sich auf den Felsen fallen. »Mit dieser Geschwindigkeit werden wir bis zum Tagesende keinen Zentner fördern.« Dumpf klang ihr Flüstern durch die Höhle.

»Ich weiß«, sagte ich, wobei ich die tauben Finger beugte und meine schmerzenden Arme rieb. »Was für ein törichter Gedanke, wir könnten an einem einzigen Tag Dinge beherrschen lernen, die starke Männer erst nach jahrelanger Übung meistern.«

»Ich kann dem Kind nicht in die Augen sehen«, sagte Elinor. »Ich kann seinen enttäuschten Blick nicht ertragen.«

Einen langen Augenblick dachte ich intensiv über meine nächsten Worte nach. Ein Teil von mir war über unseren Misserfolg enttäuscht, ein kleinerer Teil war mächtig froh, dass Elinor kurz davor stand, dieses erbärmliche Unternehmen abzublasen. Der schlimmste Teil von mir gewann. Wortlos sammelte ich mein Gezähe ein. Stumm machten wir uns auf den Rückweg durch den Tunnel. Meine Arme waren so müde, dass ich mich kaum an den Sprossen festhalten konnte. Während ich dankbar die kühle Luft einatmete, redete ich mir ein, dass wir angesichts unserer Erschöpfung nie und nimmer Erfolg gehabt hätten, auch wenn ich Elinor gebeichtet hätte, was ich sonst noch wusste.

Was mich umwarf, war Merrys Gesicht, ihre hoffnungsvollen Augen, als wir aus dem Tunnel kletterten. Beim Anblick des kläglichen Hauwerks, das wir gefördert hatten, verschwand jedoch ihr strahlendes Lächeln, ihre Lippen bebten. Und doch weinte sie nicht, sondern zügelte ihr Stimmchen und dankte uns überschwänglich für unsere Bemühungen. Ich schämte mich für meine Feigheit.

»Es gibt noch einen Weg, das Erz herauszuholen«, platzte ich heraus. »Sam griff ab und zu darauf zurück, wenn seine Ader unter taubem Gestein verschwand. Aber genau dafür hat er schließlich mit seinem Leben bezahlt.« Nun wandte ich mich an Elinor und erzählte ihr alles, was ich über diese Methode gehört hatte: wie man die entgegengesetzten Kräfte von Feuer und Wasser zusammenspannen kann, um die Arbeit vieler Bergleute zu tun.

Elinor lehnte sich rücklings gegen den Göpel und legte ihre rauen Hände über die Augen. So verharrte sie eine ganze Weile. »Anna, in diesen Tagen hängt unser aller Leben an einem Faden. Wer heute verschont wird, den rafft am Ende morgen die Pest dahin. Ich meine, wir sollten es riskieren und einen Versuch wagen … Aber nur, wenn du willst.«

Merry wirkte besorgt. Hauerkinder lernen rasch, wovor sich Bergleute fürchten. Und im Zusammenhang mit Feuer gibt es vieles zu befürchten: Rauchschwaden können in Verbindung mit der erstickenden Feuchtigkeit der Höhle unbemerkt die letzte atembare Luft entziehen. Durch Feuersetzen kann verstecktes Wasser frei werden, das wie ein Sturzbach die Grube überflutet. Unter dem Druck können die Knochen und Sehnen der Erde brechen, sodass der darüber liegende Boden einbricht und dich darunter begräbt, anstatt eine Tonne Blei freizusetzen. Genau das war bei Sam passiert. Jeder Gebrauch von Feuer ist so gefährlich, und seine Auswirkungen so unvorhersehbar, dass er nur dann erlaubt ist, wenn einer die Zustimmung aller Hauer in den benachbarten Grubenfeldern hat. Da diese einsame Grube aber keine Nachbarn hatte, waren wir auf uns selbst gestellt.

Ich sammelte möglichst rasch Hülsezweige. Trockener Zunder war schwieriger zu finden, da es jüngst geregnet hatte. Schließlich rannte Merry den ganzen Weg zu ihrer Hütte zurück, um vom Herd getrocknetes Zündholz zu holen. Nachdem ich in den Schacht zurückgeklettert war, ließ Merry in Ledereimern kaltes Wasser aus dem Bach herunter. Den ersten verschüttete ich beim Kriechen durch die Höhle. Bis ich sie Nachschub holen schickte, verging kostbare Zeit. Beim zweiten Mal gelang es Elinor und mir, die Eimer ans Ziel zu bringen.

Auf der Suche nach Rissen tastete ich die Felsoberfläche ab und bearbeitete sie zum Erweitern mit dem Stufeisen. Als ich einen genügend großen Spalt im Fels hatte, zeigte ich Elinor, wie wir in jeden Winkel Hülsezweige stecken und alle so tief wie möglich hineinklopfen mussten. Anschließend verteilte ich das trockene Zunderholz zum Anbrennen über die ganze Felswand. »Sie müssen jetzt wieder nach oben«, sagte ich dann zu Elinor. »Wenn wir Erfolg haben, ziehe ich am Seil, um Sie zu holen.«

»O nein, Anna, ich werde dich hier unten nicht allein lassen«, sagte sie.

Das konnte eine lange Diskussion werden. Um sie in Bewegung zu setzen, brauchte es Gewalt. Deshalb sagte ich scharf: »Elinor! Dafür haben wir jetzt keine Zeit. Haben Sie denn nicht genug Verstand, um zu kapieren, dass Sie mir von draußen mehr helfen können, wenn das hier schief geht? Besser, Sie graben nach mir, als wenn Sie hier drinnen gemeinsam mit mir umkommen.«

Selbst in diesem matten Licht konnte ich es in ihren Augen verräterisch glitzern sehen. Schon stiegen ihr Tränen der Erschöpfung in die Augen. Aber meine Worte erfüllten ihren Zweck. Sie ließ den Kopf hängen. »Wie du meinst«, sagte sie und machte sich auf den langen Rückweg. Als ihre schlurfenden Schritte verebbten, blieb mir nur noch Schweigen. Irgendwo tropfte unsichtbar Wasser durch den Stein. Jetzt machte ich mich rasch daran, das Holz anzuzünden, ehe es dafür zu feucht wurde, aber meine Hände mit dem Feuerstein und dem Zunder zitterten. In meiner Kehle stieg ein Schluchzen auf.

Lieber sterbe ich an den giftigen Pestflecken, dachte ich, als hier unten mein Leben auszuhauchen, lebendig im Dunkeln begraben. Aber dann flammte das Feuer auf, und es war nicht mehr dunkel. Die Hülse begann zu brennen. Der Saft zischte. Dann der erste Knall. Ein Fels zerbarst unter dem wachsenden Druck. Warten war schwer, so schwer, während Rauch die Luft füllte. Ich hielt mir einen nassen Lumpen vor den Mund, kauerte mich zitternd hin und wartete und wartete. Mit aller Gewalt zwang ich mich, den nächsten Schritt nicht übereilt zu tun. Schließlich hatten wir nur eine einzige Chance. Für einen erneuten Versuch war die Zeit zu kurz. Wenn der Fels nicht genügend heiß war, wäre die ganze Mühe vergebens und unsere Tagesarbeit für immer verloren. Als ich schließlich glaubte, meine Brust würde vom Einatmen verbrannter Luft zerspringen, griff ich blindlings nach dem Eimer und schüttete in hohem Bogen Eiswasser neben den heißen Fels. Es zischte und dampfte, dann klang es, als würde ein Dutzend Musketen abgefeuert. Schichtweise fiel Blei herunter.

Blind vor Rauch versuchte ich, mich in Sicherheit zu bringen. Ich hustete so, dass ich dachte, es würde mir die Kehle zerreißen. Ein scharfer Splitter traf mich an der Schulter, dann landete ein schwererer Brocken direkt im Kreuz. Ich wand mich darunter hervor, indem ich mich auf die Unterarme stützte, die sich vom morgendlichen Hauen wie Pudding anfühlten.

»Aufhören!«, betete ich. »O bitte, aufhören, jetzt!« Aber das Knallen hörte nicht auf, sondern ging weiter und immer weiter, und jedem Knall folgte ein neuer Steinregen. Ich schlug mit den Armen wild um mich, meine Finger tasteten über den harten Stein. Aber die Last wurde immer schwerer und schwerer, bis ich mich schließlich nicht mehr bewegen konnte.

Und so, dachte ich, endet hier doch noch alles. Tot, im Dunkeln, wie Sam. Über mir türmten sich immer mehr Platten. Ich spürte, wie der ganze schwere Abhang in Bewegung geriet, als Stein gegen Stein rutschte, und wie sich die Erde in jede neue

Öffnung ergoss. Wie ein widerlicher Kuss presste sich nasser Schlamm in meinen Mund. Ich hörte den Pulsschlag in meinen Ohren. Das dröhnte und hämmerte, immer lauter. Schließlich zerbarst der Fels.

Doch dann geschah etwas Merkwürdiges. Die Panik wich von mir. In meinem Inneren stiegen Bilder meiner Buben auf. Mittlerweile fiel es mir schwer, mich an die genauen Einzelheiten ihrer Gesichter zu erinnern: Jamies Locken, die ihm in die Stirn hingen; Toms süße Stirn, die er beim Trinken immer ganz ernst runzelte. Jetzt standen sie mir ganz lebendig vor Augen. Ich hörte auf, um Freiraum zu kämpfen, und atmete die angehaltene Luft aus. Inzwischen gab es nichts mehr zum Einatmen. Ich barg meine Wange im Fels, der mir Grabhügel und Grabstein sein würde.

Alles wird gut, endlich. Dieses Ende kann ich ertragen. Das Bild meiner Buben bekam einen dunklen Rand. Ich zwang es zurück. Noch nicht. Noch nicht. Lass sie mich noch ein paar Augenblicke sehen. Aber das Dunkel drang nach innen, und ihre strahlenden Gesichter wurden matt. Mit dem Dunkel kam gnädige Stille. Plötzlich war es vorbei, mit dem Pulsschlag und mit dem Urgebrüll des Felsens.

Wahrscheinlich wäre ich tot, und keiner könnte davon berichten, wenn Elinor meinen Anweisungen gefolgt und wie befohlen den Schacht hinaufgeklettert wäre. Und vielleicht wäre ich auch tot, wenn Merry uns beiden gehorcht hätte. Aber Elinor hatte sich knapp hundert Meter von der Stelle, wo ich das Feuer entzündete, hinter eine Steinsäule gekauert, und Merry war bis knapp hinter dem Schacht zur Höhle heruntergeklettert. Als sie den großen Bruch hörten, waren beide herbeigestürzt, um mich zu retten. Als ich wieder zu Bewusstsein kam, war ich zwar noch immer bis zum Hals begraben, aber wenigstens hatten sie mein Gesicht freigescharrt.

Die Stille, die mich überwältigt hatte, als ich das Bewusstsein verlor, war echt gewesen. Das Donnern hatte aufgehört und damit auch der Gesteinsregen. Letztlich hatte ich doch nicht den ganzen Abhang über mich hereinstürzen lassen. Als sich der Rauch allmählich verzog, konnten wir tatsächlich sehen, was ich bewerkstelligt hatte: Es war mir gelungen, einen Berg regelmäßiger glänzender Bleibrocken zu lösen, die Merry Wickford heute ihren Zentner sichern würden und wenn nötig noch viele weitere Tage. Gemeinsam wälzten Elinor und Merry das Gestein Platte um Platte von mir, bis ich schließlich mit ihrer Hilfe unter Schmerzen zum Schacht kroch und mich langsam an die Oberfläche arbeitete.

Keine Ahnung, wie ich wieder zurück ins Dorf getaumelt bin. Mir tat alles weh. Es war ein Wettrennen gegen das schwindende Tageslicht. Mit dem einen Arm stützte Elinor mich, mit dem anderen hielt sie einen Zipfel des Sackleinens, in dem sie gemeinsam mit Merry das Blei schleppte. An der Wickfordschen Hütte gab es keine Pause zum Umziehen. Stattdessen begaben wir uns schnurstracks in die Kate des Bergmeisters Alun Houghton. Unter anderen Umständen hätte ich Elinor angefleht, sie möge sich die Demütigung ersparen, in einem solchen Aufzug angestarrt zu werden, aber als ich etwas in dieser Hinsicht murmelte, hieß sie mich schweigen. »Anna, nach allem, was wir durchgemacht haben, damit diesem Kind Gerechtigkeit widerfährt, möchte ich den Vollzug dieser Gerechtigkeit mit eigenen Augen erleben.«

Schon möglich, dass der alte Alun über unseren Anblick – schlammverschmiert, zerschrammt und rußgeschwärzt – schockiert gewesen war. Doch er erholte sich rasch und waltete seines Amtes, indem er David Burton und möglichst viele Männer des Bergrats als Augenzeugen in die Hauertaverne holen ließ. Während sich die Knappen versammelten, ließ Elinor das Pfarrhaus benachrichtigen.

Schon kurze Zeit später hörte ich das helle Geklapper von Anteros' Hufen. Am liebsten hätte ich mich verdrückt, anstatt mich dem Herrn Pfarrer zu stellen. Aber Elinor hatte mich bei Alun Houghton vor den Herd gesetzt und wusch meine aufgeschürfte Haut mit angewärmtem Wasser. Um ihre eigene Toilette hatte sie sich nicht gekümmert. Als nun der Herr Pfarrer die Kate betrat, erhob sie sich zu seiner Begrüßung so, wie sie eben war. Vermutlich hat er sie einen winzigen Augenblick nicht wiedererkannt. Ihren Hut hatte sie irgendwann während meiner Rettung verloren und stand nun barhäuptig da. Ihre feinen Haare waren schlammverkrustet und fielen ihr in harten braunen Strähnen ins Gesicht. Auch die Lederkleidung war voll Ruß und Dreck. Um ihren verletzten Daumen hatte sie einen blutgetränkten Fetzen gewickelt.

Der Herr Pfarrer blieb gleich hinter dem Eingang wie angewurzelt stehen. Einen langen Augenblick schwieg er. Ich fürchtete schon, er ringe mühsam um Beherrschung. Stattdessen lachte er laut auf und breitete seine Arme für Elinor aus. Ich dachte, er würde sie umarmen, aber dann fiel ihm vielleicht das Kind ein oder nur sein schönes weißes Jabot. Jedenfalls trat er einen Schritt zurück und klatschte lediglich in die Hände. Dann erkundigte er sich ausführlichst nach unserem Tagewerk.

Zu meiner Erleichterung begleitete uns der Herr Pfarrer zur Hauertaverne. Auch wenn wir in seltsamen Zeiten lebten wusste ich nicht so recht, wie Elinors guter Ruf die heutigen Vorfälle überstehen würde. Immerhin hatte sie alles weit hinter sich gelassen, was sich nach allgemeiner Auffassung für eine Frau schickte, insbesondere für eine vornehme Dame. Aber bei unserem Anblick erhoben sich die Männer, die in Grüppchen im Gerichtssaal waren, anstatt sich wie früher im Schankraum zu drängen, von ihren Bänken. »Ein Hoch auf die neuen Knappen!«, rief eine Stimme aus dem Hintergrund. Fast einstimmig ließ man uns hochleben. Nur David Burton schwieg mit saurer Miene. Der Bergmeister hängte seine große Waagschale auf – so lang wie das Bein eines großen Mannes und so breit wie ein muskulöser Oberschenkel. Dann trat Merry vor. Nur mit Mühe konnte sie den Sack voll Blei schleppen. Der Bergmeister half ihr auf den Tavernentisch, damit sie die Waagschale erreichen konnte. Sorgfältig schichtete sie mit ernster Miene das Blei hinein, bis die Schale voll war. Daraufhin brach die Versammlung erneut in Jubel aus.

»Freunde«, sagte Alun Houghton, »die junge Merry Wickford behält weiterhin die Schürfrechte an der Grube zum »Brennenden Drachen«. So bleibt es, bis irgendwann einmal drei Kerben in ihrem Göpel sind.« Jetzt wanderte sein Blick unter den eindrucksvollen buschigen Augenbrauen durch den ganzen Raum. »Und obgleich ich kein Wort über das Recht dazu verlieren werde, würde ich doch jedem Mann raten, lang und fest nachzudenken, ehe er in der nächsten Zukunft irgendwelche Kerben in den Göpel dieses Kindes haut. So sei's denn gemäß unserer Bergordnung.«

In jener Nacht musste ich auf meinem aufgeschürften Gesicht schlafen. Mein Rücken, wo mich die Steinplatte erwischt hatte, war ein einziger blauer Fleck. Aber noch mehr schmerzten Arme und Schultern. Viele Tage sollten vergehen, ehe ich sogar beim Heben einer Gabel nicht mehr das Gefühl hatte, ich hätte die schwere Keilhaue in der Hand. Trotzdem schlief ich in jener Nacht besser als seit jenen mohnsaftgetränkten Nächten. Seit dem Ausbruch der Pest war so viele Mühe vergeblich gewesen. So viele Leben konnten nicht gerettet, so viele Wunden nicht geheilt werden. Aber wenigstens ein einziges Mal hatte ich in dieser schweren Zeit das befriedigende Gefühl, etwas getan zu haben, was sich letztlich als richtig erwiesen hatte.

Die Knappschaft

In den folgenden Tagen bekam ich eine Ahnung von meiner fernen Zukunft, sollte ich diese Zeit überstehen und mein eigenes Alter erleben. Jugend und ein Leben ohne Schmerzen sind ein kostbares Gut. Und doch wissen nur wenige von uns es zu schätzen. Bis wir es verlieren. Viele Tage tat mein Körper bei jeder Bewegung weh. Einen Tontopf von einem hohen Regal herunterzuheben kostete unendlich Mühe. Wenn ich einen Eimer Wasser heraufzog, litt ich Höllenqualen. Deshalb musste ich mir für die einfachsten Arbeiten neue Methoden ausdenken. Manchmal half mir Mary Hadfield, wenn sie sah, wie ich mich abmühte, aber ich wollte ihr nicht auch noch meine Not aufbürden.

Daher war ich eines schönen Morgens, als ich zum Kampf mit dem Brunneneimer ins Freie trat, ungewöhnlich froh über das Erscheinen meines Vaters. Ich konnte mir nicht vorstellen, dass er mir nicht zur Hand gehen würde. Wie gewohnt taumelte er daher, heute allerdings nicht vom Alkohol. Als er näher kam, sah ich, dass ihn das Gewicht, das er schleppte, aus dem Gleichgewicht brachte. Es war ein großer Sack, in dem es bei jedem Schritt klapperte.

Vermutlich wäre er vorbeigegangen, ohne mich zu bemerken, so drückte ihn diese Last zu Boden. Aber als ich ihm einen guten Tag entbot, hob er den Kopf und winkte seinerseits, ehe er den Sack absetzte. Ich hörte das Klirren von Metall.

»He, Mädel, und was für'n guter Tag das ist. Die Witwe Brown hat mich mit Zinn für die Gräber von Mann und Sohn bezahlt. Sollt mich wahrscheinlich bei dir bedanken. Du hast mir schließlich beigebracht, dass man heutzutage mit Löcher-graben Geld machen kann.«

Da mir darauf keine Antwort einfiel, bat ich ihn, mir beim Wasserholen zu helfen. Er tat es. Allerdings konnte er sich nach einem kurzen Blick auf mein geschwollenes Gesicht voll blauer Flecken nicht die Bemerkung verkneifen, »ich sähe schlimmer aus wie ein Kuhfladen«. Als er seinen Sack schul-terte und weiterging, stand ich da und starrte ihm nach. Hatte ich vielleicht in bester Absicht etwas Übles angerichtet?

Im Laufe dieser Woche fiel mir auf, dass Nachbarn ihre Ge-spräche unterbrachen, wenn ich mich näherte. Allmählich wurde mir bewusst, dass man über meinen Vater redete, und zwar schlecht.

Nach eigenen Worten hatte er sich zum Totengräber für die Verzweifelten ernannt. Von allen, die zu krank oder schwach waren, um ihre Toten zu begraben, forderte er eine hohe Ge-genleistung. Dafür nahm er das Kostbarste, was Haus und Feld hergaben, sei es das Fass Heringe, auf das die Kinder als winter-liche Notration zählten, die trächtige Sau oder den kostbaren Messingleuchter, der seit Generationen vom Vater auf den Sohn vererbt worden war. Manchmal nahm er seine Trophäen in die Hauertaverne mit, stellte sie auf den Tresen und prahlte mit sei-ner Schlauheit. Als sogar seine besten Freunde dagegen protes-tierten, bestach er alle mit Bier, das er mit dem Geld der Toten bezahlte. In der Hauertaverne endeten alle seine Tage. Er trank, bis er kaum noch heimtorkeln konnte. Als ich ihm diese Arbeit vorgeschlagen hatte, hatte ich erwartet, er würde wenigstens etwas auf sein Äußeres achten, um Aphra und seine Kinder nicht der Pestsaat auszusetzen, die er vielleicht von den Leichen anschleppte. Aber Tag für Tag sah ich ihn in derselben vor Schmutz starrenden Hose kommen und gehen. Wie konnte er so nachlässig sein?

Bei einer Begegnung mit Aphra am Grenzstein flehte ich sie an, darauf zu bestehen, dass er diesbezüglich mehr Sorgfalt walten ließ, aber sie lachte nur. »Du steckst doch die ganze Zeit bei den Gowdies und vergräbst die Nase in Unkraut und Tees«, sagte sie. »Wär vielleicht besser, sich den Kopf darüber zu zerbrechen, was die zwei sonst noch alles im Hirn hatten.« Ich beschwor sie, offen auszusprechen, was sie damit meinte, aber es war sinnlos. Aphra konnte störrisch wie ein Maulesel sein. Je mehr ich versuchte, mit ihr darüber vernünftig zu reden, umso mehr wich sie aus und meinte nur, mein Vater entpuppe sich nun zum ersten Mal in seinem Leben als guter Ernährer. Und ihr stünde es nicht an, ihn deswegen zu schelten.

Kurze Zeit später entdeckte ich bei einem zufälligen Blick aus dem Katenfenster meinen Vater, wie er mit einem Ballen feingesponnener Wolle aus der Weberhütte auf den Schultern die Straße entlangschwankte. Wütend stürzte ich in meinen Garten hinaus und rief: »Vater! Du weißt genau, dass du Mistress Martin mit diesem Ballen übers Ohr gehauen hast. Für eine Stunde Totengräberarbeit bei ihrem Mann. Wie kannst du Trauernde so betrügen? Mit solchem Benehmen bringst du uns alle in Verruf.« Er gab mir keine Antwort. Stattdessen räusperte er sich, spuckte mir einen grün glänzenden Schleimbatzen vor die Füße und setzte seinen Weg zur Taverne fort.

Obwohl sich Mister Mompellion seit seinem Zusammenbruch in der Kirche etwas erholt hatte, war ihm inzwischen klar, dass er zu seiner eigenen Arbeit nicht auch noch die des Küsters erledigen konnte. Daher gebot niemand der wachsenden Gier meines Vaters Einhalt. Sonntags versammelten wir uns auf Geheiß des Herrn Pfarrers im Cucklett Delf. Wie ich so in dem steilen Kessel unter dem schwarzen Zweiggewölbe der Ebereschen stand, erkannte ich die große Weisheit hinter der Tat des Herrn Pfarrers. Hier mussten wir uns nicht den Erinnerungen an die Vergangenheit stellen, keine fehlenden Gesichter quälten uns hier. Auf diesem Rasen konnte jeder stehen, wo er wollte. Trotzdem hielten sich die meisten von uns an die alte Ordnung: Freibauern und Knappen ganz vorne, dann die Handwerker, gefolgt von Kleinpächtern und Gesinde. Wir stellten uns so, dass zwischen jeder Familie ungefähr zehn Fuß Abstand waren, was wir für ausreichend hielten, um die Übertragung der Infektion zu vermeiden.

Mein Vater kam nicht zum Steinbruch, weder am ersten Sonntag noch an den nächsten. Normalerweise hätte man ihn für ein solches Benehmen auf den Dorfanger geschleppt und an den Pranger gestellt. Aber inzwischen hatte keiner mehr die Kraft oder den Willen, solche Dinge zu ahnden. Schon viele Monate stand der Pranger leer. Die Folge war, dass mein Vater im Laufe der Wochen noch niederträchtiger wurde. Inzwischen hatte er seine Nachmittage beim Bierkrug so lieb gewonnen, dass er kundtat, nach dem Mittagsläuten würde er niemanden mehr begraben. In seiner Rohheit klopfte er an die Türen der Kranken mit den Worten, wenn sie ein Grab haben wollten, dann würde er es jetzt sofort graben oder gar nicht. So kam es, dass ein Mensch, der noch am Leben war, von seinem Krankenlager aus den regelmäßigen Spatenstichen meines Vaters lauschen musste. Wahrscheinlich hat sein herzloses Verhalten mehr als einen schneller unter die Erde gebracht.

Mister Mompellion suchte ihn in seiner Hütte auf. Er wollte versuchen, an den letzten Funken Güte zu appellieren, der vielleicht noch in ihm steckte. Ich ging mit ihm. Dazu fühlte ich mich verpflichtet. Trotz der frühen Nachmittagsstunde lag mein Vater bereits schwer benebelt in einem fleckigen Kittel auf seiner Pritsche. Bei unserer Ankunft stand er auf und drückte sich mit einem Grunzen am Herrn Pfarrer vorbei. Kaum war er aus der Türe, schlug er auch schon vor unser beider Augen schamlos sein Wasser ab.

Vom ersten Schritt an hatte ich gespürt, dass der Herr Pfarrer hier seine Mühe verschwenden würde; nun wusste ich es mit Sicherheit. Lange war es her, seit ich wegen der derben Art meines Vaters rot geworden war. Nach meiner Heirat mit Sam hatte ich versucht, meine Gefühle so zu zügeln, dass ich mich nicht länger für meinen Vater verantwortlich fühlte. Trotzdem tat es mir weh, dass der Herr Pfarrer so behandelt wurde.

»Sir«, stieß ich hervor, »lassen Sie uns gehen, denn in diesem Zustand kann man meinem Vater nichts Gutes abringen.«

Der Herr Pfarrer schaute mich nur freundlich an und schüttelte mit leisem Lächeln den Kopf. »Hier sind wir, Anna, und ich werde das sagen, wozu ich hergekommen bin.«

Seine Beweisführung war beredt und, was meinen Vater betraf, eine einzige Verschwendung. Mister Mompellion sagte, das ganze Dorf schätze den Wert seiner Arbeit und habe Verständnis für das Risiko, das er sich aufbürde. Dies sei keine schöne Arbeit, für die er mit Recht einen Lohn beanspruche. Habe doch selbst in den alten Sagen jener Fährmann, der die Seelen über den Styx trug, seinen Obolus verlangt. »Und doch, Joss Bont, flehe ich Sie an, Maß zu halten.«

»Maß halten!«, brüllte mein Vater. »Jaja, das ist alles, was ihr wollt, ihr Blutsauger. Mich arm halten!« Anschließend spulte mein Vater einen langen Sermon voller Selbstmitleid darüber ab, wie schlecht man ihn als Jungen auf See behandelt und wie er seither noch kein einziges Mal in seinem Leben einen ordentlichen Tageslohn verdient habe.

»Ausbluten, das tut ihr uns. Euresgleichen denkt sich doch nichts dabei, uns für einen Hungerlohn das Rückgrat zu brechen. Und dann tut ihr so, als sollten wir euch für den halben Penny, den ihr uns zuwerft, auch noch die Stiefel küssen.« Während seine Stimme immer lauter wurde, bildeten sich Schaumblasen in seinen Mundwinkeln. Sein Speichel spritzte durch den Raum. »Und wenn ich dann endlich 'nen Weg finde, mir meinen Schweiß ein bisschen zu entlohnen, kommt ihr her und versucht mir zu sagen, was ich für meine Plackerei nehmen kann und was nicht! Ha! Meiner Tochter habt ihr vielleicht so viel Honig ums Maul geschmiert, dass sie eure Pisspötte leert, aber Joss Bont wickelt keiner von euch ein! Wenn ihr euch so stark vorkommt, dann begrabt doch die Blatterntoten selber.« Jetzt drehte er uns den Rücken zu. »Mädel, schaff deinen Pfaffen hier raus, sonst tu ich's eigenhändig«, sagte er.

»Spar dir deine Kraft für deinen Spaten, Joss Bont.« Mister Mompellions Miene war gelassen. Lediglich seine Stimme war so kalt, dass ich dachte, sie würde meinen Vater wie ein Eissturm hinwegfegen. »Verschwende sie nicht dafür, mich hinauszuwerfen. So wie auch ich keinen Atemzug mehr verschwenden werde, das Gute in deinem Herzen zu suchen, da ich erkenne, dass dir nichts davon geblieben ist.«

Darauf gab mein Vater keine Antwort, sondern warf sich einfach wieder auf sein Lager, rollte sich herum und zeigte uns seine Kehrseite, während ich dem Herrn Pfarrer die Tür zur Hütte aufhielt. In den nächsten paar Wochen nahm der Herr Pfarrer tatsächlich seine Arbeit als Totengräber wieder auf. Irgendwie fand er die Kraft, alle zu begraben, die so arm waren, dass sie nichts besaßen, was mein habgieriger Vater begehrte. Ich dagegen war froh, dass ich nicht mehr seinen Namen trug, denn immer öfter verfluchte man ihn in allen Hütten und Katen.

Bis er schließlich eine so scheußliche Untat beging, dass sich selbst unsere geschundene Dorfgemeinschaft endlich zum Handeln gezwungen sah. Neun Tage war Christopher Unwin, der letzte überlebende Sohn einer ehemals zwölfköpfigen Familie, auf seinem Krankenlager gelegen, weitaus länger als die meisten, wenn sie erst einmal befallen waren. Ich hatte ihn mehrmals besucht, genau wie Elinor und Michael Mompellion. Inzwischen beteten wir schon, er möge, wie Margaret Blackwell, einer der wenigen sein, die trotz Ansteckung die Pest überlebten.

Doch dann fand ich eines Morgens, kurz nachdem ich Sülze und Haferkuchen für das Frühstück der Mompellions hereingebracht hatte, einen aufgeregten Randoll Daniel im Küchengarten vor. Mary oder das Baby sind krank, war mein erster Gedanke. Mein Mut sank, denn der kleine Junge war mir ans Herz gewachsen, war er doch das erste Baby, das ich entbunden hatte.

»Nein, um Gottes willen«, sagte Randoll, »beide sind wohlauf. Nein, es geht um meinen Freund Christopher Unwin. Seinetwegen bin ich hier. Gestern Abend hat mir Mary Schweinskopfsülze zum Essen gemacht, und heute Morgen dachte ich mir, ich bring ihm einen Teller. Aber er wollte keinen Bissen davon und meinte, er spüre seine Kräfte schwinden. Er bat mich, den Herrn Pfarrer zu holen.«

»Danke, Randoll, ich werde es Mister Mompellion sagen.«

Da der Herr Pfarrer noch kaum zu essen begonnen hatte, wollte ich die Nachricht so lange aufsparen, bis er fertig war. Aber Elinor hatte im Garten Stimmen gehört und bat mich zu sich. Nun blieb mir nichts anderes übrig, als es zu erzählen. Der Herr Pfarrer legte seine Gabel sofort weg, schob seinen unangetasteten Teller fort und stand müde vom Tisch auf. Auch Elinor wollte schon aufstehen, aber an jenem Morgen sah sie noch blasser aus als sonst. Deshalb schlug ich rasch vor, ich würde Mister Mompellion begleiten, während sie sich hier um unsere Kräuterkessel kümmerte.

Gemeinsam gingen wir zum Haus der Unwins. Unterwegs erkundigte sich der Herr Pfarrer ausführlich nach meiner gestrigen Arbeit: Wen ich besucht hätte, und wie es den Leuten ginge, welchen Trank ich verordnet hätte, und was mir am nützlichsten erschiene. Im Laufe der letzten Wochen hatte ich meine Scheu in seiner Gegenwart verloren und konnte mich freier mit ihm unterhalten. Er erzählte mir von den Leuten, die er besucht hatte, doch dann seufzte er tief auf. »Wie merkwürdig ist es doch, Anna. Den gestrigen Tag habe ich innerlich als guten Tag abgehakt, obwohl er übervoll war mit tödlicher Krankheit und der Trauer über jüngste Todesfälle. Und doch ist es ein guter Tag, aus dem einfachen Grund, weil keiner gestorben ist. Wirklich, wir leben in einem kläglichen Zustand, wenn wir das Gute mit einem so kurzen Zollstock messen.«

Das Haus der Unwins stand neben dem Dorfanger. Als wir an dem überwucherten Platz vorbeigingen, deutete der Herr Pfarrer mit dem Kopf auf den Pranger. Eine Efeuranke hatte sich durch eines der Fußlöcher geschlungen. Auf den Riegeln blühte der Rost. »Ich möchte sagen, auch das könnte man zu den guten Dingen rechnen, die diese grimmige Zeit mit sich gebracht hat: Pranger, Schandstuhl und alle anderen barbarischen Werkzeuge sind außer Gebrauch geraten. Wenn ich doch nur die Leute hier überzeugen könnte, dies auch nach dieser Prüfung beizubehalten.«

Wir hatten das Tor der Unwins erreicht. Das Haus stand, von der Straße zurückgesetzt, in einem ehemals hübschen Garten. Viele Jahre hatte die Familie aus ihrer Bleiader Gewinn geschöpft. Stattliche Anbauten hatten ihr Haus zu einem der schönsten im Dorf gemacht. Jetzt, nach so vielen Todesfällen, wirkte der Ort bedrückt und vernachlässigt. Im Laufe der schweren Prüfungen, die diese Familie getroffen hatten, war der Herr Pfarrer häufig hier zu Besuch gewesen. Nun ließ er sich selbst zur Vordertüre ein und rief zu Christopher hinauf, der allein in jenem Zimmer lag, das er bis vor kurzem mit seiner Frau und ihrem kleinen Sohn geteilt hatte. Mit schwacher Stimme antwortete der junge Mann. Aber schon allein, dass er antwortete, war eine große Erleichterung.

Während ich einen Becher aus der Anrichte holte, um dem Kranken etwas Fruchtsaft einzugießen, ging der Herr Pfarrer nach oben ins Schlafzimmer. Als ich wenige Augenblicke später eintrat, stand er mit dem Rücken zu mir am Fenster und starrte auf das Feld der Unwins hinaus. Mir fiel auf, dass er seine Fäuste seitlich verkrampft hatte, als ob ihn der Anblick heftig errege. Als er sich umdrehte, erkannte ich, dass es tatsächlich so war. Finster schaute er unter zusammengezogenen Augenbrauen hervor.

»Wie lange geht das schon?«, wollte der Herr Pfarrer von Christopher wissen, der an einem Polster lehnte und weniger krank aussah, als ich erwartet hatte.

»Seit kurz nach Sonnenaufgang. Das Geräusch seines Spatens hat mich geweckt.«

Nun trieben mir Scham und Zorn gleichermaßen die Röte ins Gesicht. Ich trat ans Fenster. Unten sah ich meinen Vater bis zum Bauch in der halb ausgeschaufelten Grube stehen. Ich konnte mir gut vorstellen, wie sein gieriger Blick bereits die Beute zählte, die er aus dem Haus der Unwins schleppen würde. Wer würde schon gegen seinen Diebstahl Einspruch erheben, wenn erst der junge Christopher bei seiner Familie unter der Erde läge? Von einem war ich inzwischen überzeugt: Schon die Tatsache, dass mein Vater draußen grub, hatte den jungen Mann dazu gebracht zu glauben, sein Zustand hätte sich verschlechtert. Doch seine Mimik war rege, er hatte eine gesunde Hautfarbe, und ich konnte keinerlei Pestzeichen an ihm erkennen.

»Ich werde gehen und mit meinem Vater reden«, erklärte ich dem Herrn Pfarrer mit leiser Stimme. »Ich werde ihn auf der Stelle fortschicken, denn ich glaube nicht, dass der junge Herr solcher Dienste bedarf, weder heute noch in den nächsten Tagen.«

»Nein Anna, du bleibst hier und kümmerst dich um Mister Unwin. Die Sache mit Josiah Bont übernehme ich.«

Ich widersprach nicht, sondern fühlte mich erleichtert. Gerade als ich Christopher Unwins Gesicht in ein wenig Lavendelwasser badete und ihm zur Aufmunterung die Anzeichen für seine Besserung erzählte, drangen von unten erregte Stimmen herauf. Mein Vater verfluchte Michael Mompellion auf übelste Weise. Er wollte nicht hören, dass der junge Mann drinnen in keiner Weise des Grabes bedurfte, das er gegraben hatte. Auch der Herr Pfarrer stand nicht stumm dabei, sondern antwortete meinem Vater in einer Sprache, die ich noch nie von ihm gehört hatte. Derart derbe Worte hatte er sicher nicht bei den großen Theologen in Cambridge gelernt.

Mein Vater bellte, er werde sich seine Bezahlung holen. Schließlich habe er ja dafür geschuftet. »Egal, ob Unwins Arschloch heute noch Dreck schluckt oder nicht.«

Als ich nun ans Fenster trat, sah ich, wie er mit geschwellter Brust fast gegen die des Herrn Pfarrers stieß. Dicht an dicht standen sie am Grabesrand. Er machte schon Anstalten, aufs Haus zuzusteuern – wahrscheinlich, um sich seine Beute zu sichern –, aber da streckte der Herr Pfarrer die Hand aus und packte ihn. Mein Vater versuchte, sich aus dem Griff zu befreien. Als er merkte, dass es nicht ging, wirkte er plötzlich überrascht. Er hob die Faust. Da ich deren Wucht kannte, zuckte ich zusammen. Michael Mompellion stand reglos da. Doch er wartete lediglich so lange, bis mein Vater mit geballter Wucht zum Schlag ausholte, dann trat er im allerletzten Moment einen großen Schritt zur Seite, sodass mein Vater durch seinen eigenen Schwung ins Straucheln geriet. Während sein Kopf nach unten fiel, versetzte ihm der Herr Pfarrer rasch einen Nackenhieb. Als er daraufhin zusammensackte, gab er ihm einen harten Schubs. Einen Augenblick hing mein Vater mit wild rudernden Armen über dem Grab. Sein Mund stand vor Erstaunen weit offen. Es wirkte beinahe komisch. Und dann stürzte er hintüber und landete mit einem Plumps drunten im Schlamm. Ich sah, wie der Herr Pfarrer ins Loch schaute. Vermutlich wollte er sich vergewissern, dass mein Vater nicht schwer verletzt war. Der ununterbrochene Schwall von Flüchen, der aus der Grube drang, bewies allerdings hinreichend, dass ihm nicht viel fehlte.

Als sich der Herr Pfarrer wieder dem Haus zuwandte, wich ich vom Fenster zurück. Vermutlich wollte er nicht, dass es für diese Szene einen Zeugen gab. Ich ging in die Küche, um für Christopher etwas zu essen herzurichten. Er meinte, er verspüre leisen Appetit. Als ich wiederkam, aß er wie der gesunde junge Mann, der er schon bald wieder sein würde, während der Herr Pfarrer mit ihm scherzte und meinte, heute Morgen hätten sie mehr als nur dem Schnitter Tod ein Schnippchen geschlagen.

Im Laufe des Tages erfuhr ich noch, dass man meinen Vater aus der Hauertaverne geworfen hatte, so gewalttätig war er geworden, während er im Suff wegen seiner verlorenen Beute und der Demütigung im Schlamm jammerte. Einerseits war ich froh, dass der Schankwirt seinem Benehmen endlich Grenzen gesetzt hatte, und doch sorgte ich mich um Aphras Kinder. Ich trug meine Sorgen Elinor vor, und sie hatte eine Idee, die Kinder unter dem Vorwand kommen zu lassen, im Heilgarten der Gowdies gäbe es Arbeit für sie. Gewiss gab es dort vieles zu tun, was wir bisher nicht geschafft hatten: Umgraben und Jäten und Düngen, alles in Erwartung der reichen Pflanzenernte in diesem Jahr. Diese Botschaft überbrachte ich mit möglichst taktvollen Worten. Vielleicht begriff Aphra auf diese Weise, dass dort auch Platz für sie sei, falls sie nicht weiter in ihrer Hütte bleiben wollte. Aber Aphra durchschaute meine Anspielung und lachte mich offen aus.

»Mach dir um mich keine Sorgen, Mädel. Ich hab so meine Mittel, diesen Maulesel zu bändigen.«

Damit überließ ich sie ihren Möglichkeiten und beschloss für meinen Teil, nicht mehr an meinen Vater zu denken und die

Scham über ihn auf einen weiteren leisen Kummer schrumpfen zu lassen. Noch ein düsterer Gedanke für meine schlaflosen Nächte.

Kurz vor Tagesanbruch erhob ich mich wie erschlagen und ging zum Wasserholen an den Brunnen. Es war einer jener seltenen Tage im frühen April, in denen uns die Natur einen Vorgeschmack auf den kommenden Frühling bietet. Die unerwartet milde Luft ließ mich im Garten verweilen, wo ich den weichen Duft der langsam wärmer werdenden Erde einatmete. An jenem Morgen war der Himmel wunderschön. Überall flauschige Wolkenknäuel, vom Horizont bis hoch hinauf, als hätte ein Scherer frisch geschorene Wolle in die Luft geworfen. Vor meinen Augen streiften die Strahlen der aufgehenden Sonne jeden Wolkenrand und verwandelten ihn in reines Silber. Dann wechselte das Licht erneut, aus dem Silbergrau wurde ein tiefes Rosenrot. *Abendröte – keine Nöte, Morgenrot – Seemanns Tod.* Diesen Spruch hatte mir mein Vater beigebracht. Flüchtig dachte ich daran, die Schafe in den Pferch zu bringen, ehe sich der Sturm zusammenbraute, den dieser wunderschöne Himmel ankündigte.

Lautes Gebrüll ließ mich zusammenfahren. Eine Gestalt aus einem Albtraum tauchte auf, mit einer klaffenden Wunde quer über dem Schädel und blutverkrusteten, verfilzten Haarsträhnen. Sie war von Kopf bis Fuß mit Dreckbatzen und Lehm verschmiert und bis auf die zerfetzten Reste eines Leichentuchs, das sie hinter sich herzog, nackt. Wieder schrie diese Gestalt auf, und mir wurde bewusst, dass sie den Namen meines Vaters rief. Mein erster Gedanke war, dass eines der flachen Gräber meines Vaters einen von den Toten Auferstandenen ausgespuckt hatte, ein Rachegespenst. Aber mein Verstand sagte mir, dass dies nicht möglich war, und mir dämmerte, dass es sich um Christopher Unwin handelte.

Auf Christophers Geschrei hin waren meine Nachbarn aus

ihren Katen gekommen. Auf ihren Gesichtern stand blankes Entsetzen. Daraufhin lief ich zu ihm hin und beschwor ihn, mit hineinzukommen, wo ich seine Wunden versorgen könne. »Nein, Mistress, ich will nicht. Was mich am meisten schmerzt, liegt außerhalb Ihrer Heilkunst.« Jetzt versuchte ich, ihn am Arm zu nehmen, aber er schüttelte mich ab und suchte stattdessen an der rauen Wand Halt.

»Ihr Vater hat heute Nacht versucht, mich im Schlaf umzubringen. Als ich in meinem Bett erwachte, sah ich gerade noch, wie sein Spaten auf mich herabfuhr. Und wie ich dann erneut zu mir kam, lag ich in meinem Grab! Dieser Satansbraten hat mich einfach dorthin gelegt. Zu meinem Glück hat er mich vor lauter Gier nach meinem Besitz nur mit einer dünnen Schicht Erde bedeckt, die nicht genügte, um mich ganz zu ersticken. Außerdem bin ich Knappe und habe keine Angst davor, mit dem Gesicht im Boden zu liegen.« Hier nickten die umstehenden Männer. »Trotzdem«, fuhr Christopher fort, »musste ich wie ein Maulwurf rudern, um freizukommen. Eines sage ich euch: Der wird noch heute Dreck fressen und nie wieder das Morgenlicht sehen!«

»Genau!«, schrie gellend eine Stimme von der anderen Straßenseite. »Genau! Höchste Zeit, dass man diesem Schurken das Handwerk legt!« Inzwischen sammelten sich immer mehr Menschen an, wie Garn, das sich von selbst um die Spindel wickelt. Irgendjemand hatte einen Umhang geholt und Christopher übergeworfen. »Ich danke dir«, stieß er zwischen seinen blutverkrusteten Lippen hervor. »Dieses Schwein hat nicht nur versucht, mir mein Leben zu rauben. Sogar die Kleider, in denen ich schlief, hat er mir gestohlen.«

Als sie in Richtung der Hütte meines Vaters davoneilten, fühlte ich mich wie gelähmt. Inzwischen waren es ihrer zehn oder zwölf. Ich stand nur da, reglos. Ich warnte ihn nicht, holte nicht Mister Mompellion, unternahm nichts zu seiner Rettung.

Ich stand nur da. Mein einziger Gedanke galt dem stechenden Schmerz, den seine Faust hervorrief, und seinem stinkenden Atem. Ich stand da, bis der Mob über den Hügel und außer Sichtweite war. Und dann ging ich nach drinnen und rüstete mich für meine Tagesarbeit.

Am frühen Nachmittag fegte der Sturm herein, der sich am Morgen angekündigt hatte. Von Nordosten blies er, mit Schneeschauern, die in einzelnen Wellen wie die Blätter eines Briefes, die einem ein Windstoß aus der Hand reißt, durchs breite Tal trieben. Es war ein seltenes Schauspiel. Wie angewurzelt stand ich ganz oben im Obstgarten und starrte auf die langsam näher rückende Wand, die sich weiß von den dahinter liegenden schwarzen Wolken abhob.

Dort war ich auch, als sie mich suchen kamen, eine Schar Bergleute. Wie damals in jener Nacht, als Sam starb, stapften sie durch die Bäume hügelan. Diesmal ging Alun Houghton voran. Man wolle mich, meinte er, als Zeugin vor dem Berggericht haben, für das, was ich im Haus der Unwins gesehen hatte. »Und um Ihren Vater zu verteidigen, wenn Sie wollen.«

»Bergmeister, ich möchte nicht gehen.« Nach Alun Houghtons tiefer rauer Stimme wirkten meine Worte seltsam gewichtslos. Der Wind trug sie fort. »Es gibt nichts, was ich sagen möchte. Alles, was ich gesehen habe, haben andere auch gesehen. Bitte, verlangen Sie das nicht von mir.«

Aber Houghton ließ sich nicht abweisen. Und so machte ich mich mit diesen Männern auf den Weg, während wütendes Schneetreiben über uns hereinbrach. Sie würden über das Schicksal meines Vaters entscheiden. In der Hauertaverne. Einen besseren Ort gab es dafür nicht.

Im Innenhof versammelten sie sich, genau wie an jenem Abend, als Merry Wickford dem Bergmeister ihren Zentner brachte. Natürlich waren es weniger, denn in den dazwischen liegenden Wochen hatte die Pest drei von den letzten zwanzig Mitgliedern der Knappschaft gefällt. Im Hof standen zwei lange Tavernentische. Einen Stock höher verlief ringsum eine Galerie, von der in besseren Tagen die Wirtshausgäste Zugang zu ihren Zimmern hatten. Doch seit jenem Sonntagseid hatte es keine Reisenden mehr gegeben, und die Zimmer standen leer. Einige Knappen standen oben auf der Galerie. Ob sie dies taten, um sich besser gegen den Schnee zu schützen oder um zu ihren Kameraden größeren Abstand zu wahren, kann ich nicht sagen. Als die Gruppe um den Bergmeister in den Hof kam, traten an die sechs oder sieben näher ans Geländer und schauten zu uns herab. Die Männer in unserer Nähe an den Tavernentischen verkrochen sich tief unter ihre Decken oder Umhänge, während der Schnee seine weißen Flocken auf uns fallen ließ. Alle machten grimmige Gesichter. Ich suchte mit meinen Blicken Aphra, fand sie aber nicht. War sie zu eingeschüchtert, um zwischen diesen zornigen, finsteren Männern zu erscheinen? Der Schneefall schien jedes Geräusch im Hof zu dämpfen, sogar die dröhnende Stimme von Alun Houghton, der am Kopfende des größeren Tisches Platz genommen hatte.

»Josiah Bont!«

Mein Vater stand mit gefesselten Händen am anderen Tischende. Zwei Knappen hielten ihn fest. Als er dem Bergmeister keine Antwort gab, versetzte Henry Swope, der Größere von beiden, meinem Vater mit der Hand einen heftigen Schlag auf den Hinterkopf.

»Wirste wohl dem Bergmeister mit ›Anwesend‹ antworten!«

»Anwesend«, murmelte mein Vater mürrisch.

»Josiah Bont, die Verbrechen, die ihn an diesen Ort gebracht haben, sind ihm wohl bekannt. Er ist kein Knappe, und in normalen Zeiten hätte dieses Gericht mit einem seinesgleichen nichts zu schaffen. Aber wir sind der letzte Rest Gerechtigkeit an diesem Ort, und Gerechtigkeit werden wir hier walten lassen. Alle hier Versammelten müssen außerdem wissen, dass dieses Berggericht nicht für Mord und versuchten Mord zuständig ist. Und deshalb ziehen wir Josiah Bont nicht für diese Dinge zur Verantwortung. Aber für alles Weitere tun wir es. Zum Ersten halten wir fest, dass er bezichtigt wird, am dritten Apriltag im Jahre unseres Herrn 1665 das Haus von Christopher Unwin, Knappe allhier, betreten und daraus einen silbernen Wasserkrug entwendet zu haben. Was sagt er dazu?«

Wieder schwieg mein Vater. Sein Kopf war auf die Brust gesackt. Swope riss meines Vaters Kopf hoch und zischte ihn an: »Schau er dem Bergmeister dort ins Auge, Joss Bont, und sprech er deutlich Ja oder Nein, sonst setzt's was.«

Die Stimme meines Vaters war kaum hörbar. Er musste den Hass gespürt haben, der ihm von den Männern in diesem Hof entgegenschlug. Und sogar sein vom Grog umnebeltes Gehirn musste sich ausgerechnet haben können, dass sie ein längerer Aufenthalt in der Kälte nur noch mehr in Rage bringen und dadurch seine Bestrafung noch heftiger ausfallen würde.

»Ja«, sagte er schließlich.

»Zum Zweiten halten wir fest, dass er bezichtigt wird, am selben Tag aus selbigem Hause ein silbernes Salzfass entwendet zu haben. Was sagte er dazu?«

»Ja.«

»Zum Dritten halten wir fest, dass er am selben Tag aus selbigem Hause kunstvoll geflochtene, schmiedeeiserne Leuchter entwendet hat. Was sagt er dazu?«

»Ja.«

»Zum Vierten halten wir fest, dass er am selben Tag dem Christopher Unwin in persona ein Nachthemd aus Kammertuch entwendet hat. Was sagt er dazu?«

Bei diesem letzten Satz schien sich sogar mein Vater zu schämen. Wieder ließ er den Kopf hängen. Gedämpft fiel sein »Ja« auf seine Brust.

»Josiah Bont, da er diese Verbrechen gesteht, befinden wir ihn für schuldig. Hat jemand den Wunsch, für diesen Mann zu sprechen, bevor ich seine Strafe verkünde?«

Jetzt wandten sich aller Augen zu der Stelle, wo ich rechts hinter Alun Houghton an der Wand stand und versuchte, im Schatten zu verschwinden. Alle Augen, einschließlich die meines Vaters. Zuerst starrte er mich unverwandt mit einem hochmütigen Blick an, als sei er der Allergrößte. Aber als ich seinen Blick stumm erwiderte, wurde daraus Verblüffung, dann Verwirrung, bis schließlich sein ganzes Gesicht zusammensackte, als er begriff, dass ich nichts sagen würde. Wut stand nun darin zu lesen, aber auch Enttäuschung. Und langsam dämmerte ein trauriges Verstehen herauf. Jetzt musste ich wegschauen, denn dieser Anflug von Kümmernis war mehr, als ich ertragen konnte. Oh, eines wusste ich: Für mein Schweigen würde ich bezahlen. Und doch konnte ich nicht für ihn sprechen oder, besser gesagt, ich wollte es nicht.

Füße scharrten, Gemurmel machte sich breit. Denn nun begriffen die Männer, dass ich stumm blieb. Als Alun Houghton überzeugt war, dass ich kein Wort sagen würde, forderte er mit erhobener Hand Schweigen. Als die Männer verstummten, hob er an: »Josiah Bont, Diebstahl ist für Knappen ein wunder Punkt. Mühen sie sich doch oft fernab ihrer Behausungen ab und müssen zu Zeiten ihr schwer errungenes Erz unbewacht an einsamen Orten zurücklassen. Deshalb steht in unserem Codex darauf eine so grimmige Strafe, dass selbst gierige Hände zurückschrecken. Deine Hände waren ungewöhnlich gierig. Daher belegt dich dieses Gericht mit diesem uralten Rechtsmittel: Man schaffe ihn von hier zur Grube der Unwins, wo man ihn mit einem Messer durch beide Hände an deren Göpel anpfähle.« Houghtons Blick wanderte zu seinen eigenen großen behaarten Händen hinunter, die auf dem Tisch lagen. Er hob sie, ließ sie wieder fallen, schüttelte seinen massigen Schädel und sagte: »So sei's denn.« Seine Stimme hatte nichts mehr vom feierlichen Gestus eines Bergmeisters an sich. Es war nur noch die eines alten Mannes.

Im schwindenden Tageslicht schafften sie meinen Vater fort. Später erfuhr ich, dass er beim Anblick des geschwärzten Göpels wimmerte, der sich aus der Schneekruste auf dem Moor erhob. Ich erfuhr, dass er vergebens um Gnade gefleht und wie ein Tier in der Falle aufgeheult hatte, als ihm der Dolch das Fleisch teilte.

Nach alter Tradition lässt man den Verurteilten unbewacht zurück, nachdem die Messer an Ort und Stelle sind. Man geht davon aus, dass binnen kurzem einer aus seiner Verwandtschaft kommt, um ihn zu befreien. Ich glaubte, Aphra würde dies tun. Nie kam mir in den Sinn, sie würde es nicht tun. Denn ich hätte meinen Vater nicht so sterben lassen, egal, was ich für ihn empfand.

In jener Nacht ging der Schnee in Regen über. Gegen Morgen schüttete es mit solcher Macht, dass die Erde von den Hügeln rutschte und sich in die Flüsse ergoss, bis sie als braune Sintflut über die Ufer traten. Den ganzen nächsten Tag prasselte das Wasser wie aus einem immer wieder neu gefüllten Eimer schräg gegen meine Fenster. Sogar die Straße wurde zum Fluss. Das Wasser schwappte gegen die Häuser und lief unter den Türschwellen durch, bis jeder verfügbare Stofffetzen zu durchweicht war, um es am Eindringen zu hindern. Wer die Türe öffnete, ließ die Sintflut herein. Jeder Schritt ins Freie durchnässte uns bis auf die Haut. Deshalb ging jeder nur im äußersten Notfall irgendwohin.

Wahrscheinlich starb mein Vater, während er auf Aphra wartete und bis zum letzten Augenblick auf sie hoffte. Sonst hätte er es sicher wie ein Wolf gemacht. Hätte sich die eigenen

Hände zerfetzt und sich von den Klingen Fleisch und Sehnen durchtrennen lassen, um sich so seine Freiheit zu erkaufen – und sein Leben. Vielleicht war er durch das Trinken schon so verwirrt, dass er nicht merkte, wie die Zeit verstrich. Vielleicht fiel er vor Schmerz in Ohnmacht und spürte deshalb nicht, wie sich die klamme Kälte in seinen Körper stahl und seinen Herzschlag bis zum Stillstand verlangsamte. Nie werde ich genau wissen, unter welchen Umständen ihn der Tod ereilt hat. Aber ich stelle mir seinen Körper vor, den der Regen mit Nadeln peitscht, bis das klatschnasse Fleisch pocht. Ich sehe, wie er seinen Mund wie einen Becher öffnet, in den es rinnt und rinnt, bis das Wasser überläuft.

Denn Aphra kam nicht. Sie konnte nicht. Auf einen Schlag waren drei ihrer vier Kinder an jenem Tag an der Pest erkrankt. Die dreijährige Faith war die Einzige, die es nicht traf. Wäre einer der älteren Buben verschont geblieben, hätte sie ihn um Hilfe schicken können. Aber dazu hatte sie keinen. Und so entschied sie, ihre Kinder nicht in der einsamen Hütte zu lassen, während der Regen das Strohdach durchnässte und das Feuer ausging. Sie entschied, sich nicht auf den langen Weg hinauf ins Moor zu dem Mann zu machen, dem sie die Schuld daran gab, dass er sie mit dieser Krankheit angesteckt hatte.

Den ganzen langen Tag und auch am nächsten kam niemand in ihre Nähe. Ich ging nicht, und dafür werde ich mir ewig Vorwürfe machen. Denn aus unserem fahrlässigen Verhalten und ihrer Einsamkeit erwuchs großer Zorn. Großer Zorn, Irrsinn und – ein Übermaß an Leid. Für Aphra. Und für uns alle.

Gegen Ende der zweiten Nacht ließ der Regen nach. Am Morgen wehte dafür ein steifer Wind, der das Wasser von den Ästen blies und langsam die durchgeweichten Steine unserer Behausungen und die klatschnasse Erde auf unseren Feldern trocknete.

Und so war mein Vater schon drei Tage tot, ehe ich erfuhr, was aus ihm geworden war. Denn an jenem Morgen erschien Aphra vor meiner Türe. Erde klebte an ihren Händen und fiel in feuchten Brocken von ihrem Kittel. Ihre Wangen waren eingefallen, ihre Augen lagen in tiefen dunklen Höhlen. Sie war bis zum Bauch schmutzig und trug ihr kleines Mädchen Faith, das sich an sie klammerte.

»Sag mir, dass er hier ist, Anna«, flüsterte sie. Zuerst hatte ich keine Ahnung, wovon sie sprach. Mein verständnisloser Gesichtsausdruck beantwortete ihre Frage. Wie ein Tier heulte sie laut auf, warf sich zu Boden und trommelte mit den Fäusten gegen den Herd. Ihre Hände waren voller Blasen, die auf dem grauen Stein aufplatzten. Gelbe Flüssigkeit spritzte heraus. »Dann ist er immer noch dort! Hol dich der Teufel, Anna! Du hast ihn dort sterben lassen!« Das verschreckte Kind stimmte in das Geheule ein. Dieser Lärm trieb Mary Hadfield an meine Türe. Mit vereinten Kräften packten wir Aphra und beruhigten sie, so gut es ging. Aber sie wand sich unter unseren Händen wie ein wildes Wiesel und warf sich herum, um uns zu entkommen.

»Lasst mich los! Lasst mich los! Bin doch die Einzige, der er am Herzen liegt!«

Ich war entschlossen, sie in diesem Zustand nicht loszulassen, auch wenn mir angesichts der Tragweite ihrer Worte speiübel geworden war. Im tiefsten Herzen hoffte ich, mein Vater habe sich selbst befreit und sei einfach weggelaufen. Zu so etwas war er durchaus fähig: ein gebrochener Eid – vor Aphra, vor dem ganzen Dorf, ja sogar vor Gott – würde ihm wenig bedeuten.

Es dauerte eine Weile, ehe mir aus ihrem wirren Gejammer klar wurde, dass all ihre Buben tot waren. Sie hatte sie heute Morgen begraben. Sie hatte das Grab so groß gemacht, dass sie sie nebeneinander hineinlegen konnte, Hand in Hand. Die Blasen an ihren Händen kamen nicht nur davon, dass sie ein so großes Loch in die klatschnasse Erde gegraben hatte. Während ich ihr die Dornen aus den Wunden zog, erzählte sie mir, sie habe das Grab mit dreifach geflochtenen Zöpfen aus Brombeerranken bedeckt, damit die Kraft der Heiligen Dreifaltigkeit ihre Söhne vor Hexen und Dämonen schütze. Meinen Gedanken sprach ich nicht aus. Diese Brombeerranken würden sie höchstens davor schützen, von herumwühlenden Schweinen ausgegraben zu werden. Wie viele andere Haustiere, deren tote Besitzer sich nicht mehr um sie kümmern konnten, rannten auch diese inzwischen auf der Suche nach Fressen hungrig durchs Dorf.

Sie zuckte zusammen, als ich ihre offenen Hände mit einer Salbe bestrich und sie mit dem weichsten Stoff verband, den ich finden konnte. Die Sache mit meinem Vater war das Letzte, womit sie sich nach dem Begräbnis ihrer Buben auseinander setzen sollte, dachte ich im Stillen. Sollte er dort oben tatsächlich schon seit drei Tagen tot sein, würde er einen grausigen Anblick bieten. Wenn er aber fortgelaufen war, würde ihr die Erkenntnis, dass er sie im Stich gelassen hatte, noch mehr Kummer bereiten. Ich sagte, ich würde Brand oder einen anderen jungen Mann hinauf zur Unwin-Grube schicken, aber bei diesem Vorschlag fing sie erneut zu jammern an. »Die hassen ihn alle! Die lass ich nicht in seine Nähe! Du hasst ihn auch. Brauchst dich gar nicht zu verstellen. Lass mich einfach los, damit ich ihm die letzte Ehre gebe.« Da ich sie in ihrem gequälten Zustand weder bändigen noch ihr widersprechen konnte, beschloss ich mitzugehen. Allerdings brachte ich sie dazu, das Kind bei Mary Hadfield zu lassen, damit wenigstens der Kleinen dieser Anblick erspart bliebe, egal, was wir vorfänden.

Wie groß dieses Entsetzen sein würde, begriff ich leider nicht, sonst hätte ich es vielleicht auch mir erspart. Gott sei Dank rüttelte ein steifer Wind an den Skeletten der im Winter erfrorenen Adlerfarne und an den nackten Zweigen von totem

Heidekraut, sodass der Gestank nach Kot und Verwesung aus den halb zerfleischten Eingeweiden meines Vaters nur in den kurzen Pausen zwischen kräftigen Böen zu uns herüberdrang. Die wilden Tiere hatten reichlich Zeit gehabt, ihr Werk zu vollenden. Was nun noch am Göpel hing hatte mehr Ähnlichkeit mit einem unbeholfen geschlachteten Stück Rindfleisch als mit den sterblichen Überresten eines Menschen.

An diesen zerstörten Körper heranzutreten war einer der schwersten Schritte meines Lebens. Allein der Anblick ließ mich stocken. Schon wollte ich mich wieder umdrehen und jemanden um diese Tat anflehen, der nicht mit uns verwandt war, aber Aphra ging einfach weiter. Ihr Tobsuchtsanfall war inzwischen vorbei. Kalt und ruhig war sie geworden und murmelte nur beständig vor sich hin. Kerzengerade trat sie an den Göpel und zerrte an dem Dolch herum, der die Überreste meines Vaters hielt. Aber er steckte zu fest im Holz und gab unter ihren verbundenen Händen nicht nach. Erst als sie sich gegen den Pfosten stemmte und ihren ganzen Körper als Gegengewicht einsetzte, glitt das Messer endlich heraus. Es schrammte über den Knochen. Einen langen Augenblick betrachtete sie es, dann schnitt sie damit meinem Vater lange Haarlocken ab und stopfte sie in ihre Tasche. Schließlich riss sie meinem Vater ein Stück vom Wams ab, wickelte die Klinge hinein und steckte den Dolch in ihren Gürtel.

Wir hatten weder Hacke noch Schaufel mitgebracht. Da der Boden dort oben selbst nach solchen Regengüssen steinhart ist, wäre es auf alle Fälle töricht gewesen, ein einigermaßen ordentliches Loch graben zu wollen. Trotzdem schreckte mich der Gedanke, diese Leichenreste auch nur einen Schritt weit zu tragen. Ich befürchtete, Aphra würde ihn auf ihrem eigenen Grund und Boden begraben wollen, neben ihren Buben. Aber sie sagte, sie ließe ihn lieber an Ort und Stelle liegen, neben der Grube der Unwins. Dadurch würde Christopher Unwin für alle Zeit daran erinnert, welchen Preis er für seine Gerechtigkeit gezahlt habe. Und so verbrachte ich die nächste Stunde damit, Steine für einen Grabhügel zu sammeln. Wenigstens das war eine einfache Arbeit, denn unter dem tauben Grubengestein lagen viele große Findlinge. Als er hoch genug war, fing Aphra an, nach Ästen zu suchen, die sie mit Fetzen aus dem Saum ihres Unterrocks zusammenband. Ich dachte, sie wolle ein Grabkreuz bauen, aber als sie fertig war, sah ich, dass sie stattdessen eine Figur geformt hatte, die an eine Gliederpuppe erinnerte. Diese legte sie oben auf den Hügel. Ich betete weiter das Vaterunser und dachte, sie würde leise einstimmen. Aber als ich Amen sagte, murmelte sie weiter. Und das Zeichen, das sie zum Schluss machte, hatte keine Ähnlichkeit mit dem Kreuz.

Von ihren Geistern bedrängt

An jenem Nachmittag weinte ich um meinen Vater. Ich war in die Pfarrküche gegangen, um für Elinor eine Schale Eisenkrauttee zu kochen. Während ich dastand und darauf wartete, dass das Wasser kochte, kamen die Tränen, liefen mir übers Gesicht und ließen sich kaum mehr eindämmen. Seit Beginn der Pest hatte ich nicht genügend Raum zum Trauern gehabt, weder um meine Buben noch um mein zerstörtes Leben, das ich mir so schön ausgemalt hatte. Ein Leben, in dem ich beide zu ehrsamen Männern hatte erziehen wollen.

Trotz meines klatschnassen Gesichts und bebender Schultern versuchte ich, den Tee zuzubereiten. Ich hob den Kessel vom Kamineinsatz. Doch dann stand ich wie erstarrt da, unfähig, mich an die einfache Abfolge von Handlungen zu erinnern, die ich als Nächstes tun musste. Als Elinor hereinkam, stand ich immer noch reglos da. Sie nahm mir den Kessel aus der Hand, ließ mich hinsetzen, fuhr mir übers Haar und hielt mich fest. Zuerst sagte sie nichts, aber als mein Schluchzen verebbte, flüsterte sie: »Erzähl's mir.«

Und das tat ich auch. Endlich. Alles. Das volle Ausmaß seiner Brutalität. Jede Vernachlässigung und jeden Missbrauch aus meiner einsamen Kindheit. Danach erzählte ich ihr, was ich über die Hintergründe seiner Verderbtheit in Erfahrung gebracht hatte, die gleichen Geschichten, die er vor den widerstrebenden Ohren eines verschreckten Kindes ausgekippt hatte. Eines Kindes, das sie nicht hatte hören wollen. Wie ihn als Junge die groben Kerle auf See vergewaltigt hatten, wie er gelernt hatte, so

lange Rum zu schlucken, bis es ihm egal war. Wie ihn ein Boots-
manngehilfe ausgepeitscht hatte, ohne sich die Mühe zu machen,
die neunschwänzige Katze nach jedem Hieb zu entwirren, sodass ein blutiger Lederklumpen heruntersauste und auf seinem
Rücken eine so tiefe Narbe hinterließ, dass er seinen linken Arm
danach nie wieder ganz heben konnte.

Bei meiner Nacherzählung zuckte Elinor genauso zusammen, wie ich damals zusammengezuckt sein musste, als man
mich mit diesen Geschichten belastete und ich vergeblich versuchte, mir die Ohren zuzuhalten. Auch er hatte damals nicht
mit dem Erzählen aufhören wollen. Und nun merkte ich, dass
auch ich es nicht konnte. Ich hörte, wie meine eigene Stimme
unaufhaltsam die Litanei dieser Qualen herunterleierte: Wie er
mitansehen musste, dass die Seepocken seinen einzigen Freund
bei einem ungerechten Kielholen vom Kinn bis zur Wade auf-
schlitzten. Wie er seine Lehrzeit überlebt und endlich an Land
gekommen war, nur um von einer Patrouille aufgegriffen und
mit Gewalt wieder auf See geschafft zu werden. Wie er seitdem
in der Angst gelebt hatte, man würde ihn erneut irgendwie
zum Dienst pressen und zurück in seine Albträume zerren.
Und dies, obwohl wir ganz weit im Landesinneren lebten.

Irgendwie reinigte dieses Erzählen meinen Sinn und ließ
mich wieder klar denken. Das Bündeln und Sortieren meiner
eigenen Empfindungen brachte mich schließlich so weit, dass
ich einen Maßstab fand, um das Wesen meines Vaters zu ermes-
sen und eine Balance zwischen meinem Ekel vor ihm und dem
Verständnis für ihn zu finden. Meine Schuld an der Art seines
Sterbens gegen jene Schuld, die er bei mir für die Art und Weise
meines Lebens stehen hatte. Als alles abgeschlossen war, fühlte
ich mich von ihm befreit.

Eine Weile saß Elinor still da. »Ich habe mich stets gefragt«,
sagte sie schließlich, »warum sich einer wie dein Vater durch
den Sonntagseid an diesen Ort gebunden hat. Denn auf mich

machte er immer den Eindruck eines Menschen, der bei der erstbesten Gelegenheit flieht, um seine eigene Haut zu retten. Vermutlich hatte das mit seiner Angst vor den Patrouillen zu tun.«

»Vielleicht«, sagte ich. »Und doch steckt meiner Ansicht nach noch mehr dahinter. Inzwischen glaube ich, dass er sich beschützt fühlte.« Jetzt erzählte ich ihr von Aphras merkwürdigem Benehmen, als wir den Grabhügel meines Vaters aufschichteten und seinen Leichnam zur letzten Ruhe betteten. »Aphra war schon immer abergläubisch. Wahrscheinlich hat sie meinen Vater überzeugt, sie hätte sich irgendwie Zaubersprüche oder Amulette verschafft, um sie alle vor der Ansteckung zu schützen.«

»Wenn das tatsächlich so ist«, meinte Elinor, »dann stehen Aphra und dein Vater mit der Hinwendung zu solchem Aberglauben nicht allein da.« Sie ging zu ihrem Deckelkorb und holte ein ausgefranstes Stoffstück hervor, das sie mir zeigte, ehe sie es in das Herdfeuer warf. Sie hatte für uns beide Tee gekocht. Daran nippte sie nun geistesabwesend, während sie zusah, wie das Gewebe verbrannte. Auf dem Stoff standen ungelenke Zeichen, als ob die Hand, die sie geschrieben hatte, das Schreiben nicht gewohnt sei. Soweit ich noch erkennen konnte, bevor die Flammen alles einschwärzten, bildeten die Wörter eine Vierergruppe, die keinen Sinn ergab: AAB, ILLA, HYRS, GIBELLA.

»Dies habe ich von Margaret Livesedge, die gestern ihre kleine Tochter verlor. Eine ›Hexe‹, angeblich der Geist von Anys Gowdie, hat es ihr gegeben. Diese Worte seien Chaldäisch, erklärte ihr der Geist. Ein mächtiger Bannspruch von Zauberern, die bei jedem Vollmond nackt und mit Schlangen bemalt Satan anbeten. Sie wies Margaret an, dieses Tuch dem Kind wie eine Schlange an der Stelle um den Hals zu wickeln, wo sich die Pestbeule befand. Mit abnehmendem Mond sollte dann auch die

Pestbeule schwinden.« Traurig schüttelte Elinor den Kopf. »Entweder hat Margaret den Verstand verloren, oder sie hat Visionen von Frauen, die gar nicht da sind, oder jemand hat ihr für diesen Unsinn einen Silberschilling abgenommen. Anna, ich weiß nicht, was mich dabei am meisten schockiert: dass Leute ihre verzweifelten Mitmenschen ausplündern? Dass sie das Andenken von Anys Gowdie beschmutzen, indem sie sich als ihr Schatten ausgeben? Oder dass die Menschen hier so leichtgläubig sind, dass sie auf dieses mitternächtliche Geflüster hören und ihren letzten Heller für diesen wertlosen Plunder ausgeben.«

Daraufhin erzählte ich ihr, wie ich an jenem Schneetag, an dem wir einander unerwartet in der Gowdie-Hütte begegnet waren, bei Kate Talbot dieses ABRACADABRA gefunden hatte. »Wir müssen Mister Mompellion von diesen Dingen berichten«, meinte sie. »Er muss dagegen predigen und die Leute davor warnen, auf diesen Aberglauben hereinzufallen.« Der Herr Pfarrer war nicht da. Er setzte gerade das Testament des Webers Richard Sopes auf, aber schon bald hörten wir Anteros im Stallhof schnauben. Elinor ging hin, um ihn zu begrüßen. Unterdessen bereitete ich ein wenig Brühe und Haferkuchen vor. Als ich es in die Bibliothek trug, waren beide ins Gespräch vertieft. Elinor wandte sich zu mir.

»Auch Mister Mompellion ist schon auf solche Talismane gestoßen. Anscheinend verbreitet sich der Irrsinn genauso rasch unter uns wie die Krankheit.«

»In der Tat«, sagte er. »Eigentlich bin ich hierher zurückgekommen, um eine von euch zur Hütte der Mowbrays mitzunehmen. Dort bedarf das Kind eures Kräuterwissens.« Er war ohne Mantel aus dem Stallhof gekommen und sah so durchgefroren aus, dass ich ihm schnell eine Jacke holte.

»Dann handelt es sich also nicht um die Pest, Herr Pfarrer?«, fragte ich, während ich mich streckte, um ihm in die Jacke zu helfen.

»Nein, nein, diesmal nicht, wenigstens nicht bisher. Aber ich fand die törichten Eltern des Säuglings draußen auf dem Rileyschen Feld, wie sie sich das arme Kind immer wieder nackt durch eine Brombeerhecke zureichten. Bis ich bei ihnen war, war sein zartes Körperchen schon ganz zerkratzt, während diese Narren lächelnd behaupteten, damit hätten sie ihn vor dem Eindringen der Pestsaat bewahrt.« Seufzend zupfte er an seinem Hemdsärmel. »Um ihnen die Wahrheit zu entlocken, bedurfte es harter Worte und strafender Blicke, aber schließlich erzählten sie mir, diese Anweisungen und Beschwörungen hätten sie vom Geist der Anys Gowdie, die sie im Dunkeln besucht hätte. Ich habe das arme Kind in meinen Umhang gewickelt und es von ihnen heimtragen lassen. Ich sagte, ich würde eine von euch mit einer Salbe für seine Kratzer direkt dorthin schicken.«

Da ich zur Ablenkung eine sinnvolle Beschäftigung brauchte, erklärte ich Elinor, ich würde gehen, und bereitete die Salbe schnellstmöglich zu. Im Blatt der Brombeere steckt etwas, womit sich Ritzwunden von ihren Dornen beruhigen lassen. Deshalb zerstieß ich einige zusammen mit Anserine, Kampfer und ein bisschen kühlender Minze und band den Brei mit Mandelöl zu einer süß duftenden Salbe, deren Geruch an meinen Händen haften blieb. Als ich mich der Hütte der Mowbrays näherte, wurde dieses Parfüm allerdings durch einen scheußlichen Gestank vertrieben.

Als hätte das arme Kind nicht schon genug mitgemacht, hielt es Lottie Mowbray hoch in die Luft, sodass sein dünner Urinstrahl direkt in einen Kochtopf fiel, den sie offensichtlich gerade erst vom Feuer genommen hatte. Dieser Topf mit Urin musste bereits einige Zeit gekocht haben, denn die ganze Hütte stank durchdringend danach. Bei meinem Eintreten schaute sie mit leerem Blick auf, wobei ihr die letzten Pipitropfen auf den Rock fielen.

»Lottie Mowbray, welche neue Narretei ist denn das?«, wollte ich wissen, während ich ihr das wimmernde Kind sachte aus den Händen nahm. Genau diesen Buben hatte ich kurz nach Fastnacht entbunden. Schon damals hatte ich mir Sorgen gemacht, wie eine wie Lottie, die selbst noch in vielerlei Weise ein Kind war, es schaffen würde, für ihn zu sorgen. Tom, der Vater, war auch nicht viel mehr als ein Einfaltspinsel, der als Pflüger oder Säuberbube mühsam sein Leben fristete, je nach den niederen Arbeiten, für die ihn seine Nachbarn gerade brauchten. Trotzdem war er eine freundliche Seele, der nett zu Lottie und in sein Kind völlig vernarrt war. »Die Hexe hat uns gesagt, wir sollen die Kinderhaare in seinem Pipi kochen. Und dass das die Pest von ihm abhält, von innen und von außen«, rechtfertigte sich Tom. »Und weil der Herr Pfarrer wegen dem Brombeerzauber gar so bös mit uns war, dacht ich, wir probieren mal das aus statt dem.«

Ich hatte aus meiner Kate ein Lammfell mitgebracht, das ich vor dem Feuer ausbreitete. Darauf legte ich den Kleinen möglichst zärtlich und schälte ihn aus den schmutzigen Tüchern, in die ihn Lottie gewickelt hatte. Er stieß einen kläglichen Schrei aus, denn an einigen Stellen klebte der Stoff an den blutenden Kratzern.

»Und wie viel«, fragte ich in möglichst ruhigem Ton, um das kleine Kind nicht aufzuregen, »hat euch die Frau für diesen Rat abgenommen?«

»'n Dreier für den ersten und zwei Pence für den zweiten«, erwiderte Lottie. »Ich schätz, 's war ein guter Handel, denn sie sagt, wenn die Pest erst mal voll in 'nem Kind steckt, kostet der Talisman zum Wegmachen mehr als nur der zum Bannen.« Da Tom Mowbray manchmal für Sam gearbeitet hatte, wusste ich zufällig, dass sein Wochenlohn selbst in guten Zeiten nur fünf Pence betrug.

Nur mühsam konnte ich an mich halten. Schließlich konnte

man Einfaltspinsel wie den Mowbrays keine Vorwürfe machen, wenn sie auf solchen Aberglauben hereinfielen. Aber in mir pochte der Zorn auf dieses räuberische Weib, egal, wer es war. Während ich die Kratzer des Säuglings wusch und mit meiner Salbe bestrich, versuchte ich, meine Finger schmetterlingsleicht zu halten. Als ich fertig war, wickelte ich den Buben in das saubere Leintuch, das mir Elinor gegeben hatte, und bettete ihn mit dem Lammfell in den ausgehöhlten Baumstamm, der den Mowbrays als Wiege diente. Dann trug ich den Nachttopf zur Tür und schüttete seinen Inhalt im hohen Bogen in den Hof hinaus. Als Lottie dabei laut aufschrie, packte ich sie an den Schultern und schüttelte sie. »Hier«, sagte ich und streckte ihr die Salbe hin. »Sie kostet dich nichts. Wenn der Raum am Morgen warm genug ist, lässt du ihn eine Weile nackt. An der Luft heilen seine Schnitte besser. Dann bestreichst du sie genau so mit der Salbe, wie du's bei mir gesehen hast. Füttere ihn, so gut es geht, und meide jeden, von dem du weißt, dass er krank ist. Das ist alles, was wir gegen die Pest tun können. Und nur das. Im Übrigen bete zu Gott um Erlösung, denn Satan wird sie nicht bringen, und auch jene nicht, die in seinem Schatten arbeiten.« Alles Zeitverschwendung. Ihr leerer Blick verriet es mir. Ich seufzte.

»Sieh zu, dass du diesen Topf gründlich scheuerst, ehe du wieder darin kochst«, sagte ich. »Füll ihn mit Wasser und lass ihn heute Nacht über dem Feuer auskochen. Verstehst du?« Nun nickte sie stumm. Wenigstens das konnte sie begreifen: Töpfe scheuern.

Als ich die Hütte verließ, blieb ich mit der Zehe an einem losen Stein hängen und stolperte, wobei ich mir die Hand aufschürfte, mit der ich den Sturz abfangen wollte. Wut stieg in mir auf, und ich fluchte. Während ich die Schürfwunde aussog, fragte ich mich, warum wir alle, vom Herrn Pfarrer auf seiner Kanzel bis zur dummen Lottie in ihrer Hütte, ganz versessen darauf waren, die Pest unsichtbaren Mächten zuzuschreiben? Warum sollte sie eine von Gott gesandte Probe für unseren Glauben oder das böse Werk des Teufels auf Erden sein? Ersteres glaubten wir mit Inbrunst, das andere verachteten wir als Aberglaube. Vielleicht war aber beides gleichermaßen falsch. Vielleicht schicken weder Gott noch der Teufel die Pest. Vielleicht war sie nichts weiter als ein Teil der Natur, genau wie jener Stein, an dem wir unsere Zehe stoßen.

Doch glaubte ich wirklich, Gott lege mir diesen Fels in den Weg, um mich zu Fall zu bringen? Einige würden das mit Gewissheit bestätigen: Gottes Finger bewegt jedes Staubkorn. Ich sah das nicht so. Und doch wäre ich eher geneigt gewesen, darin ein Werk von Gottes Händen zu erkennen, wenn ich mir an diesem Stein den Kopf angeschlagen hätte und nun schwer verletzt daläge. Wo also im Weltenlauf würden Ereignisse nach meinem Glauben die Waagschale so weit kippen lassen, dass sie Gottes Aufmerksamkeit erregten? Wenn es mir schon nicht einleuchtete, dass Er sich um die Lage eines Steins kümmert, warum sollte ich dann glauben, dass ihm ein winziges Leben wie meines am Herzen liegt? In dem Moment wurde mir klar, dass wir, jeder Einzelne von uns, ungeheuer viel Zeit mit dem Nachdenken über solche Fragen verschwenden, die wir letztendlich doch nicht beantworten konnten. Wenn wir die Zeit, die wir mit Gedanken an Gott verbrachten, eher darauf verwenden würden zu begreifen, wie sich die Pest ausbreitet und unser Blut vergiftet, kämen wir vielleicht der Rettung unseres Lebens einen Schritt näher.

Derlei Gedanken mochten frevlerisch sein, bargen aber auch einen kleinen Hoffnungsschimmer in sich. Denn wenn wir uns gestatten könnten, die Pest lediglich als etwas Natürliches zu betrachten, müssten wir uns nicht den Kopf über irgendeinen himmlischen Plan zerbrechen, der sich erst vollenden müsste, ehe die Krankheit abflaute. Dann könnten wir uns damit einfach wie ein Bauer auseinander setzen, der sich abmüht, sein Feld von unerwünschten Wicken zu säubern. Eines wüssten wir dann: Wenn wir erst die nötigen Mittel und Methoden und ein gerüttelt Maß an Entschlossenheit gefunden hätten, würden wir uns aus eigenen Stücken befreien können, egal, ob wir ein Dorf voll Sünder oder ein Hort von Heiligen wären.

Mit einer Mischung aus Hoffnung und Angst begrüßten wir den Mai. Mit jener Hoffnung, die sich vermutlich ganz natürlich am Ende eines harten Winters einstellt. Mit der Angst, das mildere Wetter würde zu einem verstärkten Aufflackern der Krankheit führen. Behutsam hob die Jahreszeit mit ungewöhnlich beständigem Wetter an, als wüsste der Himmel, dass wir die plötzlichen Wetterumschwünge, die für diese Gegend typisch sind – ein milder Tag, der die zarten Grasschösslinge hervorlockt, gefolgt von einem klirrenden Frosttag, der jeden frischen Trieb zu einem graubraunen leblosen Etwas versengt –, in diesem Jahr nicht ertragen könnten. Heuer öffneten sich die Triebe ohne Braunfäule, die Knospen schwollen zu prächtigen Blüten an. Auf den von Narzissen gelb schimmernden Feldern wimmelte es von kleinen unsichtbaren Lebewesen. Die alten Apfelbäume waren mit schneeweißen Blüten bedeckt und ließen ihren Duft in der milden Luft treiben. Auf einem Weg durch ein blassblaues Meer von Sternhyazinthen durchfuhr mich plötzlich ein Satz aus der Erinnerung: »Dies hat mich einmal froh gemacht.« Ich blieb stehen, hielt einen Augenblick inne und versuchte, diese Empfindung zu begreifen. Während ich so dastand, dachte ich an Jamie, wie er schon als Säugling versucht hatte, den Mond zu fassen, und dazu seine winzigen Ärmchen in die Höhe gereckt hatte. War mein Bemühen nicht ebenso zum Scheitern verurteilt?

Dank des schönen Wetters lammten meine Schafe leicht. Welch ein Segen angesichts meiner sonstigen Mühe. Manchmal rührte mich der Anblick dieser winzigen Geschöpfe, deren Fell sich blendend weiß vom üppigen frischen Gras abhob. In ihrer Lebensfreude sprangen sie mit allen vieren in die Luft. Staunend betrachtete ich sie. Würde ich es noch erleben, wie sie groß wurden, ich sie scheren und zum Hammel bringen konnte, damit sie eigene Lämmer warfen? In solchen Momenten verspürte ich eine törichte Wut auf ihr dummes Herumtollen. »Blödes Vieh«, stieß ich dann hervor. »Ist froh, *hier* zu sein, an einem der verfluchtesten Orte dieser Welt.« Dies geschah immer dann, wenn mir ein neuer Krankheitsfall zu Ohren gekommen war, und noch einer, und noch einer.

Denn das warme Wetter brachte mehr Tod mit sich, als wir für möglich gehalten hätten. Nicht einmal der Cucklett Delf in seiner neu erwachten Schönheit konnte unsere geschrumpfte Zahl verbergen, obwohl ihn Kaskaden von Schlehenblüten über und über bedeckten, zarter als die Spitze an unseren schönsten Altartüchern. Jeden Sonntag wurden die Lücken zwischen uns größer, verringerte sich die Entfernung zwischen der Felsenkanzel des Herrn Pfarrers und der letzten Reihe von Gläubigen.

»Wir sind Golgatha geworden – die Schädelstätte«, sagte Michael Mompellion am letzten Maisonntag bei seiner Predigt. »Und doch sind wir auch Gethsemane, der Garten des Wartens und des Gebetes. Gleich unserem heiligen Herrn und Heiland können wir Gott nur anflehen: ›Lass diesen Kelch an mir vorübergehen.‹ Aber danach, geliebte Freunde, müssen wir wie er die Worte hinzufügen: ›Nicht mein Wille geschehe, sondern der Deine.‹«

Am zweiten Junisonntag hatten wir einen traurigen Wendepunkt erreicht: Nun lagen ebenso viele unter der Erde, wie noch auf ihr wandelten. Mit dem Hinscheiden von Margaret Livesedge hatte die Anzahl der Toten einhundertundachtzig Seelen erreicht. Wenn ich manchmal abends auf der Haupt-

straße durchs Dorf ging, spürte ich, wie mich ihre Geister be-
drängten. Dabei fiel mir auf, dass ich mittlerweile nur noch
kleine Schritte machte, den Kopf einzog, die Arme ver-
schränkte und seitlich eng an den Leib presste, als wolle ich
ihnen Platz lassen. Hegten auch andere diese schrecklichen
Gedanken? Oder wurde ich allmählich wahnsinnig? Immer
hatte es Furcht gegeben, vom ersten Moment an, aber was bisher vertuscht wurde, war nun in nacktes Entsetzen umge-
schlagen. Wer von uns noch übrig war, fürchtete den Nächsten und die Ansteckung, die vielleicht jeder insgeheim schon
in sich trug. Verstohlen wie Mäuse huschten die Leute herum
und versuchten zu kommen und zu gehen, ohne einer anderen Seele zu begegnen.

Ich brachte es nicht mehr fertig, einem Nachbarn ins Gesicht zu schauen, ohne ihn mir tot vorzustellen. Anschließend
ertappte ich mich bei der Vorstellung, wie wir ohne seine
Handwerkskunst am Pflug und Webstuhl oder auf dem
Schusterschemel zurecht kommen würden. Längst gab es in allen Gewerben große Lücken. Seit dem Tod des Hufschmieds
mussten Pferde, die ein Hufeisen verloren, unbeschlagen herumlaufen. Mälzer und Steinmetz fehlten uns ebenso wie Zim-
mermann und Tuchweber, Dachdecker und Schneider. Auf
vielen Feldern lag die Scholle ungebrochen da, ohne Egge,
ohne Saatgut. Ganze Häuser standen leer. Ganze Familien waren von uns gegangen und damit auch Namen, die man hier seit
Jahrhunderten kannte.

Jeden von uns packte die Furcht anders. Der Mälzer Andrew Merrick zog sich, lediglich in Begleitung seines Hahns,
auf ein Einsiedlerleben in eine Hütte zurück, die er sich selbst
nahe dem Gipfel des Sir William Hill notdürftig erbaut hatte.
Im Dunkel der Nacht stahl er sich regelrecht zum Mompellions Well hinunter, um wissen zu lassen, was er brauchte. Da
er nicht schreiben konnte, ließ er einfach einen Becher mit ei-

nem Rest der benötigten Dinge zurück: ein paar Haferkörner, Heringsgräten.

Einige betäubten ihren Schrecken mit Alkohol und ihre Einsamkeit in schamloser Umarmung. Darunter auch Jane Martin, jenes strenggläubige Mädchen, das auf meine Buben aufgepasst hatte. Die Ärmste musste ihrer ganzen Familie ins Grab nachschauen. Anschließend trieb sie sich im Wirtshaus herum, wo sie bis zur Bewusstlosigkeit trank. Binnen eines Monats hatte sie ihre Trauerkleidung und die sauertöpfische Miene abgelegt. Es tat mir weh, wenn ich mit anhören musste, wie einige junge Säufer über ihre Veränderung witzelten: von einer, die »so kalt wie 'ne Hundeschnauze« war, zu »'nem derben Weibsstück, das kaum die Beine zusammenhalten kann«. Eines Abends begegnete ich ihr, als sie im Dunkel unsicher nach Hause schwankte, und nahm sie mit in meine Kate in der Absicht, sie warm und nüchtern sicher ins Bett zu verfrachten und am Morgen ein ernstes Wort mit ihr zu reden. Ich fütterte ihr ein bisschen Lammeintopf, den sie aber umgehend wieder unverdaut von sich gab. Am nächsten Morgen war sie immer noch so schrecklich krank, dass sie von meinem gut gemeinten Vortrag vermutlich nicht allzu viel begriff.

Aber auf den seltsamsten Weg führte die Furcht John Gordon. Gordon, der seine Frau in jener Nacht, als Anys Gowdie ermordet wurde, geschlagen hatte, war schon immer ein Einzelgänger gewesen. Deshalb war keiner sehr überrascht, als er mit seiner Frau im Frühjahr nicht mehr zum Sonntagsgottesdienst nach Cucklett Delf kam. Da die beiden am hintersten Dorfende lebten, hatte ich John schon seit vielen Wochen nicht mehr gesehen, im Gegensatz zu Urith, mit der ich ab und an kurz gesprochen hatte. Daher wusste ich, dass sie dem Steinbruch bewusst fern blieben, und das nicht aus Krankheitsgründen. Urith hatte noch nie viele Worte verloren. Ihr Mann hielt sie so unter der Knute, dass sie verängstigt und stumm herumschlich und jedes Gespräch scheute. Könnte es sie doch zu einem Verhalten verleiten, das ihr Mann nicht billigte. Mir war aufgefallen, dass Urith dünner, ausgemergelter und hagerer als sonst aussah, aber da dies auf die meisten von uns zutraf, dachte ich mir nicht recht viel dabei.

Da war das völlig veränderte Aussehen von John Gordon schon etwas ganz anderes. An einem Tag, der ganz der Krankenpflege gegolten hatte, war ich noch spätabends zum Well gegangen, um einen für die Pfarrküche bestellten Sack Salz zu holen. Im schwindenden Tageslicht dauerte es eine ganze Weile, ehe ich die gebeugte Gestalt erkannte, die sich auf einem steilen Pfad durch die Bäume langsam bergan bewegte. Trotz des kühlen Abends war der Mann bis zur Taille nackt und hatte sich nur ein Stück Sackleinen um die Hüften geschlungen. Er war bis zum Skelett abgemagert. In der Linken trug er einen Stab, auf den er sich schwer stützte. Offensichtlich kostete ihn der Aufstieg sehr viel Mühe. Anfänglich konnte ich in der hereinbrechenden Dämmerung nicht sehen, was er in der Rechten trug. Aber als ich vom Well nach unten stieg und näher an ihn herankam, erkannte ich es endlich. Es handelte sich um eine geflochtene Lederpeitsche, durch deren Enden man kurze Nägel getrieben hatte. Während John Gordon den Pfad hinaufstieg, sah ich, wie er ungefähr alle fünf Schritte stehen blieb und die Peitsche hob, um sich selber zu schlagen. Einer der Nägel war wie ein Angelhaken gekrümmt, sodass er bei jedem Schlag ein winziges Stück Fleisch herausriss.

Nun ließ ich den Salzsack fallen und lief unter lautem Rufen auf ihn zu. Aus der Nähe konnte ich erkennen, dass er nur noch aus Schorf und blauen Flecken bestand. Frisches Blut tröpfelte in die getrockneten Spuren früherer Verletzungen.

»Bitte«, rief ich, »hör damit auf! Bestraf dich doch nicht selbst so! Komm lieber mit, und lass mich deine Wunden salben!«

Gordon starrte mich nur an und murmelte weiter. »*Te Deum laudamus, te judice... te Deum laudamus, te judice...*« Im Takt seines Gebetes geißelte er sich selbst. Der krumme Nagel verfing sich in seinem Fleisch und hob ein kleines Hautstück an. Er riss daran, die Haut zerfetzte. Ich zuckte zusammen. Seine leise Stimme blieb ungerührt.

Er schob sich an mir vorbei, als wäre ich nicht da, und ging weiter Richtung Edge. Ich nahm das Salz und lief eilends ins Pfarrhaus. Obwohl ich Mister Mompellion eigentlich mit nichts Neuem mehr belasten wollte, wusste ich, dass ich ihm John Gordons Verhalten nicht verheimlichen durfte. Er war in der Bibliothek und arbeitete an einer Predigt. Normalerweise hätte ich ihn dort nie gestört, aber als ich Elinor von meiner Begegnung berichtete, bestand sie darauf, dass diese Nachricht keinen Aufschub dulde.

Auf unser Klopfen hin erhob er sich sofort und musterte uns mit ernster Miene. Wegen einer Kleinigkeit würden wir ihn nicht stören, das wusste er genau. Als ich ihm berichtete, was ich mit eigenen Augen gesehen hatte, hieb er mit der Faust auf den Tisch.

»Flagellanten! Ich hab's befürchtet.«

»Aber wie?«, sagte Elinor. »Wie kann so etwas hier auftauchen, wo wir doch so weit von den großen Städten entfernt sind?«

Er zuckte die Achseln. »Wer weiß das schon? Gordon kann lesen und schreiben. Anscheinend verbreiten sich diese gefährlichen Ideen sogar mit dem Wind und suchen uns mir nichts, dir nichts heim, ob fern oder nah, genau wie die Krankheitssaaten.«

Ich hatte keine Ahnung, wovon die Rede war. Elinor, die meine Verwirrung spürte, wandte sich zu mir.

»Sie gehören seit je zu den Schreckgespenstern, die zusammen mit der Pest umgehen, Anna«, sagte sie. »Schon vor vielen Jahrhunderten zogen Flagellanten in Seuchen- und Kriegszeiten über die Straßen dieses Landes. Zu Zeiten des Schwarzen Todes tauchten sie erneut auf, manchmal in riesigen Mengen. So schreiten sie von Stadt zu Stadt und ziehen die Seelen der Verstörten an sich. Nach ihrem Glauben kann man durch schmerzhafte Selbstbestrafung Gottes Zorn brechen. Sie betrachten die Pest als Seine Strafe für menschliche Sünden. Sie sind arme Seelen …«

»Arme Seelen und doch hoch gefährlich«, warf Mister Mompellion ein, der aufgeregt auf und ab lief. »Meistens leiden sie selbst unter dem Schaden, den sie anrichten. Allerdings gab es auch schon Zeiten, wo sie sich zusammenrotteten und den Sünden anderer die Schuld an der Pest gaben – häufig den Juden. Ich habe gelesen, wie sie in fernen Städten hunderte Unschuldiger dem Feuertod überantwortet haben. Bei einem ähnlichen Wahnsinnsanfall haben wir die Gowdies verloren. Noch eine Seele werde ich *nicht* verlieren.«

Nun hielt er inne. »Anna, sei so lieb und packe Haferkuchen und ein paar von deinen Salben und Heiltrunken zusammen. Ich glaube, wir müssen die Gordons noch heute Nacht besuchen. Ich dulde nicht, dass sich dieses Credo hier verbreitet.«

Wie gebeten, füllte ich einen Korb und legte noch etwas Sülze und die Reste eines großen Puddings dazu, den ich heute zum Abendessen zubereitet hatte. Draußen hob er mich auf Anteros, und dann ritten wir zum Hof der Gordons. Wir waren eben von der Hauptstraße abgebogen, als ich bemerkte, wie sich auf einer Grasböschung neben der Straße etwas Weißes hin und her wand. Wäre mir klar gewesen, worum es sich handelte, hätte ich nie ein Wort darüber verloren, aber ich hielt es für einen Menschen in Not und rief dem Herrn Pfarrer zu, er solle anhalten. Mit einem leisen Kommando brachte er Anteros zum Stehen und lenkte das Pferd in die von mir gewiesene Richtung. Offensichtlich erkannte er die wahre Sachlage viel rascher als ich, denn bereits nach einem Augenblick zügelte er Anteros. Ich dachte, er wolle wieder zurück auf die Straße und das Paar allein lassen. Aber die Frau hatte ihn gesehen und stieß einen kläglichen Schrei aus. Daraufhin sprang der Mann, der auf ihr lag, hoch, zerrte mit einer Hand an seiner Hose herum und versuchte mit der anderen, seine nackte Kehrseite zu bedecken. Jane Martin lag rücklings auf ein paar Grasbüscheln. Ihr Kleid war bis zum Hals hochgeschoben. Sie war so betrunken, dass sie sich trotz ihrer Nacktheit nicht einmal bedeckte.

Ich rutschte vom Pferd, ging zu ihr, zog ihren Rock herunter und suchte im Gras nach ihrer fehlenden Unterwäsche. Albion Samweys stand inzwischen stumm vor dem Herrn Pfarrer, der hoch zu Ross sitzen geblieben war, und scharrte mit den Füßen. Samweys war ein Knappe, dessen Frau vor einem Monat gestorben war. Ruhig sprach der Herr Pfarrer mit ihm. Seine Stimme klang seltsam flach und traurig, nicht zornig, wie ich – und Albion – erwartet hatten.

»Albion Samweys, du hast dich heute Nacht hier versündigt. Doch für diese Predigt brauchst du mich nicht. Mach, dass du heimkommst, und entehre dich zukünftig nicht mehr.«

Auf unsicheren Beinen entfernte sich Samweys rückwärts gehend unter vielen Bücklingen und nickte dabei dem Herrn Pfarrer zu. Ich dachte schon, er würde das Gleichgewicht verlieren, doch dann drehte er sich um und lief, wenn auch leicht schwankend, ziemlich rasch in die Dunkelheit hinein. Jetzt stieg auch der Herr Pfarrer ab und ging mit großen Schritten zu der Stelle, wo ich bei Jane saß und versuchte, ihre Füße zurück in die Stiefel zu stopfen.

»*Jane Martin! Auf die Knie mit dir!*« Die Stimme war ein einziges wütendes Gebrüll, bei dessen Klang ich zusammenzuckte. Sogar Jane erbebte trotz ihrer Volltrunkenheit.

»*Auf die Knie, Sünderin!*« Er trat einen Schritt auf uns zu, eine schwarze Riesengestalt. Seine Miene ließ sich im Dunkeln nicht erkennen. Mühsam rappelte ich mich auf die Beine und stellte mich zwischen ihn und das zerzauste Mädchen, das vergeblich aufzustehen versuchte. Immer und immer wieder fiel sie zurück. Ihre Glieder verweigerten den Dienst.

»Herr Pfarrer!«, sagte ich. »Sie sehen doch sicher, dass das Mädchen derzeit nicht in der Lage ist, Sie zu begreifen! Ich flehe Sie an, wenn Sie sie schon tadeln müssen, dann sparen Sie sich das, bis sie wieder bei klarem Verstand ist.«

»Du vergisst dich.« Seine Stimme klang inzwischen ruhig, aber kalt. »Diese Frau weiß ganz genau, was sie heute Nacht hier tut. Sie kennt die Heilige Schrift so gut wie ich. Sie hat das reine Gefäß ihres Körpers mit Verderben gefüllt. Dies hat sie im vollen Bewusstsein getan. Sie soll bestraft werden.«

»Herr Pfarrer«, unterbrach ich ihn. »Sie wissen genau, das wurde sie schon.«

Jetzt herrschte Schweigen. Nur noch ein mahlendes Geräusch war zu vernehmen. Anteros rupfte mit weicher Schnauze nasses Gras. In meinem Schädel dröhnte das Blut. Ich konnte kaum glauben, dass ich so etwas ausgesprochen hatte. Dann hörte ich hinter mir ein Würgen. Der Gestank in der stillen Luft verriet mir, dass Jane Martin den Bierinhalt ihres Magens erbrochen hatte.

»Mach sie sauber, und halt dann das Pferd, während ich sie hinaufsetze«, sagte er. Ich wischte Jane mit einem der Tücher aus meinem Korb den Mund ab. Der Herr Pfarrer hob sie in den Sattel und bedeutete mir dann, hinter ihr aufzusitzen, um sie so gut wie möglich auf dem Pferd zu halten, während er uns zu ihrer Kate brachte. Während des Abstiegs fiel kein Wort, weder als wir sie herunterhoben und ihr aufs Lager halfen, noch als wir erneut zu unserem ursprünglichen Ziel aufbrachen.

Ich war über die Dunkelheit froh. Dadurch musste ich dem Herrn Pfarrer nicht in die Augen schauen. Das Ganze war mir äußerst peinlich. War ich doch auch der Grund gewesen, dass er Zeuge dieser Paarung wurde, und ich umgekehrt Zeuge eines merkwürdigen Wutausbruchs, der so gar nicht zu dem passen wollte, was ich von ihm kannte. Als wir an der Stelle vorbeikamen, wo ich das Pärchen entdeckt hatte, stieß er einen tiefen Seufzer aus. »Keiner von uns ist noch Herr über sich selbst, wie wir es in diesen Zeiten eigentlich sein sollten. Ich möchte dich bitten, meinen Ausbruch von heute Abend zu vergessen, so, wie ich es auch mit deinem tun werde.«

Murmelnd erklärte ich mich damit einverstanden. Anteros hatte erst ein paar Schritte weiter getan, als der Herr Pfarrer erneut anhob. »Ganz besonders wäre ich froh«, sagte er leise, »wenn meiner Frau kein Wort über diesen Vorfall zu Ohren käme.«

»Natürlich, Herr Pfarrer«, nuschelte ich. Selbstverständlich würde er Elinor das Wissen über unsere so derb zur Schau gestellte tierische Natur ersparen wollen.

Schweigend ritten wir weiter. Als wir zum Hof der Gordons kamen, weigerte sich Urith anfänglich, uns die Türe zu öffnen. »Mein Mann duldet es nicht, wenn ich in seiner Abwesenheit Männerbesuche empfange«, sagte sie mit bebender Stimme.

»Sorge dich nicht, Anna Frith ist hier bei mir. Es kann doch sicher nicht unschicklich sein, den Ortsgeistlichen und seine Dienerin zu empfangen? Wir haben ein wenig Proviant mitgebracht. Möchtest du nicht das Brot mit uns brechen?«

Daraufhin öffnete sich die Türe einen Spalt, und Urith lugte heraus. Bei meinem Anblick und dem meines Korbes leckte sie sich hungrig die Lippen. Ich trat vor und schlug das Tuch zurück, damit sie den Inhalt sehen konnte. Zitternd öffnete sie die Tür. Sie trug eine Art grobe Decke, die sie um die Taille mit einem Strick festgebunden hatte. »In Wahrheit«, sagte sie, »bin ich am Verhungern. Mein Mann hat mich vierzehn Tage fasten lassen, mit nur einer Schale Brühe und einem Ranken Brot täglich.«

Beim Betreten der Kate schnappte ich nach Luft. Sämtliche Möbel waren verschwunden. Stattdessen standen in jedem Winkel grob gezimmerte Holzkreuze herum. Einige große lehnten an der Wand, kleinere Astkreuze hingen an Schnüren von den Deckenbalken. Urith bemerkte meinen starren Blick. »Damit verbringt er mittlerweile seine Zeit. Nicht auf dem Feld, sondern mit Kreuzebauen, eines nach dem anderen.« Drinnen in der Kate war es kälter als draußen im Freien. Offensichtlich hatte im Herd schon einige Zeit kein Feuer mehr gebrannt. Ich richtete Haferkuchen, Sülze und Pudding auf den Tüchern an, in die ich sie eingewickelt hatte. Urith kniete sich auf den Boden und verschlang alles gierig. Sogar den grünen Heiltrank leerte sie bis zum letzten Tropfen. Da es keinen Stuhl zum Hinsetzen gab, standen wir da und schauten ihr beim Essen zu. Ich schlug die Arme um mich und versuchte, mich durch Abklopfen mit den Händen aufzuwärmen.

Als sie fertig war, setzte sie sich mit einem tiefen Seufzer in die Hocke. Zum ersten Mal seit vierzehn Tagen war sie satt. Dann rappelte sie sich hoch und sah uns ängstlich an. »Ich flehe euch an, sagt meinem Mann nichts davon, er ist bereits schwer gekränkt, weil ich nicht so halb nackt herumlaufen will wie er. In dieser Sache habe ich mich ihm widersetzt und musste dafür bitter büßen. Wenn er weiß, dass ich ihm auch beim Fasten den Gehorsam verweigert habe ...« Hier brach sie ab. Was sie meinte, war offensichtlich. Ich sammelte die Tücher ein und suchte den Boden nach Krümeln ab, um ihr Geheimnis nicht zu verraten. Unterdessen erkundigte sich Mister Mompellion vorsichtig danach, wie ihr Mann ihrer Meinung nach zu den Lehren der Flagellanten gekommen war.

»Wie, weiß ich nicht«, meinte sie. »Aber irgendwann mitten im Winter bekam er ein Traktat aus London, das er eingehend las. Danach wurde er sehr merkwürdig. Bitte, nehmen Sie es nicht persönlich, Herr Pfarrer, aber er beurteilte ihre Predigten immer kritischer. Er sagte, es sei falsch von Ihnen, wenn Sie die Leute ermuntern, in der Pest etwas anderes als den leibhaftig gewordenen Zorn Gottes zu sehen. Er sagte, Sie sollten jeden von uns zu einer öffentlichen Beichte jeder einzelnen Sünde anregen. Dabei würden wir dann vielleicht auf jenen Verstoß kommen, der Gottes Zorn über uns gebracht hat, und ihn für immer ausmerzen können. Es genügt nicht, sagt er, unsere Seele zu erforschen, wir müssten auch unser Fleisch geißeln. Er begann zu fasten, wobei er immer strenger wurde. Dann verbrannte er alle unsere Strohsäcke und bestand darauf, dass wir auf dem nackten Stein schlafen.« Flüsternd fuhr sie fort: »Unter keinen Umständen durften wir beieinander körperlichen Trost suchen, sondern immer nur ganz keusch daliegen.«

Er ließ den Hof Hof sein und beschimpfte sie, wenn sie von ihrem Platz neben ihm auf den Knien aufstand und selbst Hand an den Pflug legte. »Schließlich zerrte er vor einer Woche Tisch und Bänke hinaus und verbrannte sie und warf auch noch seine beiden Anzüge ins Feuer.« Ihr hatte er dasselbe befohlen, aber sie hatte sich mit der Bemerkung, seine Art Kleidung sei unanständig, geweigert.

»Daraufhin hat er mich verflucht und erklärt, ich solle ihm dankbar sein, weil er wüsste, wie man die Pfeile von Gottes Pest von uns abhält.« Ihr Flüstern wurde so leise, bis ich die Worte kaum mehr hören konnte. »Er zog mich nackt aus und verbrannte meine Kleidung.« Er erklärte, ihre Schwäche und ihre Unfähigkeit zu angemessener Buße würde sie beide zwingen, ihr Fleisch umso stärker abzutöten. Er fertigte die Lederpeitsche an und trieb Nägel hinein. Zuerst schlug er sie, dann sich selbst. Seither geißelte er sich täglich.

»Herr Pfarrer, Sie können schon versuchen, mit ihm zu reden, aber ich bezweifle, ob er Ihnen zuhört.«

»Wo könnte ich ihn heute Nacht finden? Was glaubst du?«

»Um die Wahrheit zu sagen, ich weiß es nicht«, sagte sie. »Allerdings hat er sich angewöhnt, möglichst keine Minute zu schlafen. Um sich wach zu halten, spaziert er durchs Moor, bis er erschöpft zusammenbricht. Dann wieder legt er sich am Edge auf einen Felsvorsprung. Er behauptet, die Angst vor dem Herunterfallen hilft ihm dabei, bis Tagesanbruch wach zu bleiben.«

»Als ich ihn sah, ging er in Richtung Edge«, murmelte ich.

»Tatsächlich?«, sagte der Herr Pfarrer. »Nun, dann muss auch ich mich dorthin auf den Weg machen.«

Mister Mompellion legte Urith sachte eine Hand auf die Schulter. »Versuche, dich ein wenig auszuruhen. Ich werde mein Bestes tun, die Qualen deines Mannes zu lindern.«

»Danke schön«, flüsterte sie. Und so ließen wir sie in jener trostlos nackten Kate zurück. Ich machte mich auf den Weg zu meinem eigenen warmen Herd und der Herr Pfarrer auf seine Suche. Wie Urith Gordon auf diesen nackten rauen Steinen Ruhe finden sollte, hätte ich beim besten Willen nicht sagen können.

Mister Mompellion fand John Gordon in jener Nacht nicht, obwohl er auf Anteros am Edge hin und her ritt, bis der Mond aufging. Auch am nächsten Tag konnte er kein Zeichen von ihm entdecken, und auch am übernächsten nicht. In der Tat verging eine ganze Woche, ehe Brand Rigney auf der Suche nach einem vermissten Lamm aus der Merrillschen Herde zufällig die Leiche erblickte, die am Fuß der steilsten Edgewand zwischen herabgefallenen Felsen lag. Es gab keine Möglichkeit, den zerschmetterten Körper zu bergen, ja nicht einmal zudecken konnte man ihn, denn um in die Nähe zu kommen, musste man einen schmalen Weg benutzen, der von Stoney Middleton her kam. Und das wiederum hieß, durch die Stadt gehen, wogegen unser Eid sprach. Deshalb verging John Gordons Fleisch im Tode, wie er gelebt hatte. Nackt lag er unter dem Himmel, den rohen Naturgewalten überlassen.

Am nächsten Sonntag hielt der Herr Pfarrer im Steinbruch eine Predigt über Liebe und Verständnis. Er sagte, Gordon habe Gott wohlgefällig sein wollen, auch wenn er einem Verhalten anheim fiel, das Gott nicht gefällt. »Denn, meine geliebten Freunde, erinnert euch an Gottes Aussage in der Bibel: ›Mein Joch ist sanft, und meine Last ist leicht.‹ Gott liebt nicht den Schmerz um seiner selbst willen. Bei ihm liegt die Entscheidung, wer leiden soll. Er und die von ihm berufenen Geistlichen legen euch Buße auf. Wenn aber ihr dies tut, ist das Anmaßung.« Urith war da, in Kleidung, die ihr andere Dorfbewohner geschickt hatten, als sie von ihrer Not erfuhren. Trotz ihres Verlustes sah sie ein wenig besser aus, denn in den Tagen seit dem Tod ihres Mannes hatte sie wieder ordentlich essen können. Die Leute aus dem Dorf hatten ihr Essen und Bettzeug geschickt.

Leider konnte sie nur kurz aufatmen, denn schon in der nächsten Woche riss die Pest sie fort. Während ich noch darüber nachgrübelte, ob die Pestsaat mit den guten Absichten jener Leute in ihr Haus getragen worden war, die ihr Strohsack und Kleidung geschenkt hatten, zogen andere einen anderen Schluss. Im Flüsterton hieß es, Mister Mompellions Predigt sei falsch. Die meisten wiesen derartiges Gerede von sich, aber wie schon gesagt, die Furcht rief in uns allen merkwürdige Veränderungen hervor, indem sie unsere Fähigkeit zu klarem Denken zerstörte. Binnen einer Woche hatte Martin Miller seine Familie in Sackleinen gewandet und sich eine Geißel angefertigt. Randoll Daniel tat es ihm gleich. Gott sei Dank verlangte er dies nicht auch noch von seiner Frau und dem Kind. Gemeinsam zogen Randoll und Miller durchs Dorf und forderten andere auf, sich an ihrer blutigen Selbstkasteiung zu beteiligen.

Im Pfarrhaus schwankte Mister Mompellion zwischen Wut und Selbstvorwürfen. Wann immer ich zum Putzen in die Bibliothek ging, fand ich viele, dicht beschriebene Seiten mit Streichungen und neuen Einfügungen aus seiner Feder vor. Mit jeder Woche schien er mehr Mühe zu haben, Worte für seine Predigten zusammenzustellen, die Mut machen sollten. Während dieser Zeit begannen seine Treffen mit seinem alten Freund Mister Holbroke, Pfarrer von Hathersage. Obwohl ich »Treffen« sage, verwende ich dieses Wort nicht im üblichen Sinn. Dazu begab er sich auf die Anhöhe oberhalb von Mompellions Well, wo er auf seinen Amtsbruder wartete. Mister Holbroke näherte sich so weit, wie er wagte – auf ungefähr eine Messkette. Dann begann das Gespräch, wenn man es so nennen möchte. Mit lauten Zurufen überbrückten sie den Abstand zwischen sich. Wenn Mister Mompellion dem Grafen oder seinem Gönner, Elinors Vater, einen Brief schicken wollte, diktierte er ihn Mister Holbroke. Auf diese Weise würde sich der Briefempfänger keine Gedanken machen, weil er ein Blatt aus einer Hand erhielt, die die Hände von Pestopfern berührt hatte.

Manchmal kehrte Mister Mompellion von diesen Begegnungen ein wenig froher gestimmt zurück. Bei anderen Gelegenheiten schien ihn der Kontakt mit der Außenwelt sogar noch mehr zu bedrücken. Während ich meiner Arbeit nachging, hörte ich, wie ihm Elinor mit ihrer tiefen, beruhigenden Stimme leise zuredete. Stets ermunterte sie ihn und erklärte ihm, er sei für uns alle der Urheber vieler guter Dinge, egal, wie dunkel gegenwärtig die Tage auch scheinen mochten.

An einem solchen Nachmittag war ich mit einem Tablett Erfrischungen vor der Tür gestanden, hatte ihre leisen Stimmen – hauptsächlich ihre – gehört und mich davongestohlen, um sie nicht zu stören. Als ich kurze Zeit später mit dem Tablett wiederkam und nichts hörte, hatte ich die Tür einen Spalt geöffnet und hineingespäht. Elinor war erschöpft in ihrem Stuhl eingeschlafen. Hinter ihr stand Michael Mompellion und beugte sich leicht über sie. Seine Hand schwebte in der Luft, knapp über ihrem Kopf.

Er will ihre Ruhe nicht stören, dachte ich, nicht einmal für eine Zärtlichkeit. Ist je ein Paar so zärtlich miteinander umgegangen? Herrgott, ich danke dir, dass du sie füreinander bewahrt hast, dachte ich. Doch während ich noch dastand und gierig ihre Intimität belauschte, überfiel mich ein durch und durch niederträchtiges Gefühl. Warum sollten sie einander haben, während ich niemanden hatte?

Sofort war ich auf beide eifersüchtig. Auf ihn, weil Elinor ihn liebte und ich nach einem größeren Teil ihrer Liebe hungerte, als ich mir je erhoffen konnte. Und doch war ich auch auf sie eifersüchtig. Eifersüchtig, weil sie von einem Mann so geliebt wurde, wie eine Frau geliebt werden sollte. Warum sollte ich mich in meinem kalten und leeren Bett herumwälzen, während sie bei ihm Trost fand? Verstohlen entfernte ich mich von der Türe und versuchte, meine zitternden Hände ruhig zu halten, damit mich das klappernde Tablett nicht verriet. Ich betrat die Küche und ging zum Waschtrog, wo ich das Tablett abstellte. Dann nahm ich die zierlichen Schalen, erst seine, dann ihre, und warf sie nacheinander gegen den unnachgiebigen Stein.

Ein großer Brand

Als ich Elinor zum ersten Mal husten hörte, zwang ich meine Ohren mit Gewalt dazu, es nicht zu glauben. Es war einer jener milden Sommertage, die wie Pusteblumen auf der nach Geißblatt duftenden Brise dahintrieben. Nach Besuchen bei den Gesunden, statt bei den Kranken – wenigstens einmal! –, waren wir im hellen Abendschein auf dem Rückweg zum Pfarrhaus. Elinor hatte unbedingt bei den sechs oder acht alten Leuten vorbeischauen wollen, die die Pest überlebt hatten, obwohl ihre kräftigen Söhne und Töchter ihr zum Opfer gefallen waren. Bei diesen Witwen und Witwern handelte es sich um Menschen, die ihr schon vor der Pest sehr am Herzen gelegen waren. Doch da die Notlage der Sterbenden vorgegangen war, hatte sie die Lebenden sich selbst überlassen müssen, egal, wie bedürftig sie waren.

Bis auf einen hatten wir alle wohlauf angetroffen. James Mallion, eine zahnlose, gebeugte arme Seele, war im Dunkeln gehockt, halb verhungert und sehr bedrückt. Gemeinsam hatten wir ihn hinaus an die warme Luft getragen und ihn gefüttert. Zuvor hatte ich mir die Mühe gemacht, das Essen so fein zu zerstoßen wie für ein kleines Kind. Während ich ihm den weichen Brei einlöffelte und die Tropfen vom Kinn wischte, musste ich ans Füttern meiner eigenen Babys denken. Ungewollt stieg mir eine Träne ins Auge. Daraufhin hatte er mich mit seiner klauenähnlichen Hand am Arm gepackt, mich aus wässrigen Augen gemustert und mit zittriger Stimme gefragt: »Warum wird einer wie ich verschont, der seines Lebens müde und reif für die Ernte ist, während die Jungen im unreifen Zustand gepflückt werden?« Kopfschüttelnd tätschelte ich seine Hand. Für eine Antwort versagte mir die Stimme.

Darüber unterhielten Elinor und ich uns auf dem Rückweg zum Pfarrhaus. Noch immer waren wir dem Rätsel nicht näher gekommen, warum die Pest die einen mitriss, aber nicht die anderen. Jene wenigen, die sich wie Andrew Merrick auf ein Leben in Höhlen oder rohen Hütten fernab von Mitmenschen zurückgezogen hatten, waren der Ansteckung ganz sicher entkommen. So viel wussten wir: Nähe zum Kranken brachte Krankheit mit sich. Aber das hatten wir schon immer gewusst. Dennoch blieb die Frage, warum einige am Leben blieben, die mit allen im Haus lebten und mit den Kranken Essen, Bettzeug, ja sogar dieselbe Atemluft teilten. Ich sagte, wenn Mister Stanley zu denen spreche, die sein Wort hören wollten, vertrete er die Meinung, dass uns diese Auswahl nur deshalb zufällig erscheine, weil sie ganz bei Gott liege.

»Das weiß ich«, erwiderte Elinor. Geistesabwesend zupfte sie im Gehen an den Geißblattranken, die durch die Hecken wuchsen. Ich hatte ihr gezeigt, wie man den Nektar aus den Blüten saugt. Nun nahm sie die Blüten zwischen die Lippen und sog ihre Süße aus wie jedes bescheidene Landmädchen auch. »Mister Stanley hat seit jeher geglaubt, Gott ließe all jenen Leid zuteil werden, denen er nach dem Tode das Fegefeuer ersparen möchte. Anna, diese Ansicht kann ich nicht teilen. Und doch, wie könnten wir das wissen? Mister Mompellion bringt solche Dinge in seinen Predigten nicht mehr zur Sprache. Mittlerweile geht es ihm nur noch darum, unseren Geist zu erbauen und uns in unserer Entschlossenheit zu bestärken.«

Wir verfielen in Schweigen. Ich versuchte, diese schwierigen Gedanken von mir fern zu halten, indem ich mich einzig und allein auf den Augenblick konzentrierte, den Turmfalken bei ihren trägen Runden zuschaute und dem rauen Krächzen der

Wachtelkönige lauschte. Als Elinor hustete, redete ich mir ein, ich hätte ein Krächzen gehört. Weder blieb ich stehen, noch drehte ich mich um, um sie anzusehen, sondern ging einfach weiter. Wenige Minuten später hustete sie erneut. Diesmal ließ es sich nicht mehr ignorieren. Von Hustenkrämpfen geschüttelt, blieb sie stehen und presste ein Stück Spitze auf den Mund. Sofort drehte ich mich um und legte ihr zur Stütze einen Arm um die Schultern. Mein Gesicht musste die Tiefe meiner Gefühle widergespiegelt haben, denn sie sah mich an und versuchte, trotz des Hustens zu lächeln. Als der Anfall verebbte, schob sie mich spielerisch mit den Worten von sich: »Jetzt aber, Anna, begrab mich doch nicht gleich beim ersten Husten!«

Aber kein Lachen holte mich aus dem Entsetzen, das mich gepackt hatte. Ich legte ihr die Hand aufs Gesicht. Da der Abend warm war und wir schon ziemlich lange unterwegs waren, konnte ich nicht feststellen, ob ihre erhitzte Stirn ein Anzeichen für Fieber war oder nicht.

»Setzen Sie sich hin«, sagte ich und deutete auf einen großen flachen Stein im Schatten einer Eberesche. »Setzen Sie sich, während ich vorauslaufe und Mister Mompellion hole.«

»Anna!«, sagte sie in einem Ton, der sich jeden Widerspruch verbat. »Hör sofort auf damit! Genau das wirst du nicht tun!« Sie fühlte ihre Stirn und warf den Kopf hoch, als wolle sie die Hitze abschütteln, die sie dort sicher verspürte. »Ich merke lediglich, dass ich vielleicht eine leichte Erkältung bekomme, und ich möchte nicht, dass du so ein Theater machst und mich in Panik versetzt! Ich bitte dich um ein wenig Selbstbeherrschung. Schließlich bist du nach allem, was wir gemeinsam gesehen und getan haben, kein Kind mehr, das beim geringsten Hauch zittert. Sollte ich ernsthaft krank sein, wirst du der erste Mensch sein, dem ich mich anvertraue. Bis dahin wag ja nicht, Mister Mompellion damit zu beunruhigen.«

Forschen Schritts ging sie weiter, und ich hinterdrein. Als

ich sie eingeholt hatte, griff ich nach ihrem Arm. Sie ließ es geschehen. Im Gehen versuchte ich, auf jedes Detail zu achten: die Art, wie ihre Finger auf meinem Handgelenk lagen, das sachte Schwanken ihres Körpers, das Maß ihrer Schritte. Für die leuchtenden Butterblumen hatte ich keine Augen mehr, und auch keine Ohren für den Gesang der Vögel. Meine Augen trübten sich, Tränen liefen mir ungehindert übers Gesicht.

Elinor blieb stehen und schaute mich mit einem leisen Lächeln auf den Lippen an. Sie hob die Hand mit dem kleinen Spitzentaschentuch und wollte mir schon die Tränen damit abwischen, da hielt sie mitten in der Bewegung inne, zerknüllte das weiße Quadrat und barg es in der Tiefe ihres Korbs.

Das sagte mir alles. Jetzt weinte ich erst richtig. Mitten auf dem Feld.

Was soll ich über die nächsten drei Tage sagen, was noch nicht schon längst gesagt wurde? Elinors Fieber stieg. Sie hustete und nieste, wie andere gehustet und genießt haben. Michael Mompellion und ich versuchten, sie zu trösten, wie wir so viele andere zu trösten versucht hatten.

Ich war so oft an ihrer Seite, wie es Taktgefühl und Pflicht erlaubten. Denn selbstverständlich war es ihr Michael, der in erster Linie Anrecht auf ihre letzten Stunden hatte, während es meine Aufgabe war, ihm möglichst viel von seiner eigenen Arbeit abzunehmen. Aber einige Dinge konnte ich nicht tun. Von Zeit zu Zeit wurde er weggerufen, um seine Pflicht an anderen Sterbebetten zu erfüllen. Und so fand ich mich allein mit Elinor wieder. Ich badete ihr gerötetes Gesicht mit in Minzewasser getauchten Leinentüchern und betrachtete eingehend ihre zarte Haut, immer in Erwartung jenes schrecklichen Augenblicks, wenn unter ihrer allgemeinen Röte die rotschwarzen Blätter der Pestrosen aufblühten. Wie silbrige Spitze klebten ihre feinen Haare auf der feuchten Stirn.

Für mich war sie so vieles geworden, so vieles, worauf ein Dienstbote kein Anrecht hat. Noch darf er sich einbilden, dass der Mensch, dem er dient, dies je sein wird. Ihr verdankte ich es, dass ich die Wärme mütterlicher Fürsorge kennen gelernt hatte, eine Fürsorge, die mir durch den frühen Tod meiner Mutter entgangen war. Ihr verdankte ich es, dass ich eine Lehrerin gehabt hatte und nicht mehr unwissend war, sondern lesen und schreiben konnte. Manchmal hatte ich während unserer gemeinsamen Kräuterarbeit in der Pfarrküche vergessen, dass sie meine Herrin war, ja ihr sogar Anweisungen für diesen oder jenen Handgriff gegeben, den ich besonders gut beherrschte. Nie erinnerte sie mich an meine Stellung. Tief in meinem Herzen konnte ich es flüstern: Sie war meine Freundin, und ich liebte sie. Wenn mir manchmal zu später Nachtzeit Erschöpfung die Sinne vernebelte, machte ich mir Vorwürfe wegen ihres Zustands, den ich als Strafe für meine sündhafte Dreistigkeit und Eifersucht empfand. Bei Tag war ich klarer im Kopf und wusste, dass ihre Krankheit dem Leid jedes anderen Menschen glich, nicht mehr und nicht weniger. Aber in den dunklen Stunden konnte ich mein Herz nicht beherrschen. Jedes Mal, wenn Michael Mompellion kam, um bei ihr zu sitzen, flammte glühende Eifersucht in mir auf. Während ich das Zimmer verließ, schäumte ich innerlich vor Wut, weil er mehr Anrecht auf den Platz an ihrer Seite hatte. Anfänglich zog ich mich nur bis kurz hinter die Türe zurück, wo ich sitzen blieb, um ihr möglichst nahe zu sein. Als mich Mister Mompellion dort entdeckte, half er mir freundlich auf, erklärte mir aber unmissverständlich, dass ich mich hier nicht herumtreiben dürfe. Vielleicht sei es besser, wenn ich mich in meine Kate zurückzöge, bis er mich rufen lasse.

Um mich lange von ihr fern zu halten, hätte es mehr bedurft als nur seiner Worte. Als ich ihr am nächsten Tag die kühlenden Tücher auf die Stirn legte, schien sie meine Gedanken zu lesen.

Seufzend lächelte sie matt und flüsterte: »Das tut so gut.« Schwach flatterte ihre Hand auf meiner. »Ich kann mich als Frau glücklich schätzen, weil ich in meinem Leben so geliebt wurde… Weil mir ein Mann wie Michael geschenkt wurde und eine so liebe Freundin wie du, Anna.« Einen Augenblick schloss sie die Augen, dann öffnete sie sie wieder und musterte mich. »Weißt du eigentlich, wie sehr du dich verändert hast? Vielleicht ist das das einzig gute Ergebnis dieses Schreckensjahres. Oh, der Funke war schon damals klar in dir zu erkennen, als du das erste Mal zu mir kamst. Aber du hast dein Licht unter den Scheffel gestellt, als hättest du vor dem Angst, was geschehen würde, wenn es irgendjemand sah. Du glichst einer Flamme im Winde, die fast schon ausgelöscht war. Ich musste dich lediglich mit einem Glassturz bedecken. Und wie du jetzt leuchtest!« Mit einem matten Händedruck schloss sie die Augen.

Nach einiger Zeit verlangsamte sich ihr Atem, sodass ich dachte, sie wäre eingeschlafen. Möglichst leise stand ich auf und schlich zur Tür. Eigentlich wollte ich das Waschbecken und die getragene Kleidung entfernen. Aber sie hob erneut mit geschlossenen Augen an: »Anna, hoffentlich wirst du in deinem Herzen auch Platz finden, um Mister Mompellion eine Freundin zu sein … Denn mein Michael wird Freundschaft bitter nötig haben.« Das Schluchzen, das in meiner Kehle aufstieg, ließ mich nicht antworten. Aber anscheinend brauchte sie auch keine Antwort, denn nun legte sie ihr Gesicht ins Kissen und fiel tatsächlich in Schlaf.

Ich konnte kaum mehr als zehn Minuten fort gewesen sein, aber bei meiner Rückkehr erkannte ich sofort, dass sich ihr Zustand verschlechtert hatte. Ihr Gesicht war noch stärker gerötet, so stark, dass sich die feinen Blutgefäße auf ihren Wangen zu einem Spinnengewebe erweitert hatten. Ich legte ihr kühle Tücher auf, aber sie warf sich unter meinen Händen unruhig hin und her. Als sie mit einer seltsam hohen Jungmädchenstimme zu sprechen begann, begriff ich, dass sie im Fieberwahn lag.

»Charles!«, rief sie kichernd. Ein leichtes, beschwingtes Lachen strafte ihren ernsten Zustand Lügen. Sie atmete heftig, als liefe oder ritte sie. Ich stellte sie mir vor: ein junges Mädchen in einem Seidenkleid auf dem Besitz ihres Vaters, in einem großen grünen Park, ganz dem Vergnügen hingegeben. Einige Augenblicke beruhigte sie sich, und ich hoffte, sie würde wieder einschlafen. Aber dann runzelte sie die Stirn und rang die Hände auf der Tagesdecke. »Charles?« Noch immer klang der Ton, mit dem sie diesen Namen rief, hoch und kindlich, diesmal aber bekümmert, aufgeregt, wehklagend.

Ich war froh, dass ich die einzige Augenzeugin war, und nicht der Herr Pfarrer. Inzwischen stöhnte sie. Ich hielt ihre Hand fest und rief ihr zu, aber sie befand sich längst außerhalb meiner Reichweite. Und dann änderte sich plötzlich ihr Gesicht. Ihre Stimme wurde wieder die vertraute Erwachsenenstimme. Was sie dann sagte, geschah in einem derart intimen Flüsterton, dass ich rot wurde. »Michael… Michael, wie lange noch? Bitte, mein Liebster? Bitte…«

Er hatte die Tür geöffnet und war ins Zimmer getreten, ohne dass ich ihn gehört hatte. Seine Worte ließen mich aufspringen. »Das genügt, Anna«, sagte er mit einer merkwürdig kalten Stimme. »Wenn sie etwas braucht, werde ich dich rufen.«

»Herr Pfarrer, es geht ihr viel schlechter. Sie liegt im Fieberwahn…«

»Das kann ich selbst sehen«, fuhr er mich an. »Du kannst gehen.«

Zögernd stand ich auf und zog mich in die Küche zurück. Dort saß ich und wartete besorgt. Ich musste eingeschlafen sein, denn als ich erwachte, sangen die Vögel. Sonnenschein strömte durch die hohen Flügelfenster und fiel in breiten Streifen wie gelbe Maibaumbänder über den Küchenboden. Leise schlich ich im buttergelben Sommerlicht nach oben. Vor ihrem Schlafzimmer blieb ich stehen und lauschte auf Geräusche von drinnen.

Alles war still. Sachte schob ich die Türe einen Spalt auf. Elinor lag tief in ihren Kissen, von der intensiven Röte in ihrem Gesicht war nichts mehr zu sehen. Sie war so blass wie die Tagesdecke und reglos wie ein Stein. Michael Mompellion lag am Fußende ihres Bettes und hatte die Hände nach ihr ausgestreckt, als wollte er ihre flüchtige Seele erhaschen.

Drei Tage hatte ich gegen diesen Aufschrei angekämpft. Nun entrang sich mir ein lautes Stöhnen aus Kummer und Einsamkeit. Michael Mompellion regte sich nicht, nur Elinor schlug die Augen auf und lächelte mich an.

»Das Fieber ist gebrochen«, flüsterte sie. »Ich liege hier schon eine ganze Stunde wach und sehne mich nach einer Gewürzmilch. Ich bin ganz ausgetrocknet, konnte aber nicht nach dir rufen, weil ich meinen armen, müden Michael nicht wecken wollte.«

Ich flog die Treppe hinunter, um die Milch zu kochen. Während ich sie erhitzte, hätte ich zum ersten Mal seit fast einem Jahr am liebsten laut gesungen. An jenem Tag stand Elinor kurz aus ihrem Bett auf. Ich setzte sie in einen Sessel am Fenster, das ich weit aufgestoßen hatte. Während sie auf ihren geliebten Garten hinaussah, schaute Mister Mompellion sie so unverwandt an, als sähe er eine Vision. Immer wieder fand ich Ausreden, um erneut ins Zimmer zu kommen: Essen, frische Betttücher, Krüge voll warmem Wasser. Alles, um mich auch ja zu vergewissern, dass ich dies nicht geträumt hatte.

Am nächsten Tag meinte sie, sie fühle sich wohl genug für einen Rundgang durch den Garten. Dabei neckte sie den Herrn Pfarrer und mich. Mich, weil ich mich weigerte, sie ohne Stütze gehen zu lassen, und ihn, weil er ständig um sie herumschwirrte und einmal unnötige Schals anbot und im nächsten Moment wieder auf ebenso überflüssigem Schatten bestand.

An jenem Tag und an den folgenden wirkte Michael Mompellion wie neugeboren. Einer, der wie er überzeugt gewesen war, dass Elinor an die Pest verloren war und sie dann von einem ganz normalen Fieber wieder genesen vorfand... Für das Wunder, das er empfand, bedurfte es keiner großen Phantasie, denn ich fühlte genauso. Sein von Sorgen zerfurchtes Gesicht glättete sich, um die Augen tauchten wieder Lachfalten auf. Er hatte den federnden Schritt der Jugend und widmete sich seinen Pflichten mit neuer Energie.

Elinor saß gerade in der frischen Luft auf einer Bank in der Südecke des Gartens – ein wunderschöner Ort der Muße, ganz von ihren Lieblingsrosen umrankt. Ich hatte ihr einen Becher Brühe gebracht, und sie hatte mich zu einer Plauderei bei sich behalten, wie sie es schon seit langem nicht mehr getan hatte. Dabei ging es um Belanglosigkeiten, wie zum Beispiel die Frage, ob man die Irisbüschel wieder einmal teilen sollte.

Mister Mompellion sah uns dort sitzen und kam rasch aus dem Stallhof herüber. Er war gerade vom Hof der Gordons zurückgekehrt, wo er sich um Dinge gekümmert hatte, die seit Urith Gordons Tod ungelöst geblieben waren. Da die Gordons lediglich Pächter gewesen waren und John Gordon in seinem Anfall sämtliche Rinder getötet hatte, gab es bezüglich des Besitzes nur wenig Schwierigkeiten. Trotzdem war den Nachbarn bei all den Kreuzen, die Gordon gebaut hatte, nicht wohl gewesen. Sie hatten nicht gewusst, wie man damit umgehen sollte. Der Herr Pfarrer hatte es für nötig gehalten, sie mit allem Respekt unter Gebeten zu verbrennen, und hatte sich höchstpersönlich darum gekümmert.

An diesem Tag war es sehr warm. Als der Herr Pfarrer neben Elinor auf der Gartenbank Platz nahm, wedelte sie ihm spielerisch mit den Händen vor dem Gesicht herum.

»Mister Mompellion, du riechst höchst intensiv nach Rauch und Pferdeschweiß! Lass dir von Anna ein bisschen Waschwasser aufwärmen!«

»Gut«, sagte er, wobei er wieder lächelnd auf die Beine sprang. Ich entfernte mich, um ihren Wunsch zu erfüllen. Während ich mich ins Pfarrhaus zurückzog, hörte ich, wie er sich angeregt mit Elinor unterhielt. Als ich dann bald darauf eine Waschschüssel mit einigen Lappen hinaustrug, gestikulierte er ausladend.

»Keine Ahnung, warum mir das nicht schon früher eingefallen ist«, sagte er. »Wie ich aber so dastand und ein Gebet über diese Feuerkreuze sprach, erkannte ich es so klar, als hätte mir Gott selbst die Wahrheit ins Herz gesenkt!«

»Beten wir, dass dem so ist«, sagte Elinor aufgeregt.

Dann stand sie auf, und beide spazierten, Seite an Seite, den Gartenpfad entlang und ließen mich dort stehen. Sie vergaßen mich einfach! Nach einem Augenblick stellte ich die Sachen auf die Bank und begab mich nach drinnen zu meiner Arbeit. Egal, was sie so gefesselt hat, dachte ich, während ich einen Putzlumpen in einen Eimer warf, ich würde es erfahren, wann sie es für richtig hielten. Aber noch während ich mit aller Macht den Sandsteinboden schrubbte, hatte ich einen bitteren Geschmack im Mund, als hätte ich auf eine im Kern saure Frucht gebissen.

Der nächste Tag war ein Sonntag, und ich erfuhr mit allen anderen im Dorf, was Gott angeblich Michael Mompellion gezeigt hatte.

»Um unser Leben zu retten, meine Freunde, müssen wir, so glaube ich, hier einen großen Brand entzünden. Wir müssen uns von unseren weltlichen Gütern trennen – von allem, was unsere Hände berührt und was wir am Körper getragen haben, von allem, was unser Atem gestreift hat. Lasst uns diese Dinge hierher bringen und anschließend unsere Häuser scheuern, wie es den Hebräern zum Zeichen des Festes ihrer Errettung vor Pharao geboten worden ist. Danach wollen wir uns heute Abend hier versammeln und Gott unsere Güter mit unseren Gebeten zu unserer Errettung opfern.«

Ich sah die fragenden Gesichter ringsum im Steinbruch, sah, wie sie den Kopf schüttelten. Die Menschen hatten bereits so viel verloren, dass ihnen ein weiteres Opfer schal aufstieß. Ich dagegen dachte an den jungen George Viccars und wie er sich auf seinem Totenbett aufgebäumt und gekrächzt hatte: »Verbrennt alles!« Wie viele von uns wären vielleicht verschont geblieben, wenn ich genau das noch am selben Tag getan hätte? Wenn ich seine Nähschatulle und all die halb fertigen Kleidungsstücke aus dem Stoff verbrannt hätte, der aus London hierher gekommen war?

Dieser Gedanke quälte mich so sehr, dass ich meine Gedanken nicht genug beisammen hatte, um mich auf Mister Mompellions Worte zu konzentrieren. Deshalb kann ich mich auch nicht daran erinnern, wie er den Dorfbewohnern ein widerwilliges Einverständnis abrang. Von Urith Gordon sprach er, das weiß ich, und wie die Pest sie niedergestreckt hatte, nachdem sie die liebenswürdigerweise angebotenen Kleider und Gegenstände aus Häusern angenommen hatte, die die Pest heimgesucht hatte. Ich weiß, dass er von der reinigenden Kraft des Feuers sprach und wie sich die Menschen seiner seit Anbeginn der Zeiten als Symbol der Wiedergeburt bedient hatten. Wie immer sprach er beredt und nachdrücklich und benutzte dazu seine schöne Stimme wie ein Instrument, das Gott genau zu solchen Zwecken erschaffen hat. Und doch waren wir der Worte müde, wir alle. Was hatten sie uns schließlich gebracht?

Im Laufe des Nachmittags wuchs der Scheiterhaufen nur langsam. Selbstverständlich gingen der Herr Pfarrer und Elinor mit gutem Beispiel voran und schafften bis auf die Kleider, die sie am Leib trugen, und einige wenige Bettwäsche, die sie mir zum Auskochen gaben, alles hinaus. Als aber die Bibliothek an der Reihe war, zitterte selbst Elinor und erklärte, sie bringe es nicht übers Herz, die Bücher zu verbrennen. »Und wenn sich darin auch Pestsaaten bergen mögen, so steckt in ihnen vielleicht auch das Wissen, uns von der Pest zu befreien. Vielleicht haben wir nur noch nicht genug Verstand, um sie richtig zu deuten.«

Was mich betraf, so gab es ein Ding, von dem ich mich nicht trennen konnte: jenes winzige Wams, das ich für Jamie in seinem ersten Winter gemacht und für Tom aufgehoben hatte, bis er groß genug war, es zu tragen. Dieses versteckte ich und schämte mich dabei meiner Schwäche. Meine restliche geringe Habe sammelte ich, um sie den Flammen zu übergeben. Seltsam, am Tag des Herrn zu schrubben und zu fegen, aber der Herr Pfarrer hatte so überzeugt gesprochen, dass selbst eine Alltagsarbeit wie Hausputz irgendwie ein Teil des Gottesdienstes geworden zu sein schien. Kessel um Kessel kochte ich ab, zuerst im Pfarrhaus, dann in meiner Kate, und überbrühte in diesen Behausungen Tische und Stühle, jedes Brett und jeden Stein.

Als wir uns zur Dämmerung im Steinbruch versammelten, war ich völlig erschöpft. Wie benommen starrte ich das traurige Häuflein Habseligkeiten an – die Summe unseres kärglichen Lebens. Zum ersten Mal seit vielen Monaten dachte ich an die Bradfords und ihre ganze reiche Habe, die in der einsamen Stille von Bradford Hall eingesperrt war. Wahrscheinlich waren die Bradfords in ihrem sicheren Oxforder Hafen die einzige noch intakte Familie dieses Dorfes. Ich malte mir aus, wie sie eines Tages zurückkehrten und an ihrem prächtigen Tisch mit dem ganzen Leinen und Silber saßen. Ich sah, wie der Oberst mit seinen fetten Fingern auf den Tisch trommelte und ungeduldig seine Mahlzeit erwartete, während der Geist von

Maggie Cantwell stumm im Schatten vor sich hin schluchzte. Vielleicht wären wir bis dorthin ein ganzes Geisterdorf, und nicht einmal die Bradfords würden sich hierher wagen, trotz ihres großen Hauses und all der feinen Sachen.

Wir waren tatsächlich bis auf die Haut entblößt. Unten am Scheiterhaufen stand die Krippe – mit so viel Liebe und freudiger Erwartung geschnitzt –, in der das Kind der Livesedges gestorben war. Da lagen Hosen herum, in denen einst die muskulösen Waden kräftiger Jungknappen gesteckt hatten. Viel Bettzeug gab es, Strohsäcke, die einmal für süße Ruhe gesorgt hatten. Stumm warteten all diese einfachen Gegenstände auf die Fackel und erzählten mir doch von jenen anderen Verlusten, die man nicht aufhäufen und betrachten konnte: von täglichen Gesten der Zärtlichkeit zwischen Mann und Frau, vom Frieden im Herzen einer Mutter beim Anblick ihres schlafenden Kindes, von den einzigartigen und ganz persönlichen Erinnerungen an all die vielen Toten.

Michael Mompellion stand in der Nähe des Felsüberhangs, der ihm als Kanzel diente. Mit der Rechten hielt er einen flammenden Ast hoch. Vor ihm erhob sich der Berg Habseligkeiten, während wir tiefer standen, wie immer viele Ellen auseinander. »Herr, allmächtiger Gott!«, rief er. Seine Stimme hallte durch den Steinbruch. »So, wie es Dir einst gefiel, von Deinen Kindern Israels Brandopfer anzunehmen, so bitten wir Dich, empfange diese Dinge von uns, Deiner Leidensschar. Nimm dieses Feuer, um unsere Herzen zu reinigen wie unsere Häuser, und erlöse uns endlich vom Zorn jener Krankheit, die uns bestürmt.«

Tief stieß er den brennenden Ast ins Stroh, das aus einer Matratze quoll. Gierig leckten die Flammen hoch. Es war eine klare Nacht, trocken und windstill, eine Nacht, wie sie hier eher im tiefen Winter vorkommt als im Hochsommer. In einer rotgoldenen Säule schraubte sich das Feuer in die Höhe, heiße

Funken sprühten wild umher, als wollten sie es dem kaltwei-
ßen Gefunkel der Sterne gleichtun. Dann sangen wir gegen das
Gebrüll des Feuers an, jenen Psalm, den wir seit Ausbruch der
Pest schon unzählige Male gesungen hatten:

»Dass du nicht erschrecken müssest vor dem Grauen
der Nacht,
vor den Pfeilen, die des Tages fliegen,
vor der Pestilenz, die im Finstern schleicht,
vor der Seuche, die im Mittage verderbet.
Ob tausend fallen zu deiner Seite
und zehntausend zu deiner Rechten,
so wird es doch dich nicht treffen …«

Früher einmal hatten wir diese Worte mit so viel Überzeugung
gesungen. Ich musste daran denken, wie unser Gesang in der
Kirche emporgestiegen war. Jetzt waren wir so viel weniger
Stimmen. Müde und gebrochen schleppten sie sich mechanisch
durch die Noten. Da wir so weit auseinander standen, konnten nicht alle das vorgegebene Tempo halten. Einige kamen aus
der Tonhöhe, sodass unser Hymnus von Vers zu Vers unor-
dentlicher und falscher klang.

Während unseres Gesangs verloren die Gegenstände im
Zentrum des Feuers ihre einzelnen Umrisse und gerannen zu
dunklen Schatten, zum Hintergrund für das wirbelnde Gleißen. Einen Augenblick fielen die schwarzen Stellen innerhalb
der Flammen zu einer Form zusammen, die an die Augenhöhlen eines Totenschädels erinnerten. Ein Bild, das mich erschreckte. Ich blinzelte. Als ich wieder hinsah, war es verschwunden.

Zwischen dem Gesang und dem Knistern des Feuers hörten
wir die Schreie der Frau erst, als sie mitten unter uns stand.
Hinter mir wurde es unruhig. Als ich mich umdrehte, sah ich,

wie der junge Brand und Robert Snee, der nächste Nachbar der Merrills, eine sich heftig wehrende Gestalt zum Feuersrand zerrten. Die Frau war ganz in Schwarz gekleidet und hatte sich einen schwarzen Schleier um den Kopf gebunden, der ihr übers Gesicht fiel. Als die zwei jungen Männer sie mit Gewalt nach vorne beförderten und vor Michael Mompellion zu Boden stießen, brach der Gesang urplötzlich ab. Brand streckte die Hand aus und zog den Schleier zurück. Es war Aphra.

»Was soll das bedeuten?«, wollte der Herr Pfarrer wissen, während sich Elinor bückte, um Aphra hochzuhelfen. Aphra schob den schwarzen Stoff aus ihrem Gesicht und sah sich wild um, als suche sie nach einer Fluchtgasse durch die Menge, aber Brand legte ihr eine Hand hart auf die Schulter.

»Hier ist der ›Geist‹, dessen Heimsuchungen uns alle genarrt haben!«, rief Brand. »Ich habe sie in genau diesen schwarzen Trauerkleidern, die ihr seht, in den Wäldern nahe beim Grenzstein erwischt. Dort hat sie sich versteckt und versucht, meine Schwester Charity zu erschrecken, um ihr einen Schilling für ein Amulett abzuschwatzen, damit der kleine Seth nicht die Pest bekommt.« Angeekelt warf er einen Stoffstreifen weg, der ganz mit fremden Wörtern bekritzelt war, genau wie jener, den Elinor vom Hals des toten Babys von Margaret Livesedge gewickelt hatte. Einen Augenblick hielt er ihn hoch, damit es alle sehen konnten, dann ließ er ihn erneut fallen und stampfte ihn mit seinem Stiefel in den Dreck.

»Schande!«, schrie gellend eine Frauenstimme aus der Menge. Bei einem Blick in die Runde sah ich, dass es Kate Talbot war, deren Gesicht vor Leid tränenüberströmt war. »Diebin!«, schrie Tom Mowbray. Jetzt explodierte die ganze Gemeinde. Als Speichel und Erdklumpen zu fliegen begannen, fiel Aphra auf die Knie und barg ihr Gesicht in den Händen.

»Taucht sie unter!«, rief einer. »An den Pranger!«, brüllte eine andere Stimme.

Wenn der Herr Pfarrer nicht rasch etwas tut, dachte ich im Stillen, wird diese Menge zum Mob und damit unhaltbar. Mit unseren allzu rohen Wunden und der riesengroßen Angst glichen wir alle verwundeten Tieren, die jeden anspringen würden, besonders eine, die sich so abgrundtief böse verhalten hatte wie Aphra. Abscheu und Zorn stiegen in mir auf. Ich verspürte den Zwang, sie meinerseits wütend anzuspucken. Daraufhin schaute ich mich um. Warum, weiß ich nicht recht. Da sah ich am Rand der Menge die winzige, verheulte Gestalt von Aphras Tochter Faith mit offenem Munde dastehen. Im allgemeinen Getöse konnte niemand ihr klägliches Jammern hören. Jetzt drehte ich den höhnischen Gesichtern und ausgestreckten Fingern den Rücken zu, rannte zu dem Kind und barg es in meinen Armen. Ich wollte keinesfalls, dass dieses kleine Mädchen, das immer noch meine Halbschwester und die einzige noch lebende Blutsverwandte war, den Vorfall im Steinbruch mit eigenen Augen ansehen musste, egal, was noch geschah. Das Kind stand zu sehr unter Schock, um sich zu wehren, als ich es forttrug. Wir hatten den Pfad hügelauf schon halb zurückgelegt, da erhob sich die Stimme des Herrn Pfarrers über die lärmende Menge und klang laut und deutlich durch den schüsselförmigen Steinbruch.

»Ruhe! Entweiht nicht diesen heiligen Platz – diese unsere Kirche – durch derart unheiliges Fluchen!«

Zu meiner Überraschung verstummten alle. Ich wandte mich um, um seine nächsten Worte zu hören.

»Die Anklage gegen diese Frau wiegt in der Tat schwer. Man wird sie anhören, und sie wird sich dafür verantworten müssen. Aber nicht hier, nicht jetzt. Dies ist eine Angelegenheit für morgen. Geht jetzt nach Hause und betet zu Gott, auf dass er das Opfer annimmt, das wir heute Nacht gebracht haben, und unser Flehen um Seine göttliche Gnade erhört.«

Trotz ärgerlichen Gemurmels folgten die Leute seinen Worten. Gehorsam war ihnen in Fleisch und Blut übergegangen. Ich nahm Faith mit in meine Kate, wo sich das Kind die ganze Nacht wimmernd hin und her warf und durch Albtraumlandschaften wanderte, in die ich ihm nicht folgen konnte. Ich hingegen erwischte nur Schlaffetzen und erwachte vom strengen Geruch glimmender Asche.

Wer bin ich, um Michael Mompellion die Geschehnisse jener Nacht vorzuwerfen?

Kein Mensch kann stets in allen Belangen ein gerechtes Urteil abgeben, egal, wie weise er ist oder welch gute Absichten er auch hegt. In jener Nacht irrte er, und zwar bitter, und bitter musste er dafür bezahlen. Vermutlich war seine hohe Meinung vom jungen Brand schuld daran. Er wusste nur allzu gut, wie tapfer sich Brand gegenüber Maggie Cantwell in ihrem Unglück verhalten hatte. Außerdem war er auf die Art und Weise stolz gewesen, wie der junge Mann bei Charity und Seth die Bruderrolle und nach Jakob Merrills Tod die Verantwortung für dessen Hof übernommen hatte.

Da Brand und Robert Aphras Untat entlarvt hatten, sollten sie sie im Auftrag des Herrn Pfarrers bis zur Verhandlung am nächsten Tag in Gewahrsam nehmen. Ihnen zu sagen, wie sie sie einsperren sollten, daran dachte er ebenso wenig, wie er sie ermahnte, ihre Bestrafung ja nicht selbst in die Hände zu nehmen. Leider war der Zorn der jungen Männer so heftig, dass ihnen in ihrer Verbitterung die Idee, die Robert einfiel, passend erschien.

Robert Snee hielt auf seinem Hof Schweine. Er war ein guter Bauer und hatte sich viele schlaue Methoden zur Steigerung seines Ertrags ausgedacht. Eine seiner Neuerungen war ein Weg, Schweinemist rasch in nützlichen Dünger umzuwandeln. Er hatte sich angewöhnt, die flüssigen und festen Hinterlassenschaften in den Koben zusammen mit dem verbrauchten Stroh aus dem Stallhof in eine tiefe Kalksteinhöhle auszumisten – eine natürliche Zisterne, die bequemerweise am Hügelhang lag. Auf der niedrigen Höhlenseite hatte er eine Rinne eingebaut, über die er den gut verrotteten Dünger zum Ausbringen direkt in seinen Karren leiten konnte.

Genau in diese finstere, stinkende Grube warfen Brand und Robert Aphra. Bei einer späteren Ortsbesichtigung konnte ich mir nicht vorstellen, wie sie die Nacht dort überlebt hatte. Der beißende Gestank verätzte Kehle und Brust. Braunschäumend und sehr lebendig schwappte der Dung bis hoch in den Kalkstein hinauf, vermutlich mindestens so hoch, dass Aphra den Kopf hatte schief legen müssen, damit ihr nicht bei der kleinsten Bewegung die Dreckbrühe in den Mund spritzte. Da aber der Kot, auf dem sie stand, nicht ganz fest war, war Stillstehen unmöglich. Wenn sie nicht immer tiefer versinken wollte, musste sie ständig an der schleimigen Felswand Halt suchen. Während ihre Muskeln vor Anstrengung schmerzten und ihr die stinkende Luft die Brust verbrannte, musste sich Aphra mit allerletzter Willenskraft gezwungen haben, nicht ohnmächtig zu werden. Hätte sie das Bewusstsein verloren, wäre sie erstickt und ertrunken.

Die Frau, die man am nächsten Morgen aus jener Grube zerrte und auf den Dorfanger brachte, war nicht Aphra, sondern ein lallendes, gebrochenes Etwas. Die zwei jungen Männer hatten versucht, sie zu säubern, indem sie eimerweise eiskaltes Brunnenwasser über sie geschüttet hatten. Nun war sie klatschnass und zitterte, stank aber so sehr, dass einem noch auf der anderen Seite des Angers schlecht wurde. Überall, wo die Haut die ganze Nacht mit der Flüssigkeit in Berührung gekommen war, waren Blasen aufgebrochen. Zum Stehen war sie viel zu schwach und erschöpft. Sie lag einfach zusammengekrümmt im Gras und wimmerte wie ein Neugeborenes.

Elinor weinte bei ihrem Anblick. Michael Mompellion ballte

die Hand zur Faust und ging auf Brand und Robert los. Ich dachte schon, er wollte sie schlagen. Brand war vor Schuldgefühlen über seine Tat weiß im Gesicht. Sogar Robert Snee, ein wesentlich härterer Mann, schaute schuldbewusst zu Boden.

Schon seit langem hatte ich eine Abneigung gegen die Schauspiele, die auf diesem Anger aufgeführt wurden, wenn man unsere Mitbewohner wegen Fluchen oder Zank oder gottlosem Benehmen in den Pranger gesperrt hatte. Sicher war unser Schandpfahl weitaus weniger Furcht erregend wie der Pranger in Bakewell. Wer in jener Marktgemeinde, wo die Leute ohne tiefe Bindungen aneinander kamen und gingen, am Pranger stand, wurde zur Zielscheibe von verfaultem Obst, Fischköpfen oder sonstigen widerlichen Dingen, die dem Pöbel in die Hände fielen. Eine Frau, die man dort wegen Ehebruchs angekettet hatte, hatte durch ein gefährliches Geschoss ein Auge verloren. In einem kleinen Ort wie unserem konnte man einen Nachbarn nicht so behandeln. Aber allein dass man mit Händen und Füßen in jenem zersplitterten Holz steckte, bei glühender Hitze oder kaltem Nieselregen, und stundenlang missbilligende Blicke und die Pfiffe ungezogener Kinder ertragen musste, allein das war für mich erniedrigender, als es die meisten verdienten. Sogar Reverend Stanley forderte für Sünder nur selten den Pranger, während sich Mister Mompellion sogar heftig dagegen ausgesprochen hatte.

Einige Dutzend waren zusammengelaufen, um Aphras Bestrafung mitanzusehen. Angesichts unseres dezimierten Zustands eine durchaus große Anzahl. David, der Witwer von Margaret Livesedge, war da. Zweifelsohne erinnerte er sich noch allzu gut an die großen Hoffnungen, die seine Frau auf das »Chaldäer-Amulett« gesetzt hatte und wie grausam diese zerstört worden waren, als ihr Kind mit diesem Halsband starb. Auch Kate Talbot war da, deren teurer Abracadabra-Zauberspruch ihr den Ehemann nicht hatte retten können.

Die Merrill-Kinder und die Mowbrays waren da. Einfaches Volk auf der Suche nach einfacher Gerechtigkeit. Ein paar andere ebenfalls. Sollte der so genannte »Geist« auch sie um ihre Kupfermünzen geprellt haben, so waren nicht alle bereit, dies zuzugeben.

Vermutlich hatten sich diese Ankläger in Erwartung einer harten Bestrafung versammelt, aber als Brand und Robert Aphra in ihrem derart erbärmlichen und elenden Zustand anschleppten, schien allen der Appetit darauf vergangen zu sein. Klammheimlich verschwand einer nach dem anderen. Der Herr Pfarrer kauerte sich neben Aphra, beugte den Kopf dicht zu ihr hinunter und redete leise auf sie ein. Er bat sie, das betrügerisch erworbene Geld zurückzugeben, und legte ihr eine Buße auf. Ob sie von seinen Worten irgendetwas verstand, konnte ich nicht sagen. Der Herr Pfarrer bat um einen Karren, um sie nach Hause zu schaffen. Elinor und ich fuhren mit. Wir mussten sie aufrecht halten, so schwach war sie. Da sie nach ihrer Tochter Faith schrie, hielten wir bei meiner Kate an, um sie zu holen. Den Rest des Weges kauerte das Kind mit weit aufgerissenen Augen stumm neben seiner Mutter und klammerte sich an ihr Bein.

Drinnen in Aphras Hütte erhitzten wir Wasser und versuchten, sie zu baden, ihr den Kot unter den Fingernägeln herauszukratzen und ihre suppenden Wunden zu salben. Kurze Zeit ließ sie unsere Pflege über sich ergehen, aber mit der allmählichen Rückkehr ihres Verstandes flammte auch ihr Zorn wieder auf. Sie schleuderte uns wüste Beleidigungen ins Gesicht, befahl uns wegzugehen, und gab uns alle möglichen schlimmen Namen, die ich hier nicht nennen möchte.

In diesem Zustand wollte ich weder sie zurücklassen noch das Mädchen Faith bei ihr. »Stiefmutter«, sagte ich ruhig, »ich bitte dich, lass mich das Kind ein, zwei Tage zu mir nehmen, bis du wieder bei Kräften bist.«

»O nein, du hinterhältige Hure!«, plärrte sie, wobei sie sich wie verrückt an das erschreckte kleine Mädchen klammerte. »Die Pocken über dich und deine listigen Pläne! Du denkst, ich weiß es nicht?« Sie dämpfte ihre Stimme und starrte mich an. »Du denkst, ich kann dich nicht durchschauen? Du bist doch längst nicht mehr meine Stieftochter. O nein! Für eine wie mich bist du dir doch viel zu fein. *Ihr* Geschöpf bis du«, sagte sie und deutete mit einem zittrigen Finger auf Elinor. »Diese Trockenfotze, diese unfruchtbare Vogelscheuche will mir auch noch mein letztes Kind stehlen, stimmt's?« Elinor zuckte zusammen. Unter ihrer natürlichen Blässe war sie kalkweiß geworden, und sie umklammerte eine Stuhllehne, als spürte sie eine Ohnmacht nahen.

Wieder wurde Aphras Stimme lauter. Die Worte stolperten so rasch von ihren Lippen, dass ich sie kaum verstehen konnte. »Darauf seid ihr aus, ich weiß das. Ich weiß, wie's wird. Ich lass mich doch nicht von euch bei meiner eig'nen Tochter anschwärzen. Ich lass nicht zu, dass ihr eure Lügen die Ohren voll stopfen.«

Mir war klar, dass Aphras Erregung Faith nur noch mehr verwirrte. Ich gab Elinor ein Zeichen, und wir gingen fort. Leider war trotz all unserer Bemühungen kein friedlicher Abschied möglich. Die Flüche flogen uns sogar noch hinterher.

Den ganzen Vormittag sorgte ich mich um das Kind. Obwohl Faith schon drei Jahre alt war, hatte ich sie noch kein einziges Wort sprechen gehört. Offensichtlich verstand sie aber, was man zu ihr sagte, sonst hätte ich sie für taub oder einfältig gehalten. Stattdessen war ich allmählich zu der Überzeugung gelangt, dass Angst bei ihr den Willen zum Sprechen hatte schwinden lassen. Angst vor meinem Vater, als er noch lebte, und seitdem Angst vor Aphras merkwürdigem Verhalten. Nachmittags machte ich mich erneut auf den Weg zur Hütte, mit einem großen Essenskorb und mehr Salben für Aphras offene Wunden. Sie weigerte sich, mir die Tür zu öffnen, und beschimpfte mich aufs Übelste, bis ich schließlich das Essen auf der Türschwelle stehen ließ und fortging. Am nächsten Tag lief es wieder so ab, und am übernächsten auch. Jeden Tag stand Faith mit weit aufgerissenen, ernsten Augen stumm am Fenster und betrachtete mich, während ihre Mutter Flüche von sich gab, die nicht für ihre Ohren bestimmt waren. Aber als ich am dritten Tag im Vorgarten stand, sah ich das Kind nicht. Und als ich Aphra fragte, wo Faith sei, war ihre einzige Antwort ein durchdringend hoher Klagegesang in einer mir völlig unbekannten Sprache.

Daraufhin ging ich heim und besuchte meine Nachbarin Mary Hadfield. Ich bat sie inständig, an meiner Stelle zu Aphra zu gehen und zu versuchen, ob jemand mehr ausrichten könnte, der ihr weniger nahe stand.

»Anna, diese Bitte gefällt mir nicht. Ganz und gar nicht. Diese Aphra hat versucht, sich als Kreatur des Teufels auszugeben. Wenn sie schon nicht einmal die Hilfe will, die ihre eigene Stieftochter anbietet, dann soll sie meinetwegen der Teufel holen.«

Ich flehte sie an, doch an das Kind zu denken, das unschuldig in Gefahr war. Bei diesen Worten überlegte sie es sich noch einmal und stimmte meiner Bitte zu. Als sie aber wiederkam, hatte sie nicht mehr Erfolg gehabt als ich. Wieder hatte sich Aphra geweigert, die Tür zu öffnen, und hatte auf die arme Mary eine derart heftige und üble Schimpfkanonade losgelassen, dass diese schwor, nie wieder in die Nähe dieser Hütte zu gehen, Kind hin oder her.

Ich merkte, dass ich meine Sorge um Faith nicht ablegen konnte. Weder am nächsten Tag noch am übernächsten sah ich ein Zeichen von ihr. Deshalb blieb ich am Abend dieses Tages lange auf und machte mich im Dunkeln auf den Weg zur Hütte. Keine Ahnung, was ich zu erreichen hoffte. Vielleicht, dass mir die Überraschung, Aphra unversehens aus dem Schlaf geweckt zu haben, ein paar Momente gäbe, um mir inzwischen ein gewisses Bild von Faith' Zustand zu machen.

Aber Aphra schlief nicht. Schon von weitem konnte ich sehen, dass ein kräftiges Herdfeuer die Hütte von innen heraus erleuchtete. Angesichts der überaus warmen Nacht war dies allein schon merkwürdig. Beim Näherkommen konnte ich durchs Fenster wilde Schatten herumspringen sehen. Als ich noch näher heranging, dämmerte mir, dass Aphra in wilden Sprüngen vor ihrem Feuer herumtanzte und dabei wie in einem Anfall von Wahnsinn die Arme hochwarf. Eigentlich hatte ich mich weder anschleichen noch sie ausspionieren wollen, aber da das Fenster keinen Vorhang hatte, blieb ich im Schatten eines Lorbeerstrauchs stehen. Vielleicht konnte ich ja mit bloßem Auge feststellen, was dieses merkwürdige Benehmen zu bedeuten hatte. Mit fast bis auf die Kopfhaut geschorenen Haaren stand sie in einem verdreckten Hemd da, unter dem sich ihr ausgemergelter Körper abzeichnete. Sie schoss in die Tiefe und wieder hoch und bellte dabei einen Unsinn, der sich zu einem markdurchdringenden Schrei steigerte: »Arataly, rataly, ataly, taly, aly, y … iiiiiiiii!« Dann rannte sie aufs Feuer zu, packte die darin liegenden Kaminböcke an den Griffen und legte sie in Form eines X auf den gestampften Lehmboden. Viermal streckte sie sich in jedem Viertel dieser Figur der Länge nach am Boden aus und hob dann flehentlich die Arme. Anscheinend zog sie von den Deckenbalken etwas zu sich herunter, was, konnte ich anfänglich nicht sagen. Mit beiden Händen hielt sie den dunklen Gegenstand. Leider drehte sie mir den Rücken zu, sodass ich nur erkennen konnte, dass er sich wie lebendig zu bewegen schien.

Ich gestehe, jetzt bekam ich Angst. Ich glaube weder an Hexerei noch an Zaubersprüche, weder an Inkubus noch an Sukkubus oder ähnliche Geistwesen. Aber an eines glaube ich:

an böse Gedanken und – an Wahnsinn. Und als die Schlange aus Aphras Händen glitt und sich um ihre Mitte wand, wollte ich im ersten Impuls möglichst schnell davonlaufen.

Und doch lief ich nicht weg, sondern stand wie angewurzelt da. Ich hatte nur einen verzweifelten Wunsch: Faith von jener Wahnsinnigen fortzuschaffen, die ihre Mutter geworden war. Wahrscheinlich war es der letzte Rest jenes Muts der Verzweiflung, den jede Mutter hat, jene Urmacht in einer Frau, die sie um ihres Kindes willen zu Taten treibt, die sie sich in ihren kühnsten Träumen nicht ausmalen kann. Angetrieben von diesem Mut warf ich mich gegen die Tür, bis sie nachgab. Da stand ich nun, vor mir Aphra und ihre Schlange.

Bei meinem Anblick schrie sie gellend auf. Vielleicht hätte auch ich geschrien, hätte mir nicht ein unsäglicher Gestank die Luft geraubt. Ohne einen Blick auf die Leiche wusste ich, dass das Kind schon lange tot war. In einer Ecke hatte Aphra den Körper von Faith wie eine Puppe an Handgelenken und Fesseln mit Schnüren an den Deckenbalken angebunden. Gnädigerweise hing der Kopf des Kindes nach einer Seite, sodass ein Vorhang aus Haaren sein zerstörtes Gesicht verhüllte. Aphra hatte versucht, das tote schwarze Pestfleisch mit einer Art Kalkpaste zu maskieren.

»Hab Erbarmen, Aphra, schneid sie herunter und lass sie in Frieden ruhen!«

»Erbarmen?«, kreischte sie. »Wer hat Erbarmen? Und wo, bitte schön, findet man Frieden?« Dann flog sie mit der Schlange in der Hand zischend auf mich zu. Normalerweise habe ich vor Schlangen keine Angst, aber als sich roter Feuerschein in diesen zwei glitzernden Augen brach und mich die gespaltene Zunge anzischelte, zitterte ich vor Angst. Ich konnte nichts mehr tun, weder für Faith noch für Aphra. Deshalb gab ich meinem feigen Impuls nach und floh von diesem Ort, so schnell mich meine Beine trugen.

Der Herr Pfarrer begab sich noch in jener Nacht zur Hütte, und am nächsten Morgen wieder in Begleitung von Elinor. Aber inzwischen hatte Aphra die Tür verbarrikadiert und das Fenster zugehängt. Sie unterbrach auch nicht mehr ihren rasenden Gesang, um sie zu beschimpfen, sondern tanzte einfach weiter, als wären sie nicht da. Der Herr Pfarrer stand draußen und sprach die üblichen Gebete für Faith' Seele, während Aphras gespenstische Stimme immer lauter wurde und seine Worte mit einem Singsang in einer unverständlichen Heidensprache übertönte. Im Pfarrhaus wurde darüber diskutiert, ob eine Schar Männer die Tür aufbrechen und die Kindesleiche herausbringen solle, aber der Herr Pfarrer entschied sich dagegen. Angesichts von Aphras Irrsinn und dem bereits in Verwesung übergegangenen Leichnam erschien ihm das Risiko für die Männer zu groß.

»Schließlich könnten wir für das Kind nichts anderes tun, als es zu begraben«, sagte er. »Und dazu ist auch dann noch Zeit, wenn sich Aphras Raserei erschöpft hat.« Noch etwas beunruhigte ihn, ohne dass er darüber sprach. Nur Elinor gestand es mir vertraulich. Michael Mompellion traute den Männern, die er zur Hütte mitnehmen wollte, nicht zu, Aphras Benehmen lediglich als Ausbruch von Wahnsinn zu begreifen. Außerdem wollte er nicht jenen Ängsten und Gerüchten die Zügel schießen lassen, die Begegnungen mit einer Hexe und ihrem züngelnden Haustier an die Oberfläche bringen könnten. Tief im Innersten wusste ich, dass er weise handelte, und doch ging mir das Bild der gequälten Kinderleiche nicht aus dem Sinn. Viele Nächte raubte es mir meinen Schlaf – und tut es noch immer.

Erlösung

Ich ging nicht wieder zu Aphras Hütte. Da das Kind tot war, redete ich mir ein, ich hätte dort nichts Sinnvolles zu tun. Mein Herz flüsterte, ich solle Aphra nicht ihrem Wahnsinn überlassen, aber ich hörte nicht darauf. In Wahrheit hatte ich nicht das Gefühl, meinen eigenen Verstand so fest im Griff zu haben, dass ich dem Schrecken jenes Hauses gewachsen war. Mittlerweile werden wir nie erfahren, ob dies etwas geändert hätte. Inzwischen liegen schon viele Tage und Nächte hinter mir, in denen ich mir wegen meiner Entscheidung Vorwürfe mache.

Binnen ganz kurzer Zeit gelang es mir, jeden Gedanken an Aphra zu vermeiden. Dabei half mir, dass es sonst viel Grund zum Nachdenken gab. Denn während jener vierzehn Tage nach dem großen Brand geschah etwas im Dorf. Zuerst fiel es keinem von uns auf. Als es dann doch so weit war, sprach keiner von uns darüber. Aberglaube, Hoffnung, Nicht-glauben-Können – all das verbündete sich mit unserer alten Freundin, der Angst, und hielt uns davon ab.

Wie gesagt, etwas geschah. Doch in Wahrheit fiel mir eher auf, dass gewisse Dinge nicht geschahen. Nach dem letzten Julisonntag hörten wir nichts mehr von neuem Husten oder Fieberanfällen oder Pestbeulen. Die ersten zwei Wochen bemerkte ich das gar nicht. Noch immer machte mir eine ganze Anzahl Leute Sorgen, die schon seit Tagen krank waren und deren Ende sich nun abzeichnete. Aber bei unserer nächsten sonntäglichen Versammlung im Steinbruch zählte ich, wie gewohnt, alle Anwesenden und entdeckte zu meiner Überraschung, dass alle wieder hier waren, die auch bei unserem letzten Gottesdienst anwesend gewesen waren. Zum ersten Mal seit fast einem Jahr gab es niemand, den man vermisste.

Auch Mister Mompellion musste dies bemerkt haben, auch wenn er nicht direkt darauf anspielte. Stattdessen predigte er über die Auferstehung. Letzte Woche hatte es die meiste Zeit wie aus Kübeln geschüttet. Der nackte geschwärzte Kreis, wo wir unser Hab und Gut den Flammen übergeben hatten, war mit einem hoffnungsvollen grünen Schleier überzogen, auf den der Herr Pfarrer uns alle aufmerksam machte.

»Seht ihr, meine Freunde? Das Leben hat Bestand. Und wie das Feuer nicht den Lebensfunken auf einem schlichten Grasstück ersticken kann, so kann auch der Tod nicht unsere Seelen ersticken oder das Leid unseren Geist.«

Am nächsten Morgen ging ich auf der Suche nach Eiern in meinen Hof, wo ich einen fremden Hahn vorfand, der meine Hühner durcheinander brachte. Es war ein kühner Kerl und wich nicht von der Stelle, als ich ihn scheuchte, sondern lief tapfer auf mich zu, legte seinen schönen roten Kamm schief und musterte mich seitlich aus einem Auge.

»Na, jetzt schlägt's aber dreizehn! Du bist doch der Hahn von Andrew Merrick, wenn ich nicht irre!« Noch während ich das sagte, flatterte er auf die Brunnenhaspel und begrüßte den Morgen mit einem mächtigen Krähen. »Sag mal, mein gefiederter Freund, was machst denn du hier, während dein Herr zum Zeitvertreib droben auf dem einsamen Gipfel hockt?« Daraufhin gab er mir keine Antwort, sondern flog davon, allerdings wider Erwarten nicht in Richtung der Einsiedlerhütte am Sir William Hill, sondern weiter östlich, zu Merricks schon lange verlassener Kate.

Woher wusste der Vogel, dass er sicher in sein altes Hühnerhaus zurückkehren konnte? Das wird für immer ein Geheimnis bleiben. Allerdings kam im Laufe dieses Tages auch Andrew Merrick heim, mit einem langen, buschigen Bart wie ein Prophet aus dem Alten Testament. Er käme, meinte er, weil er dem Urteil seines Vogels vertraue.

Soll ich sagen, dass wir jubelten, als Mensch wie Tier immer überzeugter wurden, dass die Pest wahrhaft fort war? Nein, von Jubel konnte keine Rede sein. Dazu gab es viel zu viele Verluste, zu tief war unser Inneres verletzt. Denn für jeden von uns, der immer noch auf Erden wandelte, lagen zwei darunter. Bei jedem Schritt kamen wir an den notdürftigen Gräbern unserer Freunde und Nachbarn vorüber. Obendrein waren wir alle völlig erschöpft. Hatte doch jeder Lebende im Laufe des Jahres die Pflichten und Aufgaben von zwei oder sogar drei Toten übernommen. An manchen Tagen kostete uns sogar das Nachdenken Mühe.

Trotzdem soll das nicht heißen, dass es nicht auch dem Bedrücktesten ein wenig leichter ums Herz wurde, als es einem nach dem anderen dämmerte, dass unsere Verluste endlich zum Stillstand gekommen und wir selbst verschont geblieben waren. Denn das Leben ist eben doch nicht nichts, nicht einmal für den Trauernden. Gewiss wurde das Menschengeschlecht so geschaffen. Wie sollten wir sonst weitermachen?

Im Pfarrhaus kam es zwischen Michael Mompellion und Elinor zu einer Meinungsverschiedenheit, der ersten, die mir je aufgefallen war. Sie vertrat die Ansicht, er solle einen Dankgottesdienst für unsere Erlösung halten, während er dagegenhielt, dafür sei die Zeit noch nicht reif. Eine vorzeitige Ansprache, das öffentliche Eingeständnis dessen, woran wir alle inzwischen in unserem Innersten glaubten, berge erheblich mehr Risiko als Nutzen.

»Welche Wirkung hätte es, wenn ich mich irrte?«, hörte ich ihn zu ihr sagen, während ich im Flur am Salon vorbeiging.

Etwas an seinem Tonfall erregte meine Aufmerksamkeit, sodass ich stehen blieb und lauschte, obwohl ich wusste, dass ich das nicht tun sollte.

»Wenn wir hier überhaupt etwas erreicht haben, dann das: Wir haben diese Qual auf unser Gebiet begrenzt. In ganz Derbyshire gibt es keinen Fall von Pest, der sich auf unser Dorf zurückführen lässt. Warum also unsere Opfer für ein oder zwei hastig vorgezogene Wochen riskieren?«

»Aber, mein Liebster«, erwiderte Elinor mit sanfter und doch nachdrücklicher Stimme, »hier gibt es Menschen – zum Beispiel die Witwen Hancock und Hadfield und Waisen wie Merry Wickford und Jane Martin und noch viele mehr –, die jedem Mitglied ihrer Familien ins Grab nachschauen mussten. Sie haben genug gelitten. Warum musst du dieses Leid verlängern, wenn du, wie ich weiß, glaubst, dass die Pest vorbei ist? Sie sollten keinen Tag länger als nötig hier in ihrer Einsamkeit verweilen. Es sollte ihnen freistehen, zu ihren Verwandten zu gehen oder sich von ihnen hier besuchen zu lassen, damit sie vielleicht allmählich ein Mindestmaß an Liebe und Trost und neuem Leben finden können.«

»Glaubst du nicht, dass ich an sie denke? Ich, der in diesen vielen erbärmlichen Monaten an nichts anderes gedacht hat?« Bei diesem letzten Satz hatte seine Stimme eine bittere Schärfe, die ich noch nie bei einem Gespräch zwischen ihnen vernommen hatte. »Die Verzweiflung ist eine Höhle unter unseren Füßen, auf deren schmalem Rand wir balancieren. Gesetzt den Fall, ich irre mich, und die Pest ist immer noch bei uns. Möchtest du, dass ich diese Leute in hoffnungslose Untiefen stürze, aus denen ich sie nie und nimmer herausholen kann?«

Ich hörte ihr Kleid rascheln, als sie sich umdrehte und zur Türe ging. »Wie du es für richtig hältst, mein Gemahl. Trotzdem flehe ich dich an, lass diese Menschen nicht ewig warten. Nicht jeder besitzt so viel unbeugsame Entschlossenheit wie du.«

Als sie aus dem Zimmer kam, zog ich mich schnell in die Bibliothek zurück. Sie sah mich nicht, als sie vorbeieilte, aber ich sah sie: Ihr hübsches Gesicht war ganz verzerrt. Nur mühsam konnte sie die Tränen zurückhalten.

Keine Ahnung, wie es schließlich zur Entscheidung gekommen war. Nur wenige Tage nachdem ich diese Unterhaltung belauscht hatte, flüsterte mir Elinor zu, der Herr Pfarrer habe sich für den zweiten Sonntag im August entschieden. Auch ohne offizielle Ankündigung sprach sich das irgendwie rasch im ganzen Dorf herum. Als der festgesetzte Tag endlich kam, versammelten wir uns unter dem Licht- und Schattenspiel des Steinbruchs und hofften inständigst, es wäre das letzte Mal. Ohne Scheu traten die Leute näher, schüttelten einander die Hand und plauderten unbeschwert, während sie auf den Herrn Pfarrer warteten.

Endlich kam er, bekleidet mit einem weißen Chorhemd, dessen Ränder mit feinster Spitze verziert waren, die an Schaum erinnerte. So etwas hatte er noch nie getragen. Da er die Kanzel von einem Puritaner übernommen hatte, hatte er sich für eine schlichte Kleidung entschieden, um die Stimmung nicht wegen Dingen aufzuheizen, die er für die Art und Weise unseres Gottesdienstes unerheblich fand. Auch Elinor neben ihm war ganz in Weiß gekleidet: ein schlichtes Kleid aus Sommerbaumwolle, zart bestickt mit weißen Seidenornamenten. Ihre Arme waren voller Blumen, die sie ganz impulsiv aus ihrem Garten und von den ungeschnittenen Hecken am Pfarrweg gepflückt hatte: zarte rosa Malvenblüten und dunkelblauer Rittersporn, hohe Lilienkelche und büschelweise duftende Rosen. Als der Herr Pfarrer zu sprechen begann, strahlte sie ihn an. Ihr Gesicht war von innen erleuchtet, das Schattenspiel brachte ihre blassgoldenen Haare rings ums Gesicht wie eine Krone zum Strahlen. Sie sieht wie eine Braut aus, dachte ich. Aber auch bei Beerdigungen gibt es Blumen, und Leichentücher sind ebenfalls weiß.

»Lasst uns Dank sagen«, war alles, wozu Michael Mompellion noch Zeit blieb. Als Antwort erhielt er ein grelles gellendes Gekreische, das die Luft durchschnitt und ringsum von den hohen gewölbten Steinbruchwänden widerhallte. Erst nachdem es aufgehört hatte, begriff ich, dass sich in diesem Lärm Wörter verbargen, englische Wörter.

»Wofüüüüüür?«, kreischte sie erneut.

Beim ersten Schrei hatte Mompellion ruckartig den Kopf hochgerissen. Jetzt drehten wir uns alle um und schauten in dieselbe Richtung.

Jeder von uns hätte Aphra aufhalten können. Ich hätte es tun können. Das Wüten ihres Wahnsinns hatte sie zum Strich abmagern lassen. In der Rechten hielt sie ein Messer, mit dem sie wie wild herumfuchtelte. Als sie an mir vorbeifegte, erkannte ich in ihm das große Knappenmesser wieder, das sie meinem Vater unter so viel Mühe aus den verwesenden Handsehnen gezerrt hatte. Ihr anderer Arm umklammerte die Überreste des Leichnams ihrer Tochter, in dem es von Würmern bereits wimmelte. Damit wäre es ein Leichtes gewesen, sie von links abzufangen. Aber statt über sie herzufallen, schraken wir alle zurück. Um möglichst viel Abstand zwischen uns und dem sich uns bietenden Schreckensbild zu legen, stolperten wir vor Hast über die eigenen Füße.

»Mom-pell-ion!« Wie ein Schrei entfuhr dieses Wort den Untiefen ihrer Kehle, wo normalerweise keine menschlichen Stimmen gebildet werden.

Er wich als Einziger nicht zurück, sondern trat zur Antwort auf sie zu. Ruhig verließ er seinen Felsvorsprung und schritt gleichmäßig über den grünen Rasen, der sie trennte. Er ging auf sie zu wie einer, der eine Liebste begrüßt. Als er die Arme hob, formte die Spitze seines Chorhemds einen weiten Bogen.

Ein leiser Windhauch bauschte das zierliche Material. Es ist ein Netz, und darin wird er sie fangen – dieser verrückte Gedanke schoss mir durch den Kopf. Jetzt rannte Aphra mit hoch erhobener Klinge los.

Er schnitt ihr den Weg ab. Seine Arme packten sie. Wie ein Vater, der ein allzu übermütiges Kind hochreißt, zog er sie an sich. Seine große Hand umspannte ihr zerbrechliches Handgelenk. Obwohl ich ihrem angespannten Unterarm ansah, dass sie sich alle Mühe gab, war er so stark, dass sie keine Chance hatte, sich loszureißen. Elinor rannte auf die beiden zu, ließ den großen Blumenstrauß vor ihren Füßen fallen und breitete die Arme weit aus. Wenn das Messer nicht gewesen wäre, hätte man sie für eine Familie halten können, die sich nach langer Trennung wiedersieht.

Mompellion redete auf Aphra ein. Seine Stimme glich einem tiefen, beruhigenden Summton. Was er sagte, konnte ich nicht verstehen, aber langsam schien die Anspannung aus ihrem Körper zu weichen. Als er seinen Griff lockerte, konnte ich erkennen, dass ihre Schultern vor Schluchzen bebten. Elinor streichelte mit der Linken Aphras Gesicht, während sie ihre Rechte ausstreckte, um ihr das Messer abzunehmen.

Alles hätte gut gehen können. Alles hätte hier enden können. Aber der Arm des Herrn Pfarrers, mit dem er Aphra so fest hielt, umfasste auch die fragilen Leichenreste von Faith. Der Druck jenes Griffs war für die zarten Knochen zu viel. Ich hörte es knacken. Ein trockenes Geräusch, als ob das Gabelbein eines Huhns zerbricht. Der kleine Schädel sprang vom Rückgrat und fiel ins Gras, wo er hin und her rollte. Starr blickten die leeren Augenhöhlen.

Angeekelt wandte ich mich um. Deshalb sah ich auch nicht genau, wie es zu den Messerstichen kam, die Aphra in einem neuen Anfall wilden Wahns austeilte. Eines weiß ich: Die Tat dauerte lediglich einen Augenblick. Einen Augenblick, um zwei Leben zu nehmen und ein weiteres zerstört zurückzulassen.

Die Wunde an Elinors Hals glich einer flachen Kurve. Eine Sekunde lang war sie nur ein schmaler roter Strich, der sich wie ein Lächeln nach oben zog. Dann aber spritzte in einem grellroten Schwall Blut hervor und färbte ihr weißes Kleid mit roten Streifen. Sie sackte zu Boden. Die verstreuten Blumen aus ihren Armen empfingen sie wie eine Bahre.

Aphra hatte das Messer gegen sich selbst gewendet und es sich bis zum Heft tief in die Brust gestoßen. Und doch stand sie noch immer aufrecht, wenn auch schwankend. Die unheimliche Kraft der Wahnsinnigen hielt sie auf den Beinen. Sie schleppte sich zu der Stelle, wo der Schädel ihres Kindes lag. Dann brach sie in die Knie, griff nach unten, barg ihn mit äußerster Zärtlichkeit in beiden Händen und drückte ihn an ihre Lippen.

HERBSTZEIT

Anno 1666

Apfelernte

Sie begruben Faith im Garten bei meines Vaters Hütte, neben der Stelle, wo ihre Brüder lagen. Flehentlich bat ich sie, auch Aphra dort zu begraben, aber die Männer schauten mir weder in die Augen, noch erhörten sie meine Bitte. Keiner wollte ihren Körper innerhalb des Dorfgeländes liegen haben. Schließlich kam mir der junge Brand zu Hilfe. Gemeinsam schafften wir ihren Leichnam aufs Moor hinauf, wo Brand ihr unter großen Mühen in der felsigen Erde neben dem Grabhügel meines Vaters ein Grab schaufelte.

Elinor beerdigten wir auf dem Kirchhof. Da die Pest vorüber war, sprach nichts mehr dagegen. Der junge Micha Milne, der Sohn unseres toten Steinmetzes, gravierte den Stein so gut er konnte. Aber der Junge war gerade erst Lehrling gewesen, als die Pest seinen Vater fortriss, und hatte wenig Erfahrung. Ich musste ihm zeigen, wo er zwei Buchstaben in Elinors Namen falsch gesetzt hatte. Er meißelte die Irrtümer heraus und flickte die Inschrift, so gut es ging.

Am Grab betete Mister Stanley. Michael Mompellion war dazu nicht im Stande. Im Kampf gegen jene, die ihn schließlich von Elinors Leichnam im Steinbruch fortbringen wollten, hatte sich seine letzte Kraft erschöpft. Bis zum Anbruch der Nacht hatte er sich an sie geklammert. Kein gutes Wort ließ ihn von der Stelle weichen. Schließlich war es der alte Pfarrer, der den Männern befahl, ihn mit Gewalt zu entfernen, damit man sich mit Anstand um Elinors Körper kümmern konnte.

Dies tat ich. Und danach diente ich ihr weiter möglichst gut, indem ich ihre Wünsche erfüllte, die sie auf ihrem Krankenlager genannt hatte, als wir alle gedacht hatten, sie hätte die Pest. *Sei meinem Michael eine Freundin*, hatte sie gesagt. Wie hatte sie sich das vorgestellt? Würde er mich das je sein lassen? Stattdessen tat ich alles, was in meiner Macht lag. Ich diente ihm. Die meiste Zeit hätte ich auch ein Schatten sein können, so wenig nahm er mich wahr. Noch im Augenblick von Elinors Tod schien er sich auf eine Reise begeben zu haben, die ihn täglich weiter weg führte, immer auf der Suche nach einer Zuflucht in den Tiefen seines Geistes.

Wenigstens ermöglichte es mir die Sorge für den trauernden Mister Mompellion, mit meiner eigenen Trauer fertig zu werden. Täglich ging ich Wege, die Elinor gegangen war, und stellte mir vor, was sie tun oder sagen würde. Diese Übung brachte mir ein gewisses Maß an innerem Frieden. Zumindest befreite sie meinen Kopf von der Last eigener Gedanken. Solange ich meine Tage mit dem Nachahmen von Elinor füllen konnte, musste ich mich weder intensiver mit meinem eigenen Zustand beschäftigen noch mit meiner trostlosen Zukunft.

Am Tag nach ihrem Tode verließ er das Pfarrhaus. Ich folgte ihm aus Angst, er wolle sich in seinem düsteren Zustand vom Edge stürzen. Stattdessen ging er ins Moor oberhalb von Mompellions Well, wo ihn bereits sein Freund Mister Holbroke erwartete. Keine Ahnung, wie sie dies zuvor abgesprochen hatten. Dort diktierte er seine letzten Briefe aus dem Pestjahr. Im ersten teilte er dem Grafen mit, dass die Pestilenz seiner Ansicht nach endlich geflohen sei, und bat darum, die Straßen ins Dorf wieder zu öffnen. Der zweite war an Elinors Vater gerichtet, in dem er ihm ihren Tod meldete. Danach begab er sich wieder ins Pfarrhaus, das er seitdem nicht mehr verlassen hat.

Am zweiten Morgen kam ich kurz nach Sonnenaufgang ins Pfarrhaus. Ich hoffte, rasch bei der Arbeit zu sein, damit er nicht beim Aufstehen unter der leeren Stille dieses großen

Hauses leiden müsste. Stattdessen stand er bereits auf dem Gartenweg, nahe bei einer Stelle, wo Elinor gerne Blumen geschnitten hatte. Wie lange er sich dort schon aufgehalten hatte, weiß ich nicht, aber als ich später frische Tücher in sein Zimmer brachte, entdeckte ich, dass sein Bett unberührt war.

Als ich über den Weg auf ihn zuging, regte er sich nicht, hob nicht den Blick, und grüßte mich auch nicht. Da ich mich nicht an ihm vorbeidrücken konnte, blieb auch ich dort stehen und betrachtete mit ihm die üppigen Spätsommerrosen, die in leuchtenden Kaskaden über die alte Steinmauer fielen.

»Diese hat sie ganz besonders geliebt«, sagte ich kaum hörbar. »Manchmal bildete ich mir ein, dies sei deshalb so, weil sie ihrem Äußeren glichen: ganz cremeweiß, mit einem Hauch von Rosé.«

Jetzt drehte er sich abrupt zu mir und brachte seine Hand so rasch in die Nähe meines Gesichts, dass mich der Instinkt eines im Übermaß geschlagenen Kindes zusammenzucken ließ. Aber natürlich wollte er mich nicht schlagen, sondern nur zum Schweigen bringen. Dicht vor meinen Lippen verharrten seine Finger in der Luft. »Sag nichts, ich flehe dich an«, flüsterte er mit rauer Stimme. Dann drehte er sich um und ging langsam ins Haus.

Am nächsten Tag lief es ähnlich ab. Als ich zur Arbeit kam, fand ich ihn nicht in seinem Zimmer. Wieder deutete nichts darauf hin, dass hier jemand geschlafen hatte. Ich suchte nach ihm in der Bibliothek und im Salon und schließlich im Stall. Hoffentlich war er ausgeritten, was Reiter und Pferd gut täte. Aber Anteros war da und stampfte ungeduldig in seinem ungewohnten Gefängnis herum. Er habe den Herrn Pfarrer nicht zu Gesicht bekommen, erzählte mir der Stallbursche.

Erst im Laufe des Vormittags fand ich ihn. Diesmal stand er starr und stumm in Elinors Schlafzimmer und schaute unverwandt auf die Stelle, wo ihr Kopf gelegen hatte, als könnte er dort noch immer einen leichten Abdruck der Umrisse erkennen. Als ich die Türe öffnete, rührte er sich nicht. Seine Beine zitterten leicht, vielleicht auf Grund der Anstrengung, die ein langes regloses Stehen an einem Platz verursacht. Auf seiner Stirn standen Schweißperlen. Wortlos trat ich neben ihn, nahm seinen Ellbogen und führte ihn mit leichtem Nachdruck vom Bett weg und wieder in sein eigenes Zimmer. Er wehrte sich nicht, sondern ließ sich von mir führen wie ein Kind. Mit einem tiefen Seufzer sank er in seinen Sessel. Ich holte einen Krug mit dampfend heißem Wasser und wusch sein Gesicht. Seine Bartstoppeln kratzten über den Lappen. Urplötzlich waren wieder glasklare Erinnerungen an Sam Frith wach: Wie ich ihn geneckt hatte, wenn er nach langen Tagen unter der Erde unrasiert heimkam, wie ich bei seinen Küssen den Kopf wegdrehte, bis er sich von mir mit einer Klinge glatt rasieren hatte lassen, die er nur zu diesem Zweck ständig ganz scharf hielt.

Seit dem Tag, als Elinor starb, hatte sich der Herr Pfarrer nicht mehr rasiert. Zögernd erkundigte ich mich, ob ich das für ihn tun solle. Er schloss die Augen und gab keine Antwort. Also holte ich die notwendigen Dinge und machte mich an die Arbeit. Was für ein Gesicht, so grundverschieden von dem von Sam. Mein Mann hatte ein Gesicht, das so offen und leer war wie ein unbeackertes Feld. Das vor Erschöpfung und Kummer verhärmte Gesicht des Herrn Pfarrers bestand nur aus Erhebungen und Furchen. Ich stand hinter seinem Sessel, beugte mich über ihn und trug sachte mit den Fingern den Rasierschaum auf seine Haut auf. Anschließend putzte ich mir sorgfältig die Hände ab und nahm die Klinge zur Hand. Um die Haut zu straffen, legte ich ihm meine Linke auf den Rand der Wange. Zwischen unseren Gesichtern lagen höchstens ein paar Zoll. Während meiner Arbeit löste sich eine lange Haarsträhne, fiel aus meiner Haube und streifte seitlich seinen Hals. Er schlug die Augen auf und erwiderte meinen tiefen Blick. Ich fuhr zurück. Die Klinge glitt mir aus der Hand und fiel klappernd in die Schüssel. Unversehens spürte ich, wie ich rot wurde. Meine Haut prickelte. Eines wusste ich: So konnte ich unmöglich weitermachen. Ich gab ihm die Klinge und brachte einen Spiegel, damit er sich fertig rasieren konnte. Anschließend entfernte ich mich mit den Worten, ich würde einen Teller Brühe holen, rückwärts aus dem Zimmer. Erst nach geraumer Zeit hatte ich mich so weit gefasst, dass ich sie ihm bringen konnte.

Danach hörte jeder Rundgang durchs Haus auf. Tag und Nacht blieb er nur noch auf seinem Zimmer. Am Ende der ersten Woche holte ich Mister Stanley in der Hoffnung, das brächte etwas Gutes. Äußerst erregt verließ der alte Mann das Zimmer des Herrn Pfarrers. Als ich ihm seinen Hut brachte, schien er heftig mit sich zu ringen. Schließlich wandte er sich mir zu und begann, sich vorsichtig nach dem geistigen Zustand des Herrn Pfarrers zu erkundigen.

Dies stürzte mich in Verwirrung. Nicht weil ich meine eigene Meinung für wertlos hielt, wie es früher der Fall gewesen wäre, sondern weil ich fand, es stünde mir nicht zu, über Mister Mompellions Verhalten zu sprechen. Nicht einmal mit Mister Stanley, der es gut damit meinte.

»Das kann ich sicherlich nicht beurteilen, Sir.«

Daraufhin murmelte der alte Mann etwas vor sich hin, was mehr für seine Ohren gedacht war als für meine: »Meiner Ansicht nach hat ihn der Kummer ruiniert, jawohl, sogar ziemlich ruiniert. Vermutlich hat er nichts von all meinen Worten begriffen. Warum würde er sonst meinen Rat verlachen, er solle sich in Gottes Willen schicken?«

Mister Stanley war so besorgt, dass er sowohl am nächsten Tag wie am übernächsten wiederkam, aber Mister Mompellion verbat es, dass ich ihn einließ. Als er ein drittes Mal kam, ging ich nach oben, um den Herrn Pfarrer davon zu benachrichtigen. Verdrossen vertieften sich seine Mundfalten. Widerwillig erhob er sich aus seinem Sessel und lief im Zimmer auf und ab.

»Ich hätte gerne, dass du Mister Stanley etwas ausrichtest, falls du dazu im Stande bist. Bitte, Anna, wiederhole diesen Satz: *Falsus in uno, falsus in omnibus.*«

Ich wiederholte den lateinischen Satz. Dabei fiel mir plötzlich auf, dass ich ihn sinngemäß verstehen konnte. Noch ehe ich meine Zunge bremsen konnte, platzte ich laut heraus: »Falsch in einer Sache, falsch in allen.«

Mister Mompellion fuhr abrupt herum und zog die Augenbrauen hoch. »Um alles in der Welt, *wie* kannst du das wissen?«

»Halten zu Gnaden, Herr Pfarrer, ich habe ein bisschen Latein aufgeschnappt, ein ganz klein bisschen, während wir uns im letzten Jahr hier so ins Lernen vertieft hatten… Sehen Sie, die Medizinbücher sind meistens auf Lateinisch, und wir, das heißt…«

Jetzt unterbrach er mich. Er wollte nicht, dass ich ihren Namen aussprach. »Ich verstehe, ich verstehe. Dann kannst du es ja Mister Stanley ausrichten und ihn bitten, er möchte doch so freundlich sein, mich nicht mehr zu besuchen.«

Die Bedeutung von Wörtern kennen ist eine Sache, ihren Sinn zu verstehen etwas ganz anderes. Ich hatte keine Ahnung, was Mister Mompellion dem alten Mann zu übermitteln versuchte. Aber als ich die Botschaft ausrichtete, wurde Mister Stanleys Miene streng. Er ging auf der Stelle und kam nicht wieder.

Neben meiner Arbeit im Pfarrhaus hatte ich viel zu tun. Immer öfter wandten sich die Dorfbewohner wegen Tränklein und kleinen Heilmitteln an mich. Dafür musste ich den Garten der Gowdies pflegen, wo ich in jeder freien Minute die Sommerkräuter schnitt und zum Trocknen aufhängte. Hatte mich das Schicksal zur nächsten in jener langen Reihe von Frauen bestimmt, von denen Anys einmal gesprochen hatte? Frauen, die sich um diese Pflanzen kümmerten und ihre Heilkräfte kannten. Der Gedanke bedrückte mich. Ich wies ihn von mir. Für mich würde der Gowdie-Garten nie wieder ein Ort der Ruhe sein. Dazu gab es hier zu viele Erinnerungen: an Elinor, wie sie über einer Hand voll Wurzeln rätselte und sich mit fragenden Augenbrauen an mich wandte; an die alte Mem, wie sie mit kundiger Hand frisch gepflückte Kräuterbüschel mit einer Schnur zusammenband; und an Anys, die meine Freundin hätte sein sollen... An und für sich waren diese Erinnerungen nichts Schlechtes, allerdings stiegen auch noch andere in mir hoch: das gurgelnde Rasseln der sterbenden Mem; das betrunkene Gebell, mit dem die Mörder an dem Seil zerrten, das Anys umbrachte; Elinors starrer blasser Körper unter meinen Händen, kalt. In meiner Vorstellung sollten sich im Kopf einer Heilerin nicht so viele Bilder von Toten ansammeln. Und doch kann man einige Erinnerungen nicht wie Unkraut ausreißen, wie sehr man sich auch dazu zwingen mag.

Das Dorf selbst wirkte noch immer wie gelähmt. Mit der Öffnung der Straßen sprang das Leben nicht urplötzlich wieder an. Zwar flohen einige von hier, so schnell es ging, die meisten aber blieben und gingen müde und benommen ihrer Tagesarbeit nach. Außerdem hatte kaum jemand von außerhalb den Mut zu einer Reise zu uns. Gegen Sommerende wagten sich einige wenige Verwandte von Verstorbenen hierher, um Anspruch auf ihre Erbschaft zu erheben, aber bei den meisten war die Angst zu stark, dass die Pest sich insgeheim doch noch immer in unserem Dorf herumtreiben könnte.

Einer der Ersten, die kamen, war Mister Holbroke aus Hathersage. Freudig begrüßte ich ihn in der Hoffnung, die Anwesenheit eines so alten Freundes würde dazu beitragen, Mister Mompellions Melancholie zu mildern. Aber nicht einmal ihn wollte der Herr Pfarrer sehen und verlangte von mir, ihn sofort wieder wegzuschicken. Tag um Tag saß er in seinem Sessel, aus dem er sich nur erhob, um im Zimmer herumzulaufen. Seine Trauer dauerte Wochen, dann Monate, und als der Sommer langsam der Herbstzeit wich ein ganzes Vierteljahr.

Viele Wochen suchte ich nach Wegen, ihn aufzurütteln, indem ich ihm zum Beispiel kleine gute Neuigkeiten brachte: die Verlobung meiner verwitweten Nachbarin Mary Hadfield mit einem beliebten Hufschmied aus Stoney Middleton. Die schwesterliche Freundschaft, die sich allmählich zwischen der optimistischen kleinen Quäkerin Merry Wickford und der trübsinnigen, zerstörten Jane Martin entwickelte und für beider Seelen heilsam zu sein schien. Aber nichts von allem berührte ihn auch nur im Geringsten.

Ich flehte ihn an, wenigstens an sein Pferd zu denken, das unruhig im Stall herumscharrte. Mit dem Vorschlag, dieser oder jener würde sich vielleicht über ein Wort, einen Rat oder ein Gebet von ihm freuen, versuchte ich, ihn bei seinem Pflichtgefühl zu packen. In Wahrheit trafen nur selten Bitten um geistlichen Beistand ein. Anfänglich dachte ich, dies sei Ausdruck einer natürlichen Zurückhaltung, geboren aus dem Respekt für sein eigenes großes Leid. Aber dann wurde mir klar, dass ihn viele Leute im Dorf wegen der Dinge nicht liebten, die er während der langen Monate unseres Martyriums hier getan hatte. Einige gingen sogar so weit, ihm insgeheim die Schuld an ihren großen Verlusten zu geben. Für andere war er einfach das bittere Symbol, das ihre dunkelsten Tage verkörperte. Diese Ungerechtigkeit schmerzte mich und half mir, behutsam mit ihm umzugehen, wenn ich an meiner Arbeit verzweifeln wollte. Vielleicht spürt er irgendwie die Gefühle der Dorfbewohner, dachte ich mir, und vielleicht verstärkt das seine Melancholie.

Und doch verzweifelte ich manchmal, obwohl ich versuchte,

die Hoffnung nicht aufzugeben. Egal, was ich sagte, egal, ob ich meine Bitten sachte oder mit Nachdruck formulierte, seine einzige Antwort war immer wieder dasselbe hilflose Achselzucken. Als wollte er sagen, er sei diesbezüglich zu keinem Handeln, zu keiner Empfindung fähig. All seine früheren geistigen und körperlichen Kräfte schienen langsam, aber sicher zu versickern. Und so ging es weiter, jeder Tag so leer und still wie der vorige.

Dann kehrten die Bradfords zur Zeit der Apfelernte ins Dorf zurück. Ich habe bereits geschildert, wie meine Begegnung mit Elizabeth Bradford verlief. Wie ihre Forderung, er solle ihrer leidenden Mutter beistehen, erneut das ganze Ausmaß seines Zorns entfachte, den er damals empfunden hatte, als diese Familie von hier geflohen war und ihre Pflichten vernachlässigt hatte. Und auch das habe ich beschrieben: wie mein Versuch scheiterte, ihm Trost zu bringen, und er die Bibel zu Boden warf.

Es fiel mir sehr schwer, nicht wegzulaufen, nachdem ich die Tür zu seinem Studierzimmer geschlossen hatte. Wo er mich am Unterarm gepackt hatte, zeichnete sich eine grellrote Druckstelle ab. Ich war wütend über mich selbst, aber auch sehr verwirrt. Durch die Küchentür verließ ich das Pfarrhaus und ging instinktiv Richtung Stall.

Bevor er die Bibel hatte fallen lassen, hatte er jene wunderschönen Psalmworte fast gezischt:

Dein Weib wird sein wie ein fruchtbarer Weinstock
drinnen in deinem Hause
deine Kinder wie Ölzweige um deinen Tisch her …

Man hatte seine Frau vor seinen Augen gefällt. Meine Olivenzweige hatte die Braunfäule zerstört. *Warum?* Seine stumme

Frage dröhnte in meinem Schädel. Schon zu viele schlaflose Nächte hatte mich genau dieses *Warum* gequält. Aber dass auch er sich diese Frage stellen sollte ... *Mit ihrer Bitte um Vergebung sollte sie sich unmittelbar an Gott wenden... Leider fürchte ich, dass es ihr ergehen könnte wie schon vielen von uns hier, die in Ihm einen schlechten Beichtvater fanden.* Glaubte er mittlerweile tatsächlich, all unser Opfer, alles Leid und alles Elend seien umsonst gewesen?

Ich wollte für eine Weile allein sein, daher öffnete ich die Tür zum Pferch von Anteros und glitt hinein. Mit dem Rücken zur Wand verhielt ich mich möglichst still. Das Pferd bäumte sich einmal auf, dann stand es schnaufend und schnaubend da und musterte mich aus einem seiner großen braunen Augen. So verharrten wir viele Minuten. Als ich dachte, er würde mir nichts tun, ließ ich mich langsam hinunter ins Stroh gleiten.

»Nun, Anteros, leider muss ich dir mitteilen, dass er nun doch verloren ist«, sagte ich. »Sein Verstand hat ihn restlos verlassen.« Sicher, das war es. Er war verrückt. Eine andere Erklärung konnte es nicht geben. Das Pferd schien meine Verzweiflung zu spüren. Es hatte aufgehört, unruhig herumzutänzeln. Hin und wieder hob es einen Huf und ließ ihn fallen, wie ein ungeduldiger Mensch, der mit den Fingern auf den Tisch trommelt.

»Auf ihn zu warten, nützt nichts mehr, mein Freund«, sagte ich. »Wir beide werden akzeptieren müssen, dass er sich seiner Dunkelheit überlassen hat. Ich weiß, ich weiß, nach all der Kraft, die er uns gezeigt hat, fällt es schwer, das zu glauben.« Aus meiner Rocktasche zog ich ein zerknittertes Stück Papier. Es war der Entwurf für den Brief an Elinors Vater, den Mister Mompellion unmittelbar nach ihrer Ermordung aufgesetzt hatte. Der letzte Brief, den er so diktieren sollte, der letzte, ehe die Straßen wieder geöffnet wurden. An jenem Tag war ich bei ihm geblieben. Ich hatte Angst gehabt, ihn aus den Augen zu lassen, jawohl, aber auch Angst, mit meinem eigenen Kummer allein zu sein. Trotz seiner kräftigen Stimme konnte er die Worte dieser Depesche nur mit äußerster Mühe laut rufen. Am Ende hatte er wie ein Junge im Stimmbruch gekiekst. Nachdem er Mister Holbroke zum Abschied zugewinkt und sich wieder Richtung Pfarrhaus gedreht hatte, hatte er den Entwurf zerknüllt aus der Hand fallen lassen. Ich war hingerannt und hatte ihn aufgehoben.

An jenem Tag war er in einer besonders düsteren Stimmung gewesen – wer wäre das nicht? –, und doch hatte sein Glaube damals fest gewirkt. Nun las ich das Papier erneut im Halbdämmer des Stalles, obwohl ich große Mühe hatte, das hastig Hingekritzelte zu entziffern:

…Unser Liebstes ist zur ewigen Ruhe eingegangen und wurde mit einem Glorienschein gekrönt und mit dem Gewand der Unsterblichkeit bekleidet, das sie wie die Sonne am Firmament des Himmels erscheinen lässt… Liebwerter Sir, Euer strebender Kaplan möchte Euch und Eurer Familie diese Wahrheit anempfehlen: Dass wir nur durch ein frommes Leben in diesem Tal der Tränen Glück oder wahren Trost finden können. Außerdem flehe ich Sie an, folgende Regel zu beherzigen: Nie etwas zu tun, für das Sie nicht zuvor wagten, Gottes Segen zu erflehen, dessen Erfolg…
Sir, vergeben Sie den ungehobelten Stil dieses Papiers. Es dürfte Sie jedoch nicht wundern, falls ich meiner Sinne nicht ganz mächtig bin. Haben Sie trotzdem die Güte zu glauben, dass ich, liebwerter Sir, Ihr alleruntertänigster, Ihnen sehr verbundener und aufs Äußerste dankbarer Diener bin…«

Na ja, dachte ich, damals war er seiner Sinne eher mächtig gewesen als jetzt. Ich bezweifelte, ob er eine Bitte um Gottes Segen gewagt hätte, als er Elizabeth Bradford so rüde abwies oder die Bibel entweihte. Wenn Elinor hier wäre, könnte sie mir raten, was ich für ihn tun sollte. Allerdings befände er sich dann nicht in diesem Zustand.

Da saß ich nun und atmete den schweren süßlichen Geruch von Pferd und Heu ein. Mit einem Schnauben senkte Anteros seinen massigen Schädel auf meinen Nacken und beschnupperte mich. Langsam hob ich die Hand und streichelte seine lange Schnauze. »Da wären wir also, du und ich, am Leben«, sagte ich. »Also müssen wir beide unser Bestes daraus machen.«

Er scheute vor meiner Berührung nicht zurück, sondern drückte sich gegen meine Hand, als würde er um noch mehr Liebkosungen betteln. Dann hob er den Kopf, als versuche er, die Luft im Freien zu wittern. Darf man sagen, ein Tier habe so etwas wie einen wehmütigen Ausdruck? Wenn ja, dann machte Anteros jedenfalls auf mich diesen Eindruck. »Dann lass uns gehen«, flüsterte ich. »Gehen und leben. Eine andere Wahl haben wir nicht.« Langsam stand ich auf und hob das Zaumzeug vom Haken. Er wich dabei nicht zurück. Nur ein Ohr zuckte, als wollte er sagen: Was ist das? Er senkte den Kopf, und ich streifte es ihm möglichst sachte über. Während ich den Riegel zur Stalltüre zurückschob, hielt ich ihn fest, obwohl ich nur allzu gut wusste, dass ich gegen seinen Willen nur wenig Chancen hätte, ihn aufzuhalten. Mit geblähten Nüstern warf er den Kopf hoch und sog den ersehnten Grasduft ein. Trotzdem zog und zerrte er nicht, um meine Hand abzuschütteln. Ich lehnte mein Gesicht gegen seinen Hals und sagte mit tiefer Stimme: »Gut, halt noch eine Minute still, dann sind wir fort.«

Draußen im Hof saß ich ohne Sattel auf, genau wie ich als Kind reiten gelernt hatte. Im Gegensatz zu den damaligen Pferden, alten spatkranken Geschöpfen, war das Gefühl des sattellosen Anteros unter mir eine Überraschung. Er bestand aus einer einzigen geballten Ladung Muskeln. Wenn er gewollt hätte, hätte er mich binnen einer Sekunde abwerfen können. Deshalb machte ich mich auf alles gefasst und nahm mir vor, mich so lange anzuklammern, wie es eben ging. Stattdessen tänzelte er ein wenig herum, als er mein Gewicht spürte, wartete aber auf mein Signal. Als ich mit der Zunge schnalzte, ging es in einer geschmeidigen Bewegung vorwärts. Wie eine gelenkige Katze nahm er die Mauer. Ich spürte kaum, wie er wieder aufkam.

Ich lenkte ihn Richtung Moor, und wir galoppierten los. Der Wind riss mir die Haube fort und löste meine Haare, sodass sie wie ein Banner hinter mir her wehten. Im Takt zum mächtigen Hufgetrappel pochte mir das Blut im Kopf. Wir leben, wir leben, wir leben, sagten die Hufschläge, und mein Pulsschlag gab ihnen Antwort. Ich war lebendig, und ich war jung, und ich würde weitermachen, bis ich einen Sinn darin fand. Bei diesem Morgenritt roch ich den Duft des Heidekrauts und spürte den Wind im Gesicht. Ich fühlte mich stark. Während unser gemeinsames Martyrium Michael Mompellion gebrochen hatte, hatte es mich im selben Maße gehärtet.

Ich ritt nur, um der Bewegung willen, egal, wohin. Nach einer Weile fand ich mich auf einer großen Wiese wieder und merkte, dass es das Feld um den Grenzstein war. Jener Pfad, den wir während unseres Pestjahres so tief ausgetreten hatten, war schon fast wieder zugewachsen. Zwischen den hohen Gräsern war der Stein selbst fast unsichtbar. Mühelos, ganz mühelos ließ ich Anteros zuerst kantern und dann im Schritt am Rande des Vorsprungs entlanggehen, bis ich den Stein mit seinen eingemeißelten Löchern fand. Ich glitt von seinem Rücken. Während er im Stehen geduldig graste, kniete ich nieder, riss rings um den Stein das Gras weg und legte zuerst meine Hände darauf, dann meine Wange dagegen. In vielen Jahren wird sich jemand zum Ausruhen direkt neben diesen Stein setzen und gedankenverloren in diesen Löchern herumfingern, dachte ich. Dann wird niemand mehr wissen, warum man sie hineingehauen hat oder welch großes Opfer wir hier gebracht haben.

Ich hob den Kopf. Beim Blick über den Vorsprung, hinunter nach Stoney Middleton, fiel mir wieder ein, wie gerne ich dort hinabgeflohen wäre. Jetzt band mich kein Eid mehr. Ich nahm die Zügel, stieg wieder auf Anteros, und dann galoppierten wir in hohem Tempo den Hang hinunter und weiter durchs Dorf, kaum weniger schnell, und im gestreckten Galopp wieder auf die dahinterliegenden Felder hinaus. Eines weiß ich genau: Die guten Bürger von Stoney Middleton wussten sicher nicht, was sie von uns halten sollten. Erst als die Sonne schon hoch am Himmel stand, wendete ich Anteros zum Anstieg in unser Dorf zurück. Als wir uns dem Grenzstein näherten, verlangsamten wir das Tempo. Das kräftige Pferd fiel in einen erstaunlich leichtfüßigen, angenehmen Trab. Als wir zum Pfarrhof kamen, schritt er so gesittet wie ein Kutschenpony.

Mit großen Schritten trat Michael Mompellion zur Türe heraus. Sein Gesicht wirkte verärgert und ungläubig. Er rannte zu uns hin und packte das Pferd am Zaumzeug. Seine grauen Augen musterten mich intensiv. Plötzlich wurde mir bewusst, dass es nicht besonders anständig aussah, wie ich so dahergeritten kam: im Herrensitz, den Rock bis über den Unterrock hochgezogen, bis zur Taille offene Haare, die Haube irgendwo im Moor verloren, mit roten Wangen, auf denen der Schweiß glänzte.

»Hast du denn völlig den Verstand verloren?« Seine Stimme hallte von den Hofmauern wider.

Ich schaute vom hohen breiten Rücken von Anteros auf ihn nieder. Zum ersten Mal zuckte ich unter seinem bohrenden Blick nicht zusammen.

»*Sie* etwa?«, lautete meine Antwort.

Anteros warf den Kopf hoch, als wollte er Michael Mompellions Hand von seinem Zaumzeug abschütteln. Der Herr Pfarrer starrte zu mir hinauf. Inzwischen glichen seine Augen blanken Schiefertafeln. Unversehens wandte er den Blick ab, ließ das Pferd los, hob die Hände zum Gesicht und drückte sich die Handballen so fest in die Augen, dass ich dachte, er würde sich selbst verstümmeln.

»Ja«, sagte er schließlich, »ja wahrlich, ich glaube, ich habe tatsächlich den Verstand verloren.« Mit diesen Worten fiel er auf die Knie, mitten im schmutzigen Hof. Als ich ihn so zusammenbrechen sah, galt mein Gedanke Elinor, ich schwöre es. Wie ihr sein zutiefst kläglicher Anblick das Herz bräche. Ehe ich noch recht wusste, was ich da tat, war ich schon vom Pferd und nahm ihn in die Arme, wie es sicher auch Elinor getan hätte. Er vergrub seinen Kopf an meiner Schulter, und ich hielt ihn so fest, wie man einen hält, der aus großer Höhe abzustürzen droht. Durch den dünnen Hemdstoff konnte ich seine harten Rückenmuskeln spüren. So hatte ich seit über zwei Jahren keinen Mann mehr gehalten. Und dann passierte es: Plötzlich durchzuckte mich heftiges Begehren. Ich stöhnte auf. Daraufhin wich er zurück und schaute mich an. Seine Finger streiften mein Gesicht und wanderten in meine zerzausten Haare, wo er seine Hände in den Strähnen vergrub. Er packte mich fester und zog meinen Mund an den seinen.

In dieser Umarmung fand uns der Stallbursche. Aus Angst, man würde ihm die Schuld an meinem wilden Ausritt geben, hatte er sich in der Sattelkammer versteckt. Jetzt stand er mit weit aufgerissenen Augen wie angewurzelt da. Wir sprangen beide auf und fuhren auseinander, der eine vor die dunkle massige Gestalt von Anteros, der andere dahinter. Aber was er gesehen hatte, hatte er gesehen. Irgendwie brachte ich meine Stimme einigermaßen unter Kontrolle.

»So, da sind Sie also, Master Richard. Hätten Sie die Güte, sich um Anteros zu kümmern. Er wird Wasser wollen. Außerdem wird er sich meiner Meinung nach nun wieder einmal bürsten lassen. Sehen Sie zu, dass dies gründlich geschieht.« Keine Ahnung, wie ich meine Stimme während all dieser Sätze am Zittern hinderte. Mit bebenden Händen übergab ich ihm die Zügel und ging dann Richtung Küche. Ich wagte es nicht, mich umzusehen. Bald darauf hörte ich, wie die Türe auf- und wieder zuging. Dann Schritte auf der Treppe. Ich presste die Hände gegen die Schläfen und versuchte, ruhiger zu atmen. Schließlich raffte ich meine widerspenstigen Haare zusammen und verknotete sie am Hinterkopf so gut es ging. Gerade als ich mich in der glänzenden Oberfläche einer herunterhängenden Pfanne betrachtete, um zu sehen, wie mir dies gelungen war, erblickte ich sein Spiegelbild hinter mir.

»Anna.«

Ich hatte ihn nicht wieder die Treppe herunterkommen gehört. Nun stand er unter der Küchentüre. Ich machte einen Schritt auf ihn zu, aber er streckte die Hände aus, ergriff meine Handgelenke – diesmal zärtlich – und hielt mich auf Distanz. Er sprach so leise, dass ich ihn kaum hören konnte. »Ich weiß mir keine Erklärung für mein Verhalten draußen im Hof. Trotzdem entschuldige ich mich bei dir dafür.«

»Nein!«, unterbrach ich ihn, aber er ließ eines meiner Handgelenke los und legte mir einen Finger auf die Lippen.

»Ich bin nicht bei Sinnen, das weißt du besser als sonst jemand. Du hast in den letzten Monaten gesehen, wie ich bin. Ich weiß mir keine Erklärung dafür. Eine Beschreibung übersteigt meinen gesamten Wortschatz. Es ist, als herrsche in meinem Kopf ein düsteres Unwetter. Ich kann nicht klar denken. Eigentlich kann ich die meiste Zeit gar nicht denken. Da ist nur dieses Gewicht in meinem Herzen, eine formlose Furcht, die sich als Schmerz entpuppt. Und danach eine noch größere Furcht vor noch mehr Schmerz …«

Ich vernahm kaum seine Worte. Was ich dann tat, wollte er

nicht, ich weiß. Aber in mir war ein so starkes Begehren, dass es mir egal war. Ich hob meine Hand zu der Stelle, wo die seine noch immer unbewegt auf meinen Lippen lag. Dann öffnete ich den Mund und fuhr mit meiner Zunge sachte über seine Fingerspitze. Er stöhnte auf. Während ich noch ganz fest an seinem Finger saugte, zog er mich mit der anderen Hand, die noch immer um mein Handgelenk lag, an sich. Dann fielen wir übereinander her. Wahrscheinlich hätte uns nichts aufhalten können. Wir nahmen einander, wild und hart, gleich dort unten auf dem Kalksteinboden. Als mir die rauen Steinplatten die Haut aufschürften, schien der Schmerz jenem in meinem Herzen zu gleichen. Keine Ahnung, wie wir nach oben kamen, aber später lagen wir zusammen auf dem nach Lavendel duftenden Bett. Jetzt waren wir zärtlich und langsam und widmeten uns einander wunderbar aufmerksam. Dort ruhten wir uns anschließend aus, während der Regen leicht gegen die Fenster klopfte, und sprachen leise über all die Dinge, die wir vor dem Wüten des vergangenen Jahres im Laufe unserer Leben geliebt hatten. Über das Pestjahr selbst fiel kein Wort.

Als er am späten Nachmittag in einen leichten Schlummer gefallen war, schlich ich aus dem Bett, zog mich an und ging meine Schafe füttern. Es hatte zu regnen aufgehört, ein leichter Wind flüsterte im nassen Gras. Eben beförderte ich mit der Gabel Heu vom Heuboden, da trat er näher.

»Lass mich das machen«, sagte er und nahm die Heugabel. Dann hielt er inne und zupfte mir mit zärtlichen Liebkosungen das Stroh vom Kleid. Mit geübten Handbewegungen schaufelte er das Heu hinunter und schleppte die Ladung unter meiner Anleitung aufs Feld hinaus, wo die Herde im Schutz eines Ebereschenwäldchens graste. Gemeinsam waren wir mit dem Verteilen rasch fertig. Die Mutterschafe beobachteten uns und widmeten sich dann wieder dem Fressen. Als er einen dichten Heuballen zerstieß, duftete es plötzlich intensiv nach weißem

Klee. Er hob ein Büschel auf und atmete tief ein. Als er wieder aufsah, war sein Gesicht von einem Lächeln erhellt, wie ich es schon seit über einem Jahr nicht mehr bei ihm gesehen hatte. »Das duftet wie meine Kindheitssommer«, sagte er. »Weißt du, eigentlich hätte ich Bauer werden sollen. Vielleicht werde ich's ja jetzt noch.« Ein plötzlicher Windstoß ließ einen regennassen Ast erzittern, sodass wir beide nass wurden. Ein letzter Haufen glatter Blätter regnete auf uns herab. Ich zitterte. Da hob er ein einzelnes Blatt aus meinem Haar und drückte es mit einem Kuss an seine Lippen. Im sinkenden Tageslicht stiegen wir wieder den Hügel hinab. Als wir uns meiner Kate näherten, nahm er mich bei der Hand.

»Anna, darf ich heute Nacht in deinem Bett liegen?«

Ich nickte. Wir gingen hinein. Unter dem niedrigen Türstock musste er den Kopf einziehen. Ich begann, die Glut im Herd wieder anzufachen, aber er unterbrach mich. »Heute möchte ich dich bedienen«, sagte er, führte mich zum Stuhl und legte mir genauso fürsorglich meinen Schal um die Schultern, wie ich ihn im letzten Monat unter eine wärmende Decke gesteckt hatte. Dann bückte er sich zum Herd. Als das Feuer knisterte, kniete er sich vor mich hin und zog mir erst die Stiefel und dann die Strümpfe aus. Zärtlich legte sich seine Hand auf das blasse Fleisch meiner Schenkel. »Du hast kalte Füße«, sagte er und umfing beide mit seinen breiten Händen. Anschließend holte er den Kessel vom Haken, goss warmes Wasser in ein Waschbecken und wusch meine Füße, wobei er die Sohlen mit leichtem Daumendruck knetete. Zuerst fühlte ich mich bei dieser ungewohnten Zärtlichkeit ganz unwohl. Ich habe garstige Füße, die vom vielen Gehen in schlechten Stiefeln ganz hart und verhornt sind. Aber als er weiter meine schrundigen Fersen streichelte, löste sich die Anspannung in mir. Ich gab mich seiner Berührung hin, lehnte den Kopf gegen den Stuhl, schloss die Augen und ließ meine Hände durch seine gelösten Haarsträhnen wandern. Nach langer Zeit standen seine Hände still. Ich schlug die Augen auf und begegnete seinem Blick, der unverwandt auf mich gerichtet war. Vorsichtig hob er mich zu sich herunter, bis ich mit gespreizten Beinen auf seinen Schenkeln saß. Da schob er meinen Rock samt Unterrock hoch und drang in mich ein, sachte und langsam. Ich umschlang ihn mit den Beinen und hielt sein Gesicht zwischen beiden Händen. Unsere Augen bohrten sich ineinander. Bis uns plötzlich die warme Welle unserer Lust durchschoss, schienen wir nicht einmal zu blinzeln.

Danach hob er mich wieder auf den Stuhl und ließ mich nicht aufstehen, um Essen zu holen. Unbeholfen durchsuchte er meine Töpfe und stellte aus Käse und Äpfeln, Haferkuchen und Bier ein einfaches Mahl zusammen, das wir mit den Händen aßen, vom selben Teller. Für mich war es das köstlichste Festmahl meines Lebens. Obwohl wir nur wenig Worte wechselten, während wir dem knisternden Feuer zuschauten, war es eine freundliche Stille – nicht das übliche leere Schweigen, das meine Nerven blank legte. Als wir endlich in mein Bett hinaufkletterten, lagen wir lange Zeit nur da und schauten einander mit fest verschlungenen Händen tief in die Augen, während sich unsere Haare auf dem Kissen mischten. Irgendwann in den frühen Morgenstunden nahm ich ihn noch einmal, erst langsam, dann voller Leidenschaft. Ich warf mich über ihn. Er hielt mich an den Handgelenken fest und schrie laut vor Lust. Ich konnte spüren, wie sich das Stroh in meinem dünnen Lager bewegte und die alten Dielenbretter klagend knarzten. Als wir endlich voneinander abließen, fiel ich in einen erschöpften, traumlosen Schlaf, aus dem ich erst am Morgen erwachte.

Im ganzen Raum duftete es süß nach Stroh, das aus den aufgeplatzten Nähten meines Lagers gefallen war. Durch die rautenförmigen Scheiben des Fensterflügels fiel Licht auf seinen langen, reglosen Körper. Auf einen Ellbogen gestützt, schaute ich ihn an und zeichnete mit einer Fingerspitze die hellen Winkel auf seiner Brust nach. Dadurch erwachte er, regte sich aber nicht, sondern beobachtete mich seinerseits, wobei sich die Krähenfüße um seine Augen vor Lust zusammenzogen. Beim Anblick meiner Hand auf seiner Brust, dieser roten, abgearbeiteten Haut, dachte ich an Elinors zarte, blasse Finger. Ob ihn mein derberes Fleisch wohl abstieß?

Jetzt griff er nach meiner Hand und küsste sie. Ich zog sie zurück, weil ich mich für ihr Aussehen schämte, und platzte mit dem Gedanken heraus, der mir nicht mehr aus dem Kopf ging.

»Wenn du bei mir liegst«, flüsterte ich, »denkst du dann an Elinor? Liegst du dann in Gedanken wieder bei ihr?«

»Nein«, sagte er, »solche Erinnerungen habe ich nicht.«

Ich dachte, dies sagte er aus Rücksicht auf mich. »So etwas musst du nicht sagen.«

»Ich sage es nur, weil es wahr ist. Ich habe nie bei Elinor gelegen.«

Ich schob mich hoch und starrte ihn an. Seine grauen Augen betrachteten mich, undurchschaubar wie Rauchglas. Ich packte einen Bettzipfel, um meine Nacktheit zu bedecken. Mit einem leichten Lächeln griff er hinauf, zog das Tuch wieder weg und ließ seine Fingerspitzen über meine nackte Haut wandern.

Ich ergriff seine Hand und hielt sie fest. »Wie kannst du so etwas sagen? Du – ihr wart drei Jahre verheiratet. Ihr habt einander geliebt…«

»Ja, geliebt habe ich Elinor«, sagte er leise. »Und deshalb bin ich nie bei ihr gelegen.« Er seufzte laut. Plötzlich fiel es mir wie Schuppen von den Augen: Die ganze Zeit, die ich in ihrer Nähe verbracht hatte, hatte ich keine einzige Berührung zwischen ihnen gesehen.

Ich ließ seine Hand fallen und packte erneut das Tuch, um mich zu bedecken. Er hatte sich kaum bewegt, sondern lag noch immer so entspannt auf dem Lager, als hätte er über die selbstverständlichste Sache der Welt gesprochen. Nun redete er in einem Tonfall, mit dem man einem Kind etwas erklärt. »Anna, versteh doch: Elinor hatte Bedürfnisse, die das Körperliche weit überstiegen. Elinor hatte eine verstörte Seele. Sie bedurfte der Sühne, und ich musste ihr helfen. Als Mädchen hatte Elinor eine große Sünde begangen, von der du nichts wissen konntest…«

»Aber ich weiß davon«, warf ich ein. »Sie hat es mir erzählt.«

»Tatsächlich?«, sagte er. Jetzt drehte er sich zu mir und sah mich stirnrunzelnd an. Seine grauen Augen verdunkelten sich. »Offensichtlich gab es mehr zwischen euch beiden – mehr, als mir gewahr war. Mehr, sollte ich sagen, als vielleicht passend war.«

Er, der nackt auf meinem Bett liegt, befindet sich wohl kaum in der Lage zu beurteilen, ob meine Freundschaft mit seiner Frau passend gewesen war, schoss es mir flüchtig durch den Kopf. Aber ich war innerlich viel zu aufgewühlt, um diesem Gedanken länger nachzuhängen.

»Elinor hat mir von ihrer Sünde erzählt. Aber sie hat doch bereut. Sicher…«

»Anna. Zwischen Reue und Sühne ist ein großer Unterschied.« Endlich setzte er sich auf und lehnte sich rücklings gegen die raue Holzwand. Jetzt saßen wir uns auf dem Lager gegenüber. Ich hatte die Beine untergeschlagen und das Tuch ganz um meinen Körper gezogen. Ich zitterte.

Er hob seine großen Hände und legte sie wie Waagschalen offen vor sich hin. »Elinors Lust hat ihrem ungeborenen Kind das Leben gekostet. Wie sühnt man für ein Leben? Auge um Auge, sagt die Bibel. Aber was ist das in so einem Fall? Was konnte sie als Sühne für das Leben geben, das wegen ihrer Taten nie gelebt werden konnte? Weil Lust die Ursache für diese

Sünde gewesen war, hielt ich eine Sühne in der Form für nötig, dass sie einen Teil ihres Lebens mit ungestillten Lüsten leben sollte. Je mehr ich sie dazu bringen könnte, mich zu lieben, umso mehr würde vielleicht das Maß ihrer Buße ihre Sünde aufheben.«

»Aber«, stammelte ich, »aber ich habe doch am Totenbett von Jakob Merrill gehört, wie du diesen Mann getröstet hast. Indem du ihm erzählt hast, Gott habe uns mit unserer Lust erschaffen, deshalb gewähre er Verständnis und Vergebung... Und als du Albion Samweys mit Jane Martin überrascht hast, hast du dir Vorwürfe gemacht, weil du dieses Mädchen so hart...«

»Anna«, unterbrach er mich. Mittlerweile klang seine Stimme hart. Er sprach mit mir, als würde seine Geduld schwinden, als achte das Kind, das er unterwies, nicht ordentlich auf den Sinn des Gesagten. »Als ich so zu Jakob Merrill sprach, geschah das im sicheren Wissen, dass er bis zum Einbruch der Dämmerung tot sein würde. Was hätte es da genutzt, von Sühne zu sprechen? Welche Sühne hätte sein zerstörter Körper leisten können? Und was Jane Martin betrifft: Wenn sie mir so wie meine Elinor am Herzen gelegen wäre, hätte ich nie nachgegeben, sondern sie bestraft und bestraft, körperlich und geistig, bis ihre Seele rein gewesen wäre. Siehst du das denn nicht ein? Bei meiner Elinor *musste* ich sicher sein, dass sie rein war, sonst hätte ich riskiert, sie in Ewigkeit zu verlieren.«

»Und du?«, fragte ich mit leiser, erstickter Stimme.

»Ich?« Er lachte. »Ich nahm mir ein Beispiel an den Papisten. Weißt du denn nicht, dass Frauen der Bodensatz im Misthaufen des Teufels sind? Weißt du, wie die Papisten ihre im Zölibat Lebenden lehren, wie sie ihrer Gelüste Herr werden? Wenn sie eine Frau haben wollen, zwingen sie sich dazu, nur noch an ihre üblen Körperflüssigkeiten zu denken. Ich gestattete mir keinen Blick auf Elinor, bei dem ich ihr schönes Gesicht wahrnahm oder ihren frischen Duft einatmete. Nein! Bei jedem Blick auf dieses reizende Geschöpf zwang ich mich, an Gallensaft und Eiter zu denken. Ich beschäftigte mich mit dem klebrigen Wachs tief drinnen in ihren Ohren und dem grünen Rotz in ihrer Nase und dem stinkenden Zeug in ihrem Nachttopf...«

»Genug!«, schrie ich und hielt mir die Ohren zu. Mir war übel.

Sein Körper ist stark, und doch befürchte ich, dass sein Wille weitaus stärker ist. Er kann ihn zu Taten treiben, die kein normaler Mensch fertig bringt. Glaube mir, ich habe es schon gesehen, in guten wie in schlechten Zeiten. Das hatte Elinor vor vielen Monaten zu mir gesagt. Jetzt wusste ich, was sie damit gemeint hatte.

Inzwischen kniete er auf dem Bett. Das Licht umrahmte seinen Körper. Seine Stimme hatte einen eindringlichen Ton angenommen, den ich von seinen Predigten kannte. »Weißt du denn nicht, dass ich als Ehemann im häuslichen Königreich das Ebenbild Gottes bin? Habe nicht ich die Hure aus dem Garten Eden vertrieben? Ich habe meine Lust in heiliges Feuer verwandelt! Ich brannte aus Leidenschaft für Gott!«

Und dann lachte er, ein freudloses Lachen, fiel rücklings auf den Strohsack und schloss die Augen. Sein Gesicht zuckte, als verspürte er plötzlich große Schmerzen. Seine Stimme sank zu einem heiseren Flüstern herab. »Und nun sieht es so aus, als gäbe es keinen Gott und als hätte ich mich geirrt. In allem, was ich von Elinor gefordert hatte und von mir. Denn natürlich habe ich sie geliebt und begehrt, egal, wie sehr ich meine eigenen Gefühle zu unterdrücken versuchte. Darin habe ich geirrt. Noch mehr aber in allem, was ich von diesem Dorf gefordert habe. Und das ist das Schlimmste. Meinetwegen sind viele tot, die sich sonst vielleicht hätten retten können. Wer war ich, dass ich sie in den Untergang geführt habe? Ich dachte, ich spräche für Gott. Mein ganzes Leben, all meine Taten, jedes Wort, jedes Gefühl beruhte auf einer Lüge. Falsch, in jeder Hinsicht. Aber nun habe ich wenigstens endlich gelernt, das zu tun, was mir gefällt!«

Er streckte sich nach mir aus, aber ich war schneller. Ich entglitt ihm und rollte mich vom Lager. Blindlings packte ich meine nächstbesten Kleidungsstücke und floh aus dem Zimmer. Während ich die Treppe hinunterstolperte, zerrte ich mir meinen Kittel über den Kopf. Ich hatte nur einen Gedanken: fort.

Ich taumelte Richtung Kirchhof. Ich wollte Elinor haben, wollte sie halten und streicheln und ihr sagen, es täte mir Leid, dass er sie so benutzt hatte. Meine wunderschöne Freundin, eine Frau zur Liebe geschaffen. Bei ihm zu liegen war mein Weg gewesen, sie mir näher zu bringen. Ich hatte versucht, wie sie zu werden, auf jede erdenkliche Art und Weise. Aber anstatt mir durch seinen Körper Vergnügen zu bereiten, hatte ich sie bestohlen – um das, was rechtmäßig ihr gehört hätte: um ihre Hochzeitsnacht. Ich ging zu ihrem Grabstein und legte mich der Länge nach darauf. Als meine Finger die Stelle fanden, wo der ungeübte Steinmetz ihre Inschrift verpatzt hatte, brach diese winzige Demütigung den Damm vor meiner Trauer. Mein Körper wurde von Schluchzen geschüttelt, bis der Stein tränennass war.

Dort lag ich also, hingestreckt auf ihrem Grabstein, als ich ihn nach mir rufen hörte. Ich wollte ihn nicht sehen. Plötzlich widerte mich der ganze Mensch an: jenes Gesicht, das mich so bewegt hatte, jener Körper, den ich begehrt hatte. Ich glitt vom Stein in die Hocke und stahl mich auf allen vieren zum Riesenkreuz hinüber, hinter dessen massiver Form ich mich vielleicht verstecken konnte. Wie gewohnt lehnte ich mich dagegen, aber die Steinmetzarbeiten fühlten sich unter meinen Händen nicht mehr lebendig an. Auch der Gedanke, sein Schöpfer hätte mir etwas zu sagen, kam mir nicht mehr. Auf dem Kirchhofweg konnte ich Stiefel knirschen hören. Ich rannte über die Grasklumpen auf die Kirchentüre zu. Seit jenem Märzsonntag, als sie der Pfarrer für uns alle geschlossen hatte, war ich nicht mehr drin gewesen. Ich ließ meine Hand auf der Türe ruhen. Nach dem feuchtkalten Stein fühlte sich das Holz warm an. Ich drückte dagegen, und sie ging auf. Verstohlen glitt ich hinein und zog sie leise hinter mir zu. Heftiges Flügelschlagen verriet, dass sich in der Glockenstube Tauben eingenistet hatten. Warum auch nicht? Niemand läutete mehr die Glocken. Nichts würde ihren Schlaf stören.

Drinnen roch es nach abgestandener Luft. Auf den Messingleuchtern neben dem Altar blühten grüne Blumen. Während sich die Tauben unter Gurren wieder beruhigten, machte sich erneut Stille breit. Ich glitt nach vorne, wobei ich aus Gewohnheit leise auftrat. Meine Hände strichen über das alte steinerne Taufbecken. Ich musste an die beiden Freudentage denken, als ich die Babys morgens zur Taufe hergebracht hatte. Sam hatte sich ganz fest abgerubbelt und deshalb ungewohnt von Kopf bis Fuß geglänzt. Man hätte meinen können, gleich würde sein Gesicht platzen, so hatte er über beide Backen gestrahlt.

Einfacher Sam. Manchmal hatte ich mich für die Gefühle geschämt, die ihm ganz offen ins Gesicht geschrieben standen: das unfeine Lachen über kindische Vergnügungen, die derbe Art, wie er an meinem Körper herumfummelte und seine Lust im Bett grunzend kundtat. Wie hatte ich da Elinor beneidet! Um das zartfühlende Benehmen ihres Mannes, um seinen subtilen Geist. Wie konnte ich nur so wenig begriffen haben? Andererseits, wie sollte *irgendjemand* so etwas begreifen: dass sich unter der Maske sanfter Zurückhaltung eine höchst unnatürliche Kälte verbarg; dass sich subtile Gedanken pervers verdreht hatten.

Wachsgeruch, feuchtes Gemäuer, leere Kirchenbänke. Ich

stellte mir die Gesichter vor, die sie gefüllt hatten. Hier waren wir gesessen und hatten ihm gelauscht und an ihn geglaubt, genau wie einst auch Elinor. Im Vertrauen darauf, dass er uns sagte, was richtig sei und was falsch. Jetzt waren drei Viertel dieser Gesichter nicht mehr – begraben draußen in der Erde oder am Dorfrand in flachen Gruben verscharrt. Ich stand da und zwang mich zu einem Gebet für sie, aber da kam keines. Ich versuchte es mit den alten auswendig gelernten Wörtern. Entgegen meiner Absicht tönten sie ganz laut und doch bedeutungslos, wie Kieselsteine, die in einen Brunnen fallen. »Ich glaube an Gott, den allmächtigen Vater, Schöpfer des Himmels und der Erde…«

»Wirklich, Anna? Glaubst du noch immer an Gott?«

Die Stimme kam aus der Bradfordschen Kirchenbank. Elizabeth Bradford erhob sich von dem Platz, wo sie gekniet hatte. Wegen der hohen eichenen Rückenlehne hatte ich sie nicht gesehen. »Meine Mutter tut es. Sie glaubt an den Gott des Zornes und der Rache, der den Stolz des Pharao gebrochen und Sodom verwüstet und Hiob mit Qualen überschüttet hat. Auf ihre Bitte hin bin ich hierher gekommen, obwohl ich bezweifle, dass es ihr viel nützen wird. Seit gestern liegt sie in den Wehen, seit dem späten Abend, einen ganzen Monat vor der Zeit, und der Chirurg gibt sie auf. Er meint, wenn eine Frau ihres Alters schwanger wird, sei das ein Spiel mit dem Tod, der ganz gewiss noch heute zu ihr kommen wird, da sie nie und nimmer gebären kann. Und kaum hatte er diese grausige Prognose verkündet, saß er auch schon auf seinem Pferd, Richtung Heimat.«

Jetzt sank sie auf die Bank, ihre Stimme wurde zum Flüstern eines Kindes. »Das Blut, Anna. Noch nie habe ich so viel Blut gesehen.« Einen langen Augenblick vergrub sie ihr Gesicht in den Händen. Dann sah ich, wie sich ihr Rücken straffte. »Na schön«, meinte sie und nahm sich wie tags zuvor in der Pfarrküche zusammen, »ich habe getan, worum sie gebettelt hat. Ich habe für sie gebetet, in dieser ach so heiligen, ach so geweihten Kirche, die ihr alle geadelt habt, ihr geliebten Kinder Gottes. Und jetzt muss ich zurück und mir wieder ihre Schreie anhören.«

»Ich werde mit Ihnen kommen«, sagte ich. Ich hatte so viel Tod gesehen, dass es mir jeden Versuch wert war, ein Leben zu retten. »Ich habe ein wenig Erfahrung mit Geburten. Vielleicht kann ich ihr helfen.«

Eine Sekunde flackerte etwas in ihrem Gesicht auf, ein winziger Hoffnungsschimmer, aber dann fiel ihr wieder ein, wer ich war und wer sie war. Erneut erstarrte ihr Gesicht wie gewohnt zu einem höhnisch-stolzen Lächeln. Sie schnaubte kurz und lächelte herablassend. »Also weiß die Hausmagd mehr als der Londoner Chirurg? Ich denke nicht. Aber wenn du willst, komm. Sterben wird sie sowieso. Und vielleicht befriedigt es dich ja, Mompellion zu berichten, wie gründlich Gott seine Prophezeiungen über meine Familie erfüllt hat.«

Ich folgte Elizabeth Bradford und versuchte dabei, den Ärger zu unterdrücken, der in mir aufstieg. An der Kirchentüre hielt ich inne und sah mich suchend nach dem Pfarrer um. Da von ihm nichts zu sehen war, folgte ich Miss Bradford zu der Stelle, wo ihre Stute angebunden stand, und saß hinter ihr auf. Schweigend ritten wir den Hügel zum Herrenhaus hinauf.

Das Gebäude bot einen trostlosen Anblick. Mannshohe Disteln hatten sich durch die Steine in der Auffahrt geschoben. Links und rechts davon hatten sich die sorgfältig gestutzten Ziersträucher wieder in kümmerliche Büsche verwandelt. Unkraut hatte die einst wohl geordneten Blumenbeete überwuchert. Miss Bradford stieg ab und reichte mir die Zügel, da sie stillschweigend annahm, ich würde die Stute für sie in den Stall bringen. Wortlos gab ich sie ihr wieder und ging auf die Haupttüre des Herrenhauses zu. Sie stieß einen Laut aus, halb zischend, halb seufzend, und führte die Stute zu den Stallungen. Selbst draußen vor dem mächtigen Portal konnte ich die Schreie aus dem Inneren des Herrenhauses hören. Als Miss Bradford wiederkam, traten wir ein. Vorbei an den massigen Umrissen verhüllter Möbelstücke stiegen wir die Treppe zum Schlafgemach ihrer Mutter empor.

Mit dem Blut hatte sie nicht übertrieben. Sogar der Boden war davon glitschig. Überall lagen tropfnasse Leinenbündel und Tücher herum. Das junge Mädchen, das sich um Mistress Bradford kümmerte, war mir fremd. Mit Augen, so groß wie Suppentassen, packte sie ein frisches Handtuch, um den unaufhörlichen Blutstrom zu stillen. Rasch gab ich knappe Anweisungen für alles, was ich brauchte: »Bring mir alles, was an Brühe oder Sülze da ist, dazu etwas guten Wein und ein bisschen warmen Toast zum Eintunken. Wenn sie einen derartigen Blutverlust überleben soll, braucht sie dringend etwas Kräftiges. Bring mir außerdem einen Kessel kochend heißes Wasser, ein Waschbecken und jede Art Fett.« Das Mädchen stürzte aus dem Zimmer, als könnte sie nicht schnell genug wegkommen.

Mistress Bradford protestierte in keiner Weise, als ich mich ihr näherte. Vielleicht war sie inzwischen zu schwach, vielleicht war ihr aber auch in ihrer Not der kleinste Hoffnungsschimmer willkommen. Bei unserem Eintreten hatte sie zu schreien aufgehört. Vermutlich hatte sie nicht so sehr vor Schmerzen geschrien, sondern aus Angst, weil sie schon so lange in ihrem eigenen Blut lag. Matt streckte sie die Hand nach ihrer Tochter aus. Elizabeth lief zu ihr und küsste sie zärtlich. Offensichtlich wollte sie ihre Mutter in ihrer Todesangst beruhigen, egal, wie wenig sie von meinen Künsten hielt. Mit besänftigender Stimme erzählte sie von dem hohen Lob, das sie über mich als Hebamme gehört hätte, und dass jetzt alles gut werde. Mein Blick wanderte über den Körper ihrer Mutter zu ihr hinüber. Ich schüttelte leicht den Kopf. Ich wollte niemanden im Irrtum über die verzweifelte Lage lassen. Elizabeth hielt meinen Blick fest. Ihr Nicken bedeutete, dass sie sehr wohl verstand, was ich meinte.

Kaum hatte ich das heiße Wasser, wusch ich mir die Hände und entfernte das durchnässte Handtuch zwischen Mistress Bradfords Beinen. Die von der Zofe gebrachte Butter brauchte ich nicht. Durch den ununterbrochenen Ausfluss von Körperflüssigkeiten war ihre Öffnung genügend glitschig. Trotz ihres Alters fühlte sich ihr Fleisch fest an. Ihr Körper schien fürs Kindergebären gut geeignet, denn trotz ihrer äußerlich schlanken Figur besaß sie ein reichlich breites Becken. Kaum waren meine Hände drinnen, konnte ich spüren, dass ihr Muttermund voll geöffnet war. Mühelos glitten meine Finger hinein. Da die Fruchtblase noch nicht geplatzt war, riss ich mit meinen Fingernägeln daran. Mistress Bradford stieß daraufhin einen schwachen Schrei aus und sank fast ohnmächtig zurück. Jetzt arbeitete ich rasch. Schließlich wollte ich sie nicht vor der Rettung des Kindes verlieren. Ich ließ meine Hände die Lage des Kindes ertasten. Alles deutete auf eine einfache Querlage hin. Warum hatte der Chirurg dies als hoffnungslosen Fall abgetan? Wäre er hier geblieben, hätte er das, was ich nun versuchte, ganz einfach tun können. Doch dann begriff ich: Offensichtlich war er hier mit der Anweisung zu fahrlässigem Handeln eingetroffen.

Da das Kind noch nicht ganz ausgereift und klein war, konnte ich es fast mühelos drehen. Ich beschwor Elizabeth Bradford, sie solle versuchen, ihre Mutter wieder zu Bewusstsein zu bringen, damit sie pressen könnte. Die Frau war zu schwach, um viel zu bewirken. Eine Weile befürchtete ich, wir würden deshalb scheitern. Aber irgendwie holte sie aus einem tief verborgenen Ort genau jenes winzige Maß an Kraft, das wir brauchten. Ein perfekter Schatz glitt in meine Hände, ein lebendiges kleines Mädchen.

Ich senkte den Kopf und sog ihren frischen neuen Geruch ein. Bei einem Blick in ihre tiefblauen Augen sah ich dort ein Spiegelbild meines eigenen neuen Lebens. In jenem Augenblick schien dieses kleine Mädchen genug Antwort auf all meine Fragen zu sein. Dieses winzige, einzigartige Wesen gerettet zu haben – das allein schien mir Grund genug zum Leben zu sein. Nun wusste ich, dies war mein zukünftiger Weg: weg vom Tod und hin zum Leben, von Geburt zu Geburt, vom Samen zur Blüte. Ein lebendiges Leben unter lauter Wundern.

Kaum war die Nabelschnur durchtrennt und verknotet, verlor Mistress Bradford nur noch tropfenweise Blut. Mühelos glitt die Nachgeburt heraus. Dann brachte sie es fertig, ein bisschen Brühe zu sich zu nehmen. Insgeheim verfluchte ich den Chirurgen, weil er diese Frau im Stich gelassen hatte. Hätte er sie bereits vor Stunden entbunden, wäre sie nicht blutend dagelegen. Damit hätte man ganz sicher zwei Leben retten können. Jetzt würde Mistress Bradford ein Wunder brauchen, um einen derart enormen Blutverlust zu überleben. Trotzdem wollte ich unbedingt um sie kämpfen. Ich sagte Elizabeth Bradford, sie solle unversehens zu meiner Kate reiten, und erklärte ihr, wo sie ein Fläschchen Nesselsaft finden könnte. Damit käme ihre Mutter vielleicht wieder zu Kräften.

»Nesseln?« Sie sprach das Wort aus, als hinterließe es einen schlechten Geschmack in ihrem Mund. Selbst in einer solchen Krise brachte diese Frau ein höhnisches Lächeln fertig. »So etwas kann ich nicht finden, davon bin ich überzeugt.« Zärtlich legte sie eine Hand auf die blasse Stirn ihrer Mutter. Beim Anblick dieses erschöpften Gesichts wurde ihr harter Blick weich. »Ich hätte ja gerne, dass sie bekommt, was du für nötig hältst, aber dazu musst du schon selbst gehen. Ich habe Angst, meine Mutter allein zu lassen. Am Ende stirbt sie noch in meiner Abwesenheit.«

Dieser Grund erschien mir vernünftig. Ich erklärte mich

einverstanden und zeigte der Zofe, wie sie das Neugeborene baden und dann möglichst rasch seiner Mutter an die Brust legen sollte. Sollte Mistress Bradford tatsächlich sterben, was sehr wahrscheinlich war, wollte ich wenigstens, dass das Mädchen auf diese Weise einige kurze Minuten Geborgenheit kennen lernte. Erst als ich schon auf halbem Weg zu den Stallungen war, merkte ich, dass mir durch und durch kalt war. Außer dem dünnen Serge-Kittel, den ich schnell am Morgen angezogen hatte, als ich vor Michael Mompellion geflohen war, trug ich nichts am Leib. In der Absicht, mir Elizabeths Reisemantel auszuborgen, kehrte ich wieder um. Da die Küchentüre am nächsten lag, lief ich hastig darauf zu und stürzte hinein.

Elizabeth Bradford drehte mir den Rücken zu. Dennoch genügte ein Sekundenbruchteil, und ich wusste, was sie vorhatte. Um ihr Kleid nicht zu ruinieren, hatte sie sich die Mühe gemacht, ihre feinen Wollärmel bis über die Ellbogen hochzuschieben. Auf der Bank vor ihr stand ein Eimer voll Wasser. Darin steckten ihre Unterarme, und ich sah, wie ihre Muskeln angespannt waren. Sie hatte etwas Mühe, das Kind unter Wasser zu halten. Mit einem Riesenschritt war ich bei ihr und schob sie mit aller Macht beiseite. Nie hätte ich gedacht, dass ich so viel Kraft besaß. Das Kind entglitt ihr, und sie selber fiel zur Seite. Ich fuhr mit beiden Armen in den Eimer, zog das winzige Körperchen heraus und drückte es fest an mich. Der Eimer schwankte und fiel zu Boden; sein Inhalt ergoss sich über Elizabeth Bradfords Rock. Da das Kind vom Wasser ganz kalt war, rieb ich es ganz fest ab, als würde ich ein neugeborenes Lämmchen ins Leben zurückholen, das in einer kalten Nacht zur Welt kommt. Es spuckte, blinzelte und stieß dann einen empörten Schrei aus. Gott sei Dank war ihm nichts geschehen.

Meine Erleichterung wich einem derart heftigen Wutanfall, dass ich einen Fleischerhaken vom Kiefernholztisch riss und mit dem Kind an der Brust auf Elizabeth Bradford losging. Sie rettete sich, indem sie sich zur Seite rollte. Nur mühsam kam sie auf den klatschnassen Steinen wieder auf die Beine. Voll Entsetzen über meine eigene Tat trat ich einen Schritt von ihr zurück und ließ den Haken fallen. Wortlos starrten wir einander an.

Endlich machte sie den Mund auf. »Es ist ein Bastard, das Ergebnis eines Ehebruchs. Mein Vater wird es nicht in seiner Nähe dulden.«

»Das mag schon sein, du mörderische Bestie. Trotzdem hast du kein Recht, ihr das Leben zu nehmen!«

»Sprich nicht so mit mir!«

»Ich werde mit dir reden, wie es mir passt!«

Inzwischen brüllten wir einander wie zwei Fischweiber an. Mit erhobener Hand setzte sie dem ein Ende.

»Siehst du das denn nicht ein?«, klagte sie nun. »Ein Schlussstrich unter diese Sache ist die einzige Chance meiner Mutter auf einen Neuanfang. Andernfalls ist ihr Leben vorbei. Glaubst du wirklich, ich töte es gerne? Das Kind meiner Mutter, meine Blutsverwandte? Ich tu's doch nur, um meine Mutter vor dem Zorn meines Vaters zu bewahren.«

»Gib mir das Kind«, sagte ich. »Gib es mir, und ich werde es liebevoll aufziehen.«

Nachdenklich stand sie da, dann schüttelte sie den Kopf. »Nein, das wird nicht gehen. Wir können nicht zulassen, dass unsere Familienschande in diesem Dorf zur Schau gestellt wird, alle sie anstarren und darüber tuscheln. Außerdem würde man diesem Mädchen auch keinen Gefallen tun, wenn es im Schatten des Herrenhauses aufwachsen müsste und doch daraus verbannt wäre. Denn sicher würde sie ihre wahre Abstammung erfahren. Das geschieht in solchen Fällen immer.«

»Nun denn«, sagte ich. Inzwischen konnte ich wieder messerscharf denken. »Gib mir die nötigen Mittel, dann bringe ich sie von hier fort und verspreche dir, dass du nie wieder ein Wort von uns beiden hören wirst. Dann könnt ihr eine Geschichte nach eurem Gutdünken erzählen, du und deine Mutter.«

Bei diesen Worten zog Elizabeth Bradford die Augenbrauen hoch und kniff abwägend die Lippen zusammen. Lange Zeit sagte sie kein Wort. Meine Augen suchten in ihrem Gesicht nach einer Spur Mitgefühl oder Erbarmen mit ihrer Mutter, aber da fand sich nichts dergleichen. Nur kalte Berechnung. Diese Sache wurde wie alles, was die Bradfords betraf, eiskalt unter nur einem Gesichtspunkt betrachtet: dem des eigenen Interesses. Ich konnte den Anblick dieses harten, lippenlosen Gesichts nicht länger ertragen. Mein Blick wanderte zu dem Neugeborenen hinunter. Ich versuchte, ein Gebet für es zu sprechen. Ein einziges Wort formte sich in meinem Kopf.

Bitte.

Doch dann fiel mir beim besten Willen nichts mehr ein: kein Bittgebet, kein Bibelvers, kein Messetext. Sämtliche Psalmen und Gebete, die ich in- und auswendig kannte, waren mir entfallen, waren so sicher ausgelöscht, wie man mühsam gelernte und aufgeschriebene Wörter mit einem feuchten Lappen von einer Schiefertafel wischen kann. Nach so vielen nicht erhörten Gebeten hatte ich das Beten selbst verlernt.

»Ja«, sagte Elizabeth Bradford schließlich, »ja, das könnte die beste Lösung sein.«

Ich wickelte das Kind warm ein. Dann setzten wir uns an Maggie Cantwells geliebten alten Küchentisch und feilschten um die Details, was nicht allzu lange dauerte, da ich in meinen Forderungen nicht nachgab, und Elizabeth Bradford mich unbedingt rasch loswerden wollte. Als wir uns über die Bedingungen einig waren, stieg ich die Treppe zum Schlafgemach ihrer Mutter hinauf. Sie hatte eine überraschend gute Gesichtsfarbe. Sie hatte die Brühe getrunken und ein Stück eingeweichtes Brot hinuntergewürgt und lag nun mit geschlossenen Augen da. Ich dachte, sie wäre eingeschlafen. Aber wie ich so dastand, schlug sie die Augen auf. Beim Anblick des Kindes lächelte sie. Tränen schimmerten in ihren blutunterlaufenen Augen. »Sie lebt ja noch!«, rief sie bebend mit erschöpfter Stimme.

»Das tut sie und soll es auch weiterhin.« Nun berichtete ich ihr, was ich mit Elizabeth vereinbart hatte. Mühsam richtete sie sich aus ihren Kissen auf und klammerte sich mit matten Fingern an meinen Unterarm. Ich dachte schon, sie wollte protestieren, aber stattdessen küsste sie meine Hand. »Oh, danke! Danke! Gott segne dich!« Doch dann weiteten sich ihre Augen, ihr Flüstern wurde eindringlich. »Du musst fort, rasch, noch heute, ehe mein Sohn oder sein Vater erfahren, dass das Kind lebt.«

Damit deutete sie auf eine Truhe am Fußende ihres Bettes. Drinnen schimmerten in einer Geheimschublade auf dunklem Samt ein Smaragdring und ein passendes Halsband. »Nimm sie. Wenn du in Not bist, gebrauche sie, für sie, oder gib sie ihr, wenn sie erwachsen ist. Sag ihr, dass ihre Mutter sie geliebt hätte, wenn man es ihr erlaubt hätte…«

Über dieser ganzen Anstrengung war sie blass geworden. Eines stand fest: Solange ich mit dem Kind hier war, würde sie sich aufregen. Deshalb knotete ich rasch aus einem ihrer schönen Wollschals ein warmes Tragetuch und kuschelte das Neugeborene hinein, ganz dicht an meinen Körper. Dann kniete ich mich neben ihr Bett, ergriff ihre weiße Hand und legte sie auf den seidigen Kinderkopf. »Sie wird stets liebevoll umsorgt sein, seien Sie dessen versichert.«

Ich schritt die Treppe hinab und ging nach draußen, wo Elizabeth Bradford mit dem Pferd wartete. Zu dritt ritten wir zu meiner Kate. Dabei wurde aus dem leisen Kinderglucksen ein Wimmern. Kaum waren wir dort angelangt, übergab ich Elizabeth ein Fläschchen mit Nesseltrank nebst genauen Anweisungen, welche Dosierung für ihre Mutter am besten sei. Im Gegenzug bekam ich von ihr eine Geldbörse mit mehr Goldstücken, als ich mir je hätte träumen lassen.

Vorwurfsvoll beäugte mich die Kuh, als ich mit meinem Eimer ihren Stall betrat. »Tut mir Leid, dass ich dich warten ließ«, sagte ich, »aber heute habe ich gute Verwendung für deine Milch.« Zurück in der Kate entrahmte ich die fette Kuhmilch in Erinnerung an meine eigene wässrigblaue Muttermilch und verdünnte den Rest mit ein wenig Wasser. Ich legte das Kind in meine Armbeuge. Inzwischen schrie es kläglich mit weit aufgerissenem Mund, wie es alle Neugeborenen tun. Ich streichelte seine weiche Wange, bis es sich zu meinem Finger drehte. Das Trinken ging nur schwierig und langsam vonstatten. Tropfenweise flößte ich ihr so lange Flüssigkeit ein, wie sie sie annahm. Sie hörte zu weinen auf und wurde bald schläfrig. Ich legte sie auf ein Büschel Stroh neben dem Herd und machte mich daran, die paar Habseligkeiten zu sammeln, die ich mitnehmen wollte. Es war ja nur noch so wenig übrig. Das kleine Winterwams, das ich für Jamie gemacht und vor dem großen Feuer bewahrt hatte; eines von Elinors Medizinbüchern, über dem wir in langen Stunden gemeinsam gebrütet hatten, bis uns die Augen wehtaten. Diese beiden Stücke nahm ich zur Erinnerung mit, dazu noch einige Fläschchen mit nützlichen Kräuteressenzen gegen Fieber und Durchfall bei Kindern. Schmerzhaft fiel mir wieder jener Morgen in Elinors Garten ein, an dem sie versucht hatte, mir den Nutzen von Gänseblümchen beizubringen, und ich einfach nicht hatte hinhören wollen. Wie bald schon war ich gezwungen gewesen, meine Haltung zu ändern.

Doch dann verbannte ich die Gedanken an das letzte Jahr und versuchte, mir die Zukunft vorzustellen. Bei einem Blick durch die leere Kate wurde mir klar, dass ich kaum noch etwas besaß, was wir brauchen würden. Ich beschloss, Grund und Kate dem Quäkerkind Merry Wickford zu geben. Sollte sie sich zum Bleiben im Dorf entschließen, hätte sie damit anstatt einer Pächterhütte ein sichereres Dach über dem Kopf und für eine solide Zukunft noch etwas anderes als nur eine Bleiader. Die Herde würde ich Mary Hadfield im Tausch gegen ihr älteres Maultier geben. Es würde uns sicher aus dem Dorf geleiten. Wohin? Ich hatte nicht die geringste Ahnung.

Noch immer besaß ich jene Schiefertafel, auf der mir Elinor das Schreiben beigebracht hatte. Ich holte sie heraus und kritzelte gerade meine Verfügungen hin, als die Katentür aufging. Er hatte nicht geklopft. Im plötzlichen Lichteinfall konnte ich sein Gesicht nicht erkennen. Ich sprang von meinem Schemel auf und brachte den Tisch zwischen uns.

»Anna, weich doch nicht vor mir zurück. Was zwischen uns passiert ist, tut mir Leid, alles tut mir Leid. Mehr als du ahnen kannst. Aber deswegen bin ich nicht hergekommen. Ich weiß ja, dass du noch nicht bereit sein kannst zuzuhören oder mich wenigstens in dieser Sache anzuhören. Und dazu hast du auch alles Recht der Welt. Ich bin jetzt nur gekommen, um dir von hier fortzuhelfen.«

Offensichtlich hatte ich bei diesem Satz ein verblüfftes Gesicht gezogen, denn er fuhr hastig fort: »Ich weiß, was heute Morgen auf Bradford Hall vorgefallen ist – in allen Einzelheiten.« Als ich ihn unterbrechen wollte, hob er die Hand. »Mistress Bradford lebt und erholt sich zusehends. Ich komme gerade von ihr. Ich habe heute intensiv Gewissenserforschung betrieben. Du, Anna, hast mir wieder in Erinnerung gerufen, was meine Pflichten sind. Ich beabsichtige nicht, wie bisher weiterzumachen und mich in meiner gallebitteren Trauer zu suhlen. Denn du lebst trotz deiner Trauer und bist nützlich und bringst anderen neues Leben. Eines hast du mich letztlich gelehrt: dass man kein gläubiger Mensch sein muss, um Trost zu bringen. Meiner Ansicht nach hast du heute mehr als zwei Leben gerettet.« Er machte einen Schritt, als wolle er um den Tisch herumgehen, dorthin, wo ich stand. Mein Gesichtsausdruck ließ ihn verharren.

»Anna, ich bin nicht hergekommen, um dir all das zu sagen, denn eines kann ich mir gut vorstellen: dass du meinst, du hättest dir vermutlich von mir schon genug über meine Gefühle anhören müssen. Ich bin gekommen, weil ich nicht weiß, ob dir klar ist, dass du in Gefahr schwebst. Denn das tust du, Anna, und zwar sehr. Schon bald wird es Elizabeth Bradford dämmern, dass du eventuell die einzige Augenzeugin für ihren Mordversuch bist. Ihr Vater wünscht dem Kind schon längst den Tod. Für einen solchen Mann ist es eine Kleinigkeit, auch noch dein Leben auf den Schuldschein zu setzen. Ich möchte, dass du Anteros nimmst.« Einen Augenblick flackerte es in seinen Augen belustigt auf. »Schließlich wissen wir ja beide, dass du mit ihm zurechtkommst.«

Ich stotterte ein paar abwehrende Worte und meinte, eigentlich hätte ich Mary um ihr Maultier bitten wollen. Wieder brachte er mich zum Schweigen. »Du musst schnell vorankommen. Durch einen glücklichen Zufall bin ich gerade Ralf Pulfer begegnet, einem Bleihändler aus Bakewell. Er bricht noch heute mit einer Ladung Bleibarren aus den Peakgruben zum Hafen von Liverpool auf. Wenn du vor seiner Abreise nach Bakewell kommst, wäre er damit einverstanden, dir bis zu Elinors Vater, meinem Gönner, Geleit zu geben. Sein Besitz liegt unmittelbar an jener Wegstrecke, die Pulfer nehmen wird. Ich habe ein Empfehlungsschreiben aufgesetzt, das deine Situation erläutert. Anna, meiner Ansicht nach wäre das eine gute Wahl für dich, denn er ist ein feiner Mensch, und sein Besitz ist riesig. Irgendwo wird er sicher einen Platz für dich finden. Im Dorf oder auf den Höfen, vielleicht sogar in seinem eigenen Hause. Die Bradfords werden wohl kaum daran denken, dich dort zu suchen. Sie werden eher auf der Straße nach London nach dir Ausschau halten. Aber jetzt musst du fort.«

Und so verließ ich mein Zuhause. Kaum blieb mehr Zeit für einen letzten Blick auf die Räume, in denen sich mein bisheriges Leben abgespielt hatte. Das Neugeborene erwachte nicht, als ich das Tuch erneut hochhob und fest um mich band. Draußen im Garten gab es einen betretenen Moment, als Michael Mompellion einen Arm ausstreckte. Eigentlich wollte er mir nur beim Aufsitzen helfen. Doch ich drehte ihm den Rücken zu und stieg ohne fremde Hilfe auf. Ein plumpes Hinaufklettern war mir lieber als die Berührung seiner Hand.

Ich war schon halb die Straße hinunter und wollte gerade antraben, als mir klar wurde, dass ich es so nicht enden lassen konnte. Daraufhin drehte ich mich im Sattel um und sah ihn dort stehen. Seine grauen Augen waren unverwandt auf mich gerichtet. Ich hob die Hand zum Gruß. Er erwiderte ihn. Und dann war Anteros auch schon an der Kurve, die zur Straße nach Bakewell führt. Jetzt musste ich mich umdrehen und mich ganz dem Galopp hügelabwärts widmen.

EPILOG

Die Wellen, Ackerfurchen gleich

Vor langer, langer Zeit zeigte mir Elinor Mompellion einmal ein Gedicht, in dem das Meer mit einer grünen Weide verglichen wurde. Ich war davon hingerissen, weil es eine Frau geschrieben hatte. Zur damaligen Zeit hatte ich keine Ahnung, dass eine Frau so etwas machen könnte, nämlich Gedichte schreiben. In meiner Begeisterung lernte ich es auswendig und kann es immer noch rezitieren:

> … Dem kühlen Wiesengrunde gleicht die See,
> mit ihrem Grün, das salzge Tiefe zeugt.
> Wenn Schiffe langsam sachte ziehn des Wegs darauf,
> dann singt der Seemann, Hirten gleich, und spielet auf …

Damals hielt ich das für ganz besonders schlau. Ich hatte ja noch nie den Ozean gesehen. Jetzt aber, da ich meine Tage damit zubringe, aufs Meer hinauszustarren, ist mir nur allzu klar, dass Margaret Cavendish keine Ahnung davon hatte.

Ich habe hier mein eigenes Zimmer, wo ich studieren oder in Ruhe meiner Arbeit nachgehen kann, weit weg vom endlosen Geplapper und den lärmenden Kindern im Frauentrakt. Groß ist dieses Haus und sehr prächtig. Es ist in die Mauern der Zitadelle eingelassen, die hoch oben auf dem Berg liegt, der unmittelbar hinter dem weiten Bogen des Golfs aufsteigt. Ich habe ein kreisrundes Zimmer mit einem vergitterten Fenster. Von hier aus schaut man auf den Garten hinaus, hinter dem sich die Dächer der Unterstadt wie Bienenkörbe erstrecken,

bis der Blick schließlich auf die endlose Weite des sonnenge-
fleckten Wassers hinschweift. Von hier aus kann ich beim Ent-
laden der Schiffe aus Venedig und Marseille und weit ferneren
Häfen zusehen: Glas und Zinnwaren und Teppiche. Und wie
sie für ihre Rückfahrt eine Fracht aus Goldstaub, Straußenfe-
dern und Elfenbein einladen. Manchmal aber auch die trau-
rigste aller Ladungen: reihenweise hoch gewachsene Afrika-
ner, in Ketten gelegt, zu Sklaven bestimmt. Mich dauert ihre
Schreckensfahrt, und ich wünsche ihnen wenigstens milde
Winde.

Was mich betrifft, so erwarte ich mir keine weiteren Reisen
mehr. Und wenn doch, dann wird es sicher nicht auf dem See-
weg geschehen. Die Wellen, die mich von England forttrugen,
glichen nicht jenen gleichmäßigen, furchenartigen Erhebungen, wie sie Margaret Cavendish in ihrem Gedicht beschrieb.
Zerklüftete Felsen waren sie, aus einer Albtraumlandschaft.
Einen Augenblick tiefe Schluchten, im nächsten wieder himmelhohe Klippen ohne Wurzeln in der Erde. Das wälzte sich
herum und überschlug sich und stand niemals still. Tage und
Nächte stürzte unser Schiff über ihre Kämme wie ein Kinder-
schlitten im wilden Tanz über einen vereisten Hang. Während
die Planken stöhnten und die Seeleute über zerfetzte Segel und
gesplisste Taue fluchten, atmete ich den Gestank von Teer und
Erbrochenem und erwartete jeden Augenblick meinen Tod.
Offen gestanden war ich so oft krank, dass ich ihn herbei-
sehnte. Nur der Gedanke an das Kind und meine Entschlossenheit, es am Leben zu halten, gaben mir den Willen zum Weitermachen.

Aber ich möchte mich nicht länger mit den großen Schwierigkeiten aufhalten, die wir auf unserem Weg hierher überwin-
den mussten. Nur eines möchte ich noch kurz sagen: Anteros
trug mich mühelos nach Bakewell, wo ich für das Neugeborene eine Amme einstellte, ehe wir mit Mister Pulfer und sei-

ner Ladung Blei aufbrachen. Als wir aber an jene Abzweigung kamen, die uns zur Heimat der kleinen Elinor gebracht hätte, zog ich Michael Mompellions Empfehlungsschreiben hervor, zerriss es in dutzende kleine Fetzen und schaute zu, wie sie der Wind verwehte. Mister Pulfer erklärte ich, ich wolle ihn nicht damit belasten, uns dorthin zu begleiten, sondern stattdessen mit ihm zum Hafen weiterreisen. Selbst heute weiß ich nicht wirklich, was mich diesbezüglich so eigensinnig gemacht hatte, aber damals schien es mir gut zu sein, jede Bindung an mein altes Leben zu kappen. Eines war mir plötzlich klar: Ich wollte nicht Tag für Tag an einem weiteren Ort leben, wo auch Elinor gelebt hatte. Schließlich war ich nicht Elinor, sondern Anna. Es war Zeit, einen Ort zu suchen, wo ich gemeinsam mit dem Kind etwas ganz Neues aufbauen könnte.

In einem Gasthaus am Hafen belegte ich ein Zimmer. In den nächsten Tagen sollte mich mein übereilter Entschluss noch öfters reuen, denn die Entscheidung, welchen Kurs ich einschlagen sollte, erwies sich als überaus schwierig. Während dieser Zeit schlief ich kaum. Unser Zimmer lag unmittelbar neben einem Glockenturm, der stündlich schlug. Jeder Schlag half mir lediglich dabei, die Zeit zu zählen, die ich wach gelegen war und mir den Kopf über unsere Zukunft zerbrochen hatte. Wenn ich dann kurz vor Sonnenaufgang vor lauter Erschöpfung endlich eingeschlafen wäre, wachten die Möwen auf und schrien in den Himmel, als stünde bei Sonnenaufgang der Weltuntergang bevor.

Letztlich kam die Entscheidung weniger von mir als von außen. Gerade als die Möwen wieder im Chor zu schreien begannen, schlug der Gastwirt, offensichtlich ein anständiger Mensch, gegen meine Türe. Er war sehr aufgeregt und sagte, ein junger Edelmann habe sich schon in der ganzen Stadt nach meinem Aufenthaltsort erkundigt. »Nun ärgern Sie sich mal nicht drüber, aber der tönt überall 'rum, Sie hätten seiner

Familie Juwelen geklaut. Ich hab das ja nicht geglaubt, müssen Sie wissen. Wer stellt sich schon mit seinem eignen Namen vor, wenn er 'n Dieb ist. Und dann noch etwas Komisches: Besonders nach Ihrem Kind hat er immer weiter gebohrt. Da schien er viel wilder drauf zu sein als nach den Klunkern. Ich misch mich ja nicht gern in die Sachen meiner Gäste, Mistress, aber das is'n ungemütlicher Kerl. Und wenn ich Sie wäre, würd ich das nächste Schiff nehmen, egal, welches, und egal, wohin.«

Zufälligerweise, oder besser gesagt passenderweise, war eine Karacke mit einer Ladung Bleibarren aus den Gruben am Peak, die für die Glasmacher von Venedig bestimmt waren, das einzige Schiff, das an jenem Tag mit der Vormittagsflut auslief. Die Lagunenstadt war mir kein Begriff, und die heruntergekommene Karacke, die bedrohlich am Dock aufragte, wirkte nicht sehr seetauglich. Aber, wie schon gesagt: Ich hatte keine Wahl. Also bezahlte ich einen Teil des Bradfordschen Goldes für eine kleine Kabine. Noch mehr benötigte ich für die Amme und ihr Gejammer, mit einer Seereise hätte sie nicht gerechnet. Und damit reiste ich aus meiner Heimat ab: auf einem Frachter, der genau mit jenem Blei voll geladen war, über das meine Füße ihr Leben lang gelaufen waren. Während ich mit dem Säugling in jenem schwankenden Bett hin und her schaukelte, verlor ich schon bald jedes Gefühl für Tag und Nacht. Ich dachte schon, unsere Geschichte würde hier enden, wenn das meergrüne Wasser durch die Planken bricht und uns hinunter in die Tiefe reißt.

Doch dann erwachte ich eines Morgens bei glatter See. Die warme Luft duftete nach Kardamom. Ich nahm das Kind und ging an Deck. Nie werde ich das blendende Sonnenlicht vergessen, das sich an weißen Mauern und goldenen Kuppeln brach. Nie den Anblick jener Stadt, die sich über den Berg ergoss und die breite, blaue Bucht umfing. Ich erkundigte mich beim Kapitän nach dem Namen dieses Ortes, und er erklärte mir, wir seien im Hafen von Oran gelandet, der Heimat andalusischer Araber.

In meinem Gepäck befand sich Elinors Buch, eine der wenigen Habseligkeiten, die ich mitgebracht hatte. Jener kostbare letzte Band von Avicennas *Kanon der Medizin*. Trotz seines Gewichts hatte ich ihn zur Erinnerung an sie und an die Arbeit, die wir gemeinsam leisten wollten, eingepackt. Eines Tages werde ich Latein lesen können und den gesamten Inhalt dieses großartigen Buches auswendig lernen, dachte ich mir. Voll Bewunderung hatten Elinor und ich festgestellt, dass ein Ungläubiger schon vor so langer Zeit so viel wunderbares Wissen besessen hatte. Dann musste ich an all die Dinge denken, die die muselmanischen Ärzte seit seinem Erscheinen entdeckt haben könnten. Plötzlich hatte ich den Eindruck, mich hätte es nur deshalb in diese sonnendurchflutete Stadt verschlagen, damit ich die Möglichkeit hätte, mehr über jene Kunst zu lernen, zu der ich mich berufen fühlte. Ich zahlte die Amme aus und sorgte für ihre Rückfahrt. Vermutlich könnte ich in so einer großen Stadt eine neue finden.

Mit Erzählungen von barbarischen Piraten und verbannten Spaniern versuchte der Kapitän des Schiffes, mir das Ausschiffen auszureden. Als er aber sah, dass mein Entschluss feststand, half er mir liebenswürdigerweise. Der Kapitän hatte von Ahmed Bey gehört, was nicht weiter verwunderlich war, denn seine Schriften und Reisen hatten ihn zum berühmtesten Arzt im Barbarenland gemacht. Angesichts meiner Umstände und Situation war eines allerdings wirklich erstaunlich, wenigstens für mich: wie schnell der Bey den Entschluss fasste, mich aufzunehmen. Erst später, als wir einander besser kannten, erzählte er mir, er sei gerade vom Mittagsgebet gekommen, in dem er Allah angerufen hatte, er möge sich eines müden alten Mannes erbarmen und ihm eine Hilfe senden. Anschließend hatte er die Frauengemächer betreten und mich dort beim Kaffeetrinken mit seinen Frauen vorgefunden.

Heute bin ich eine seiner Frauen, wenn auch nicht körperlich, so doch dem Namen nach. Er meinte, das sei der einzige Weg, wie er mich in seinen Haushalt aufnehmen könnte. Damit würde ich hier akzeptiert werden. Da ich offensichtlich keine Jungfrau mehr war, benötigte der Mullah nicht die Einwilligung eines männlichen Vormunds. Somit war dem Ritus auf einfache Weise Genüge getan. Seither haben wir oft über den Glauben gesprochen: über jenen unerschütterlich festen, der dem Doktor täglich jeden Augenblick als Maßstab dient, und jenes dürftige zerfledderte Etwas, das von meinem eigenen Glauben übrig blieb. Mich erinnert meiner an die ausgeblichenen und durchschossenen Fetzen eines Banners. Sollte es je ein Emblem getragen haben, so konnte nun keiner mehr sagen, was das gewesen war. Ich habe Ahmed Bey erklärt, ich könnte nicht behaupten, dass ich noch einen Glauben hätte. Hoffnung vielleicht schon. Wir sind übereingekommen, dass dies genügen muss.

Meiner Ansicht nach ist der Bey der weiseste und liebenswürdigste Mensch, den ich je gekannt habe, ganz sicher aber der behutsamste und freundlichste. Überschwänglich lobte er meine Fähigkeiten, die ich zu ihm mitgebracht habe. In den vergangenen Jahren habe ich von ihm so viel gelernt, dass mir eines klar ist: Dies war nur die höflich verbrämte Art seines Volkes, sich auszudrücken. Ahmed Beys Medizin ist nicht darauf angewiesen, dem Körper mit schmerzhaften Untersuchungen und glühenden Schröpfköpfen zuzusetzen. Seine Methode dient der Kräftigung und Stärkung, wobei er gleichzeitig ununterbrochen den gesunden Körper und die Art der Krankheit studiert. Wie sie sich ausbreitet, wen sie befällt und wie sie verläuft.

Vermutlich hatte zur Zeit meiner Ankunft seine Verzweiflung ein gewisses Ausmaß erreicht. Muselmanische Frauen werden so strikt gehalten, dass sie beim Anblick eines fremden Mannes an ihrem Krankenlager vor Angst zittern. Seit vielen Jahren hatte ihn die Zahl jener Ehemänner zur Verzweiflung getrieben, die lieber ihre Frauen sterben ließen, als ihn zu Hilfe zu rufen. Deshalb hätte er vermutlich jede normal intelligente Frau genommen, die bereit war, von ihm zu lernen. Ich habe sein Vertrauen dadurch vergolten, dass ich viele heil durch ihre Wehen gebracht und ihnen gezeigt habe, wie sie ihre Gesundheit und die ihrer Kinder erhalten können. Mit meinen zukünftigen intensiven Studien hoffe ich, hier eine würdige Lebensarbeit zu erzielen. Inzwischen lese ich Avicenna oder Ibn Sina, wie es richtig heißen muss. Allerdings lese ich seine Schriften nicht, wie ich mir immer ausgemalt hatte, auf Lateinisch, sondern auf Arabisch.

Lange hat es gedauert, bis sich meine Augen an die Helligkeit dieses Ortes gewöhnt hatten. Auf jemanden, der so lange in einer Nebelwelt gelebt hat, können die grellen Farben hier blendend wirken. Hier gibt es Farben, die ich niemandem zu beschreiben wüsste, der sie nicht selbst gesehen hat. Wer vermag zu sagen, welche Farbe eine Orange hat, wenn er die Frucht an sich nicht gesehen hat? Und jene Früchte, Kaki genannt, die an den Zweigen unterhalb meines Fensters hängen, stechen manchmal so leuchtend gegen den blauen Himmel ab, dass ich behaupten möchte, ihre Farbe erinnere an frisch geschlagenes Kupfer, das im Sonnenschein aufflammt. Ein andermal erinnert ihre Schattierung eher an ein goldenes Rosa, das den leicht glühenden Wangen von Ahmed Beys Enkelkindern gleicht, wenn sie im Frauenhof herumrennen und -toben.

Hier gibt es jede Farbe in Hülle und Fülle, nur kein Grün. Gras gibt es nicht, und die Palmwedel sind mit einer feinen Staubschicht bedeckt, die alles mit einem staubiggelben Mantel umhüllt. Wahrscheinlich ist es das Grün, das ich vielleicht am meisten vermisse. Eines Tages entdeckte ich in Ahmed Beys Bibliothek ein großes Buch mit einem fein gegerbten Ledereinband, der genau in der Farbe unserer heimischen Sommerwiesen eingefärbt war. Dieses Buch nahm ich mit in mein Zimmer und legte es so auf den Tisch, dass meine Augen darauf Ruhe fanden. Ich hatte keine Ahnung, dass es sich um das Heilige Buch des Beys handelte, das Ungläubige nicht berühren dürfen. Es war das einzige Mal in drei Jahren, dass er mich scharf tadelte. Nachdem ich es ihm erklärt hatte, entschuldigte er sich und schickte mir einen Seidenteppich, der über und über mit jenem großen Baum verziert war, den die Araber *Anisa* nennen, Baum des Lebens. Seine verästelten Blätter und Zweige schimmern grüner als alles, was Elinor in jenem wunderschönen Garten unserer Vergangenheit pflanzen konnte.

Wie meine Augen, so mussten auch meine Ohren die andersartige Lebensweise dieses Ortes lernen. Statt meiner früheren Furcht vor der Stille habe ich gelernt, mich nach ihr zu sehnen. Denn hier herrscht Tag und Nacht Lärm. Die Straßen wimmeln von Menschen, unaufhörlich ertönt das Geschrei der Hausierer. Jetzt, bei Sonnenuntergang, hört man von hunderten von hohen Minaretten die eindringlich-beschwörenden Rufe der Muezzins. In der Stunde nach dem Abendgebet gehe ich am liebsten in der Stadt spazieren, denn dann wird die Luft langsam kühler, und alles verläuft weniger hektisch. Inzwischen kennen mich viele Frauen und grüßen mich, wenn ich durch die Straßen gehe. Sie kennen mich unter dem Namen meines Erstgeborenen, wie es bei ihnen so Sitte ist. Deshalb heiße ich hier nicht mehr Anna Frith, sondern Umm Jam-ee – Mutter von Jamie. So bleibt mein kleiner Junge in Erinnerung, und das gefällt mir.

Ich brauchte lange, um einen Namen für das Bradford-

Mädchen zu finden. Vermutlich hatte ich ihr während jener schrecklichen Seereise deshalb keinen Namen gegeben, weil ich überzeugt war, wir würden nicht überleben. Als wir hierher kamen, schlug Ahmed Bey Aisha vor, sein Wort für »Leben«. Später erfuhr ich, dass die Frauen auf dem Markt damit auch »Brot« bezeichnen. Ein passender Name, denn sie hat mich aufrechterhalten.

Jetzt erwartet sie mich im Frauenhof. Sie schleift ihren weißen Haik durch den Staub, als sie auf mich zuspringt, schnurstracks durch den kleinen Garten, wo Maryam, Ahmed Beys älteste Frau, Pflanzen zum Parfümieren ihres Tees kultiviert. Plötzlich duftet es ganz intensiv nach zerdrückter Minze und Zitronenthymian. Obwohl Maryam einen ganzen Schwall von Scheltworten loslässt, verraten die Fältchen in ihrem tätowierten Gesicht leise Belustigung. Ich lächle der alten Frau zu und grüße sie mit Salam, ehe ich nach meinem eigenen Schleier greife, der an einem Haken neben der Tür zur Straße stets bereithängt.

Dann schaue ich mich nach der anderen um. Sie versteckt sich hinter dem blau gefliesten Brunnen. Mit einer Neigung ihres Kopfes weist mich Maryam darauf hin. Ich tue so, als hätte ich sie nicht gesehen, und spaziere direkt an ihr vorbei, wobei ich ihren Namen rufe. Dann drehe ich mich blitzschnell um und reiße sie in meine Arme. Sie gluckst vor Begeisterung. Ihre weichen Händchen tätscheln meine Wangen, während sie mir feuchte Küsse gibt.

Hier habe ich sie geboren, im Harem. Ahmed Bey half bei ihrer Entbindung. Für ihren Namen brauchte ich seine Unterstützung nicht. Als ich ihr den kleinen Haik über den Kopf werfe, zieht sie ihn so gekonnt zurecht, dass ich nur noch ihre großen grauen Augen sehen kann. Sie hat die Augen ihres Vaters.

Wir winken Maryam zum Abschied zu und schieben die schwere Teakholztüre auf. Die warme Luft packt unsere

Schleier und bläht sie hinter uns auf. Aisha ergreift eine Hand, Elinor umklammert die andere, und dann stürzen wir uns gemeinsam ins dichte Gewühl unserer Stadt.

NACHWORT

Dieses Buch entsprang der Phantasie, die sich an der wahren Geschichte der Dorfbewohner von Eyam in Derbyshire entzündet hat.

Meinen ersten Besuch in Eyam im Sommer 1990 verdanke ich reinem Zufall. Damals hatte ich als Nahostkorrespondentin für das *Wall Street Journal* in London gearbeitet. Zwischen Aufenthalten in heißen Problemzonen wie Gaza und Bagdad versuchte ich, draußen in der englischen Landschaft wieder zu mir zu kommen. Während einer dieser Wanderungen, von den Engländern euphemistisch »Spaziergänge« genannt, stieß ich auf einen faszinierenden Wegweiser, der auf ein PESTDORF aufmerksam machte. In der dortigen Pfarrkirche St. Lorenz entdeckte ich auf einer Schautafel die leidvolle Geschichte der Dorfbewohner und ihres außergewöhnlichen Entschlusses.

Dieser entsetzliche Bericht berührte mich so sehr, dass er mir nicht mehr aus dem Sinn ging. Während ich im Laufe der nächsten Jahre über die Tragödien unserer heutigen Zeit berichtete, die sich zum Beispiel in Bosnien oder Somalia abspielten, drehten sich meine Gedanken immer wieder um Eyam, bis mir klar wurde, dass ich eigentlich nur einen Wunsch hegte: diese Geschichte zu erzählen. Dieses Gefühl verstärkte sich noch, als ich meinen Wohnsitz in Virginia auf dem flachen Land aufschlug, in einem Dorf, das ungefähr die Größe von Eyam hatte. In diesem Umfeld nahm die Geschichte der Quarantäne und ihrer Folgen immer konkretere Züge an. Ich wurde nachdenklich. Was würde in jemandem vorgehen, der sich zu einer solchen Entscheidung durchringt und letztlich feststellen muss, dass binnen eines Jahres zwei Drittel seiner Nachbarn tot sind? Wie würden unter diesen Umständen der Glaube, familiäre Beziehungen und Gesellschaftsstrukturen überleben?

Im vorletzten Sommer bin ich für tiefer gehende historische Recherchen wieder nach Eyam gefahren und habe dabei die Bilder der kargen, aber schönen Landschaft des Peak Districts erneut auf mich wirken lassen. Ich habe lange mit dem Dorfchronisten John G. Clifford gesprochen, Verfasser des informativen Buchs *Die Pest in Eyam 1665–1666*. Dabei habe ich auch das kleine, aber hervorragend betreute Dorfmuseum besucht. William Styron schrieb einmal, ein Verfasser von historischen Romanen arbeite dann am besten, wenn er historische Dokumente »häppchenweise« zu sich nähme. Obwohl über Eyam eine Menge geschrieben worden ist – Bücher, Theaterstücke, ja sogar eine Oper –, gibt es nur spärlich Fakten. In Eyam selbst wird noch immer über spezielle Themen diskutiert: Wie groß war die Dorfbevölkerung vor der Pest? Wie kam die Krankheit hierher? Wie viele sind gestorben? Gleichzeitig gibt es einen üppigen Anekdotenschatz, der über die Zeitläufe hinweg tradiert wurde und aus dem ich mich reichlich bedient habe: die Rolle, die ein von Flöhen wimmelndes Tuch als Überträger der Pest gespielt hat; der habgierige Totengräber, der einen Mann lebendig verscharrt hat; der kluge Hahn, der im Voraus wusste, wann die Gefahr endgültig gebannt war.

Für alles Übrige habe ich mich in medizinische Traktate, Tagebücher und Predigtsammlungen aus dem 17. Jahrhundert sowie in Texte zur Sozialgeschichte vergraben. Nie hätte ich mir träumen lassen, dass ich je ein Buch wie die *Geschichte des Bleibergbaus in den Penninen* besitzen würde, das nun neben anderen Wälzern in meiner Bibliothek steht. Anys Gowdies

»Beichte« lehnt sich an den Bericht eines schottischen Hexen-
prozesses an, der in der mitreißenden Dokumentensammlung
History Laid Bare von Richard Zack über Sexualität zu finden
ist. (Zwischen der Gowdie-Beichte und vielen ähnlichen, die
man unter Folterqualen abgetrotzt hatte, gibt es einen Unterschied: Die Angeklagte behauptete höchst beredt, sie hätte den
Geschlechtsverkehr mit dem Teufel in vollen Zügen genossen.
Meistens wurde nämlich ruchbar, Satan sei ein lausiger Liebhaber gewesen.)

Einige Dorfbewohner von Eyam habe ich zwar namentlich genannt, aber nur dann, wenn meine Erzählung nicht allzu sehr
von bekannten Lebensdetails abweicht. Wenn etwas meiner
Phantasie entsprungen ist, habe ich bewusst den Namen geändert oder einen gänzlich neuen verwendet. Zum Beispiel spiegeln sich in der Figur des Michael Mompellion nur die positi-
ven Charakterzüge und Taten des echten Vikars von Eyam
wider, jenes heldenhaften William Mompesson, der an einen
Heiligen erinnert. Die dunkle Seite, die ich seinem fiktiven Ab-
bild gegeben habe, ist reine Erfindung. William Mompesson
und seine Frau Catherine hatten zwei Kinder, die er aus Eyam
fortschaffen ließ, noch ehe die Quarantäne beschlossene Sache
war. Catherine blieb aus freien Stücken, half den Kranken und
starb selbst an der Pest. Nach ihrem Tod schrieb William
Mompesson in einem seiner Briefe: »Meine Magd erfreute sich
weiterhin guter Gesundheit, was sich als Segen erwies. Hätte
sie verzagt, wäre es mir übel ergangen ...« Ich versuchte, mir
vorzustellen, wer diese Frau gewesen sein mag, wie sie gelebt
haben könnte und was sie empfunden haben mag. Und damit
hatte mein Roman seine tragende Stimme gefunden.

Der englische Titel des Buches fiel mir ein, als ich versuchte,
Worten nachzuspüren, wie sie Anna gehört haben könnte, mit
allen damit verbundenen religiösen Untertönen. Einem welt-
lich geprägten Menschen wie mir kam es schon immer merk-

würdig vor, dass Dryden sich bei seiner Beschreibung des Schreckensjahres 1666 für den lateinischen Ausdruck »Annus mirabilis« entschieden hat. Für ein Jahr, dem die Pest, der Große Brand (von London, A. d. Ü.) und der Krieg mit Holland ihre Stempel aufgedrückt hatten. Aber Anna hätte sicher fest daran geglaubt, dass Gottes Wege wundersam sind und voller Geheimnisse. Darüber hinaus wären ihr auch die Worte Gottes an Moses vertraut gewesen: »Und diesen Stab nimm in deine Hand, mit dem du Zeichen tun sollst.«

Geraldine Brooks